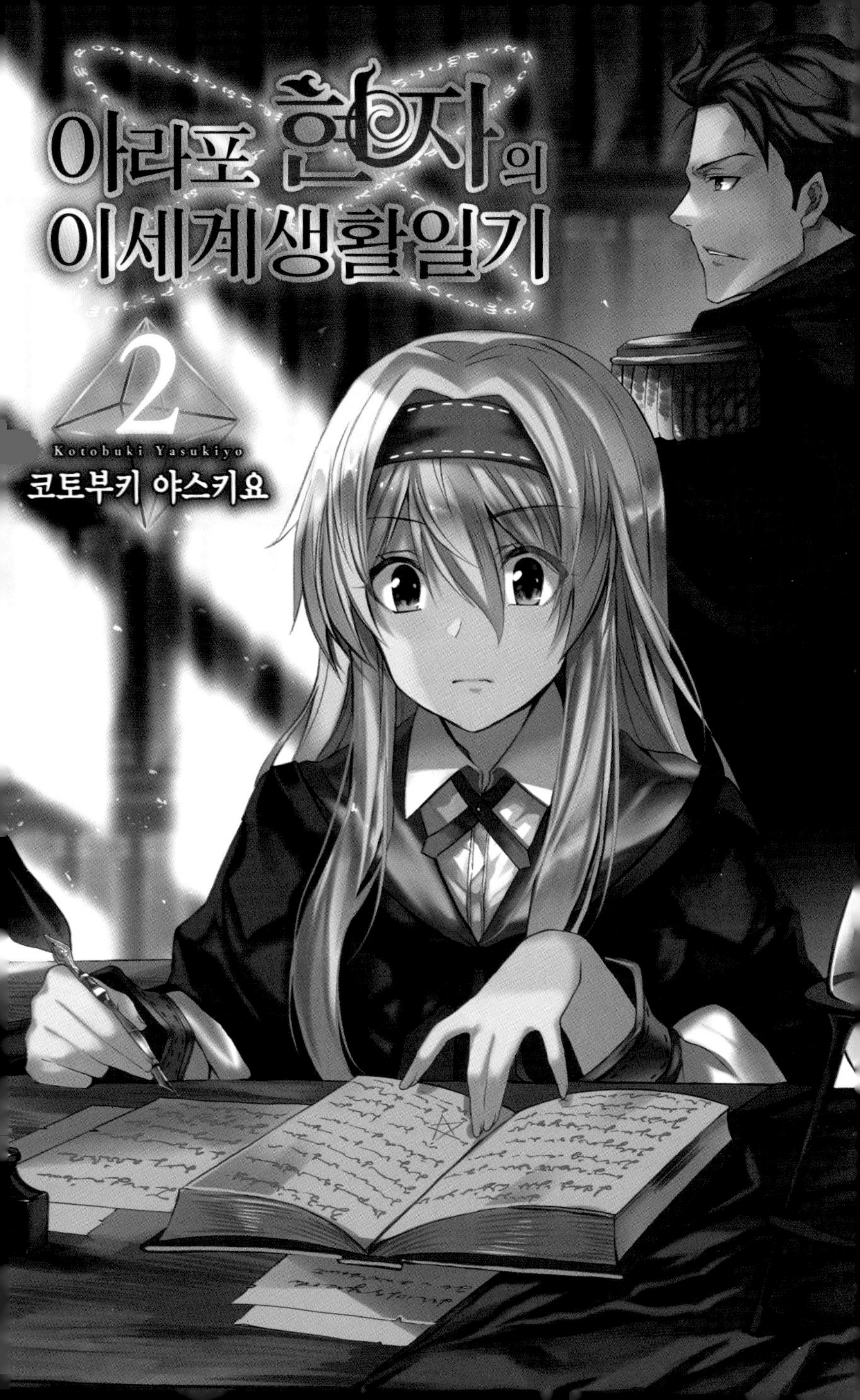
아라포 현자의
이세계생활일기
2
Kotobuki Yasukiyo
코토부키 야스키요

≫제로스

≫세레스티나

Characters

코토부키 야스키요 지음

JohnDee 일러스트

김장준 옮김

Contents

프롤로그 아저씨, 동정하다

파프란 대산림 지대는 인간이 생존하기 어려운 숲이지만, 동시에 풍요로운 숲이기도 했다.

많은 마물이 서식하며 그 마물에게서 얻는 소재는 인간의 영역에서 나는 것보다 훨씬 뛰어난 품질을 자랑했다.

또한 위험천만한 약육강식의 세계인 반면, 수많은 광맥이 존재하거나 약초가 군생하는 등 많은 자연의 혜택을 누릴 수 있는 천혜의 보고였다.

신들의 무책임한 행동으로 현대 세계에서 이 세계로 전생한 【오사코 사토시】, 즉 【제로스 멀린】은 우연히 목숨을 구한 솔리스테어 공작 가문의 외동딸 세레스티나에게 마법을 가르치는 가정교사가 되었고, 교육차 그녀의 실력을 키우고자 다시 이 위험한 땅을 찾았다.

호위 기사들과 함께 이 위험 지대에 발을 들인 첫날부터 오크와 전투를 치른 일행은 그 후 【하얀 악마】와 조우하여 가까스로 도망쳤다.

전생한 첫날 이 가혹한 숲에 떨어진 제로스는 누구보다 이 숲을 잘 알았고, 또 무서워했다. 그렇기에 알고 있었다. 이 숲의 무서움은 겨우 이 정도가 아니란 것을…….

대산림 지대에서 맞이하는 이틀째 아침. 제로스는 수면용 텐트에서 나와 평원을 비추는 아침 햇살을 받으며 상쾌한 기분을 맛보고 있었다. 평원에서 풍기는 풀과 꽃의 향기에 마음이 맑아졌다.

원래 농사일을 하며 생활했기 때문인지, 그는 평소부터 일찍 일어나는 습관이 있었다.

그만큼 남들보다 취침 시간이 일렀지만, 건전한 일상을 보낸다는 증거라고도 할 수 있었다.

문제는 이곳에는 갈아야 할 밭이 없다는 점이었다. 일어난 것은 좋으나, 시간이 남아돌았다.

"한가해……. 이 시간을 어떻게 쓰지? 책이라도 사 둘 걸 그랬나?"

누구에게랄 것 없이 중얼거렸다. 할 일이 아무것도 없었다.

원래 살았던 세계라면 이 시간은 닭장에서 계란을 모으고 밭을 제초할 무렵이었다. 아침밥은 전날 먹다가 남은 음식으로 때우고 TV를 보며 한가로이 시간을 보내다가 오후부터 온라인 게임에 돌입한다. 이것이 그의 일과였다.

일하지 않아도 부모에게 물려받은 전셋집 월세가 다달이 들어오므로 생활에 지장이 없어, 온종일 태평하게 시간을 보내는 것이 그의 생활 사이클이었다. 어찌 보면 축복받은 환경에서 건전한 삶을 살았다고 볼 수 있겠다. 그랬던 그가 지금은 부랑자 백수 신세였다.

현재는 가정교사 노릇을 하고 있지만, 한 달 후면 다시 보잘것없는 백수로 돌아갈 운명이었다.

마물을 해치우면 소재를 팔아 생활할 수 있겠지만, 너무 살벌한 인생이 될 것 같으므로 피하고 싶었다. 나라에 소속된 공직 생활은 생각하기조차 싫었다. 그저 평범하게 자유롭고 느긋하게 살고 싶을 따름이었다.

재능은 있으면서 이 얼마나 사치스러운 고민인가? 제로스 본인
도 그렇게 생각하긴 했다.

"산다는 게 쉽지가 않네……."

솔직히 책임 있는 자리에는 앉고 싶지 않았다. 타인의 목숨과 관
련된 일이라면 더 말할 것도 없었다.

상쾌한 아침일 텐데도 기분은 점차 무겁게 가라앉고 있었다.

"나왔다……. 놈이 나타났다아아아아아아아아아아아아!"

"하얀 악마다……. 내 바지를 벗긴 그 자식이야!"

"진정해, 이젠 괜찮아! 여기 우리가 있잖아!"

""거짓말하지 마아아아아아아아! 어제 날 두고 도망갔잖아! 전
속력으로 달려서 도망쳤잖아아아!!""

야간 경계를 마친 기사가 철천지원수 크레이지 에이프와 맞닥뜨
린 모양이었다.

기사…… 아니, 남자들에게 크레이지 에이프는 악마로밖에 보이
지 않았다.

놈은 수컷인데도 세레스티나를 비롯한 여성에게는 눈길도 주지
않은 채 기사들을 덮쳤다. 일곱 명의 강인한 남자들의 바지를 벗
기고, 그중 두 명의 팬티를 벗길 뻔했을 뿐 아니라 사타구니의 신
사까지 주물럭거렸다. 그 공포는 상상을 초월했다. 당한 사람밖에
모를 공포였다.

어떤 의미에서는 드래곤과 마주치는 편이 나을지도 몰랐다.

크레이지 에이프는 다른 의미에서 위험한 존재로 그들 머리에

각인되었다. 기사들에게 막심한 마음의 상처를 남김으로써…….

"'그놈의『우힛♪』소리가 들린다고오오오오오오오오오오!'"

그들은 완전히 옷을 벗겨진 피해자였다……. 환청이 들릴 정도로 심한 트라우마가 생긴 것 같았다. 남자밖에 모를 공포를 체험한 기사를 보며 아저씨는 그들을 진심으로 동정했다.

이 일이 미남 사이에 벌어진 일이라면 일부 여성에게는 수요가 있었을지도 모르지만…….

피해자들의 영혼에서 우러나온 통곡은 이른 아침 평원에 허망하게 울려 퍼졌다.

"어라…… 왜 눈물이…….."

제로스는 괜히 가슴이 먹먹해지고 눈물이 멈추지 않았다…….

상쾌해야 할 아침이 처참하게 망가진 순간이었다.

 제1화 아저씨, 인솔하다

파프란 대산림 지대는 이름 그대로 광대한 면적을 자랑하는 숲이었다.

대륙 절반 이상이 이 숲에 뒤덮여 마굴을 이뤘다. 수많은 마물이 서식하며 약육강식의 논리가 지배하는 이 영역이 지나치게 넓은 탓에 사람이나 기타 종족이 생존할 수 있는 땅은 대륙의 10분의 1에 지나지 않았다.

한때 그 좁은 땅에 나라가 난립했지만, 사신 전쟁 종식 후에는 일시적으로 통일 국가가 세워졌다.

그 대국도 채 100년을 채우지 못한 채 쇠퇴하고 다시 작은 나라가 난립하는 군웅할거의 시대로 돌아간 사실을 생각하면, 평화의 이념을 실현하기란 한없이 어려운 일이다.

그런 세계정세를 계속 지켜보면서도 결코 변하지 않은 땅이 이 광대한 숲이었다.

수많은 마물이 약육강식의 섭리 속에서 살아가며 지혜 있는 자를 거부하는 환경은 지옥과 다를 바 없었다. 이런 가혹한 숲에서 살아갈 수 있는 종족은 엘프 정도밖에 없으리라.

그 엘프들도 인간에게는 거의 관여하려고 하지 않았고 특정 사람 앞이 아니면 결코 모습을 드러내지 않았다. 그 이유는 사신 전쟁 후의 통일 국가 파탄에 있었다. 당시에는 종족을 초월한 박애 정신의 나라를 목표로 했지만, 결국은 100년도 되지 않아 분열했다. 타 종족에 대한 박해가 심해지고 민족 분쟁이 격화된 탓이었다. 엘프들은 인간의 어리석음에 환멸을 느끼고 스스로 이 가혹한 숲으로 들어와 나라를 세운 뒤 나오지 않게 됐다. 장수하는 그들은 미래를 내다보고 지레 절망해 버린 것이었다.

지금은 어디에 엘프의 나라가 존재하는지조차 알 수 없었고, 많은 이와 국가가 그곳을 찾아 마법 지식을 얻으려고 눈에 불을 켜고 있었다.

엘프는 마법에 특출한 재능을 지녔다. 그래서인지 전란의 시대에는 각 국가의 탐욕스러운 권력자가 엘프를 예속시켜 자국의 병력으로 끌어들이고자 획책한 역사가 있었다. 이웃으로서 환멸을 느낄 만도 했다.

가끔 보이는 엘프는 파프란 대산림 지대 주변 국가들의 변경 중에서도 끝자락에 살던 이들의 후예가 대부분이었다. 지금 그들은 마법에 관한 지식도 능력도 현저히 퇴화했다.

같은 뿌리를 뒀을 텐데도 환경에 적응해 버렸는지, 인간의 영역에 사는 엘프는 인간과 상당히 유사한 사고를 가졌고 생활환경도 크게 다르지 않았다.

어쨌거나 실전 훈련은 이틀째를 맞이했고, 제로스 일행은 다시 파프란 대산림 지대에서 탐색을 개시했다. 물론 세레스티나와 그녀의 오빠 츠베이트, 두 사람의 훈련을 위해서였다.

하지만 이 주변에 서식하는 마물은 국내에 서식하는 마물보다 강했고 대산림 지대 안으로 갈수록 위험은 부쩍 늘어났다. 작은 방심이 죽음과 이어질 수도 있었다.

"이 숲은 안으로 들어갈수록 마력 농도가 짙어집니다. 최심부만큼은 아니더라도 마물이 나름대로 강하니까 조심하세요. 마물의 힘은 서식지의 마력 농도에 의존하니까요."

"나무들도 엄청 두껍네요. 땅에 영양분도 풍부한가 봐요. 생장 속도가 대단히 빠르다는 이야기를 들었어요."

"그건 상관없지만…… 그놈은 정말로 없겠지? 솔직히 이런 곳에서 만나고 싶지 않아."

기사들이 하나같이 수긍했다. 기묘한 습성을 가진 마물은 많았지만, 개중에는 예상도 하지 못한 생태를 가진 미발견 마물도 많았다. 잔인한 자연계에서 살아가기 유리하게 진화한 특수 능력은 대자연에 익숙하지 않은 인간에게는 상당히 불리하게 작용했다.

마물이 언제 공격해 올지 모르는 공포는 평소 이상으로 경계심을 자극했고 체력과 함께 정신을 크게 마모시켰다. 현시점에서는 흰 원숭이가 문제였다.

""""""……?!""""""

그리고 불행인지 다행인지, 그들은 다른 마물의 기척을 민감하게 감지해 냈다.

─크르르르르르르르르르…….

몸은 사자, 등에는 염소 머리, 꼬리는 전갈, 게다가 박쥐 날개. 상급 마물로 유명한【키마이라】였다. 이【키마이라】, 혹은【키메라】는 개체별로 통일성이 없으며 같은 종이라도 겉모습이 닮은 것부터 전혀 다른 모습을 한 것까지 그 종류가 천차만별이었다.

덧붙이자면 개체별로 특수 능력이 달라서 해치우려고 해도 항상 전략을 바꾸지 않으면 대처할 수 없는 난해한 적이었다. 이 광대한 숲에서 만나고 싶지 않은 마물 중 하나이기도 했다.

======================

【키마리아】Lv124

HP 2846/2846

MP 3527/3527

======================

"키마이라군요. 레벨은 124…… 전에 쓰러뜨린 녀석보다 약한 개체네요. 고기가 딱딱했지……."

""""""격이 124라고?! 웃기지 마! 못 싸워, 절대로 못 이겨! 그보다 먹었어? 키마이라를?!"""""

키마이라의 레벨은 현재 기사들의 평균 레벨의 네 배. 그들보다 훨씬 강했다.

만약 덤벼든다면 그들이 순식간에 도륙당할 만큼 압도적이었다. 한 사람 예외를 두고는…….

"괜찮습니다. 【어둠의 박쇄】."

키마이라의 그림자에서 칠흑빛 사슬이 나와 순식간에 몸을 옭아맸다.

"""""당신 뭐 하는 짓이야?!"""""

"쓰러뜨려야죠? 빨리 공격하실래요? 저 마법은 마력을 잡아먹어서 키마이라의 마력을 금방 바닥낼 겁니다. 기회예요."

농담처럼 가벼운 말투였다. 하지만 제로스는 지극히 진지했다.

"공격 안 당해? 머리가 두 개라고. 마법도 쓰지 않던가?"

"조금은 당하겠지만, 저 마법의 또 다른 특성은 방어력을 저하시킵니다. 열심히 해치우세요."

"""""……"""""

"참고로 위력은 대단하지만, 포박 시간은 짧으니까 당장 공격하지 않으면 덤벼들걸요?"

"""""대체 무슨 짓을 벌인 거야, 이 인간아아아아아아아아아!!"""""

그들은 울상으로— 아니, 실제로 울면서 검을 빼 들고 키마이라에게 달려갔다.

그곳에는 목숨의 위험이 도사렸지만, 기사들에게는 살기 위해 검을 휘두른다는 선택지밖에 남아 있지 않았다. 그들은 키마이라

가 언제 자유를 되찾고 덤벼들지 모른다는 공포 속에서 살고자 하는 일념으로 검을 휘둘러 확실하게 타격을 줬다.

이미 그들의 공격에서는 체계를 찾아볼 수 없었다. 그저 마구잡이로 검을 휘두르는 것으로밖에 보이지 않았다.

제삼자가 보면 단순한 집단 구타로 보이겠지만, 키마이라는 그 성질상 몹시 집념이 강하여 지금 쓰러뜨리지 않으면 쫓아올 것이 틀림없었다. 까딱 잘못하면 나라 안까지 쫓아 들어올 위험도 있었다.

과거 한 귀족이 이 숲에 들어와 키마이라를 해치우려다가 실패한 사례가 있었는데, 그 후 그 귀족 영내에 키마이라가 출현해 많은 희생자가 발생한 일이 있었다.

만약 나라 안으로 침입하면 현시점에서 이 키마이라를 해치울 수 있는 용병은 적었다.

기사들의 필사적인 공격 끝에 키마이라는 마침내 움직이지 않게 됐다. 걸린 시간은 40분 정도였을까? 검을 쉬지 않고 휘두른 그들은 정신적으로 피폐해져 있었다. 그들 개개인의 공격은 약하더라도 집단으로 공격하면 천하의 키마이라도 피해가 누적될 수밖에 없었다. 몸과 마력을 완전히 봉인당한 키마이라는 거대한 허수아비에 불과했고 큰 어려움 없이 해치울 수 있었다. 기사들의 정신적 피로는 별개로 치더라도…….

세레스티나나 츠베이트도 낯빛이 새파랬다. 자신보다 강한 마물은 처음 상대했을 테니까 그럴 만도 했다. 평범한 상황이었다면 두 사람은 지금쯤 죽었을 것이다.

"하하하…… 나, 레벨이 43이야. 방금까지 24였는데……."

"나도…… 헤, 헤헤헤……. 왜지? 하나도 안 기뻐……."

"몸이 아파……. 레벨이 오른 부작용인가?"

"스킬 레벨이 올랐어……. 아하하하…… 저 키마이라, 얼마나 강했던 거야……?"

"하하하…… 난 레벨이 62가 됐어……."

"저…… 조금만 더 하면 50이 되겠어요."

하지만 그들 중에 승리를 기뻐하는 이는 없었다.

기쁨 이상으로 키마이라에 대한 공포가 기사들을 사로잡고 있었다. 방관하던 제로스는 키마이라의 HP 감소량을 조사해 기사들이 준 대미지가 1회에 약 2~15 정도란 사실을 알았다. 아마 지금 키마이라는 방어 특화형이었나 보다. 레벨 이상으로 단단한 내구력을 갖추고 있었다.

【어둠의 박쇄】의 효과로 방어력을 낮추고 마력까지 빼앗을 생각이었지만, 내성 스킬로 저항했을 가능성이 컸다. 게다가 특수 능력으로 HP 회복도 있었던 것 같지만, 물량 공세 앞에서는 무의미했다.

제로스의 마법을 깨긴 절대 쉽지 않겠지만, 가능성이 아예 없진 않았다. 특수 능력의 유무에 따라서는 봉쇄 마법이 파훼 될 수도 있었다. 키마이라를 쓰러뜨린 지금으로선 운이 좋았는지 나빴는지 판단할 수 없었다.

"그럼 해체할까요? 누구 도와주실 분?"

"""""기다려, 이 자식아아아아아아아아!"""""

아무 일도 없었다는 양 해체를 시작하려는 제로스에게 기사들이 원성을 터뜨렸다.

이길 수 없을 게 뻔한 상대와 싸운 직후였다. 그 공포는 분노로 변했고, 분노의 화살은 당연히 싸움의 원인을 제공한 아저씨에게 돌아갔다.

"하필 이딴 녀석과 싸우게 해? 죽으면 네가 책임질 거야?!"

"사람 잡을 일 있어?! 하다못해 상담 정도는 하라고!"

"……누가 죽었나요?"

"그게 아니라 포박 마법이 풀리면 어쩔 생각이었냔 말이야!"

"풀렸나요? 포박 마법."

""""""……응?""""""

제로스는 『포박 마법은 금방 끊긴다』고 말했다. 하지만 실제로 그 포박 마법은 키마이라가 죽을 때까지 이어졌다. 기사들은 그 점을 의아하게 여겼다.

"제, 제로스 공…… 설마 저희에게 거짓말을 하셨습니까?"

"미안하다는 생각은 들었지만, 지금 당신들은 너무 약합니다. 강력한 마물 앞에 섰을 때는 도망칠 수밖에 없어요. 도망칠 수 있다면 그나마 다행이지만, 그럴 수 없는 상황에서는 싸울 수밖에 없죠. 그런데 지금 시점에서는 죽을 게 뻔합니다. 그렇다면 신체 레벨을 올려서 생존율을 높이는 편이 낫다고 생각했죠."

"왜…… 왜 그런 행동을 하셨습니까? 귀띔이라도 한마디 해주셨더라면……."

"실력자 한 명에게 의존하면 마음이 해이해져 강한 마물과 싸울 수 없을 겁니다. 항상 제가 옆에 있진 않을 것이고, 무엇보다 강한 상대에게 맞서는 기개가 없으면 이 숲에서는 살아갈 수 없어요. 이 광대한 숲 안쪽에는 키마이라보다 흉악한 마물이 수도 없이 서식하니까요."

이 집단에서 가장 강한 사람은 제로스였다. 하지만 그가 존재하는 것만으로 기사들은 안전을 보장받았다고 생각했다. 남에게 의존하면 막상 목숨을 건 싸움이 벌어졌을 때 판단을 그르칠지도 몰랐다.

옆에 강자가 있다는 안심감 때문에 그들의 마음은 은연중에 안전하다고 착각하고 언젠가 실수를 일으킬 우려가 있었다. 목숨과 관련되는 치명적인 실수를 범한 뒤에 후회하면 늦다.

"그렇군요. 저희 훈련도 겸하고 있었나요……."

"전투 스킬은 나중에 따로 레벨을 올릴 수 있으니까 지금은 가능한 한 여러분 신체 레벨을 끌어올릴 필요가 있습니다. 이 숲에선 마음을 놓을 수 없으니까요. 이런저런 이유로……."

"제로스 공이라는 안심 요소가 저희 자신을 약하게 한다는 뜻인가요……. 일리가 있군요."

지금 기사들은 제로스의 걸림돌에 지나지 않았다. 그 현실을 타파하려면 기사 전원을 강압적으로라도 강하게 만드는 것 말고는 방법이 없었다. 더불어 전투 스킬도 올려야 했기에 제로스는 마물을 포박하기만 한 채 기사들에게 싸움을 경험하도록 했다.

파프란 대산림 지대는 마물 레벨이 극단적으로 높았다. 현재 훈련 중인 장소는 깊은 곳에 비하면 훨씬 약한 마물이 사는 곳이었다. 이곳에서 애를 먹는다면 앞으로 나아간다는 것은 어림도 없는 이야기였다.

오크들은 비교적 레벨이 낮아서 다행이었지만, 갑자기 레벨 100을 넘는 마물이 나타나는 곳이 이곳이었다. 최악의 경우 레벨 500 이상인 마물과 만날 가능성도 충분히 있었다.

달리 말하면 극단적으로 레벨이 올라가기 쉬워 제로스는 『어차피 두 사람 레벨을 올릴 거라면 다소 인원이 늘어나도 상관없겠지? 잘 풀리면 이 인근 마물 정도는 어떻게든 해치울 수 있게 될지도 몰라.』라는 생각에 이르렀다.

요컨대 『호위 기사까지 전부 돌봐줄 수 없다. 레벨 올리기는 도와주겠지만, 자기 몸은 알아서들 지키세요.』라고 말하는 꼴이었다. 아무리 제로스 본인이 강해도 작전이나 상황에 따라서는 그들과 떨어져서 행동하게 될 가능성이 컸다. 그사이 흉악한 마물과 맞닥뜨리면 기사들은 속수무책으로 전멸할 수도 있었다.

일단은 그들의 신변에도 신경은 쓰고 있으나, 지킬 인원이 많으면 행동하기 귀찮았다.

그에 대한 기사단장 알레프의 반응은……

『설마 우리를 생각해 이런 작전을……. 처음 만났을 때부터 그런 생각은 들었다. 역시 이 분은 평범한 사람이 아니야! 기사는 백성을 지키는 정예병이지만, 이 세계에 강자는 차고 넘칠 만큼 많아. 강자에 도전하지 않고 어찌 기사라 할 수 있겠는가! 우리는 용맹해야만 한다. 싸움에는 언제나 적이 존재하는데 그것이 강자가 아니라고 누가 장담할 수 있겠는가? 제로스 공의 생각은 타당하다. 무엇보다 우리를 생각해 구태여 혹독한 조치를 내렸겠지. 지금은 이 호의를 받아들이자. 만약 이 분에게 우리의 힘이 필요해지는 순간이 오면 언젠가 이 은혜를 갚을 수 있도록 강해지자…….』

아저씨가 모르는 사이 왠지 평가가 급상승했다.

기사단은 계율이 엄격하기에 그들은 고지식— 아니, 뇌까지 굳어 있었다.

그들은 제로스의 상상 이상으로 체육계 스타일이었다. 아무리 외모가 좋아도 기사단의 본질은 부담스럽기까지 한 열혈한 집단이었고 이과 계열 마법사단과 사이가 나빴다.

"모두 들어라! 우리는 분명히 제로스 공에게 기대고 있었다. 그것은 어제 오크와의 전투에서도 알았을 것이다. 하지만 정말로 이대로도 괜찮은가? 우리는 백성을 지키는 기사! 기사가 강자에게 겁먹어서야 무엇을 지킬 수 있겠는가! 현 시각부로 우리는 스스로 전력을 강화하기 위해 제로스 공의 지시에 따라 레벨을 올린다! 언젠가 위험이 닥쳐올 때 백성의 방패가 되어 많은 이들에게 자랑스러운 기사가 되자!!"

"""""우오오오오오오오오오오오오오오오오오!!""""""

그들은 정말로 구제할 수 없을 만큼 체육계였다. 그리고 그들도 피에 굶주린 야수가 되어 갔다.

만나는 마물을 솔선해서 덮치고 지금보다 강해지기 위해 피로 피를 씻는 살육이 이어졌다.

그리고 두 시간 후…….

"젠장! 왼쪽, 조심해! 놈이 움직인다!"

"방패로는 막을 수 없어. 반격한다! 누가 엄호해줘!"

"내가 하지, 당장 엄호하겠다. 받아라, 【파이어 볼】!"

"후열 랜스 부대, 뭐 하나! 서둘러!"

그들이 상대하는 마물은 다리가 짧고 팔이 이상하리만치 긴, 근골 장대한 녹색 거인 트롤. 그 수는 총 세 마리였다.

크게 휘두른 일격에 나무들이 쓸려나갔지만, 기사들은 거인보다 몸이 작아 재빠르게 대응할 수 있었다. 하지만 한 대라도 맞았다간 즉사로 이어지는 위험한 싸움이기도 했다.

기사들은 자신들의 이점을 살려 겁먹지 않고 선전했다.

"곧 한 마리 쓰러질 거야! 기사들은 주의해! 받아라, 【볼캐닉】!"

츠베이트의 마법이 작렬했다. 지면에서 분출한 불길이 트롤 한 마리를 휩쌌다.

—쿠구구우우우우, 콰아아아아아아아아아아아아아!

고온에 구워진 트롤이 비명을 지르며 무릎 꿇었다. 그 트롤과 싸우던 기사들은 다음 사냥감에게로 칼끝을 돌렸다. 남은 건 두 마리. 움직임은 둔했지만, 그 일격은 얕볼 수 없었다.

트롤이라는 마물은 힘과 내구력만으로 따지면 비교적 상위에 속하는 마물이었다.

"트롤…… 분명히…… 가죽을 소재로 쓸 수 있지 않았나요?"

"그렇습니다만? 정면에서 덤비지 마라, 측면과 후방에서 공격해!"

"레더 아머로 쓰기에는 우수하지만, 불 계통 마법에는 약하단 말이죠."

"그게 난점이죠. 그 약점이 없었다면 기사단에서도 채용했겠으나……."

"왜요? 불 계통 마법에 약해도 튼튼하면 된 거 아닌가요?"

"보통 문제를 일으키는 게 귀족 출신 마도사인데, 잘 쓰는 마법이 불 계통이다 보니……. 멀쩡한 분들도 있지만, 그들은 파벌의 뜻에는 거스르지 못합니다."

멀쩡한 마도사가 있기를 기대했건만, 마도사 파벌은 대표를 중심으로 한 블랙 기업이었다. 위에 있는 상사는 아무것도 하지 않은 채 권력을 원하며 연줄을 만들려고 하고, 연구는 아래 마도사에게 맡기고 방치했다. 하지만 유용한 마법이 만들어지면 그 공적으로 자신들의 권위를 쌓으려는 경우가 많았다. 하위 마도사들에게 윗사람은 연구 성과를 가로채 가는 아니꼽고 거슬리는 존재였지만, 고명한 마도사 가문의 귀족이라서 거스를 수 없었다.

더욱 악질인 점은 그곳의 대표자도 고명한 마도사란 것이었다. 나라의 치안을 지키는 기사들에게는 머리 아픈 문제였다.

"화려하고 위력이 높은 불 계통 마법을 많이 쓰나 보군요? 앗, 슬슬 결판이 나겠네요. 가 볼까요?"

"네. 그리고 자신들의 행실이 나쁜데도 불구하고 마법을 슬쩍 보이면서 위협하곤 하죠. 남은 트롤은 한 마리니 저도 나가겠습니다. 엄호를 부탁합니다."

"위에 앉은 인간이 문제라……. 연관되기 싫군요. 그럼 강화 마법【거신의 괴력】을……."

"감사합니다. 그럼 가 보죠. 놈을 놓치지 마라! 힘들겠지만 지금이 승부처다!"

마법으로 강화받은 알레프는 롱 소드를 뽑아 들고 트롤을 향해 달려갔다.

날뛰는 트롤의 팔 아래를 빠져나가고 날아드는 곤봉을 피하며 거리를 좁힌 그는 트롤의 발치에 도달함과 동시에 검을 번개같이 내그었다. 노린 곳은 트롤의 아킬레스건. 지금 기사들은 초식 공룡을 사냥하는 소형 육식 공룡 같았고 포기하는 법을 몰랐다.

제로스의 신체 강화 마법【거신의 괴력】으로 위력이 향상된 참격은 트롤의 다리 힘줄을 찢었고 7미터를 넘는 거구를 넘어뜨렸다. 이어 세레스티나와 츠베이트가 그곳으로 공격 마법을 집중적으로 쏟아부었다. 츠베이트는 화염 계통을 많이 썼고 세레스티나는 전기 계통 마법을 요란하게 난사했다.

폭염과 번개가 트롤을 유린했다. 괴로움에 몸부림치는 트롤에게 다가가 알레프가 혼신의 일격으로 목을 쳤다. 거인의 머리가 땅에 떨어지고 주위로 왈칵왈칵 피가 쏟아졌다.

"좋아! 레벨이 올랐어. 그나저나 삭신이 쑤시네……."

"그러게요. ……선생님, 레벨이 50을 넘었어요."

세레스티나는 신이 나 방방 뛰었다. 레벨 50, 세 가지 스킬 레벨이 30을 넘으면 제로스의 마법을 배우기로 약속한 그녀는 목표에 가까워졌다는 사실에 기쁨을 주체하지 못했다.

츠베이트는 과하게 기뻐하는 세레스티나를 미심쩍게 봤다.

"야, 레벨이 50을 넘었다고 왜 그렇게 좋아해? 그냥 강해지고 싶을 뿐이라면 더 긴장의 끈을 조일 상황이잖아? ……스승님과 무슨 약속이라도 했냐?"

"윽…… 아, 아무것도 아니에요……. 그냥 레벨이 올라서 기뻤을 뿐이에요. 정말이라고요.(오라버니, 감도 좋지…….)"

"수상한데. 나도 훈련으로 레벨을 올렸지만, 언제 마물이 달려들지 모르는 이 상황에서 그렇게 들뜨지는 않아. 뭔가 이유가 있지? ……야, 말해."

"아무것도 아니에요. 조건을 만족하면 마법을 얻는다고는…… 앗."

"……거짓말은 못 하는 성격이군. 숨기는 게 있어도 바로 얼굴에 티가 나고 눈이 안절부절못해. 자, 그럼 자세한 이야기를 들려주실까?"

"으으…… 나도 참 바보같이. 이것도 사람과 어울리지 않았던 탓이군요……. 이 솔직함이 원망스러워요."

"잔말 말고 말하라고. 조건이란 게 무슨 소리야? 어떤 마법이지?"

세레스티나는 비보 마법을 물려받지 못했기 때문에 자신만의 특별한 마법이 부러웠다. 그래서인지 제로스의 오리지널 마법을 계승할 수 있는 조건을 달성하고자 열심이었다.

하지만 선천적 솔직함이 화가 되어 그만 사실을 말해 버렸다.

츠베이트는 그녀에게 자세한 사정을 캐묻고 몹시 언짢은 눈치로 부러워했다.

"너 혼자 치사하잖아! 스승님의 오리지널 마법이라고?!"

"으으…… 남은 건 스킬 레벨이에요. 이대로 가면 조금만 더 있으면 달성할 것 같았는데……."

"마지막 기회야. 어떤 마법을 계승하지? 말해."

"……몰라요. 선생님은 기대하라고만 말씀하셨어요……."

제로스의 지도를 받은 후로 두 사람의 사이는 급속도로 좋아졌다.

지금까지 벽을 쌓고 지내던 두 사람이었지만, 엄밀히 따지면 그 원인은 두 공작부인의 태도 때문이었다. 동시에 츠베이트는 세레스티나가 마법을 쓸 수 없는 원인이 마법식이란 사실을 몰랐던 자신의 착각을 부끄럽게 여기고 그녀에 대한 생각을 고쳤을 뿐이었다.

어릴 적 괴롭힘도 부모의 영향과 세레스티나의 무능함에 대한 일방적 분노였다. 그것이 잘못임을 알자 츠베이트는 바로 자신의 태도를 고쳤다. 그에겐 그런 솔직한 일면도 있었다. 그것만으로 거리가 줄어들 리는 없지만, 골렘 전투 훈련으로 단기간에 제법 관계가 개선되었다. 사과했는지는 모르겠지만, 태도가 부드러워진 것은 눈으로 보면 알 수 있었다.

중요한 것은 말보다 함께 지낸 시간이었다. 한편 루세리스에겐 마음이 이래저래 복잡한 모양이었지만……. 그런 츠베이트는 제로스 앞으로 와 얼굴이 닿을 정도로 머리를 들이밀었다.

"세레스티나만 치사하잖아! 인정할 수 없어. 나한테도 뭔가 마법을 줘!"

"당신은 일가에 전해지는 마법을 쓸 수 있잖아요? 세레스티나 양은 아무것도 없는데요?"

"……그럼 내가 저 녀석에게 비보 마법을 알려줄 테니까 나한테도 마법을 줘."

"……같은 마법이라도 상관없다면 뭐 괜찮지만, 세레스티나 양이 조건을 달성한 후에만 가능합니다?"

"좋았어! 이래야 할 맛이 나지! 이렇게 된 이상 세레스티나의 스킬을 향상시키는 게 우선이군."

"자기 수련을 잊어선 안돼요……. 목적을 잊은 거 아닌가요?"

세레스티나는 그런 츠베이트를 부루퉁히 노려보며 볼을 부풀렸다.

츠베이트와 이야기할 때도 기사들은 트롤을 해체하고 있었지만, 크기가 너무 크고 세 마리나 되다 보니 작업은 난항을 겪었다. 여러 명이 달려들어 속도는 빨랐으나, 원래 용병이 아니라 해체 실력이 없어서 소재로 쓸 수 있을지는 불투명했다.

그래도 부수입은 챙길 수 있으므로 기사들은 희희낙락 작업을 이어갔다.

이 호위 임무는 훈련도 겸하며, 숲에서 해치운 마물에게 얻는 소재 일부는 소소한 보수가 되어 그들 주머니로 들어간다. 나머지는 기사단이 책임지고 환금한다.

이런 돈은 부수입과 별개로 기사단 운영 자금이 되어 주로 무기나 갑옷의 정비 비용으로 쓰인다.

그들이 혈안이 되어 작업하는 동안 제로스는 『맥주 마시고 싶다. 닭 날개도 있으면 더할 나위 없을 텐데……』라고 중얼거리고 있었다. 이 세계의 와인보다도 차가운 캔 맥주가 그리웠다.

결국 그들이 야영지로 돌아온 것은 날이 저문 뒤였다.

오크나 고블린, 심지어 거대한 뱀인 패럴라이즈 스네이크 따위를 쓰러뜨리고 마지막으로 트롤과 싸우며 모든 체력을 소진한 탓에 모두 지칠 대로 지쳤다. 또한 급속한 레벨 업에서 오는 권태감과 공복, 피로도 겹쳐서 그들의 발걸음은 천근만근이었다.

간신히 평원으로 돌아왔지만, 거점인 진지를 본 순간 그들은 할 말을 잃었다.

그들이 쉬기 위한 텐트는 부서졌고 짐 태반이 누가 어질러 놓은 듯 난장판이었다. 습격당했다는 사실은 누가 보나 자명했다. 가장 피해가 큰 것은 식량이었다. 가져온 음식 대부분을 먹어치우거나 훔쳐가 버렸다.

"이, 이건, 대체……."

"마물이 습격했나? 하지만 이 거점은 제로스 공의 마법으로 완전히 막아 놨는데."

"뭐가 이곳에 침입했지?"

진지 주위는 마법을 이용한 암벽으로 둘러싸였고, 숲으로 갈 때는 일부를 무너뜨려 나온 뒤 다시 출구를 막았다. 이곳에 올 때 쓴 마차는 짐을 실을 한 대만 남기고 나머지는 가까운 마을에 대기시켜 놓았기 때문에 이미 이곳에 없었다.

훈련 종료까지 앞으로 나흘. 그때까지는 가져온 식량으로 견뎌야 했다. 하지만 그 중요한 식량을 약탈당했다. 심지어 무수한 마물이 시체가 되어 굴러다녀 마치 난전이 벌어진 뒤 같기도 했다.

"이곳에 침입했나? 하지만 어떻게……. 설마 크레이지 에이프는 아니겠지?"

"……농담하지 마. 그보다 이곳에 굴러다니는 마물들은 대체 뭐지……? 울프인가?"

"포레스트 울프, 헌터 울프도 있어. 무슨 일이 있었던 거지?"

"만약 마물의 습격이라면 이 녀석들은 어디로 침입한 거야?"

"이봐, 저기…… 뭔가, 있는데……?"

기사들은 일제히 그 방향으로 시선을 돌렸다. 그의 말대로 짐을 실어 두던 낡은 마차 뒤에서 움직이는 그림자가 언뜻 보였다.

─뚝.

누가 마른 가지를 밟았는지, 작은 소리가 말 없는 그들 귀에 들렸다.

당연히 산더미 같은 나무통 뒤에 있는 존재에게도…….

그것은 머리를 들더니 천천히 이쪽을 돌아봤다. 다행히 기사들의 예상은 빗나갔지만, 다른 의미로 최악의 상황에 기사들은 새파랗게 질렸다. 팔다리가 없는 길쭉한 연체동물─ 웜이었다.

게다가 자세히 보니 다른 마물을 포식하는 중이었다.

"이, 이봐…… 설마 이 많은 수를 저 웜이…….”

"잠깐, 아무리 그래도 그건 이상하지. 아마 여러 마물이 이곳을 습격한 게 아닐까?”

주위에 산란한 식량 잔해와 와일드 울프, 포레스트 울프의 사체. 그중에는 크레이지 에이프 사체도 여럿 굴러다녔다.

"위험해……. 우리는 지금 많이 지쳤어. 여기에 웜이 있다면 땅속에 더 잠복해 있을 가능성이 있어.”

알레프는 상황을 냉정하게 관찰하면서도 자신들이 불리하다고 깨달았다. 길이 2미터를 넘는 거대한 지렁이─ 웜. 식용으로는 적합하지 않고 이렇다 할 소재도 얻을 수 없어 귀찮기만 한 마물. 쓸수 있는 것은 입안에 빼곡히 자란 이빨과 혈액 정도였다. 얼마나 많은 웜이 이곳에 있는지는 모르겠지만, 만약 전투가 벌어지면 현재 기사단으로선 제대로 상대할 여력이 없었다.

기사들의 뺨을 타고 식은땀이 흘러내렸다.

제2화 아저씨, 현실 도피하다

 땅속에서 머리를 내밀고 한창 식사 중인 웜은 포레스트 울프를 우악스럽게 집어삼키려고 하고 있었다. 크레이지 에이프의 사체를 보니 아무래도 울프 계열 마물에게 무리 지어 습격받은 모양이었다.

 본디 웜은 땅속에서 미세한 진동을 감지해 마물을 구분한다. 불특정 다수의 마물이 존재하지 않으면 진동을 감지할 수도 없기 때문에 이 마물은 나타나지 않는다.

 거점을 처음 턴 것이 크레이지 에이프고, 다음으로 온 것이 울프 계통 마물, 그 울프 무리를 쫓아 웜이 나타났다고 봐야 할 것이다. 살벌한 먹이사슬이었다. 문제는 현재 기사들이 싸울 상황이 아니라는 점이었다. 그렇다면 답은 저절로 나온다.

 "에효, 어쩔 수 없지. 제가 처리하죠. 문제는 이 웜이 몇 마리 있느냐인데……. 움직이지 마세요. 놈들은 소리로 사냥감을 식별하니까요."

 "죄송합니다, 제로스 공……. 지금 저희에겐 싸울 힘이 없어서……."

 "용사다……. 여기에 용사님이 계신다."

 "오오…… 신이시여……."

 "너희도 싸워……. 안전한 곳에서 벌벌 떨고만 있게?"

 "그러고도 남자야? 한심하다, 한심해!"

 여성 기사들은 남자 동료들에게 냉랭한 시선을 보냈다. 하지만 그녀들의 의견을 받아들일 수 있을 정도로 그들은 용감하지 않았다. 상대가 산적이었다면 그들도 기사로서 긍지를 관철했겠지.

하지만 지금 그들은 레벨 업으로 인한 권태감으로 움직이기 힘들었고 대장인 알레프조차 떨리는 팔다리를 감추지 못하고 있었다.

"남자니까 하라는 건 차별이지! 세상은 평등한데 저 좋을 때만 남자 타령이야!"

"우리도 몸이 움직이면 싸웠어! 여자는 좋겠군. 이럴 때만 불리한 건 떠넘기고 말이야! 남자니까 해야 할 이유가 어딨어!"

"싸울 수 있다면 너희가 싸우면 되잖아? 지금 우리는 못 해!"

""이, 이 인간들이 정말⋯⋯.""

기사들은 다른 의미로 도움이 안 됐다. 연속 전투로 남은 마력이 얼마 없어서 우울해진 모양이었다. 아무래도 마력이 소모되어 정신에도 영향을 끼친 것 같았다.

이 기사들은 현재 극도의 네거티브 상태였다.

=====================

컨트리 웜 Lv204

HP 1023/1023

MP 311/311

=====================

감정해 본 결과, 맛있어 보이는 이름이었다.

"웜이라⋯⋯. 가축 피해가 자주 나오는 것으로 유명하죠. 키마이라와 비슷한 레벨인데 체력과 마력이 낮군요?"

"아마 놈은 진화 전이 아닐까요? 저기서 다른 개체로 분화하는 거겠죠."

그 말인즉, 상위종이 되면 레벨이 1로 돌아간다는 뜻이었다. 그 대신 힘은 진화 전보다 훨씬 강해진다. 키마이라는 이 울보다 강했으니까 최소 한 번은 진화했을 것이다. 그렇게 집단으로 공격했는데도 HP가 거의 줄지 않던 것을 생각하면 말이다.

'진화도 하나⋯⋯. 게임 같은 세계라고 생각했지만, 현실과 가까운 섭리였나 보군. 그렇다면 내가 아는 상식과 상당히 다를 가능성도 큰데.'

제로스는 일전에 받은 여신의 메일에 적힌 내용을 전면적으로 믿지는 않았다.

생물이 갑작스레 진화하려면 조건이 필요했다. 레벨이 오른다고 바로 진화하는 세계는 자연의 섭리에서 벗어났다. 생태계에서는 있을 수 없는 일이었다. 보통 게임 세계에서 진화란 경험치를 축적하고 조건을 만족한 개체가 더욱 강력한 마물로 변하는 현상을 말했다. 하지만 상식적으로 생각했을 때, 이 세계에서 진화란 환경 조건이 갖춰지면 변화할 가능성이 큰 현상 정도로 보였다. 만약 레벨이 조건이라면 이 근처에 진화한 마물이 상당수 있지 않으면 이상하기 때문이었다.

강력한 마물이 다수 서식하며 처절한 생존 경쟁을 벌이는 곳이 바로 이곳 파프란 대산림 지대였다.

약한 개체가 살아남을 수 있을 리 만무했다.

"그럼 이 인근 마물의 평균 레벨은 200~300 정도려나⋯⋯."

그렇다면 제자와 기사들을 그 정도 레벨로 올리지 않으면 살아남을 수 없다는 뜻이었다. 도저히 남은 나흘 동안 해결할 수 있는 문제가 아니었다.

게다가 문제는 더 있었다. 레벨이 오른 제자와 기사들은 온몸에 심한 권태감이 찾아왔다. 이것은 손에 넣은 힘을 몸이 따라잡지 못하여 생기는, 급속한 레벨 업의 폐해였다.

레벨 업이란 마물을 해치움으로써 영혼의 일부를 흡수해 자신의 힘으로 환원하는 현상이며, 육체는 더욱 강인하게 변하지만 급속한 변화는 몸에 이상을 일으킨다고 알려져 있었다.

그들은 지금 자기 몸을 지키기도 힘들 정도로 지쳤고, 동시에 연속된 강제 레벨 업으로 인해 생각대로 몸이 움직이지 않는 상황이었다. 결국 싸울 수 있는 사람은 제로스뿐이었다.

"후…… 얼른 끝내자. 편하게 쉬고 싶으니까……."

제로스는 그렇게 말하면서도 허리춤에 찬 검을 뽑았다.

"【사운드 붐】."

―두우우우우우우우우우우우우우우웅!!

【사운드 붐】이 어마어마한 폭발음을 일으켰다.

소리가 전부인 마법이었지만, 땅속에 숨은 마물을 끌어내는 데는 제격인 마법이었다.

소리는 진동으로 전해져 땅속에 숨은 웜을 끌어냈다. 그 수는 총 다섯 마리였다.

"【선더 불릿】."

칼끝에 전기 구체가 나타난 검을 웜에게 휘두르자 전기 구슬은 마치 의지를 가진 것처럼 웜에게 달려들었다. 전기 구슬에 꿰뚫린 웜들은 부가 효과로 일시적으로 마비됐다.

"【포스 인챈트】."

부가 마법 【포스 인챈트】. 무기나 방어구에 거는 마법이며, 일시적으로 강도나 예리함을 강화하는 마법이었다. 마비되어 땅속으로 도망가지 못하는 웜은 그저 유린당할 뿐인 사냥감으로 전락했다. 일격에 머리가 날아간 웜은 녹색 체액을 흩뿌리며 숨을 거뒀다.

물 흐르듯 자연스러우면서도 빈틈없는 공격이었다. 기사들은 멍하니 그 광경을 지켜봤다.

"그럼 소재를 수습할까요? 다른 마물 사체도 있으니까 얼른 해체해 버려야지……. 조금은 비싼 값에 팔리면 좋을 텐데."

""""""와아아아아아아아아아아아아! 용사 만세!"""""""

너무나도 깔끔한 전투에 기사들의 박수갈채가 쏟아졌다.

제로스를 용사라고 칭송할 정도로 그들의 권태감과 마력 소비로 인한 정신적 탈진 상태는 심각했나 보다. 제로스는 그런 기사들을 본체만체 작업에 착수했다.

주위에 다른 마물도 굴러다녀 해체 작업에는 시간이 조금 걸렸지만, 어찌어찌 작업을 마치고 전리품을 감상했다. 참고로 웜 고기는 식용이 아니므로 소각했다.

문제는 웜에게 습격당한 다른 마물이었다.

=====================

【흰 원숭이 모피】

크레이지 에이프의 털가죽. 최고의 품질을 자랑해 고가에 거래된다. 주로 귀족들의 코트로 이용되며, 특히 귀부인들 사이에서 유행한다.

아름답게 윤기가 흐르는 체모와 순결한 흰색이 특징이며 인기가 많다. 털가죽 자체를 구하기 어려워 언제나 품귀 현상을 빚는 탓에 상인들 사이에서 가격이 폭등 중이다.

일확천금을 노린 사냥꾼이 반드시 행방불명되는 것으로 유명하다.

======================

"순결한 흰색은 무슨……. 털가죽 주인이 순결을 더럽히고 다니는 마당에……."

감정 결과를 보고 뇌까렸다. 털가죽의 주인인 원숭이와 상품으로서의 가치는 별개인 모양이었다.

"그【흰 원숭이 모피】가 설마 그 원숭이였다니……."

"학교에서 그 모피 코트를 입은 분이 자랑하셨는데……. 부럽다는 생각이 싹 가시네요. 그런데 이 원숭이는 도망치지 못했던 걸까요?"

"용병들이 돌아오지 않는 이유가 있었군. 다 놈들에게 먹힌 거야. 다른 의미로……."

"무서워……. 나, 기사가 돼서 다행이야……."

"정말이야. 적어도 급료는 안정적이니까 용병처럼 돈 걱정은 할 필요가 없지."

그들은 자신들이 기사란 사실에 안도의 한숨을 쉬었다.

【흰 원숭이 모피】는 상인에게 고가로 거래되는 탓에 용병이나 사냥꾼이 혈안이 되어 찾고 다녔다.

하지만 이 의뢰를 받으면 무슨 이유에선지 용병이 돌아오지 않는 일이 잦았다. 그 이유가 판명된 순간이었다.

기사 중에는 용병에서 실력으로 올라온 자도 있으며, 엄격한 심사와 학력 평가의 바늘구멍을 통과한 엘리트들이었다. 만약 용병일 때 이 의뢰를 받았었다면 지옥을 맛보게 됐을 가능성이 충분히 있었다.

기사의 엄격한 선발 시험에 합격한 사실이 이렇게 기쁠 수 없었다.

왜냐하면 기사는 공무원이나 다름없었다. 수입이 안정적이라서 용병처럼 위험을 감수하면서까지 돈을 벌지 않아도 됐다. 하지만 기사들은 잊고 있었다.

이 땅이 다른 흉포한 마물도 많이 서식하는 약육강식의 숲이란 사실을…….

"그나저나 곤란하네. 식량이 거의 안 남았어……."

"원숭이뿐 아니라 늑대까지……. 얼마나 많은 마물이 몰려온 거야? 게다가 어디로 침입했지?"

일행은 공복을 참아 가며 거점 주변을 조사했다.

잠시 조사를 이어가자 벽 바깥쪽에서 구멍을 파서 침입했다는 것을 알았다.

그 구멍으로 다른 마물이 침입하고 식량 쟁탈이 벌어졌겠지. 그리고 처절하게 먹고 먹히는 싸움으로 발전했다. 크레이지 에이프는 식량만 가지고 도망쳤고 울프들은 웜에게 습격당해 떼죽음 당했다.

"이런 구멍을……. 마물답지 않게 의외로 머리가 잘 돌아가……."

"원숭이도 늑대도 떼 지어 왔나……. 만약 맞닥뜨렸으면……

끄, 끔찍해……."

"그보다 식량은 어떡할 거야!"

"앞으로 4일……. 사람이 오는 건 4일 뒤야."

"그때까지 쫄쫄 굶으라고? 그게 말이나 돼?!"

"왜 나한테 소리치고 난리야?"

그들은 이틀째부터 밥을 굶게 생겼다. 그런 기사들을 보고 제로
스는 어째선지 기쁘게 미소 짓고 있었다. 그것도 진심에서 우러나
오는 미소를…….

"서, 선생님? 왜 그렇게 웃고 계신가요?"

"네? 제가 웃고 있었어요?"

"스승님…… 당신 설마 이 상황을 즐기는 건 아니겠지?"

"에이…… 아니에요. 절대로 동료가 생겼다고 좋아하거나 그런
건……."

1개월 전 추억이 새록새록 떠올랐다. 제로스는 이 광대한 숲을
헤매고 있었다.

물은 있지만 식량은 고기뿐. 계속 사냥하지 않으면 굶주릴 뿐인
서바이벌 생활. 운이 좋아 가도로 나왔기에 망정이지 까딱 잘못했
으면 아직 서바이벌 생활을 계속하고 있었을 가능성이 컸다.

더군다나 정신이 견디다 못해 원시인으로 퇴행하기 일보 직전이
었다.

아저씨는 같은 처지에 놓인 동료가 생겼다는 것이 순수하게 기
뻤다.

그렇다. 제자 두 명을 포함한 기사들은 최소 나흘간 고기만 먹는

생활을 하게 됐다.

"당신, 썩었어……."

"선생님…… 너무해요."

차가운 시선이 푹푹 꽂혔다. 하지만 그 얼굴에서는 웃음이 사라지지 않았다.

"……그러니까~, 이 불행을 함께하자니까요?"

"""""""웃기지 마! 진심으로 하는 소리야?!"""""""

"당신에게도, 이 불행…… 나눠주고 싶어."

"""""""망했다…… 눈을 보니 진심이다!"""""""

일주일의 서바이벌 생활 덕분에 아저씨는 이런 정서 불안이 됐다.

그 당시 심리 상태로 돌아가는 이 변모를 목격하고, 제자 두 명을 포함한 기사들은 전율했다.

끔찍하게도 이 자리에 있는 사람들은 모두 이미 이 아저씨와 같은 전철을 밟게 될 것이 확정됐다. 앞으로 모두 사이좋게 혹독한 환경에서 서바이벌 생활을 해야만 한다…….

이날, 아저씨는 이때까지 보지 못한 정말로 멋진 웃음을 보여줬다고 한다.

눈부실 정도로 멋진 웃음을…….

그로부터 이틀, 기사들은 생지옥을 맛보고 있었다.

사냥감을 찾아 숲으로 들어가고, 해치우면 손질해서 요리해 먹는다. 원시적이며 그 이상으로 야만적인 생활이 계속됐다. 긴장을 풀면 목숨이 날아가는 이 가혹한 숲에서 그들은 나흘째 되는 날 야성에 눈떴다.

사냥감을 가로채려던 와일드 울프를 쓸어버리고, 여성 기사를 덮치려던 고블린을 학살하고, 자신들을 잡아먹으려고 달려든 오크를 격퇴했다. 그들의 눈은 제정신이 아니었다.

눈 안쪽에는 위험한 빛이 깃들었고 오로지 식량 확보만을 위해 하염없이 싸웠다.

사냥감을 해치웠을 때는 함성을 지르고, 얼마 안 되는 식량을 동료끼리 나누며, 불을 에워싸고 사냥에 성공한 기쁨에 미친 듯이 춤출 정도로 그들은 원시로 돌아가 있었다.

거점을 덮친 마물에게는 눈곱만큼의 자비도 찾아볼 수 없는, 지나치다 싶을 정도의 반격을 가하며 투쟁 본능을 고스란히 드러냈다. 그렇게라도 하지 않으면 살아남을 수 없을 만큼 이곳 대산림지대는 위험한 땅이었다.

이곳에 발을 들이고 이틀 동안은 그저 운이 좋았을 뿐이었다는 것을 알고 자연의 혹독함을 뼈저리게 실감했다. 지금 기사들의 마음에는 여유가 없었다.

레벨이 올랐다고 일희일비할 여유 따위가 어디 있으랴.

―슉!

화살 한 대가 슬래시 래빗의 머리를 꿰뚫었다.

슬래시 래빗은 경련하더니 힘없이 숨을 거뒀다.

"우후후후후…… 고기, 잡았다……."

"쳇! 선수 쳤군…… 다음 사냥감은 어디 있지?"

"이쪽에 미트 오크가 있다!"

"좋았어! 쳐 죽여!"

비교적 안전한 대산림 지대 끝자락에서 이 모양이었다. 더 안쪽 깊은 곳에서 서바이벌을 벌이던 제로스가 얼마나 험난한 환경에 있었을지 기사들은 피부로 깨닫는 중이었다.

약 한 시간 간격으로 굶주린 마물이 달려드는 곳이었다. 공격해 오는 마물은 대부분 식용으로 쓸 수 없었고, 쓸데없이 체력만 소비하여 분노가 누적됐다. 잠깐 쉬려고 하면 다음 집단이 공격해 온다.

그런 상황이 짧은 시간 동안 끊임없이 반복됐다. 극한 상황에 빠진 기사들은 야생으로 돌아가지 않으면 살아남을 수 없다는 깨달음을 불가피하게 얻었다.

그리고 쌓이고 쌓인 그들의 분노가 한 번에 폭발했다. 바로 **광전사화**한 것이었다.

"무, 무서워…… 저 분들, 왜 저러죠?"

"이 광대한 숲에 적응한 거죠. 순진함을 버리고 비정해지지 않으면 안 된다고 깨달은 겁니다. 크크크……"

"스승님…… 당신도, 설마……"

"후후후…… 어차피 세상은 약육강식. 문명에 물든 인간이 가혹한 대자연에서 살아남을 수 있을 리 없죠. 두 사람도 어서 야성에 눈떠야 한다고요. 네?"

"아니, 저건 아니잖아?! 아무리 봐도 정신이 병든 거 아냐?!"

"서치 앤 디스트로이……. 여기선 죽이지 않으면 죽습니다. 후후후후……."

제로스는 그리운 것을 보는 양 진심으로 기쁘게 웃었다.

옛날의 자신을 떠올리며 문명사회에 살던 자신이 얼마나 연약했는지 깨닫게 되던 나날. 전생 첫날부터 이어진 서바이벌은 그의 마음속에 사나운 짐승을 낳고 말았다.

그리고 그 짐승이 다시 눈을 떴다.

"대장님! 여기 빼앗긴 육포 조각이 떨어져 있었습니다."

"뭣이?! 그렇다면 놈들은 이 앞에……. 좋아, 추적한다! 놈들을 발견하는 즉시 섬멸해라! 한 마리도 남기지 말고 몰살한다! 식량을 빼앗긴 원한을 풀자!!"

알레프도 짐승으로 전락했다. 예의 바르던 기사가 지금은 완전히 산적 두목이었다.

원숭이의 공포에 떨던 그들은 이미 사라지고 외적을 죽일 뿐인 악귀가 되어 있었다.

기사단은 이글거리는 투지를 숨기려고도 하지 않고 앙숙이 있는 곳으로 추적을 개시했다.

"그럼 가 볼까? 리벤지다!"

"아아…… 사람은, 한 꺼풀 벗겨 보면 짐승이군요……."

"아냐…… 이건 아냐. 뭔가 잘못됐어."

츠베이트의 말은 누구에게도 들리지 않았다. 이 숲에서 통하는 것은 순수한 폭력뿐이었다.

지혜와 용기로 살아남을 수 있을 정도로 대산림 지대는 절대 만만하지 않았다. 흉악한 마물이 기승을 부리며 순수한 본능이 힘이되는 약육강식의 영역. 순진한 생각이 몸을 망치는 세계였다.

◇ ◇ ◇ ◇ ◇ ◇ ◇

크레이지 에이프는 원숭이답게 바위 지대에 살았다.

수풀 사이로 보는 한 스물세 마리로 이루어진 무리였다.

보스를 중심으로 서열이 존재하고 상위에 있는 자가 번식 행위를 허락받는 모양이었다. 문제는…….

"암컷이 너무 많지 않아요?"

"잘 보니 이상한 개체도 있지 않아요?"

"그래……. 수컷인지, 암컷인지…… 판별이 안 되는데?"

흰 털을 가진 원숭이 가운데 기묘한 개체가 존재했다. 크레이지 에이프의 성별 구분은 첫 번째로 유방의 유무, 두 번째로 암컷 머리에 부분 염색처럼 존재하는 노란색 털이었다.

수컷은 암컷보다 몸이 작고 마른 근육질 체형이었지만, 반대로 암컷은 우락부락한 거구였다.

그런데 정체불명의 개체는 암수 중간 몸매에 유방도 있거니와 생식기도 암수로 따로 존재했다. 그보다 보스가 문제였다.

부탁하지도 않았는데 멋대로 발동한 감정 능력이 보스의 스테이터스를 뇌리에 표시했다.

========================

【퀸 알리에네 콩가】Lv15

HP 3167/3167

MP 742/742

========================

고릴라였다. 심지어 퀸이란 이름답게 암컷이었다.

윤기 흐르는 녹색 털에 크레이지 에이프보다 큰 5미터급 체구.

아마 진화형으로 생각되지만, 같은 원숭이라고는 해도 그 거구는 기괴했다.

더욱이 수컷 크레이지 에이프를 힘으로 억지로 자빠뜨리고 번식 행위에 여념이 없었다.

"저 고릴라, 이종 교배가 가능해?!"

"고블린이나 오크랑 똑같잖아……. 소름 끼치는 자식……."

"사람도 있나 본데? 산적 같은 아저씨지만……."

""""그쪽은 보기 싫어!""""

분명히 산적 같은 남자를 몇 명 확인할 수 있었지만, 누구나 그쪽으로 눈을 돌리려고 하지 않았다.

"혹시…… 크레이지 에이프에는 평범한 수컷이 없는 건 아닐까요?"

"스승님, 그게 무슨 말이야?"

"아마 처음에는 암컷뿐이고 특정 상황이 오면 수컷으로 변태하는 게 아닌가 싶어서요."

""""뭐?!""""

크레이지 에이프가 암컷밖에 없는 무리라고 가정한다면, 지금까지 얻은 정보에서 어느 정도 생태를 설명할 수 있었다. 원숭이니만큼 서열이 존재하며, 상위자의 번식 행위를 위해 약한 개체가 수컷으로 변화한다. 스트레스가 유전자를 변질시켜 성별이 변화를 일으키는 이러한 습성은 어류에서 드물게 찾아볼 수 있지만, 포유류, 그중에서도 원숭이가 이런 습성을 가지면 문제가 된다.

크레이지 에이프의 경우 스트레스 원인이 무리 상위에 군림한 보스들일 것이다.

비교적 약한 입장이기에 보스의 명령은 절대적이고 힘으로 이길 수 없기 때문에 번식 도구가 된다. 그 스트레스가 강한 개체는 수컷인 채로 남고 다시 암컷으로 돌아오기 위해 인간 남자를 덮친다.

동시에 수컷보다 강하다는 사실을 증명하면 그 개체는 무리 내 서열에서 상위로 올라가게 된다. 암수 중간 개체는 아마 암컷으로 돌아오든가, 반대로 수컷으로 변화하는 중간 과정이라고 판단됐다.

쉽게 말해 여성으로 태어났는데 환경 때문에 강제 성전환을 당하는 것이었다.

인간으로 바꾸어 생각하면 이렇게 무시무시한 일이 없었다.

"제로스 공…… 그렇다면 놈들은 암컷으로 돌아가기 위해 우리를 덮쳤단 말입니까?"

"그런 셈이죠……. 무리 지어 행동하는 동물에게 서열은 중요하니까요. 특히 식량 문제로."

원숭이는 식량을 많이 먹을 수 있는 순서가 정해져 있다. 무리의 보스가 처음으로 식량을 먹고 다른 원숭이는 보스의 식사가 끝날 때까지 손가락만 빨아야 한다. 거기서부터 서열이 높은 순으로 식사를 시작하며, 경우에 따라서 말단은 아무것도 먹지 못하고 굶는 일도 있다.

가혹한 파프란 대산림 지대에 사는 약한 개체에게는 약간의 식량이라도 중요했다. 그래서 다른 무리의 수컷이나 타 종족을 집요하게 노리며 자신의 힘을 과시하는 것이었다. 이기면 수컷을 납치해 자신의 서열이 올라가고 번식 행위도 할 수 있다. 산적들은 졌기 때문에 서열 최하위가 되었겠지.

"그 말인즉…… 놈들이 우리를 동족으로 보고 있단 거야?"

"우리를 같은 종의 생물로 생각한다고요? 믿고 싶진 않네요……."

"그렇겠죠~. 지면 저렇게 될걸요?"

제로스가 손가락으로 가리킨 방향에는 산적들의 비참한 모습이 있었다.

"선생님, 저 원숭이들은 왜 여성은 덮치지 않죠? 한 무리로 보고 있다면 여성은 쓰러뜨려야 할 적이지 않나요?"

"아마 위험을 피하기 위해서겠죠~. 수컷 가운데 암컷이 있으면 그건 강한 개체니까……. 성인 인간을 덮치는 건 자기가 강하다고 증명하는 시위인 셈이죠~."

그 시위가 인간에게는 문제였지만, 자연계에서는 강한가, 약한가, 하는 단순한 힘 관계가 전부였다.

대자연은 때로 생물들에게 특이한 습성을 주며 인간의 상식을 쉽사리 뒤집어엎었다.

"변태 취향이 있는 건 아닌가. 그건 그렇고 스승님, 아까부터 말투가 왜 그래?"

"그야말로 변태죠~. 하하하하하…… 큰일이네~."

아저씨의 눈이 죽은 동태 눈깔이었다. 만약 사기적 능력을 가지고 이 세계에 전생하지 않았더라면 자신도 산적들과 같은 처지였으리라.

그것을 이해했기 때문에 제로스의 이성은 눈앞에서 일어나는 현실을 격렬하게 거절했다. 괜히 이런 상식이 있는 탓에 진실을 받아들이기란 더욱 어려웠다.

"그렇군요. 놈들은 남자를 약한 개체로 인식한단 말입니까? 그런데 저희에게 빼앗은 식량은 어딨죠?"

"지금쯤 보스의 배 속이겠죠……. 히히히, 잘 먹었습니다~♪"

"이것 봐, 스승님……. 당신 완전히 맛이 간 거 아니야?"

"이대로 가면 선생님이 위험하지 않을까요?"

"""""""원숭이 자식들, 쳐 죽여주겠어어어어어어어어어어어어!"""""""

음식에 맺힌 원한은 무서웠다. 전장에서도 식사는 해야 하므로, 적절히 요리한 음식을 정량에 맞춰 배식하기 위한 식량은 보유 물자 중에서도 가장 중요시됐다. 수많은 가혹한 훈련을 거친 기사들에게는 몸에 밸 정도로 교육받은 최고 중요 사항이었다.

조금의 사치가 부대를 배고픔에 허덕이게 하기 때문에 원정을 가거나 할 때는 언제나 세세하게 관리해 왔다. 원숭이들은 그런 소중한 식량을 먹어치웠다. 결코 용서할 수 없었다.

무엇보다 그들이 빼앗은 식량은 민중의 혈세가 아니던가?

기사들의 분노가 멜트 다운했다.

"주위로 전개! 각 기사는 **그것**을 들고 대기. 신호하면 놈들에게 던져라."

"""""""옛!"""""""

그들은 체계 잡힌 움직임으로 부대를 나눠 수 명 단위의 파티를 짰다. 기사들은 바위 지대 사방으로 맞바람을 맞도록 퍼져 무리 주위에 대기했다. 그들의 움직임은 신속했다.

최근 며칠 사이의 레벨 업으로 급상승한 체력과 새롭게 얻은 전투 스킬을 사용해 앙숙을 해치우고자 준비했다.

"세레스티나 님, 신호를 주십시오."

"네, 넷!【플래시】!"

세레스티나의 섬광 마법은 무리 중심에서 작렬했다. 갑작스럽게 터진 빛이 크레이지 에이프들의 시야를 빼앗았고 그것을 신호로 기사들이 일제히 무언가를 던졌다. 노란색 연기와 보라색 연기가 주변을 뒤덮었다.

크레이지 에이프들은 몸이 저려왔고 이어서 독이 퍼졌다. 최근 이틀 동안 배운 사냥 기술, 확실하게 사냥감을 처리하는 정석적 수법이었다. 하지만 결코 기사의 방식은 아니었다.

"【윈드】!"

츠베이트는 바람 마법으로 마비와 독 안개를 무리 전체에 고루 퍼지도록 했다. 그것을 확인한 기사들이 일제히 검을 뽑아 들고 달려갔다.

"""""죽어라아아아아아아아아!"""""

마비되어 움직일 수 없는 크레이지 에이프는 속수무책으로 기사들에게 도륙됐다. 집단전에서 적의 전력을 빼앗는 것은 기본 전략이었다. 그것은 무리 지은 마물이라고 해도 다를 게 없었다.

다만, 마물은 어떤 힘을 숨기고 있는지 알 수 없었다. 그래서 비겁하다고는 하나 이런 수단까지 동원해 쓰러뜨리려야 했다. 이것은 사냥이었다. 이 숲에서는 사소한 방심이 죽음으로 이어진다.

"【플레임 애로】!"

"【라이트닝 불릿】!"

계속해서 확실하게 처치하기 위해 마법 공격으로 추가타를 노렸다. 크레이지 에이프는 몸에 옮겨붙은 불을 끄려고 일시적으로 전투를 중단했고, 번개는 마비 효과를 더욱 강화했다.

인간 대 인간의 전쟁이 아니므로 비겁하든 말든 쓸 수 있는 수단은 총동원했다.

"확실하게 처치해라! 레벨은 이 녀석들이 높다!"

"세 마리째, 해치웠다!"

"그럼 일곱 마리째인가?"

설령 레벨이 올랐어도 기사들의 힘은 아직 약했다. 하지만 그 점은 도구를 이용해서 확실하고 안정적인 공격을 성공시켰다.

이 땅은 사느냐 죽느냐가 전부인 위험 지대였다. 생존이 최우선이며 거기에 기사의 긍지 따위는 필요 없었다. 생존 경쟁에서는 비겁이고 나발이고 살아남으면 그만이었다. 크레이지 에이프는 간단히 정리되고 있었지만, 아직 이곳에는 귀찮은 거물이 존재했다. 퀸 알리에네 콩가였다.

무리가 공격당하는 광경을 본 알리에네 콩가는 가슴을 두드려 위협했다.

"야, 독이 안 먹혔잖아?"

"그럴 리가! 내성이 있나?!"

뛰어오른 알리에네 콩가는 땅을 흔들며 착지해 기다란 팔을 아무렇게나 옆으로 휘둘렀다.

"크아아아아아아아아악?!"

반사적으로 방패로 방어한 기사 한 명이 충격으로 가볍게 수 미터는 튕겨 날아갔다.

알리에네 콩가는 이어서 가까이 있던 기사를 향해 팔을 들어 단숨에 내려찍었다.

"윽?!"

간발의 차이로 피했지만, 충격파가 발생해 그를 날려 버렸다.

"으아아아아아아아아아아아!"

"어떻게 되먹은 힘이야! 이게 상위종⋯⋯."

다만, 화가 단단히 났는지, 같은 무리의 크레이지 에이프도 가리지 않고 함께 날려 버리고 있었다.

약해진 크레이지 에이프는 방어하지도 못한 채 즉사했다. 지독한 보스였다. 알리에네 콩가는 힘은 강하지만 머리가 나빴다. 놈은 자기가 날려 버린 동료를 보고 더욱 격앙했다.

"공격을 피하는 데 전념해, 한 방이라도 맞으면 죽는다!"

막무가내로 휘둘러 대는 팔이 크레이지 에이프를 휩쓸었다. 기사들이 토벌하는 것보다 빠르게 무리의 보스가 동료를 괴멸시켰다. 머리가 나쁘다는 정도가 아니라 그냥 머저리였다.

"이 자식, 멍청하지만 손을 쓸 수가 없어!"

기사들도 반격을 시도했지만, 두꺼운 피부에 가로막혀 검이 들지 않았다. 알리에네 콩가가 그 틈을 놓치지 않고 주먹을 내질렀다. 튕겨 날아간 방패가 하늘로 떠올랐다. 그 거구에서는 생각할 수 없는 날렵함으로 공중으로 뛰어오르더니 짧은 다리로 산적이었던 남자를 짓뭉갰다. 남자는 어마어마한 양의 피를 흩뿌리고 사망했다.

"저런 식으로 죽기는 싫어……."

"여러모로, 비참한 죽음이군……."

크레이지 에이프에게 유린당하고 보스인 알리에네 콩가에게 밟혀 죽는다. 실로 최악의 죽음이었다.

피해자인 산적들은 이미 제정신을 잃어 그저 그 자리에 멍하게 있을 뿐이라 방해만 됐다.

알리에네 콩가가 거기에 주먹을 꽂자 그들은 무참한 고깃덩이로 변했다.

오히려 제정신을 잃은 그들에겐 죽음이 구원일지도 모르겠다.

"【빛의 박쇄】."

알리에네 콩가는 빛나는 사슬에 묶여 움직임을 봉쇄당했다.

흡사 십자가에 못 박힌 듯한 모습이었다.

"제로스 공인가?!"

"제가 잡고 있을 때 공격하세요. 특수한 공격이 있을지도 모르니까 충분히 주의하시고요!"

"알겠습니다! 중거리 공격 기술을 가진 자는 전력을 다해 공격해라! 저 암컷 고릴라를 쳐 죽여라!"

"빛 마법 【신의 축복^{갓 블레스}】."

광범위 유닛 강화 마법 【신의 축복^{갓 블레스}】. 이 세계에서는 신성 마법으로 전해지며 【대신관】이 아니면 사용할 수 없는 전설의 마법이기도 했다. 효과는 아군의 공격력, 방어력, 회피력, 마법 공격력, 마법 방어력의 대폭 강화. 거기에 더해 HP, MP를 일정 시간 자동으로 회복해 아군의 소모를 방지한다. 더불어 언데드 계열 마물에게는 최대 위력의 공격이기도 하다. 물론 예외도 있지만…….

기사단은 일제히 사냥감을 노려보고 사납고 흉악한 웃음을 지었다.

"""""" 이거라면, 죽일 수 있어!! """""""

흉흉한 말을 외치면서…….

 ## 제3화 아저씨, 그때를 꿈꾸다

제로스가 알리에네 콩가를 잡아 놓는 사이, 주위에 무리 지은 잔챙이를 우선적으로 처리했다.

무리가 몰려들면 귀찮아지고 무엇보다 귀중한 식량을 훔친 하수인이었다. 기사들은 증오를 담아 맹공을 퍼부었다. 조금 문제가 발생해 무리로 돌아온 크레이지 에이프가 싸움에 개입했다. 기껏 줄인 전력이 도로 평행선으로 돌아왔다.

희생양이 된 산적들도 보였지만, 그들은 이미 정신이 죽어 구조할 필요도 없었다.

"신속하게 처치해! 큰 녀석이 아직 남아 있으니까!"

"대장님, 조금만 더 있으면 정리됩니다! 그 전에 다소 피해를 주는 편이 좋지 않습니까?"

"그렇군······. 츠베이트 님, 세레스티나 님. 알리에네 콩가를 부탁드립니다."

"나만 믿어! 【플레임 재블린】!"

"해 볼게요! 【라이트닝 랜스】!"

크레이지 에이프 소탕과 알리에네 콩가에 대한 공격이 동시에 개시됐다.

어찌나 피부가 단단한지 마법 효과로 증강된 츠베이트의 마법은 효과가 미미했고 전기 계통 공격이 간신히 먹히는 정도였다. 물론 부가 효과는 【마비】였지만, 그 외에는 그다지 효과가 없었다. 대신 동료를 해치우고 이번에는 자신을 공격하는 적에게 초조함을 느꼈는지 알리에네 콩가는 왠지 입을 우물우물하더니 무언가를 단숨에 뱉어냈다.

아무래도 가래 같았지만, 바위에 닿자 벌겋게 달아오른 용암처럼 녹아 내렸다.

"······저, 저게 뭐야? 저런 공격에 죽긴 싫어······."

"정말이지······ 더러운 공격이야. 저거에 맞으면 창피해서 죽을 거야······."

마력으로 체액을 강산으로 변질시킨, 이래저래 경이적인 공격이었다.

"어쩔 수 없지. 뒤에서 친다. 정면에 서지 마라! 【소닉 블레이드】!"

"추가타다. 【강력단(剛力斷)】."

알레프는 검기로 공격을 시작했고 츠베이트가 막 배운 검기로 배후를 노렸다. 날카로운 검격이 알리에네 콩가에게 꽂혔지만, 피

부를 얇게 벗기는 게 고작이었다.

그만큼 알리에네 콩가의 피부는 단단해 치명적인 일격을 주지 못한 채 마력만 소비됐다.

세레스티나는 메이스로 크레이지 에이프를 날렸고, 틈을 봐서 알리에네 콩가에게【선더】마법을 퍼부었지만 역시 효과는 미미했다.

제로스가 공격하면 될 일이었지만, 지금은 기사들의 레벨 업이 우선이라고 생각해 일부러 공격하지 않고 아슬아슬할 때까지 개입하지 않고 대기했다.

"할 수 없군……. 큰 기술로 친다.【굉뢰일섬(轟雷一閃)】."

검술 중 하나인【굉뢰일섬】. 전기를 두르고 일시적으로 신체 능력을 끌어올려 순간적인 파괴력을 단숨에 배가하는 참격이었다. 그리고 알레프가 쓸 수 있는 최강의 기술이었다.

그 일격은 알리에네 콩가의 강인한 피부를 찢었고 피를 솟구치게 했다.

하지만 치명상에는 이르지 못했다. 그 대신…….

―키이이이이이이이이이이이이잉!

귀를 찢는 쇳소리가 울렸다. 알리에네 콩가를 포박하던 빛의 사슬이 깨진 것이었다.

"아니, 바인드 브레이크?!"

포박이나 봉인 등의 마법을 깨는 전투 계열 스킬【바인드 브레이크】.

제로스의 마법은 위력을 줄여도 보통 마물은 저항하지 못하지만, 퀸 알리에네 콩가는 그 주박을 깼다.

"이 상황에서 생각할 수 있는 가능성은 【저력】이나 【흉포화】……
어느 쪽이려나?"

"스승님, 태평하게 그런 소리나 할 때야?! 큰일 났다고!"

퀸 알리에네 콩가의 털이 곤두서며 붉게 변해 갔다.

몸도 한층 커졌고 근육이 이상하리만치 발달했다. 불거진 혈관
이 맥동했다.

"【흉포화】였나……. 상황이 귀찮아졌네요."

"""""왜 그렇게 침착해?!"""""

광분한 알리에네 콩가는 멈추지 않았다.

가까운 곳에 자란 거목을 힘으로 뽑아 제로스 일행을 향해 휘둘
렀다.

"아까보다 더 흉포해졌어?!"

"감당이 안 돼! 누가 어떻게든 해 봐!"

흉포화한 알리에네 콩가는 아직 살아남아 있던 크레이지 에이프
까지 휘말리도록 날뛰었다.

나무들을 쓰러뜨리고 바위를 부수면서도 끝없이 싸운다. 【흉포
화】는 분노가 정점에 달하면 발동하지만, 동시에 자신의 생명을
무방비하고 위험한 상태로 노출시킨다.

분노에 사로잡혀 눈에 보이는 것이 없어 자기 목숨조차 돌보지
않는다. 그저 적을 쳐부수고 눈앞의 적이 모두 죽을 때까지 날뛰
어야 비로소 그 효과는 사라진다.

"귀찮은 마물일세~. 빨리 처리하는 게 나으려나……. 【뇌신굉뢰
구(雷神轟雷球)】."

이 이상은 기사들이 상대하기에는 위험하다고 판단하고 제로스
는 퍼뜩 손바닥 크기의 전기 구슬을 만들어 냈다. 그리고 알리에
네 콩가에게 뛰어들어 코앞에서 그것을 때려 박았다. 생김새는
【라이트닝 볼】이었지만, 담긴 마력과 위력은 수준이 달랐다. 충돌
한 전기 구슬은 그 마력과 파괴력을 해방하여 알리에네 콩가를 몸
내부부터 불태웠다. 더불어 잉여 전력이 방전하여 주변을 유린해
바위며 나무를 박살 냈다.

몸 안쪽부터 타 버린 알리에네 콩가는 쓰러졌고 한 줄기 바람이
스쳐 지나갔다.

제로스는 허리에 단 파우치에서 담배를 한 대 꺼내서 입에 물고
【횃불】^{토치} 마법으로 불을 붙였다. 그리고 아무런 감정도 보이지 않은
채 조용히 흰 연기를 뿜었다.

"후우~. ……허무해. 이 공허한 기분은, 대체 뭘까…….."

그런 그에게 기사와 제자의 차가운 시선이 날아들었다.

당장에라도 『왜 빨리 처리 안 했어?!』라고 불만을 터뜨릴 것 같
은 분위기였다.

담배 연기가 알리에네 콩가를 애도하는 향처럼 천천히 바람에
흘러갔다.

하지만 이것으로 끝날 만큼 파프란 대산림 지대는 만만하지 않
았다.

―사사삭!

"뭐, 뭐야?!"

"야…… 저건……."

기사들 눈앞에 거구를 자랑하는 붉은 늑대가 나타났다. 산 넘어 산이었다.

게다가 무리 지은 다른 늑대형 마물이 일행을 포위하고 기사들이 해치운 크레이지 에이프 고기를 먹고 있었다. 피 냄새를 맡고 다른 마물에게서 먹잇감을 가로채는 먹이 연쇄가 이 광대한 숲에서도 반복되고 있었다. 당연히 제로스나 기사들이 해치운 마물도 예외는 아니었다.

사는 것이 가장 중요한 가혹한 세계에서 씨를 남기고 살아남으려면 남이 잡은 사냥감을 빼앗기 위해 싸우는 일도 있었다.

"이런⋯⋯【레드 그리드 배틀 울프】인가? 귀찮지만, 이 녀석들도 쓰러뜨리죠. 다행히 방금 건 보조 마법【갓 블레스】효력이 남아 있으니까요."

"""""농담이겠지?! 이것들은 A랭크 몬스터라고!"""""

"도망치려고 하면 집단으로 달려들걸요~. 짐승은 도망치는 사냥감을 쫓는 습성이 있으니까요. 어차피 이 숲에 있는 이상 도망칠 순 없겠지만~."

기사들은 말이 나오지 않았다. 강력한 힘을 가진 마물이 사냥감을 놓칠 리도 없었고, 죽이지 않으면 죽는 것이 잔인한 세계의 법칙이었다. 하물며 이곳은 마물이 잇따라 습격해 오는 마의 숲이 아니던가. 처음부터 그들에게 선택권은 없었다. 기사들은 떨리는 손으로 검을 잡고 싸우기로 결심했다.

"""""이, 이렇게 된 거, 전부 죽여주겠어!"""""

반쯤 될 대로 되라는 식이었지만, 기사들은 다시 목숨을 건 격전에 돌입했다.

레드 그리드 배틀 울프는 전투에 특화한 늑대형 마물로, 기동력이 뛰어나고 무엇보다 이빨에서 치사성 맹독을 분비해 한 번이라도 맞으면 그냥 넘어갈 수 없었다.

그리고 다른 울프 계통 마물과 무리를 지어 집단으로 사냥하는 습성을 가졌다.

"우선 잔챙이를 소탕할까요? 【꿰뚫는 뇌광의 화살】."

제로스가 날린 마법은【라이트닝 애로】를 개조한 마법이었다. 주문도 없이 발사된 무수한 번개가 가차 없이 다른 늑대까지 휩쓸었다.

"츠베이트 군, 세레스티나 양. 피곤하겠지만, 잔챙이를 정리해 주세요."

"스승님…… 설마, 저 우두머리와 싸울 생각이야?!"

"선생님, 무모해요!"

"기사들이 싸우기에는 무리가 있어요. 제가 나서야겠네요……. 거치적거리는 녀석들은 알아서들 해주세요."

그렇게 말을 남긴 제로스는 레드 그리드 배틀 울프를 향해 달렸다.

허리에 찬 검을 뽑고 모든 신체 능력을 최고로 끌어올려 사냥을 시작했다.

"제로스 공이 우두머리를 상대한다! 전원, 방해되지 않도록 잔챙이를 유인해라!"

"방어는 내가 한다. 빠져나간 녀석은 처리해줘!"

"이런 곳에서 죽을까 보냐. 살아서 돌아가고 말겠어!"

기사들의 상대도 늑대형 마물이었다. 통칭【헌터 울프】라고 불리는 【와일드 울프】의 상위종이었다. 물론 무리 속에는 포레스트 울프나 와일드 울프도 포함되어 있었다.

개개의 힘은 기사들로도 충분히 대응할 수 있는 수준이었지만, 문제는 집단으로 행동하는 탓에 난이도가 수직 상승한다는 점이었다. 기본적인 전술은 약한 울프들이 머릿수로 주위를 둘러싸고 보스인 레드 그리드 배틀 울프가 돌격해 교란. 혼란에 빠진 사냥감을 집단으로 공격한다. 이번에도 그 단골 전법으로 제로스 일행을 강습했다.

또한, 어느 정도 울프의 수가 줄면 포기하고 철수할 줄 아는 지성도 갖췄다.

약한 마물이기에 전략을 세워 가혹한 자연환경을 교활하게 살아남아 왔다. 그만큼 귀찮은 상대이기도 했다.

기사들만으로도 상대할 수 있겠지만, 레드 그리드 배틀 울프가 가세하면 그 위험도는 단번에 뛰어올라 랭크 S급 실력자가 없는 한 상대가 되지 않았다.

그래서 아저씨가 홀로 우두머리를 상대하게 되었다.

"이제 좀 쉬고 싶으니까 바로 끝낼까……."

아저씨는 격투 스킬인 【축지】로 거리를 좁히고 다리를 노리며 양팔의 검의 휘둘렀다.

본래 게임과는 달리 실제 전투에서는 움직임을 제한하는 것이 정석이었다.

양팔에 든 검에 마력을 모아서 절삭력을 증폭했다. 그 위력으로 두꺼운 고기의 벽을 쉽사리 절단하고 레드 그리드 배틀 울프의 힘줄을 끊었다.

—크어어어어어어어어어어어어엉!

거대 늑대가 울부짖었다. 뒷다리 힘줄을 잘려 마음대로 움직이지 않는 것을 알고 눈앞의 위협을 제거하고자 입으로 마력을 끌어모았다. 이 거대한 마물의 비밀 병기인 【플레임 브레스】였다.

막대한 마력을 소비하기 때문에 한 번밖에 쓸 수 없는 특수한 공격이었다. 몇 번이나 쓸 수 있는 것은 어지간히 레벨이 높은 마물이거나 드래곤 정도였다.

"제가 몇 번을 상대했는데요. 그 공격은 안 통해요. 【백은의 신벽】."

브레스가 뿜어진 것과 마법이 발동한 것은 동시였다.

원뿔형으로 전개된 장벽이 브레스를 확산시켰고, 그 장벽을 랜스처럼 늘림으로써 카운터 공격이 가능했다. 보이지 않는 창은 브레스를 가르고 레드 그리드 배틀 울프를 찔렀다.

장벽의 형태를 임의로 바꿀 수 있는 마법, 그것이 【백은의 신벽】의 진가였다.

"【단두참(斷頭斬)】."

검술 스킬 【단두참】은 어느 정도 약해진 마물에게 유효한 공격으로, 일격에 목을 떨어뜨리는 기술이었다. 문제는 상대의 힘을 빼놓지 않으면 효과를 발휘하지 않고 쓸데없이 마력을 소비할 뿐이었다. 사용하기 까다롭고 마물의 크기나 종류에 따라서 용도가 나뉘는 공격이었다.

레드 그리드 배틀 울프는 머리를 잃고 대량의 혈액을 흩뿌리며 죽었다.

'흠…… 역시 안쪽에 서식하는 같은 종류의 마물보다 약한가 보군. 뭐, 식량이 되니까 좋지만……. 생강구이로 먹으면 끝내주겠는데~.'

이 거대한 늑대는 고기가 맛있었다. 팔면 제법 비싼 값이 붙는 고급 식품이기도 했다.

아저씨가 거대 늑대를 해체하는 뒤에서는 기사들이 목숨을 걸고 싸움을 펼치고 있었다. 하지만 제로스는 이것도 훈련이라고 생각하며 거들지 않았다.

우두머리가 쓰러지면 무리를 통솔하는 것은 다음으로 강한 상위종인 헌터 울프였다. 하지만 헌터 울프는 여러 마리 있었고 재빨리 위기를 감지하고 도망친 무리도 있었다.

가장 수가 많은 하위종인 와일드 울프나 포레스트 울프 무리는 결과적으로 분산되었다. 이것만으로도 충분히 큰 도움이 됐다.

기사들은 도망친 무리는 놔두고 덤벼드는 무리만 대처하며 공격하면 됐다.

"울려라, 뇌명. 내 앞에 무리 이룬 어리석은 자에게 심판의 번개를…… 【라이트닝 레인】!"

"사나운 질풍, 내 앞을 막아서는 모든 자를 쓸어 버려라…… 【에어 스트림】!"

츠베이트와 세레스티나는 동시에 마법을 발동해 시너지를 낳아, 달려오는 헌터 울프와 와일드 울프 무리를 공격했다. 마법을 벗어난 울프들은 기사들이 요격했다.

"우오오오오! 죽을 성싶으냐!"

"난 아직 결혼도 안 했다고! 그렇게 쉽게 죽을 줄 알아!"

"애인조차 안 생기는 나라도 혼자서는 못 죽는다! 죽어라, 망할 늑대들!"

"곧 아이가 태어난다고! 이딴 곳에서 죽을 순 없어!"

기사들의 비통하고, 일부 절실한 외침이 울려 퍼졌다. 덤벼드는 늑대 무리를 상대로 그들은 목숨을 걸고 싸웠다. 이곳에서 살아남지 않으면 내일은 찾아오지 않을 테니까.

"세레스티나, 마력은 온존해! 근접전으로 간다. 포레스트 울프를 맡아!"

"네! 지금이 기회예요. 단숨에 해치워요."

두 사람은 무기를 손에 쥐고 기사들과 함께 근접전에 나섰다. 츠베이트는 롱 소드를 휘두르며 늑대들을 견제했고, 세레스티나는 귀찮게 구는 포레스트 울프를 메이스로 확실하게 처치해 나갔다. 골렘으로 훈련한 성과가 살아 있었다. 숲에 끔찍한 소리와 비명이 울려 퍼졌다.

상황이 불리하다고 판단한 영리한 헌터 울프는 여러 부하를 이끌고 후퇴하기 시작했다. 가능하다면 더 일찍 도망쳐주길 바랐다. 아저씨는 가장 먼저 도망친 헌터 울프를 보고 『저건 오래 살겠네~』라고 감탄했다. 결과적으로 기사들은 승리했고 레벨을 더욱 높이는 데 성공했다. 하지만 활동 거점으로 돌아왔을 때는 다시 만신창이를 뛰어넘는 피로 상태였다.

보초조차 설 수 없는 상황을 보다 못한 아저씨는 기사들이 쉴 다음 회복 마법을 걸어주고 하룻밤만 자진해서 보초를 서기로 했다. 한때의 서바이벌 생활로 익숙했기 때문이었다.

다만, 아침 식사는 역시나 고기였다. 그나마 향신료가 있는 것이 천만다행이었다.

제로스는 꿈을 꾸고 있었다.

그것은 처음 이 세계에 온 날로부터 사흘째 밤이었다.

그날은 아침부터 끊임없이 마물 집단에게 공격받았다. 사냥감을 해치워도 하늘에서 비행형 마물에게 공격받았고, 또 다른 사냥감을 잡으면 이번에는 피 냄새를 맡은 육식 마물이 집단으로 나타났다.

그 마물을 해치우고 해체하자 이번에는 다른 대형 육식 마물이 습격해 왔다.

끝없는 악순환 속에서 제로스는 심신 모두 지쳐 있었다. 정신을 차리고 보니 숲은 어둠에 갇혔고 아침부터 아무것도 먹지 못해 공복감이 심각했다. 싸우는 와중에 식량인 고기를 빼앗기는 등 정말로 일진 사나운 날이었다. 불행하게도 인벤토리 안에 있던 향신료는 유통기한이 지나 고기를 구해 구워 먹어도 맛이 느껴지지 않았다. 소금은 아예 있지도 않았다.

얼마간 레이드를 간 적이 없어서 식량을 방치해 뒀던 것이 후회스러웠다.

전날 강 근처에서 쉴 때 리저드 맨 집단에게 창으로 공격받았으므로 이번에는 습격을 피하고자 바위 뒤에서 하룻밤을 지내기로 했다. 겨울이 아니란 점이 그나마 다행이었다.

이제는 말을 할 기운도 없었다. 피로 때문인지, 공복을 잊기 위해서인지, 그는 바로 잠에 빠졌다. 그럴 때에 녀석이 나타났다. 약하게 몸을 흔드는 느낌을 받고 제로스는 눈을 떴다.

아직 잠기운이 가시지 않아 눈을 가늘게 뜨며 주변을 확인한 그는 자신이 처한 상황을 비몽사몽간에 이해했다. 살짝 내려간 바지로 자신의 엉덩이가 보였다. 즉, 하반신이 반쯤 노출된 상태였다.

심지어 그 바지를 내리려고 하는 것은 흰 털이 자란 긴 팔을 가지고 헬렐레한 표정을 지은 빨간 원숭이 얼굴. 크레이지 에이프와 아저씨의 눈이 마주쳤다.

""………….""

……침묵이 흘렀다. 그리고 확인했다. 확인해 버렸다.

하늘도 뚫을 것처럼 늠름하고 치솟은 그것, 모자이크가 필요할 정도로 흉포하고 흉악한 사타구니의 바벨탑을…….

"후힛?"

"NOOO————————?!"

파프란 대산림 지대에 울리는 아저씨의 비명. 말조차 하지 못할 정도로 지쳐 있었을 텐데도 그 목소리는 숲이 떠나가도록 울려 퍼졌다.

이때 안 사실은 이상한 습성을 가진 마물이 존재한다는 것과 자신이 『NO』라고 말할 수 있는 일본인이었다는 점이었다. 그리고 이때부터 여러모로 위험한 술래잡기가 시작됐다.

그날을 경계로 제로스는 악귀에게 영혼을 팔았다. 습격해 오는 마물은 몽땅 없애 버리고, 경계하며 적을 찾아 주위를 어슬렁거리는 마물을 무차별로 덮쳤으며, 도망치는 마물을 웃으며 몰살하고 다녔다.

제로스는 자신의 정조를 지키기 위해, 그리고 살아남기 위해 악마가 되었다.

어차피 세상사 약육강식. 패자에게 말할 권리는 없다. 물론 정조의 미래를 결정할 권리도…….

◇ ◇ ◇ ◇ ◇ ◇ ◇

아저씨가 눈을 뜨자 정말로 조용하고 상쾌한— 키잉! 챙, 챙!

"젠장, 어디로 들어온 거야?!"

"몰라! 입 말고 팔을 움직여! 수가 많아!"

"꺄아아아아아아아아악?!"

"네스가 붙잡혔다! 대장님?!"

"큭, 츠베이트 님, 세레스티나 님, 엄호를……."

""【파이어 볼】!""

콰아아아아아아아아아아앙!

—정말로 시끌벅적하고 살벌한 난리 통 속이었다.

"꿈인가……. 정말 끔찍한 꿈이었어. 어제 그 원숭이 무리와 만나서 그런가? 그나저나 시끄럽네. 뭐, 이 숲은 늘 이 모양이지만……."

태평하게 이런 생각을 하는 텐트 밖에서는 현재 격렬한 전투가 펼쳐지고 있었다.

제로스는 옆에 둔 검을 들고 하품하며 텐트에서 나왔다. 그 순간 눈앞으로 기사 한 명이 날아갔다.

"……까, 깜짝이야—."

한 발이라도 앞으로 나갔다면 제로스와 충돌했을 것이다. 대단히 위험할 뻔했다. 이마에서 식은땀이 흘렀다.

파프란 대산림 지대 실전 훈련 마지막 날 아침. 기사들은 식물계 마물과 격전을 주고받고 있었다.

여성 기사 한 명이 붙잡혀 그녀를 구하고자 기사 몇 명이 뛰어들었으나 실패하고, 어디서 나타났는지 모를 많은 수의 마물에게 포위당했다. 퀸 알리에네 콩가와 레드 그리드 배틀 울프, 연이은 싸움 후에도 그들이 놓인 상황은 변하지 않았다.

그저 마물을 쓰러뜨리고 그 고기를 먹는다. 그건 마지막 날이라고 해서 무엇 하나 다를 게 없었다.

"이 마물은 어디로 들어왔지?"

거점인 진지는 주위를 마법으로 만든 벽으로 둘러쳐서 마물이 들어올 틈이 없었다. 소거법으로 땅속에서 솟았다고 밖에는 생각할 수 없었다. 실제로 훈련 이틀째에는 마물이 땅굴을 파서 진지 안으로 침입했다. 그리고 다른 마물도 유인당한 것처럼 나타나 식량을 모조리 약탈했다.

이 숲에서 인간의 상식은 통하지 않았다. 저마다 특수한 능력을 가지고 그 능력을 써서 생존 경쟁에서 살아남는 치열한 세계였다.

사소한 방심이 곧 죽음으로 이어진다.

아저씨는 상대가 특수 능력을 가졌을 가능성을 고려해 감정으로 능력을 파악했다.

=======================

【맨 이터 비스트 카피】×6 Lv126~176

HP 248~303/248~303

MP 615~1045/615~1045

=======================

감정 결과는 뭉뚱그려 대략적으로 나왔다.

'비스트 카피? 꽃 마물인가? 아니면…… 마물을 복제하나?'

자세히 보면 마물의 몸 일부에서 녹색 덩굴이 자라 있었다. 그것이 맨 이터에 이어진 것을 보아 답은 후자라고 판단했다.

'분명히…… 호문쿨루스 촉매 중 하나가 이 마물에서도 나왔지……'

온라인 게임 시절의 데이터를 참고로 이 마물을 냉정하게 분석했다.

맨 이터 비스트 카피는 식물 주제에 불에 강하고 빙결 마법에 약했다. 그리고 잡아먹은 마물을 복사해 병력으로 삼아 사냥하는 습성을 지녔다. 만들어 낸 복제 마물도 약점은 똑같으며, 비교적 해치우기 쉬운 상대지만 집단으로 몰려오면 성가신 마물이었다.

기사단이나 제자들에게는 귀찮은 상대 같았지만, 최근 일주일 동안 올린 레벨로 어떻게든 선전하는 중이었다. 그들은 마법뿐 아니라 무기로도 충분히 마물에게 대항할 수 있을 정도로 성장했다.

다만, 지금은 상당히 긴박한 상황이었다. 여성 기사가 붙잡혀 이빨이 빼곡히 자란 꽃으로 끌려가려고 하고 있었다. 잡아먹히기 일보 직전이었다. 꽃잎 안쪽에 자리 잡은 무수한 이빨이 기분 나쁘게 움직이며 산성 강한 점액이 코를 찌르는 악취를 풍겼다.

입속으로 들어가면 그것으로 끝. 몸은 끔찍한 고깃덩이로 변하고 녹아 영양분이 되리라.

"꺄아아아아아아아악! 잡아먹힌다아아————?!"

"【무빙산화(霧氷散華)】."

범위형 공격 마법 【무빙산화】. 빙결 마법 【다이아몬드 더스트】를 마개조한 마법이며, 적을 얼려 안개처럼 흐트러뜨리는 범위 마법이었다. 맨 이터 본체가 얼어붙으며 이윽고 멋진 얼음 조각이 완성됐다. 기사 한 명이 검을 휘두르자 약간의 충격만으로 와장창 깨져 버렸다.

그 광경은 환상적이고 목숨이 오락가락하는 전장이라고는 생각할 수 없는 절경을 연출했다. 하지만 구해 낸 여성 기사는 많이 무서웠는지 울상이 되어 있었다.

"제로스 공! 덕분에 살았습니다."

"수고가 많으시네요, 알레프 씨. 아침부터 습격인가요~? 지긋지긋하군요……."

머리를 벅벅 긁으며 어이없다는 투로 중얼거렸다.

"요즘 들어 매일 같이 이러는군요. 오늘이 마지막이라고 생각하고 싶습니다. 나 원……."

"맨 이터인가요? 조금 관심 있는 소재가 있어서 해체할 건데, 괜찮을까요?"

"마석은 받아도 되겠습니까?"

"상관없습니다. 갖고 싶은 건 다른 거니까요."

제로스는 깨진 맨 이터를 구분하며 유달리 큰 개체의 잔해를 나이프로 깨면서 원하는 물건을 찾았다. 찾는 물건은 금방 나왔다.

=======================

【변마 씨앗】신규 정보.

맨 이터 비스트 카피의 복제 씨앗. 다른 생물의 유전자 정보를 복제해 같은 개체를 양산한다.

마물 본체가 쓰러지면 씨앗으로 변해 새로운 맨 이터가 싹튼다.

호문쿨루스의 몸을 구성하는 데 필요한 소재. 회복약 계통에도 응용하여 사용할 수 있지만, 효과가 좋아질수록 맛이 급격히 악화된다. 그리고 머릿속도 유쾌해진다.

=======================

'만든 적은 없지만 관심은 있단 말이지…… 어떤 호문쿨루스를 만들지?'

생명 창조는 금기시됐다. 하지만 그 사실을 모르는 제로스는밭을 가는 인생을 확보하기 위해 인조 생명체를 만들 궁리를 시작했다.

그러나 그러기 위해서는 아직 소재나 설비가 부족해 계획 단계에서 그치기로 했다.

"선생님, 그 씨앗은 뭔가요……?"

"포션 소재예요. 다른 곳에도 쓰이지만, 그다지 추천은 못 하겠군요."

"왜죠? 회복약이라면 수요가 높지 않나요?"

"맛이…… 엄청나게 나빠지거든요. 심각할 정도로."

지식을 향한 탐구는 때로 많은 비극을 낳는다. 세레스티나나 츠베이트에게 호문쿨루스에 관해 알려주지 않는 이유는 생명에 대한 책임감과 윤리관이 붕괴할 우려가 있어서였다.

탐구자는 연구라는 명목하에 사람이 넘어선 안 될 선을 넘을 때가 있었다. 최악의 경우 인간을 소재로 썼다가는 웃어넘길 수 없을 것이다. 이것이 게임 속 이야기라면 그나마 낫겠지만, 현실 세계라면 상황이 달랐다.

일단 포션 소재라고 알려줬지만, 믿어지지 않을 만큼 쓴 회복약에 수요가 있다고는 생각하기 어려웠다. 마시면 전속력으로 달리고 윗몸 일으키기를 천 번 한 뒤 벽에 머리를 박아 대며 괴성을 지르고 미친 듯 춤출 정도로 맛이 없었다. 아무리 생각해도 팔릴 리 없었다.

"효과는 참 좋은데~. 맛이 문제니까 그것만 어떻게 하면 좋을 텐데 말이죠…….."

"그런 걸 어디에 써?"

"술집에서 내기할 때 벌칙으로 마신다거나……. 이건 좀 독할 겁니다…… 크크크……."

"스승님…… 당신 악마냐……? 누구 잡을 일 있어?"

무시무시한 벌칙이었다. 벌을 받는 사람은 다른 의미로 해피해질 것이다.

그들의 마지막 날은 아침부터 생난리를 피우며 시작됐다.

◇ ◇ ◇ ◇ ◇ ◇ ◇ ◇

낮에 접어들 무렵, 제로스는 담배를 피우며 눈앞의 상황을 보고 있었다.

펼쳐진 것은 마물의 털가죽과 뼈, 이빨. 먹을 수 있는 고기는 보존하고 식용으로 쓸 수 없는 고기는 츠베이트가 마법으로 소각했다. 방금까지 세레스티나도 이 소각 작업을 하고 있었지만, 지금은 마력 회복을 위해 쉬는 중이었다. 맨 이터와 전투를 치른 후 다시 다섯 번 정도 다른 마물에게 습격받았다. 모든 적을 쓰러뜨린 기사들의 얼굴에 피로한 기색이 짙었다.

현재 거점 주위에는 벽이 없었다. 그들을 마중 올 마차를 기다리기 위해서였다.

"마차가 왔다아아~!"

"이, 이제 돌아갈 수 있어!"

"어라? 왜…… 눈물이…….."

"긴 싸움이었어. 이제, 아무것도 두렵지 않아…….."

기사들은 지옥 같은 나날이 끝을 고했다는 사실에 기쁨을 감추지 못했다.

"이 부근의 마물…… 안쪽에 서식하는 녀석들보다 약한데요?"

""""""정말로?!""""""

이곳은 대산림 지대의 가장 외곽이었다. 서식하는 마물은 비교적 약하며 조금 안쪽에서 출몰하는 마물은 30퍼센트 정도 더 강했다. 공포를 느끼기에는 조금 일렀다.

"제로스 공은 이 숲 안쪽에서 일주일이나 서바이벌 생활을 하셨다고 하지 않았나요?"

"아…… 그래서 우리 불행을 기뻐했나 보군……."

"일주일이나 목숨 건 싸움을 하던 무렵으로 돌아간 제로스 공……. 그 심리 상태는 위험해. 타인을 말려들게 하는 데 망설임이 없었다고."

"기니까【그 무렵의 제로스】공이면 되잖아? 확실히 위험하긴 하지……."

"진심으로 우리 불행을 기뻐했었지? 지금은 그 기분도 뼈저리게 이해하지만……."

그들은 제로스에게 동정 어린 시선을 보냈다.

왜냐하면 기사들도 같은 체험을 했으니까.

"짐 정리는 끝났나? 그렇다면 각 인원은 적재를 시작해라! 이 지옥과도 이젠 안녕이다!"

""""""와아아아아아아아아아아!""""""

일동은 알레프의 구호를 듣고 이 위험 지대에서 빠져나간다는 사실에 진심으로 환호했다.

말과 마차를 몰고 마중 온 기사들은 그들의 모습을 보고 경악했다. 어째서인지 새것 같던 갑옷에는 처참한 상처가 나 있었고, 모두 초췌했지만 어떤 기백 같은 것을 내뿜고 있기 때문이었다.

""""""왜 그렇게 엉망이야?! 일주일 동안 대체 무슨 일이……?""""""

그들의 모습은 명백히 백전역마의 전사 같은 풍모였다. 평화에

찌든 안전지대에서 온 기사들은 알 리 없었다. 그들이 목숨을 걸고 사선을 넘어, 흉악한 마물과 싸워 승리하면서도 누구 한 명 죽지 않고 무사히 살아남았다는 것을…… 치열한 싸움의 나날에서 맛본 고생은 이곳에 있는 동료들밖에 모를 것이었다.

마중 온 기사들이 놀라거나 말거나 그들은 날아갈 듯 기쁜 마음으로 짐을 실었다. 당장에라도 이 땅에서 떠나고 싶었다. 한마음이 된 그들의 적재 작업은 무서울 정도로 빠르게 진행됐다.

빨리 짐을 정리하지 않으면 또 마물이 습격해 올지도 모르기 때문이었다.

30분 후…… 기사들은 만감을 가슴에 품고 이 땅에서 도망치다시피 철수했다.

마차에 올라탄 기사들의 마음은 가벼웠다.

끝없는 싸움에 이별을 고하고 지금은 느긋하게 숙면을 취할 수 있는 안전한 땅으로 향하고 있기 때문이었다. 숲이 멀어짐에 따라 그들은 마음속에서 기쁨이 우러나며 표정이 편안하게 풀렸다.

산토르까지는 약 이틀이 걸리며 마차를 타고 이동해야 했다. 그동안 그들이 무엇을 했냐면— 푹 잤다.

대산림 지대에서는 밤낮을 가리지 않고 마물이 습격해 온 터라 그들의 정신은 상당히 피폐해져 있었다. 언제나 목숨을 위협받는 긴장감에 노출되어 수도 없이 습격받고 싸워서 편하게 쉴 시간이 없었다.

너무나도 안쓰러운 상황이었지만, 자연계 환경은 인간이 어떻게 할 수 있는 것이 아니었다. 인간의 섭리는 자연계 가운데 일부에 지나지 않으며, 조금이라도 안전권에서 벗어나면 가혹한 자연과의 싸움이 펼쳐졌다.

죽으면 강자의 배에 들어가 시체도 남지 않고, 이기면 약자를 끊임없이 먹어치우는 약육강식. 그곳에는 순수하기까지 한 냉혹하고 비정한 세계만이 있을 뿐이었다.

기사들은 그 지옥에서 생환하여 지금은 안심감에 몸을 맡기고 피로를 풀고 있었다.

마차는 천천히 달려 산토르 바로 앞에 있는 휴식 지점에 들어섰다. 전에 제로스 일행이 한 번 들른 적이 있는 강가였다.

하지만 그곳에서 그들이 본 것은 예상 이상으로 심각한 풍경이었다…….

"이, 이거 뭐야…….."

"부서진 마차와 상인들 시체…… 도적에게 습격당했나?"

휴식 지점으로 불리는 강가에는 어마어마한 핏자국과 무수한 시체가 있었다.

상인과 그들을 경호하는 용병들이리라.

"그러고 보니 한 달 정도 전에도 도적에게 습격 받았죠. 이 근처에는 도적이 많나요?"

"아뇨, 그럴 리가요. 다른 곳의 도적이 흘러들어 왔나? 하필 이렇게 피곤할 때…….."

알레프가 지긋지긋하다는 양 중얼거렸다. 파프란 대산림 지대 주변에는 숲에서 나온 마물들도 곧잘 나타나곤 했다. 이 부근은 숲에 익숙한 도적들에게도 위험한 장소로 인식되었다.

"대장님, 시체가 따뜻합니다. 조금 전에 당한 것 같은데요?"

"뭐? 그렇다면…… 근처에 있겠군."

도적이 잠복하려면 강가가 좋았다. 빼앗은 짐을 숨기기 위한 거점이 틀림없이 있을 터. 아마 바위 지대나 동굴로 추측할 수 있었다.

"이 근처에 동굴이 있었어? 나는 들은 적 없는데……."

"제가 어릴 적에 분명히…… 마시라 도적단이라는 패거리의 거점이 있었다고 들었습니다. 아지트가 이 근처였던 거로 아는데……."

"흠……. 아마 그 도적단 아지트를 재이용한 거겠지."

마시라란 일본어로 원숭이 원(猿)을 쓰며, 기본적으로 일본원숭이를 가리키는 단어였다. 도적단 이름도 그렇고 변태 흰 원숭이도 그렇고, 그들은 어지간히 원숭이와 인연이 있는 듯했다. 이번에는 사람 말을 할 줄 아는 흉포한 원숭이지만…….

"츠베이트 군, 세레스티나 양……. 사역마를 준비하세요."

"오? 우리 차례야?"

"하늘에서 도적 거점을 조사하는 거군요?"

바로 【마법부】를 써서 사역마 세 마리를 하늘에 풀었다. 제로스는 큰 수리, 츠베이트는 매, 세레스티나는 비둘기를 만들어 강 상류와 하류로 나누어 하늘에서 탐색을 개시했다. 그리고 얼마 지나지 않아 의외로 간단하게 도적들의 모습을 발견했다.

"찾았어. 상류로 걸어서…… 얼추 30분 거리인가?"

"여성과 아이가 인질로 잡혀 있네요."

"오늘 밤 여흥인가요? 그 꿈을 박살 내주고 싶네요~. 괜한 일을 만들기는……."

제로스 일행은 단단히 화가 나 있었다. 연이은 전투와 고기밖에 없는 생활 탓에 모두 저기압이었다.

그들은 분노에 몸을 떨며 살의를 숨기지 않았다. 당장에라도 한 맺힌 목소리가 들릴 것만 같았다.

대산림 지대에서 귀환한 그들은 악귀로 변모해 있었다.

"도적놈들, 쓸데없이 일을 늘렸겠다…… 크크크……."

"짐승놈들, 숨통을 끊어주겠어~!"

"오늘 밤 미스릴 소드는 피에 굶주렸다…… 헤헤헤……."

"그거 그냥 철검이잖아? 그나저나……."

"허세 부리지 마, 창피하니까. 그보다 바퀴벌레 같은 녀석들이야. 얼른 처리하지 않으면 피해자가 늘어나겠어……."

생각은 모두 하나였다. 안식의 시간을 빼앗긴 분노는 도적에게 향했고, 그들은 다시 싸움에 미친 악귀로 변했다. 굶주린 짐승 같은 눈에는 기괴하리만큼 사나운 안광이 서렸다.

"이 인간들, 일주일 전과는 딴사람이잖아……."

"싸움은 사람을 미치게 하는군요. 죄악이에요……."

싸움과 쟁탈은 업을 짊어지는 일이었다. 지금 그들은 기사라는 직함을 버리고 그저 싸움을 반복할 뿐인 전사로 변했다.

"전원, 전투 준비! 도적들을 쳐 죽이자!"

""""""와아아아아아아아아아아아아아아아아아아아아!!""""""

강변에 쩌렁쩌렁 울리는 함성과 함께 기사들은 다시 싸움에 나섰다. 순전히 자신들의 울분을 풀기 위해서…….

기사의 긍지는 어디로 갔는지 아무도 알 수 없었다. 유일하게 분명한 점은 도적들은 모르는 사이 흉악한 짐승 무리를 적으로 돌려 버렸다는 것이었다.

불이 붙은 그들은 도적들의 아지트가 있는 방향으로 진군을 개시했다.

"알레프 대장님도 왜 저래? 그건 그렇고…… 이 참상은 우리가 정리해야 해?"

"……그렇겠지. 그보다 정말로 왜 저러지? 사람이 저렇게 호전적으로 변하다니…….".

"몰라……. 알고 싶지도 않아. 알면 안 될 것 같아."

남은 사람은 마중 왔던 기사들뿐이었다. 그들은 일주일 전까지 청렴결백하던 동료가 지금은 흉포한 전사로 변한 현실에 당혹감을 감추지 못했다. 하지만 그보다 그들에게는 해야 할 일이 있었다.

남은 기사들은 전염병이 발생하지 않도록 강변의 참상을 한탄하며 정리했다. 그것도 이곳을 발견한 기사의 일이니까.

 ## 제4화 아저씨, 동향 사람과 상봉하다

소녀는 평원 한가운데에서 정신이 들었다.

그곳에는 아무도 없었고 기억에 남은 것은 조금 전까지 온라인 게임 【소드 앤 소서리스Ⅶ】로 놀고 있었다는 정도였다. 하지만 동시에 그녀는 지금까지의 일상이 변했음을 예감했다.

그 예감은 적중했고 스테이터스 화면을 펼쳐 발견한 메일을 읽고 현실을 재인식했다. 메일에 적힌 내용은 이 세계의 신이 이전 세계의 게임 안에 사신을 봉인했고 그 사신이 죽으며 풀어놓은 저주로 인해 많은 사람이 죽었다는 것이었다.

거기에 따르면 그녀는 원래 세계 몸을 기초로 게임 세계의 스테이터스를 가미해 소생했다.

과정은 어찌 됐건 그녀는 죽었고 다른 세계로 전생한 것이다.

원래 남들과 다른 감성을 가졌다고 자각하는 그녀는 지구의 일상에서도 주변 동급생들과 맞지 않아 고립되어 있었다. 언니, 동생이나 가족 간의 관계는 양호했지만, 마음 한쪽에선 자극을 원했다.

그리고 그 일상이 예고도 없이 크게 일변했다. 원래 세계는 지루해서 견딜 수 없었지만, 이세계라면 이야기가 달랐다. 어떤 자극적인 것들이 기다릴지 알 수 없었다.

그녀는 끓어오르는 모험심으로 주저 없이 인벤토리에서 장비를 꺼내 마을을 찾아 평원을 걸었다. 그 도중 머문 마을을 덮친 고블린을 퇴치하고, 소녀는 그곳에 있던 두 여성 용병과 함께 산토르로 이동해 용병 길드에 등록했다.

몇 가지 의뢰를 받으며 생활비를 벌던 그녀는 이번에도 호위 의뢰를 받아 상인 마차에 올라탔다. 그리고 두 도시를 왕복하고 돌아오는 길에 도적에게 습격 받았다.

현재는 도적에게 사로잡힌 포로 신세며 이래 보나 저래 보나 위기 상황이었다.

소녀의 이름은 【이리스 스미카】. 이 세계에서는 【이리스】라는 이름을 썼다.

"왜 그래? 이리스······."

"지금은 기회를 기다릴 수밖에 없어. 괜찮아. 곧 그 순간이 올 테니까······."

"정말로?"

"아마······."

게임 시절 스테이터스를 이어받은 그녀의 실력은 용병으로서 중급자에 속했다. 용병 랭크로 말하면 C에 해당하며 상인 호위 정도는 쉬운 일일 터였다.

문제는 도적의 수가 많다는 점과 호위 대상인 상인 일가가 인질로 잡혔다는 점이었다.

결국은 현대 사회에서 살아온 소녀였다. 자각은 없었지만, 이세계에 와서도 게임에 가까운 감각으로 현실을 인식하고 있었다. 그 안일한 인식이 자신을 궁지로 내몰았다는 것을 그녀는 아직도 눈치 채지 못했다.

도적들은 여성뿐 아니라 아이도 납치해, 인질로 삼은 아이 눈앞에서 육친인 여성의 옷을 벗기는 그야말로 저열한 행위를 벌이고 있었다.

아마 어머니이리라. 여성은 두려움과 수치심에 몸을 떨면서 조용히 옷을 벗었다.

그 여성을 천박한 눈으로 구경하는 남자들이 도무지 같은 인간으로 보이지 않았다.

'반드시…… 죽여 버리겠어.'

난생처음 싹튼 순수한 살의였다. 옆에서 도적의 행동을 주시하던 동료 레나에게서 가급적 떨어지지 않도록 주의하며 주위 상황을 살폈다.

그녀는 색적 스킬을 사용해 상공에 마력 반응이 있는 것을 알아챘다.

'저건…… 사역마? 마도사가 이곳을 보고 있어?'

수리와 매, 그리고 비둘기는 모습을 감추려고도 하지 않고 날아다녔다. 하지만 그것은 어떻게 감정해도 생물이 아니었다. 머릿속에서 【사역마】라는 세 글자가 떠올랐다. 누가 사역마를 통해 엿보고 있다는 사실을 알았다.

하지만 이리스의 감정 레벨은 낮아 그 외의 정보는 얻을 수 없었다.

"레나 씨, 어쩌면…… 살 수 있을지도 몰라."

"정말? 그래도 어떻게……."

"아마 마도사라고 생각해. 사역마로 이곳을 발견한 것 같아. 조만간 구조가 올지도 모르지만……."

"언제 올지는 모른다고?"

"응……."

사역마는 분명히 이곳을 보고 있었다. 하지만 구조가 언제 도착할지는 미지수였다.

"최악의 경우…… 무슨 짓, 당할지도 몰라……."

"목숨을 건질 수 있다면 상관없어. 받은 만큼 저 녀석들에게 갚아주면 되니까……. 하아…… 미소년이라면 좋았을걸."

이 세계에서 처음으로 생긴 동료는 조금 특수한 성적 기호의 소유자였다. 또 한 사람, 쟈네라는 동료가 있었지만, 현재 감기로 앓아누워 산토르에 있는 숙소에서 쉬는 중이었다.

그녀들 두 명 말고도 호위 용병이 세 명 정도 더 있었지만, 초면부터 태도가 껄렁패 같았다.

인간으로서는 최악의 부류였지만, 그들도 도적의 습격으로 이미 목숨을 잃었다. 지금은 이 상황을 타개할 병력이 절실했지만, 떠난 자는 돌아오지 않는다.

'구하러 올 거면 빨리 오라고~! 이제 더는…….'

천박한 욕망에 찬 눈빛이 그녀들에게 모였다. 언제 올지 모를 구조대보다 도적들에게 농락당하는 쪽이 빠를지도 모르는 현실에 지금은 그저 탄식할 수밖에 없었다.

◇ ◇ ◇ ◇ ◇ ◇ ◇

강을 상류로 거슬러 올라가 흔적을 쫓길 30분. 제로스 일행을 포함한 기사단은 간단히 도적 아지트를 발견했다. 강 옆에는 배가 있었고 이 배로 짐을 옮기는 듯했다.

"놈들, 수적이었나……."

"그렇다면 모버스 일가일까요?"

"알 수 없다. 하지만…… 소문으로는 질 나쁜 녀석들이 이반했다고 들었어."

"본가에서 배신자 취급받고 이곳으로 도망쳐 온 걸까요?"

"뭐가 어찌 됐건, 디스트로이다!"

"지금 비명 소리를 들으러 가마~. 히히히…….."

누가 도적인지 모르겠다. 기사들이 내뿜는 살의의 파동은 폭발 직전까지 고조됐다.

"인질은 어쩌죠? 여성은 중앙에 모여 있고 아이들과 일부 남자들은 도적들에게 잡혀 있는데요?"

"저 자식들, 아이를 인질로 잡고 협박해서 여자들 옷을 벗기고 있어."

"오라버니…… 설마 그럴 리는 없겠지만, 엿보고 계신 건 아니죠?"

"그, 그럴 리가 있냐?! 이 비상사태에!"

세레스티나의 차가운 시선은 무시당했다. 그도 그럴 것이 지금은 긴급 상황이었다. 시간이 지날수록 인질의 목숨은 위험에 처하게 되리라. 시간적 유예는 없는 것이나 마찬가지였다.

다만, 츠베이트도 역시 한창 때의 남자였다. 여성의 나체에는 관심이 있었고 무의식적으로 눈길을 빼앗긴 것은 비밀이었다.

"마물에게 한 것처럼 마비시킬까?"

"그게 좋겠어. 그럼 어떻게 해서든 놈들의 주의를 끌어서……."

"포위해서 몰매질. 헤, 헤헤헷…… 태어난 걸 후회하게 해주지."

"독도 섞을까?"

"아이들이 있어. 그건 안 돼."

사고방식이 악랄했지만, 도적이 상대라면 그들에게 정정당당이라는 말은 존재하지 않았다.

원래부터가 비겁한 패거리였다. 봐줄 이유가 어디 있겠는가. 이런 범죄자 단속 또한 그들 기사에게 주어진 임무였지만, 기사는 대개 계략을 쓰지 않고 당당히 적발하러 가므로 도적 우두머리가 도주하는 일이 잦았다. 기사는 집단으로 행동했다. 작전 준비 기간이나 전날까지의 행동을 보는 것만으로 언제 습격해 올지 짐작할 수 있었다. 이것은 대규모 도적 토벌에서 잘 보이는 실패 사례였지만, 소규모 도적단에게도 물자의 이동으로 토벌대의 행동이 들통 나는 경우가 있었다.

기사단이 움직일 때는 물자 구입 등으로 돈이 움직이며 많은 무기와 식량 등 물자가 주둔지나 요새에 운반되므로, 연락원인 기사가 빈번하게 목격되면 도적들도 경계하게 마련이었다.

이런 정보망은 도처에 흩어져 있으며, 당연하지만 도적들도 이 정보망을 이용했다. 하지만 이번에는 예상하지 못한 사태가 발생했다. 이 도적들은 호위 임무를 받고 파프란 대산림 지대로 떠난 기사를 간과했다. 게다가 기사들은 최근 일주일 동안 터무니없이 강해졌다.

도적들에게 위협이 될 것은 틀림없었다. 기사들은 피에 굶주린 야수 같은 눈으로 도적들을 바라보며 어떻게 소탕할지에 대해 즐겁게 작전을 짜고 있었다. 그리고 그 작전은 마침내 결정됐다.

"제로스 공, 가능하다면 놈들의 주의를 끌어주십시오. 저희가 포위할 때까지면 됩니다."

"상황에 따라서 임기응변으로 대응하면 되겠죠? 공격당하면 죽일 건데……."

"인질은요? 될 수 있는 대로 구출하고 싶습니다만……."

"상대가 어떻게 나오느냐에 따라서죠. 최대한 악역을 연기하며 시간을 끌어볼게요……."

"그 부분은 맡기겠습니다. 그럼 행동합시다. 시간이 없으니까요."

선봉은 가장 강한 제로스가 맡기로 했다. 타당한 인선이라 할 수 있겠다.

"그럼 먼저 가 있겠습니다. 얼른 오지 않으면 사냥감은 전부 제 차지예요~ ♪"

"저희 몫도 남겨주십시오. 분을 풀고 싶으니까……."

평화로운 시간을 빼앗긴 그들의 한은 깊었다.

"……인간을 상대로 하는 거지? 스승님, 사냥감이라고 지껄였어."

"여러분께선 이미 사람과 마물을 구분하지 않는 건지도 몰라요. 어느 쪽이든 사냥하는 대상인 거죠. 자업자득이라지만 운도 없죠……. 하다못해 명복만이라도 빌까요?"

"저 녀석들도 불쌍하군……. 죽겠지, 전부 다……."

"디스트로이예요. 지금 기사들은 아무도 못 막아요……."

불과 일주일 사이에 기사들은 흉악하도록 강해졌다. 처음에는 세레스티나와 츠베이트의 실전 훈련이었을 텐데, 언제부터인가 전원 사느냐 죽느냐인 서바이벌로 변했다.

레벨은 세 배 가까이 뛰어올랐고 스킬 레벨도 어처구니없이 증가했다.

지금 기사들은 아마도 이 나라 최강 병력이라고 해도 과언이 아닐 것이다. 그야말로 소수 정예 부대였다.

　다소 인간성이 망가지기 시작한 것은 문제였지만, 도적 섬멸 작전은 이렇게 감행됐다.

◇ ◇ ◇ ◇ ◇ ◇ ◇

　도적들은 강가 근처 동굴 앞에서 오늘 수확을 펼쳐 놓고 잔치판을 벌였다.

　식량에 귀금속에 의복, 무엇보다 여자가 있었다. 젊은 유부녀나 어린 소녀, 용병 중에서도 그들 취향인 여자들을 모아놓고 꾀죄죄한 풍모의 남자들이 천박한 웃음을 지으며 그녀들을 품평했다.

　가족이나 연인을 살려준다는 조건으로 옷을 벗겼다. 그 뒤에 이어질 건 뻔하디뻔한 농락이었다. 그들은 그 순간이 오길 목이 빠지게 기다리고 있었다. 당연한 이야기지만, 약속을 지킬 생각 따위 추호도 없었다.

　물론 남자를 살려 둘 생각도 없었다. 볼일을 보고 나면 죽일 것이고, 여자들은 가지고 논 다음 노예 상인에게 팔아넘길 예정이었다.

　도적들은 지금부터 수치심과 굴욕으로 물든 그녀들을 겁간하고 재미를 볼 것을 생각하며 삐뚤어진 기쁨에 웃음을 감추지 못했다. 마치 신이라도 된 듯한 희열에 잠기면서도 눈앞에 있는 여자들이 어떤 소리를 내며 울까 상상하자 고양되는 흥분을 주체할 수 없었다. 이때까지는……

　"죄송합니다……. 여기가, 어디쯤이죠?"

"엉?"

도적 두목이 목소리가 들린 방향으로 고개를 돌리자 초라한 차림새의 마도사가 한 명 서 있었다.

"가도에서 벗어나 한 달 정도 숲을 헤맸지 뭡니까. 가능하다면 마을까지 가는 길을 알려주실 수 없을까요~?"

"어이, 우리가 누군지 보면 알잖아? 상황 파악이 안되냐?"

"아무렴요. 저도 여러분과 동업자라서 지금 상황은 이해합니다. 서로 돕고 사는 세상 아니겠습니까?"

마도사란 것 자체는 문제가 아니지만, 눈앞의 마도사는 수상해도 너무 수상했다.

꾀죄죄한 회색 로브에 키도 몸집도 평범한 중년 남성. 눈매가 보이지 않을 정도로 자란 덥수룩한 머리에 아무렇게나 자란 수염. 하지만 평범한 인물답지 않은 기운이 배어 나왔다.

'회색 로브라……. 실력은 별 볼 일 없겠군…….'

두목은 이 남자를 위험하지 않다고 판단하고 부하가 알아채도록 신호를 보냈다.

"수상해. 이것들을 보고 그런 말이 나와?"

"제법 반반한 게 있군요~. 가능하다면 한 명 받아가고 싶은걸요. 실험 재료로 쓸 거지만. 크크크……. 몇 명 양보해주실 수 없을까요?"

도적인 그들은 여성을 엉망이 될 때까지 겁탈해도 상품이 되므로 죽이지는 않았다. 그러나 눈앞에 있는 마도사는 전라의 여성들을 보고 『실험 재료』라고 말했다.

두적 두목은 수상한 외모 이상으로 위험한 인간이라고 생각을 고쳤다.

"그래……. 정 그러면 한 명 데리고 갈 텐가? 우리가 즐긴 뒤가 되겠지만."

"흠…… 괜찮습니다. 살아만 있으면 아무래도 상관없어요. 이것저것 실험해 보고 싶은 게 있어서 말이죠~."

'어둠 마도사인가……. 못 믿을 녀석이야. 없애는 편이 낫겠어…….'

【어둠 마도사】란 어둠 속성 마법에 능한 마도사가 아니라 마법 연구를 위해서라면 범죄조차 서슴지 않는 마도사의 총칭이었다. 이들은 무차별적으로 사람이나 동물을 실험 재료로 써서 지식욕을 채우는 위험한 족속이었다.

어둠 마도사는 실험 결과에만 관심이 있어서 그 결과를 알기 위해서라면 어떤 잔인한 행동도 개의치 않는 최악의 사이코패스 범죄자였다. 도적 두목도 설마 진짜 어둠 마도사와 만날 줄은 생각지도 못했다.

하지만 연구에는 돈이 든다는 것은 알았다. 돈 때문에 자신들의 정보를 팔아넘길 가능성도 컸다.

들리는 소문에 의하면 몇 푼 안 되는 연구 자금을 벌려고 고용되어 대량 학살을 벌이는 마도사도 있다고 했다. 보신을 위해서라도 여기서 처리하는 편이 무난한 선택일 것이다.

"우리가 즐기는 동안 기다리기도 심심하겠지? 술이라도 마시고 있어."

"술 좋죠~. 최근에는 멀쩡한 술을 마신 적이 없으니까요. 뭔가 좋은 술이라도 있나요?"

"있고말고……. 상인들에게 빼앗은 물건인데, 죽여주지."

"그거 기대되네요~. 크크크……."

수상함 대폭발이었다. 하지만 어차피 해야 할 일에는 변함이 없었다. 한 도적이 마도사 옆으로 다가왔다.

"여기 앉아."

"죄송해서 어쩌나~. 한창 즐거울 때……."

"신경 쓸 것 없어. 정 그러면 너도 즐겨. 지옥에서 말이야!"

미리 정해진 순서대로 도적이 등 뒤에서 나이프로 달려들었다. 하지만 쓰러진 것은 도적 쪽이었다. 가슴 깊이 박힌 나이프를 바라보는 마도사는 냉혹하게 웃음 짓고 있었다.

두목은 무슨 일이 벌어졌는지 이해하지 못했다.

"어이쿠, 참 일찍 주무시네요. 벌써 잠드셨나요?"

"뭐야?! 이 자식, 무슨 짓을 했지?!"

"뭐냐뇨? 달갑잖은 선물을 돌려드렸을 뿐인데요? 그보다 목숨을 소홀히 다루면 안 되죠. 뭐, 이미 늦었지만……."

분위기가 급격하게 싸늘해지는 감각. 등을 타고 식은땀이 비 오듯 흘러내렸고 자신들이 어떤 터무니없는 잘못을 저지른 게 아닐까, 하는 의문이 스쳤다. 그리고 그 예감은 틀리지 않았다.

"저는 교섭하고 싶은데 말이죠……. 하, 지, 만. 당신들은 무기를 들었습니다. 그렇다면 죽어도 불평은 못 하겠죠? 실험 재료는 많을수록 좋습니다…… 크크크……."

"뭣, 아, 아냐! 그럴 생각은……."

"방금 이 사람에게 신호 보낸 거 다 압니다. 모를 줄 아셨어요? 나 참, 엉성할 사람일세. 신호를 보내려면 보이지 않는 곳에서 보내야죠. 살아 있으면 언젠가 경험을 살려 보세요. **살아 있으면 말이죠.**"

태연하게 도적들을 바라보는 마도사— 제로스. 어디까지나 악역을 연기해야 하기 때문에 다짜고짜 이 도적을 공격했다. 아저씨의 역할은 시간 벌기였다.

"【찢어 가르는 눈발】."

도적들 사이로 한 줄기 바람이 스쳐 갔다. 한순간 몇 명의 도적은 자기네 몸이 찢어지는 것을 자각하지도 못한 채 조립하지 않은 마네킹처럼 조각났다.

대량의 혈액이 대지에 붉은 물웅덩이를 만들었다. 쇠를 닮은 피 냄새가 일대에 퍼지며 코를 자극했다.

"무영창?! 그럴 리가, 그런 고위 마도사가……."

"이런 곳에 있을 리가 없다? 비록 가능성이 적어도 0이 아닌 한 예상하지 못한 사태는 일어나기 마련이죠. 그리고 이 세상에 100 퍼센트는 없습니다. 공부가 부족하시네."

"""히, 히이이이이이이이이이이이이이이이이익?!"""

제로스는 도망치는 도적들에게로 손을 뻗고 손가락을 튕기자 그들도 처참한 시체로 변했다.

격투 기술 【지탄(指彈)】을 사용해 머리를 돌멩이로 꿰뚫은 것이었다.

순식간에 동료가 시체로 변하자 도적들 사이에 동요와 공포가 퍼졌다. 눈앞에 있는 마도사가 절대로 건드려서는 안 될 존재임을 깨달았지만 이미 너무 늦었다.

"좀 더 숫자를 줄이는 편이 나으려나? 사람 수만큼만 살아 있으면 될 테고 수가 많으면 연행하기도 귀찮으니까⋯⋯."

"이 자식, 국가 마도사냐?!"

"아뇨, 그냥 지나가다가 당신들로 실험하고 있을 뿐인데요?"

"뭐? 그럼⋯⋯ 실험을 위해 우리를 죽이겠다는 거냐?! 뭐 때문에!"

"글쎄요~? 죽을 당신들 하고는 상관없는 이야기잖아요? 죽일 사람에게 미련하게 대답해줄 의무도 없고요."

이미 적대한 이상 남은 것은 죽느냐 죽이느냐 뿐이었다.

"설마 자기들이 영리하다고 생각하는 건 아니겠죠? 제가 한마디 하자면 너무 엉성해요. 초보자 수준이네요."

"그런 수상쩍은 모습으로 잘도 지껄이는군!"

"제 모습이 어떻건 당신들과 무슨 상관입니까? 겉모습에 속은 당신들의 안일함이 잘못이지. 애초에 회색 로브를 보고 실력을 가늠하진 않았습니까? 그렇지만 회색 로브를 입었다는 것만으로 어떻게 이 나라 마도사라고 단언할 수 있죠?"

제로스의 말대로 도적 두목은 로브 색을 보고 실력을 판단했다. 하지만 그 논리에 해당하는 건 이 나라에 있는 마도사뿐이었다. 그 판단이 잘못됐다고 깨달았을 때, 그들의 목숨은 이미 제로스의 수중에 놓였다. 주문도 외지 않고 마법을 구사하는 마도사 앞에서 도적들은 도망칠 방법이 없었다. 움직이는 순간 마법이 발동해 죽을 게 뻔했다.

도적 두목은 주위로 시선을 돌려 한 작은 남자아이에게서 눈을 멈췄다.

두목은 살아남기 위해 아이를 인질로 삼고자 움직였지만, 한발 먼저 부하 도적이 아이를 낚아챘다. 아무래도 서로 같은 생각을 한 모양이었다.

"이, 이 꼬맹이를……."

"시끄러워요. 얌전히 사라지시죠?【스톤 불릿】."

말이 끝나기 전에 부하의 머리는 돌 탄환을 날리는 마법 공격에 맞아 날아갔다.

"인질인가요? 저한테 그런 게 소용 있다고 생각하셨나요?"

"아, 아무 죄도 없는 꼬마다……. 이 녀석을 죽일 생각이냐?"

"댁들이 할 소리입니까? 게다가 저랑 무슨 상관이죠? 전 말입니다, 실험만 할 수 있으면 그만이라고요. 댁들을 가지고 말이에요. 아시겠어요? 제 얘기 제대로 안 들으셨죠?"

도적 두목의 등에 전율이 일었다. 이 마도사는 자신들을 표적으로 마법 공격 실증 실험을 하고 있을 뿐이었다. 인질은 무의미했다. 오로지 비참하게 죽임당하는 현실만이 기다릴 뿐이었다.

사냥하는 입장에서 사냥당하는 입장으로 바뀌었을 뿐이지 도적들이 하던 행위와 아무것도 다를 바가 없었다.

제로스는 도망칠 곳이 없는 것을 알고 공포에 떠는 도적들은 내려다보면서 서늘하게 웃고는 담배에 불을 붙였다. 허점투성이로 보이지만, 파고들 틈이 전혀 없었다.

"흠…… 때가 됐나? 예정대로네요."

"뭐라고?"

도적 두목은 제로스의 말뜻을 이해하지 못했다. 그가 의아해함과 동시에 자기 몸에 드는 이질감을 깨달았다.

몸이 차츰 저리고 떨리며 마음대로 움직일 수가 없었다.

"무슨 짓을…… 한 거냐……."

"아무 짓도요? 저는 말이죠……."

"『저는』이라고?! 서, 설마…… 다른 동료그아……."

"혀가 제대로 안 돌아가나 보죠? 걱정 마세요, 그냥 마비 독입니다. 저한테는 안 통하지만요."

도적 두목이 돌아보자 다른 도적들도 똑같이 경련하더니 이윽고 바닥에 쓰러졌다.

기사들이 어지간히 강한 마비 독을 바람에 실어 풀었나 보다.

"마이도기라고? 어……어느 흐메……."

"무슨 말인지 못 알아듣겠어요. 똑바로 알아듣게 확실히 말해주실래요?"

"소기다니…… 비거하다……."

"흠…… 비겁? 비겁하다라, 당신들이 그런 말 할 자격이 있다고 봅니까? 자기들이 비겁한 수단을 쓰면서 상대가 같은 방법을 쓰면 안 되는 법이 어딨죠?"

도적은 약자를 습격하고 금품이나 여자를 빼앗는다. 근본이 비겁한 이들에게는 그보다 더한 비겁한 수단을 쓰는 것 또한 병법이었다. 싸우지 않고 적을 무력화할 수단이 있다면 쓰지 않을 이유가 없었다. 그러나 문제는 인질들에게까지 마비 독이 퍼졌다. 그

독한 효과를 본 제로스는 내심 기사들이 조합을 잘못한 거 같다고 생각했다.

자신이 약물을 쓴 것도 아닌데 제로스의 죄책감은 말이 아니었다.

"쓰레기를 상대하는 데 정정당당함은 필요 없죠. 죽느냐 죽이느냐, 둘 중 하나예요. 그게 당신들 방식 아닙니까? 방금 죽이고 온 사람들에게 그런 것처럼……."

인과응보. 도적들은 자신들이 행한 비겁한 행위에 맞서 더 비겁한 공격을 당했을 뿐이었다. 마비 독을 뿌렸을 뿐이었지만, 결과적으로는 무력화와 제압에 성공했다.

타인의 목숨과 재산을 빼앗으려는 자들에게 도리에 맞게 대답해줄 이유가 어디에 있는가. 하물며 목숨을 보장해줄 이유도 없었다. 기사단도 이 틈을 타고 돌입해 왔다.

간신히 움직이는 자도 저항하면 헛되이 목숨을 잃었다.

이리하여 세상 무서운 줄 모르고 설치던 도적단은 완전히 제압당했다.

"쳇! 싱거운 놈들이군."

"제압했으니까 됐잖아? 뭘 할 생각이었길래?"

"당연히 몰살해야지. 설마 독을 좀 뿌렸다고 무력화될 줄이야……."

'이 사람들…… 미쳤어…….'

기사에 대한 이리스의 첫인상은 딱 이러했다.

인질과 함께 적을 죽이려고 한 마도사를 보냈을 뿐 아니라 아무렇지도 않게 독극물을 사용하는 그들을 보고 기사에 대한 이미지가 산산이 박살났다.

이기기 위해서는 어떤 비겁한 수단도 마다하지 않는 태도에 오히려 전율마저 일었다. 긍지를 중시하는 기사가 할 짓이 아니었다. 게다가 여성 인질들에게도 마비 독이 퍼졌다. 일단은 마비를 풀 해독약도 준비해 인질을 배려한 것은 알았지만, 그 수법이 너무나도 극악했다.

"이리스…… 이 기사들, 좀 무섭지 않아……? 방식이 너무 악랄해."

"응. 그래도…… 일단은 구해줬잖아."

마비되어 움직이지 못하는 도적을 가차 없이 죽이고, 그중에는 『너무 많으니까 수를 좀 줄여야겠다———!』라고 말하는 자까지 있었다. 그것도 정말로 기쁜 얼굴을 하고서…….

사람을 죽이며 기뻐하는 인간들이 정상일 리 없었다. 경계심이 들만도 했다.

하지만 이리스가 무엇보다 신경 쓰인 점은 이상하리만큼 강한 마도사였다.

도적을 해치울 때 사용한 기술은 격투술이며 상대의 팔을 즉석에서 비틀고, 행동이 멈춘 한순간에 나이프를 빼앗아 냉정하게 심장을 찔렀다.

이 세계에 오고 약 한 달이 지났지만, 마도사가 근접 격투를 벌인다는 이야기는 들은 적도 없었다.

왠지 이리스는 이 마도사에게서 눈을 떼지 못했다.

"오, 룬 우드 지팡이잖아? 이거 누구 거죠?"

"앗, 그거 내 지팡이……."

""……응?""

제로스와 이리스의 눈이 맞았다.

"……이거 과금 장비죠? 랜덤 박스로 얻는……."

"초보자 보너스로 얻은 티켓으로 먹었어……. 파격적인 성능이야."

두 사람은 다시 서로를 바라봤다.

"초보자 보너스? 운이 좋네요. 뭐, 전 직접 만들 수 있지만…… 응?"

"과금? 랜덤 박스?"

두 사람 사이에서만 시간이 멈췄다. 그 말이 의미하는 바는 즉…….

"설마 동향 출신인가?"

"아저씨도 플레이어였어?!"

가정용 게임기 드림 웍스는 인터넷에 연결하면 자동으로 메이커의 마더 시스템에 접속해 광대한 필드를 모험할 수 있었다. 세세한 설명은 생략하겠지만, 그 온라인 플레이에서 사용하는 장비나 아이템을 유료로 얻을 수 있는 시스템이【랜덤 박스】였다.

과금해서 랜덤 박스를 사면 무작위로 강력한 장비를 얻을 수 있었고, 그만큼 초반 플레이가 편해졌다. 하지만 꽝도 많아서 보통 물건보다 성능이 나쁜 아이템을 얻는 경우도 있었다.

그런 장비를 가졌고 지구에 존재하는 단어를 아는 사람이 이 세계 사람일 리 없었다.

—쿵, 커홍, 쿵쿵, 크히이이이이이이이이이이이이이이이잉!

무슨 말을 하려던 두 사람은 느닷없는 소리에 반응해 돌아봤다. 그곳에 있는 것은 오크 한 마리였다. 옆에 있던 알레프는 불길한 예감을 느꼈다.

"제, 제로스 공…… 오크입니다! 왜 놈들이 이곳에……. 게다가 보통 큰 놈이 아닙니다."

"인정하고 싶지 않지만, 그 숲에서 나온 무리겠죠. 보아하니 척후 같은데, 그런 것치고는 뭔가 상태가 이상한 것 같기도……. 어쨌든 또 일이 꼬이네요~."

기사들의 안색이 순식간에 창백해졌다. 도적들을 상대하던 것이 마물까지 상대하게 되리라고는 상상하지 못했다.

뭔가 이상한 느낌은 들었지만, 아마 이 오크는 선봉인 정찰병이고 후방에 무리가 존재하리라 예상됐다. 붙잡힌 사람들을 안전한 곳으로 데리고 가야 하는 마당에 마물에게 습격받다니? 알레프도 머리를 쥐어뜯을 수밖에 없었다.

도적도 연행해야 하므로 피해자 호위도 생각하면 도저히 감당하기 어려웠다.

그런 알레프의 생각과는 반대로 오크는 점차 늘어났다. 역시 뭔가 이상했다.

"어쩔 수 없네요. 도적들을 두고 갈까요? ……방해만 되니까. 게다가 불길한 예감이 들어요."

제로스가 중얼거린 순간, 기사들이 무지막지 환한 미소를 지었다.

"그렇지. 피해자 보호가 최우선이야."

"이 녀석들이야 죽거나 말거나 상관없지. 빨리 철수하자!"

"잠깐, 난 아직 하고 싶은 얘기가…… 아저씨, 설마…….."

"그런 소리는 나중에 해요! 지금은 이곳을 떠나는 게 급선무라고요."

제로스는 시끄럽게 대꾸하는 이리스의 손을 억지로 잡아끌며 기사들과 함께 일제히 철수를 시작했다.

그들이 떠난 뒤엔 마비로 움직일 수 없는 도적들이 남겨졌다.

"살았다……. 설마 오크에게 도움을 받을 줄은…… 어? 뭐야?!"

아직 몸이 마음대로 움직이지 않는 도적 두목은 그의 바지에 손을 걸친 오크에게 경악했다.

오크는 그런 그의 바지를 확 잡아 벗겼다.

"왜, 왜 오크가 남자를 덮쳐?!"

"잠깐, 이것들 유방이 네 개 달렸어……. 암컷이다!"

하반신이 오롯이 드러난 도적들은 희열 섞인 돼지 얼굴을 응시했다. 무슨 일이 일어났는지 이해하지 못했다. 아니, 이해하길 거부했다.

—꾸어어어어어어어엉!

오크는 그들을 보며 환호했다.

오크가 다른 종족 암컷을 덮치는 이유는 번식을 위해서지만, 수컷은 언제나 싸우느라 수가 줄어들기 일쑤였다.

무리 내에서 수컷이 부족해질 경우, 드물게 암컷 오크들이 번식을 위해 다른 종족의 수컷을 덮치는 일이 있었다.

이 오크는 선행 정찰이 아니었다. 모종의 사정으로 성욕이 강한 수컷이 부족해 다른 곳에서 충당해야만 하는 사태가 벌어져 무리가 이동한 것이었다.

암컷도 번식 능력이 뛰어나기 때문에 남은 것은 씨를 발견하는 것뿐이었다. 그 씨란— 더 말해 무엇하랴. 심지어 오크는 잡식성이기에 볼일을 마친 뒤 도적들을 죽여서 잡아먹을 것이다.

그들이 살아날 길은 처음부터 없었다. 그 후, 도적들의 행방을 아는 사람은 아무도 없었다.

제로스 일행이 도망칠 때 들린 『아아———악…….』이라는 비명이 마지막이었다. 도적들은 자연의 섭리에 따른 짐승의 습성에 희생되어 번식을 위한 도구로 전락했다. 그리고 일을 치른 후에는 죽어서 식량이 될 운명이었다. 인간의 탈을 쓴 짐승들에게는 걸맞은 말이라고 할 수 있겠다.

인과응보라도 불쌍하긴 하지만, 약육강식의 논리로 살아온 그들이니 불평은 할 수 없으리라.

힘의 논리를 들먹였다면 거기에 따르는 것 또한 순리였다. 업보는 반드시 자신에게 돌아오는 법. 그리고 그들을 구해주는 이는 아무도 없었다.

 ## 제5화 아저씨, 과거를 털어놓다

도적을 토벌한 후 강가에 도착한 제로스 일행은 그곳에서 하룻밤을 묵기로 했다.

세레스티나와 츠베이트는 먼저 잠들었고 제로스는 기사 몇 명과 함께 교대로 보초를 서며 안전을 확보했다. 마물은 어디서든 나타나 사람을 공격하기에 절대로 방심할 수 없었다.

기사들은 대산림 지대에서 귀환한 이후 마치 짐승처럼 감각이 예민해져 조그만 기척에도 눈을 뜨는 지경이었다. 문제는 그것이 곰 따위 짐승일 경우 왠지 신이 나서 사냥한다는 점이지만. 그들의 야생화는 심각한 수준이었다.

제로스가 모닥불을 쬐며 대산림 지대에서 채집한 약초 씨앗 등을 분류하고 있자니 한 소녀가 찾아왔다.

네 여신의 이기적인 사정으로 이세계에서 살게 된, 자신과 같은 처지인 동향 출신의 소녀, 이리스였다.

"아저씨, 잠깐 시간 괜찮아?"

"아저씨……. 뭐, 틀린 말은 아니죠. 올해로 마흔이 됐으니까……. 그런데 새삼스럽게 들으니까 왜 조금 슬프지……."

자기 입으로 아저씨라고 말하면 상관없지만, 이리스 같은 젊은 아이에게 새삼스럽게 아저씨 소리를 듣자 조금 상처 입었다. 제로스는 의외로 예민한 나이였다.

"앗, 생각보다 젊다……. 그보다 나 묻고 싶은 게 있어."

"그보다…… 제법 민감한 문제라고 생각하는데……. 참고로 전 로리콤이 아니니까 원조 교제는 사양합니다."

"누가 한대?! 왜 그런 이야기가 나와!"

"전에 길에서 비슷한 또래 아이에게 권유받았거든요. 정중히 거

절했더니 『아 씨, 고상한 척 하지 마, 꼰대야!』라고 욕먹고 살짝 트라우마가 생겼죠. 하하하……."

"그런 거랑 같은 취급 하지 마! 사람을 뭘로 보고! ……그보다 그거, 원래 세계 이야기지?"

이리스는 원조 교제 취급받고 조금 분개했다. 이것으로 이 아저씨가 자신과 같은 처지에 놓였다는 것은 이해했지만, 그녀가 화를 내는 것도 당연했다.

"애초에 왜 내가 원조 교제를 한다는 거야? 웃겨, 진짜!"

"아뇨, 아니라면 됐어요. 만약을 위해 먼저 거절해 둬야겠다 싶어서요."

"여자한테 왜 그런 의심부터 해? 아저씨, 혹시 무슨 사기당했어?"

이리스의 모습은 검은색을 바탕으로 한, 매직 드레스라고 불리는 의복형 장비였다.

트윈 테일에 작은 고깔모자를 쓴, 조금 실용성이 부족하고 귀여운 차림새였다. 마도사보다는 마법사라고 하는 편이 낫지 싶었다. 구색이나 맞추는 수준으로 허리 위까지 오는 망토를 걸쳤지만, 겉모습이 어린아이 같은 이리스에게는 불만스러운 장비였다.

"그나저나 유독 귀여운 계통으로 장비를 맞추셨네요. 현실적으로 봐서 그다지 실용성은 없겠어요."

"윽, 아바타가 키 크고 몸매 좋은 미녀였어……. 원래 모습으로는 이거밖에 장비할 게 없었단 말야~. 아저씨도 이제 막 시작한 초보자 같아서 척 보기에도 수상하다고."

"일부러 이런 거예요. 너무 유명해져서 위장한 거죠."

"수상해…… 뭐라고 해야 하지? 영화 엑스트라가 길에서 돌아다니는 듯한 이질감이야. 그 묘한 말투도 수상함을 더하고 있고……. 솔직히 말해서 엄청 이상해!"

"그게 좋은 거잖아요? 뭐, 말투는 버릇이지만요~. 취직하고 교정했을 때부터 이런 말투였으니까 이제 와서 고치기도 힘들어요."

제로스의 말투는 회사에서 근무하며 교정하여 지금 상태가 되었다. 하지만 칠칠찮은 아저씨가 이런 말투를 쓰면 장난 아니게 능글맞아 보였다.

더욱 심각한 점은 제로스가 이런 상태를 제법 좋아한다는 것이었다.

"아~. 무슨 일 했어? 궁금해."

"주로 네트워크 보안 시스템 관련 일이었죠. 파이어 월을 구축하고 카운터 프로그램으로 크래커를 추적하거나 하는……."

"혹시 아저씨, 엄청 인텔리야?"

"……원조 교제는 안 합니다? 아무리 그래도 범죄는 좀……."

"안 해! 진지하게 그런 말 하지 마."

원래 세계에서는 7년 정도 어떤 회사에서 일했었다. 그 무렵 제로스—【오사코 사토시】의 인생은 순풍에 돛 단 듯 순조로웠다. 프로젝트 몇 개나 맡은 책임자로서 진두지휘로 회사의 이익에 혁혁히 공헌했으며, 해외 유명 기업과 합동으로 여러 국가 프로젝트에도 관여했을 정도였다.

어떤 사건을 계기로 회사를 그만둘 수밖에 없어질 때까지는…….

"그렇게 대단한데 왜 해고당했어? 평범하게 생각해서 이상하잖아?"

"그걸 물어보시네……. 실은 누나가 있는데 이게 참 성가신 사람이라서요. 당시에는 회사 기숙사에서 생활했는데 가족이란 핑계로 그 인간이 쳐들어온 겁니다. 심지어 3년이나 눌러앉아서 나가려고 하질 않았죠."

"그게 뭐야? 아저씨 누나라면 어른이지? 일 안 해?"

"일은 했어요. 금방 그만두고 결혼도 했지만, 남편과 헤어졌다고 하더라고요……. 매형이 저금한 돈을 전부 탕진해서."

"뭐어어~?!"

사토시의 누나는 자기밖에 모르는 사람이었다. 부모가 죽어 유산을 상속하고 그 절반을 불과 2년 만에 날려 먹을 정도로 돈 씀씀이가 헤펐고 결혼 상대의 예금을 무단으로 탕진했다.

결혼은커녕 자칫 잘못하면 철창신세를 면하기 힘든 이야기였지만, 남편의 불륜 사실을 조사해 놓았기 때문에 사태는 조용히 무마됐다. 오히려 자신의 불행을 내세우며 역으로 상대방을 몰아붙일 정도로 능구렁이였다. 그 누나가 사택에 쳐들어왔다.

심지어 일도 하지 않고 3년이나 TV를 보면서 밥만 축내는 식충이 생활. 예금 통장을 비롯한 돈 관리는 모두 사토시가 했기 때문에 누나가 마음대로 써 버리는 일 없이 무사히 넘어갔다. 원래부터 누나를 믿지 않았던 사토시는 자기 방 주위를 엄중하게 경비했고 통장 종류는 은행 대여 금고에 숨겼을 정도였다.

"무슨 누나가 그래? 못된 걸 넘어서 기생충 같아……."

"마음대로 배달 음식을 시키질 않나, 외상을 남에게 갚게 하질 않나, 청소한다면서 금품을 물색하고 방을 뒤지기까지…… 정말로 최악의 인간이었어요."

"안 내쫓았어? 경찰에 상담하거나 변호사를 부르거나 해서……."

"했죠. 했는데…… 그 사람이 대외적인 관계는 좋아서 주변 사람을 자기편으로 끌어들이는 건 귀신같이 잘해요. 무슨 일이 있으면 제가 나쁜 놈이 되니까 환장할 일이죠."

밖에서는 좋은 누나를 연기하고 집에서는 횡포를 부린다. 같은 사택에 사는 사모님들과의 관계도 좋아서 절대로 자기에게 나쁜 인상을 주지 않았다. 그런 지옥 같은 3년의 생활도 다른 지방으로 전근하게 되면서 끝을 고했다. 누나를 강제로 쫓아낼 명분을 얻은 것이었다. 기쁘게도 그 전근 지역 사택은 독신자 기숙사라서 남자밖에 없었다.

더욱 기쁜 점은 홀로 살기에도 벅찬 좁은 방에 준공 25년 차의 불하받은 낡은 다세대 주택이란 것이었다.

사택에서 쫓겨나 헤어질 때 사토시를 원망스럽게 노려보던 모습이 아직도 기억에 남아 있었다.

"일할 생각이 전혀 없으면서 돈만 축내는 인간이었죠~. 이 세계에 있었으면 바로 죽여 버릴 겁니다. 시체도 안 남기고."

"왠지 그게 끝이 아닐 거 같은데……."

그랬다. 끝이 아니었다. 그녀는 사토시가 일 때문에 해외에 나가 방으로 돌아오지 않을 때를 노리고 우연을 가장해 사토시가 사는 기숙사에 나타났다. 그리고 관리인을 속여 방에 침입, 개발 중인 프로그램 데이터를 복사해 훔쳐갔다. 심지어 그때는 다른 남자와 만나서 결혼까지 한 상태였다.

"그 상대가…… 경쟁 회사 임원이라서 개발 중이던 소프트를 훔쳐가 먼저 발표해 버린 겁니다. 하여간 민폐 끼치는 것 하나는 천재예요."

"누나가 너무했네. 진짜 너무했다. 아저씨는 가족 복이 없었구나……."

당연히 특허 출원이 된 상태였기에 재판이 벌어졌다. 도난당한 프로그램에 결함이 있다는 것을 증거로 제시해 승소했지만, 사토시는 민폐 덩어리 누나 때문에 회사에서 잘렸다.

그리고 새 매형이기도 한 임원도 책임을 물어 해고당했다. 아무도 득을 보지 못한 악몽 같은 사건이었다.

그 사건 뒤 사토시는 시골에 땅을 샀고, 부모가 남긴 빌라 따위는 모두 관리인에게 맡긴 뒤 누나의 눈을 피하기 위해 가짜 회사명이 적힌 간판을 내걸어 위장했다.

그 후에는 시골에서 농사를 지으며 유유자적한 은둔 생활을 시작했다. 게임 자체는 옛날부터 좋아해 즐겨 왔고, 슬로 라이프는 사실 의외로 쾌적했다.

시골에서 산다는 사실을 알아낸 사토시의 누나가 딱 한 번 얼굴을 비쳤지만, 그 이후에는 근처에도 오지 않게 됐다. 농가 생활은 못 해 먹겠다고 생각한 듯했다.

"내가 왜 과거 이야기를 하고 있지? 그나저나 그 장비로 괜찮아요?"

"이거 말고 사이즈가 맞는 장비가 없어……. 갑옷도 장비하고 싶지만, 돈이 없고……."

"아~, 아바타 장비 외에는 자기가 마련해야 했던가? 막 전생 했을 때는 저도 돈이 없었죠. 소재가 있어도 만들려면 또 돈이 들고요."

"어차피 다른 장비는 섹시 계열이니까 못 입어. 지금 나한테는 안 어울려서."

"그래서 용병 일로 자금을 벌어서 장비를 바꾸려는 거군요?"

그 후 제로스는 잡담을 섞으며 이리스의 상황을 파악했다.

아마 게임을 즐기던 플레이어며 기본적으로 자기 세상에 틀어박히는 성격. 호기심은 강하지만, 위기감은 다소 부족하다. 가족 관계는 좋다고는 할 수 없지만 나쁘다고도 할 수 없는 지극히 평범한 일반 가정에서 태어난 것으로 보인다. 교우 관계는 얕고 전생한 이 상황을 즐기려는 경향이 있다.

제로스의 분석과 견해는 이런 느낌이었다. 틀린 부분은 거의 없을 것이다.

그렇기에 제로스는 이리스에게 꼭 물어볼 것이 있었다.

"……학생은 이 세계를 어떻게 생각하죠?"

"어떻게……? 이세계에 온 기쁨 반, 가족과 만날 수 없는 섭섭함 반?"

"……이상하다는 생각은 안 듭니까? 이 세계의 섭리는 【소드 앤 소서리스】와 완전히 똑같아요. 다소 다른 부분도 있지만, 세계를 구성하는 시스템이 너무 비슷해요."

"그거 사실이야? 농담으로 하는 소리 아니지?"

"지금 생각해 보면 이상한 면이 꽤 많아요……. 예를 들어 저희 상위권 유저가 만든 신마법. 그건 게임 밸런스를 생각하면 말이 안 돼요."

"뭐?"

제로스를 비롯한 【섬멸자】와 여러 생산 직업 폐인은 광기의 산물로 새로운 마법 문자, 0과 1을 이용한 신마법을 만들어 냈다. 하지만 게임 시스템의 관점에서 볼 때, 프로그램으로 구성된 게임 세계에서 새로운 마법을 만들 수 있을 리 없었다. 기술자의 시각으로 보면 신마법은 시스템 에러를 유발하는 바이러스나 버그에 지나지 않으며 시스템으로 받아들여질 리 없기 때문이었다. 가령 그 마법이 받아들여졌다고 해도 마법 발동을 영상으로 보여주는 이펙트 그래픽은 누가 제작한단 말인가?

또한, 거의 인간과 다를 바 없이 사고하는 NPC의 AI 처리도 서버의 연산 능력으로 감당될 리 없었다. 그런데도 시스템이 다운되지 않고 가동하며 자신을 포함한 많은 유저가 게임 세계를 마음껏 만끽했다. 보통이라면 시스템 그 자체에 의문을 느낄 법도 한데 인터넷에서조차 지금까지 한 번도 그런 이야기가 거론되지 않았다.

"그래요…… 보통은 받아들여질 리가 없어요. 시스템상 말도 안 되는 비상식적인 일이라고요. 그런데 아무도 의문조차 가지지 않았죠. 마치……."

"마치…… 뭐? 왠지 듣기 무서운데……."

"마치 우리 인간의 사고가 제어당한 것 같아요……. 우리가 살던 세계 그 자체가 【소드 앤 소서리스】에 의문을 품지 않게 조정하고 있었다고밖에 생각할 수 없어요. 게다가 이 세계에 와서 그 사실을 처음으로 깨달았죠."

"잠깐, 그거 이상하잖아?! 만약 그렇다고 해도 누가 그런 짓을 할 수⋯⋯. 설마⋯⋯."

"아마도⋯⋯. 믿고 싶진 않지만요."

즉, 제로스가 있던 세계를 관리하는 【신】이 【소드 앤 소서리스】라는 게임을 만들고 그곳에 사는 인간에게 플레이하게 했다. 그게 아니라면 국가 규모로 게임을 제작하지라도 않는 한 설명이 불가능했다. 그런데 시스템 제작을 맡은 외자계 기업의 이름이 어째선지 떠오르지 않았다. 설령 다국적 기업이라도 그건 말이 안 됐다. 하나부터 열까지 이상했다.

"학생, 【소드 앤 소서리스】를 제작한 기업이 어디인지 말할 수 있습니까? 저는 몰라요. 지금까지 이상하다는 생각조차 하지 않았어요. 그 정도로 혁신적인 시스템을 만들었는데도⋯⋯. 그 점도 너무 이상해요."

"드, 듣고 보니⋯⋯. 디지털 세계에서 오감을 체감할 수 있다면 응용해서 많은 일을 할 수 있을 거야. 그런데 게임뿐이라니⋯⋯ 확실히 이상해. 그렇지만 왜 이 세계와 닮은 거야?"

"그걸 모르겠어요. 짐작이지만, 이 세계의 정보를 기본으로 【소드 앤 소서리스】를 만들었다고 생각하면 앞뒤가 맞죠."

"상당히 황당무계한 이야기 아냐? 보통은 제정신인지 의심받을 수준인⋯⋯."

"지금 우리가 놓인 상황도 황당무계하잖아요⋯⋯. 그도 그럴 게 이세계 전생입니다. 그 이전에 제가 죽었다는 실감도 들지 않아요. 몸에 옛날에 생긴 상처가 그대로 있다고요⋯⋯. 이것도 이상해요."

보통은 웃어넘길 이야기였지만, 이세계 전생을 했다는 것만으로 부정할 수 있는 요소가 적었다.

실제로 지금 상황이 말도 안 되게 비상식적이었다. 지금 현실을 받아들인다면, 그것 말고 다양한 비상식적이고 말도 안 되는 현상도 받아들여야 옳을 것이다.

"뭐, 지금 생각해 봤자 답은 안 나오지만요. 확증도 확신도 없으니까요. 그런데 학생은⋯⋯."

정면에서 진지한 눈으로 바라보자 이리스는 당황하면서도 어떻게든 반응하려고 했다.

"왜, 왜애⋯⋯?"

"학생은⋯⋯ 이대로 용병을 계속할 생각인가요?"

"물론이지! 이런 즐거운 세계가 어딨어? 듣자 하니 던전도 있다던데?"

"⋯⋯혼기 놓칩니다? 이 세계에서 결혼 적령기는 열일곱 살이에요. 스무 살 이상은 노처녀."

"아저씨나 잘해! 그때까지 좋은 남자 잡을 거야."

"꿈꾸는 건 자유죠~. 푸우~."

제로스는 어딘지 모르게 나른하게 담배 연기를 뱉었다.

제로스가 정말로 하고 싶었던 말은 『살벌한 세계에 계속 몸담을 거냐?』였지만, 현재 직업이 잃기 직전인 자신이 말해도 씨알도 먹히지 않을 이야기 같아서 관뒀다.

'애초에 남의 삶에 참견할 수 있을 만큼 잘난 인생을 살지 않았지. 아니, 이미 잘난 듯이 말했나⋯⋯?'

이미 두 제자에게 큰 영향을 끼치고 말았다. 이제 와서 신경 쓰는 것도 새삼스러웠다.

"뭐, 이것도 인연이니까 무슨 일 있으면 상담 정도는 들어드릴게요."

"……이상한 생각 하는 거 아니지?"

"저는 거유파니까 좀 더 가슴이 커지고 나서 유혹하실래요?"

"끄으으~, 남이 신경 쓰는 부분을……. 애초에 상담이고 자시고, 난 아저씨 이름도 모르는데……."

"앗, 학생 이름은 아니까 됐어요. 동료 여성과 이야기할 때 들었거든요. 아마 에로스였죠?"

"이리스야! 못됐어! 아저씨 이름은 뭐야? 난 모르는데……."

이제서야 아직 서로 제대로 된 자기소개도 하지 않았다고 깨달았다.

"제로스. 여기서는 그 이름을 쓰고 있습니다. 예전 세계 이름은 의미가 없을 테니까요."

"제로스…… 설마, 【검은 섬멸자】?!"

"그 별명은 처음 들었는데……."

【검은 섬멸자】는 제로스가 최강 장비 상태일 때 우연히 온몸이 새까맣게 되는 데서 붙은 별명이었다. 왠지 동료 다섯 명 모두 파워 레인저처럼 알록달록했고 리더 격인 한 사람이 온몸이 심홍색이란 점에서 각 색깔에 맞춰 【섬멸자】 앞에 색이름이 붙었다.

게다가 최근 일이라서 제로스 본인은 몰랐던 모양이었다.

"그런 별명은 중2병 같아서 싫은데 말이죠~. 그럴 나이도 아니고……."

이제 와서 할 소리는 아니었다. 조금 민망해진 제로스는 담배 연기로 고리를 만들어 얼버무렸지만, 찜찜하긴 마찬가지였다. 오늘 밤 담배는 공허함이 배어든 것처럼 썼다.

이튿날 아침, 마차는 산토르를 향해서 출발했다.

선두로 달리는 마차 안에서 제로스는 제자 두 명에게 저급【현자의 돌】을 건넸다.

이 저급【현자의 돌】은 제로스의 광범위 섬멸 마법【어둠의 심판】을 제작할 때 실패해서 생긴 부산물이었다. 그중 사용하지 않고 남아 있던 몇 개를 가져다 썼다.

저급이라도【마법 스크롤】대신 여러 마법을 저장할 수 있는 편리한 아이템이었다.

"선생님, 이건 뭐죠?"

"제 오리지널 마법 중 하나입니다. 약속대로 두 분에게 드릴 테니까 잘 써 보세요."

"마석인가? 사용법은【마법 스크롤】과 똑같다고 봐도 되겠지? 오…… 성공했어.【백은의 신벽】? 모르는 마법이군……. 뭐, 오리지널 마법이니까 그렇겠지. 방어 마법이야?"

"그걸 어떻게 살릴지는 여러분 나름입니다. 숙달하면 비장의 무기가 될 테니까 열심히 훈련해 보세요."

두 사람은 바로 마법식을 전개해 자신의 잠재의식 영역에 마법을 각인했다. 제로스는 이 마법을 딱 한 번 두 사람 앞에서 사용했지만, 그들은 그때 다른 마물을 상대하느라 정신이 없어 기억하지 못했다. 사실 투명하게 만들 수 있는 마법이라서 보지 못하는 것도 당연했다.

각인이 끝나자 눈앞에 펼쳐진 마법식이 빛나며 【현자의 돌】에 기록된 마법식은 소멸했다.

"앗?!"

"어떻게 된 거야……? 마법식이 사라졌어……?"

"마법식을 가공해서 한번 이데아에 각인하면 모두 소멸하게 해 놨습니다. 복사당하면 곤란하니까요."

마법식이 사라지면 다른 사람에게 가르치기 위해서 스스로 마법식을 기록해야 했다.

하지만 【백은의 신벽】은 방대한 마법 문자로 구성되었으며 사용된 마법식이 너무 세밀했다. 이래서는 어떤 마법인지 해독조차 할수 없거니와 타인에게 양도해도 스스로 이해할 수 없는 방대한 마법식을 기록해야만 했다. 게다가 데이터 압축 기술을 응용해 정밀화한 마법식은 전개해 봤자 빛나는 정육면체로밖에 보이지 않을 것이다.

"자기 제자에게 물려줄 때는 스스로 기록 매체를 만드시길 바랍니다. 마법식 해독은 아마 불가능하겠지만요. 뭐, 그건 앞으로 노력하기 나름이려나? 사람은 성장하니까요."

"이거…… 전혀 모르겠어. 왜 마법식이 성립하지? 불가능하잖아?"

"마법식으로 이만한 마법을……. 선생님은 얼마나 대단하신 건가요!"

오밀조밀한 마법 문자를 사용한 다중 적층형 압축 마법진. 제로스의 마법은 이미 해독 불가능한 영역에 달해 있었다. 해독하려면 순서에 맞춰 분해해야만 하며 실패하면 마법진은 확산해 소멸해 버린다.

세레스티나와 츠베이트에게 제로스의 마법은 미지의 영역에 있는 고도의 예술이었고 그것을 받았다는 것이 한없이 명예로운 일이었다. 하지만 제로스는【대현자】라는 직업(job)이 얼마나 주변에 영향을 주는지 전혀 이해하지 못하고 있었다.

"【신벽】이란 이름 그대로 마법 장벽이지만, 이 장벽은 자기 생각대로 모양을 바꿀 수 있죠. 예를 들면 방패도 되고 검도 된단 말입니다."

"설마 길이를 늘이거나 주위에 가시를 돋게 할 수도……? 앗, 선생님이 숲에서 썼던……."

"세레스티나 양, 알아채셨군요. 물론 지금 질문에 대한 대답은 『가능하다』입니다. 다만, 마법 제어에 숙달하지 않으면 그냥 방패밖에 안 되니까 그건 훈련하기 나름이겠죠."

"재미있는 마법이지만, 제어가 어렵겠어. 순간적으로 형태를 바꾼다면, 요컨대 상상력이 중요해. 응용의 폭이 넓겠어."

"덧붙이자면 숙련도가 올라가면 투명하게 만들거나 작게 뭉쳐 쏠 수도 있어요."

정말로 장벽 마법이 맞는지 이해하기 어려운 내용이었다. 공방 일체의 마법이며 짧은 시간이라면 장벽을 날려 간접 공격도 가능했다. 유일한 단점은 장벽의 강도가 개인 자질에 의존한다는 점일 것이다.

마력 제어나 개인 마력 보유량도 강도에 영향을 주며 강도를 높이려면 본인의 마력도 대량으로 소비되었다. 물론 자연계 마력도 이용할 수 있다면 사용하기 쉽겠지만, 사용자 레벨이 낮으면 단순한 장벽과 다를 바 없었다. 제대로 사용하기 위해서는 높은 숙련도가 요구되는 마법이었다.

"결국 이 마법을 제대로 다루려면 우리가 강해져야 한다, 이건가?"

"비밀무기라고 할 수 있는 마법이네요. 시험해 보고 싶지만, 마력 소비율이 얼마나 될지……."

"감각으로 외워야지. 구체적인 수치는 아무도 모르고 개인차도 있으니까."

두 사람 모두 당장에라도 새로운 마법을 써 보고 싶어 몸이 근질근질했다.

'기운이 넘쳐서 부럽네~. 훗, 이게 젊음인가……. 진심으로 회춘을 고려해 볼까?'

회춘하기 위해서는 【시간 회귀 비약】이라고 불리는 마법약이나 【회춘의 비약】이 필요했다.

이 【시간 회귀 비약】은 한 번 사용하면 스무 살 가까이 젊어질 수 있었다. 심지어 아무런 부작용도 없었다. 문제는 이 비약을 만들기 위한 재료를 모으기 귀찮다는 것이었다. 현재 그 아이템이 딱 하나 남아 있긴 하지만, 제작을 위한 재료는 있어도 기재가 없었다.

그에 비해 다른 하나의 비약, 【회춘의 비약】에는 문제가 하나 있었다. 사용하면 체세포가 활성화되어 몸이 일시적으로 젊어지지만, 부작용으로 몇 년 후 단숨에 노화가 진행된다.

원래 체세포는 평생 분열할 수 있는 횟수가 정해져 있어서 무리하게 육체의 세포 조직을 활성화하면 수명이 줄어든다. 비약의 품질이 떨어질수록 그 마이너스 효과는 현저하게 나타난다. 솔직히 쓰고 싶지 않았다. 게임 시절 친구와 조합한 비약이었지만, 쓸 곳이 없는 예능 아이템이 되었다.

'조금만 더 아저씨로 있지, 뭐. 무리하게 젊어질 필요도 없고 수상한 겉모습도 나름대로 마음에 드니까.'

젊음 이전에 단정하게 꾸미는 것이 귀찮을 뿐이었다. 독신이라서 누구에게 잘 보일 필요도 없으며 추레한 꼴로 있어도 아무도 뭐라고 하는 사람이 없었다. 회사에서 잘리고 나태해졌다고도 할 수 있었다.

마음은 젊다고 생각해도 늙어 가는 육체는 신경 쓰이는 나잇대. 그렇지만 귀찮은 일은 하기 싫다. 사람이 이렇게 망가진 것을 보면 은둔 생활이 길긴 길었던 모양이다.

이리스는 짐수레에 앉아 앞쪽 마차에 있는 제로스를 봤다.

자신과 같은 처지에 있으면서 상위권 유저로 이름 떨쳤던 아저씨가 신경 쓰였다.

약 한 달 용병으로 일하면서 안 사실이지만, 사실 제로스만큼 강한 마도사는 없었다.

그도 그럴 것이 이리스가 고위 마도사라고 불리기 시작했을 정도였다. 이 세계에 있는 기사나 마도사의 역량은 전생자보다 훨씬 떨어졌다. 가뜩이나 【섬멸자】라고 불릴 정도로 수준 높은 마도사가 이 세계에 얼마나 영향을 끼칠지, 지금 그녀로서는 차마 헤아릴 수 없었다.

그저 동료로 두기만 해도 이만큼 든든한 사람은 또 없을 것이다. 그리고 【섬멸자】라는 고위 유저는 그녀 자신도 동경하고 있었다.

"후유……."

"뭐야? 이리스. 웬 한숨이야?"

"레나 씨…… 그냥, 저 사람을 어떻게든 동료로 끌어들일 수 없을까 생각했어."

"저 아저씨? 그렇게 대단해? 이리스보다?"

"아마…… 세계 최강 마도사야."

이번 일로 이리스는 용병이 얼마나 위험한 일인지 배웠다.

아무리 레벨이 높아도 한 번이라도 사람을 죽이길 망설이면 적은 그 틈을 놓치지 않고 파고든다.

살인에 망설임이 없는 것은 사람으로서 문제지만, 죽일 수 없다면 용병으로 살아가기 어려울 것이다. 세계에는 착한 사람만 있지는 않으니까.

"사람은 겉으로 봐선 모르는 법이구나."

"응. 같은 편이 되면 엄청 든든할걸? 그래서 끌어들일 수 없을지 생각하고 있었는데, 어려울까……?"

이리스는 제법 진지했다.

"저기, 이리스?"

"응?"

"아무리 강해도 아저씨는 좀 위험하지 않을까……? 가정이 있으면 어떡하려고?"

"뭐어?! 가정은 꾸리지 않았을 것 같지만…… 뭐가 위험해?"

"그야 아저씨잖아? 이리스와 나이 차도 많이 나. 귀족 사이에는 나이 차가 많은 커플도 있다지만, 이리스는 위험해. 절벽 가슴 절구통, 더군다나 체형은 완전 어린애고…… 저 아저씨 잡혀가면 어떡해."

"누가 어린애 체형이야! 있다구, 조금은……. 그, 그보다 그런 소리가 아니야!"

레나가 착각했다는 사실을 겨우 깨달았다.

"구해줘서 호감을 느끼는 건 이해하지만…… 저 칠칠찮은 아저씨는 좀~."

"글쎄, 아니라니까!"

"어젯밤엔 둘이서 무슨 얘기 했어? 뭔가 열심히 얘기했지? 즐겁게……. 절구통 주제에 제법이다, 얘~♪"

"레나 씨, 제발 그만!"

"설마 이리스가 아저씨를 좋아할 줄이야……. 언니는 깜짝 놀랐지 뭐니! 식겁했어."

"흔들다리 효과 연애는 오래 못 가! 그보다 레나 씨가 착각한 거래도?"

하지만 그녀는 결코 물러날 생각이 없는 듯했다.

완전히 착각의 늪에 빠져 홀로 허우적대기 시작했다. 쉽게 말해…… 사람 말을 듣지 않았다.

"앗, 연애 증후군은 조심해야 해? 무심코 저 아저씨를 덮칠지도 모르니까."

"러브 신드롬? ……단어의 뉘앙스로 봐서, 발정기? 내가 동물도 아니고 그럴 리가 없잖아?"

"있어, 발정기. 설마 몰라?"

"……뭐?"

이 세계 사람에게는 발정기가 존재했다. 일반적으로는 러브 신드롬이라고 불리는 그것은 지맥을 흐르는 마력이 정신과 감응해 일어나는, 흔히 말하는 발정기로 인한 폭주 현상이었다. 계절과 관련이 있는 것은 확실하지만, 생물의 종족 보존 본능에만 따른 현상은 아니었다.

남녀를 불문하고 더욱 우수한 자손을 남기기 위해, 이 러브 신드롬을 앓는 사람의 뇌는 궁합이 좋은 이성을 본능으로 자연스럽게 계산하며 마력과 야성의 과잉 공진으로 성욕 폭주를 유발한다. 이때는 능력뿐 아니라 자신의 성격이나 기호에 맞는 인물을 고르는 경향이 강하며, 물론 거기에는 성적 취향도 반영된다.

한편, 고조된 성욕이 이성의 마력과 공명하여 생물적 본능이 이성의 억제에서 벗어나 버리는데, 그로 인한 과감한 고백은 내용에 따라서 사람을 사회적으로 매장하는 성가신 현상이기도 했다.

이 때문에 혼란이 야기되지 않을까 싶지만, 사실 의외로 원만하게 맺어지는 경우가 많았다.

또한, 아무리 본능이 원해도 두 사람 중 한쪽이 마력 간섭을 받아들이지 않으면 성립하지 않았다. 실제로 츠베이트가 차인 것처럼 반드시 맺어진다고는 할 수 없었다. 그의 경우 자신이 아무리 루세리스를 갈망해도 그녀에게는 그를 바랄 인자가 존재하지 않아 결국에는 차일 운명이었다. 사실 한쪽 이성이 상대에게 강압적으로 접근하면 범죄가 되므로 잡혀가지 않은 것만 해도 다행이었다.

발병한 사람이 러브 신드롬 징후를 자각하고 미리 상대와 연인 관계가 된다면 불상사를 미연에 방지할 수 있겠으나, 간혹 예기치 않게 첫눈에 반할 경우 멜로드라마가 펼쳐지게 된다. 그 결과, 거리에 사랑의 폭풍이 불며, 처절하게 산화하여 사회적으로 매장되는 이들도 많았다. 이 세상에서는 그것을 초여름부터 초가을에 걸친 연례행사처럼 생각했다.

"거, 거짓말이지? 거짓말 맞지?"

"정말로 정말……. 그래도 관계를 맺은 상대와 반드시 잘 된다는 건 틀림없어."

"말도 안 돼……. 나 어떡해~!"

"【천사의 장난】, 【큐피드의 변덕】이라고도 불러. 다들 이성이 이상해지는 것 같아. 특히 마도사가 자주 그래."

"뭐?! 나 엄청 위험하잖아!"

마도사인 이상 마력과 정신의 친화성이 높기 때문에 상대와의 마력 공진으로 폭주할 가능성이 컸다. 당연하지만 그 폭주로 관계를 맺으려는 상대는 자신과 상성이 좋은 남성이란 뜻이었다.

'어떻게 그럴 수 있어? ……앗, 하지만 만약 고백해도 그 남자와는 상성이 좋은 거지? 그래도 만약 아저씨한테 창피한 고백을 해버리면…… 최, 최악의 사태도…….'

본능과 이성이 적당하게 융화하여 술에 취한 것처럼 되는 이 돌발적인 폭주는 이 세상에서 지극히 일반적인 현상이었다. 그리고 여러 여성을 아내로, 혹은 여러 남성을 남편으로 맞이해도 어째선지 피바람 부는 칼부림은 일어나지 않았다.

아마 비슷한 성질을 가진 사람이 모이기 때문에 서로의 마력이 이성과 본능에 동조해 서로를 인정해 버리기 때문이리라. 인간이 본디 무리 생활을 하는 생물이라는 증거가 아닐까?

이리스는 이 세계에 와서 처음으로 전율했다. 자칫 잘못하면 러브 신드롬이 발병해서 대중이 보는 앞에서 거사를 치르는 최악의 사태도 있을 수 있었다. 한창 예민한 나이인 소녀로서 그것만은 받아들이기 어려웠다. 이세계니까 사람에게도 다른 특성이 있는 것은 이해하지만, 설마 발정기가 오리라고는 생각지도 못했다.

그녀는 두려워했다, 언젠가 찾아올지도 모르는 발정기란 이름의 폭주를. 아무도 자연적 생리 현상에는 거스를 수 없기에…….

기사들과 함께 산토르로 돌아가는 며칠 동안, 이리스는 막연한 불안에 시달려야만 했다.

제6화 아저씨, 유도하다

기사단 집무실에서 두 명의 기사가 얼굴을 마주하고 있었다.

한 사람은 기사단장 마커스 비르통. 누가 봐도 잔뼈 굵은 군인을 떠오르게 하는 체격을 가진 장년 기사였다. 다른 한 명은 알레프 길버트. 솔리스테어 공작의 요청을 받고 파프란 대산림 지대로 갔던 분대장이었다.

마커스는 손수 키운 부하에게 경험을 쌓게 하고자 호위 의뢰를 승낙했지만, 결과는 그의 상상을 초월했다.

"보고서는 읽었다. 대단하군. 이 단기간에 레벨이 154라고? 얼마나 사선을 넘나들었으면……. 경악할 일이야."

"보고서에 적힌 내용대로입니다. 매일 성가신 마물과 끊임없이 싸우며 간신히 살아남았습니다."

"고블린이나 오크는 몰라도 오거, 트롤, 키마이라, 맨 이터……. 알레프, 용케 살아 돌아왔군?"

"해치우지 않으면 잡아먹히는 건 저희였습니다. 죽을 각오로 싸웠죠. 이중적인 의미로……."

알레프의 눈빛이 어째선지 아련해졌다.

마커스는 그 말에 다소 의아해하면서도 보고서에 눈을 떨어뜨렸다.

"이틀째에 식량을 약탈당하고 그때부터 목숨 건 서바이벌이라……. 정말로 살아남아서 다행이야. 하마터면 우수한 인재를 잃을 뻔했어……."

"아닙니다. 부하들 덕분이지요. 저는 아직 그다지 강하지 않습니다."

  대산림 지대에서는 설령 고기라도 식용으로 적절하지 않은 경우
가 많아 식량 확보가 어려웠다. 트롤이나 키마이라가 특히 그랬
다. 살아남기도 곤란한 상황을 담담하게 풀어놓는 알레프를 보며,
마커스는 며칠 사이에 몰라보게 용맹해진 그의 모습에 놀라움을
감추지 못했다.

  '어떤 경험을 하면 이토록 바뀔 수 있지……. 완전히 다른 사람
아닌가.'

  알레프의 몸에서 피어오르는 패기가 범상치 않았다. 이성이 있
으면서도 마치 야생 동물처럼 주위를 압박하는 기운이었다. 마커
스는 놀라움과 함께 기쁨에 몸을 떨었다.

  그를 단련해 키운 사람은 다름 아닌 마커스였다. 원래부터 우수
하던 알레프가 예상 이상으로 듬직해져서 돌아오자 자기 자식의
성장에 기뻐하는 부모와 같은 심정이었다.

  그리고 그들이 적은 보고서를 넘겨 다음 내용을 읽고는 사레들
린 것처럼 기침을 터뜨렸다. 기록된 내용이 레드 그리드 배틀 울
프에 관한 것이기 때문이었다.

  "알레프…… 이건, 농담인가? 이런 녀석이 그 숲을 어슬렁거린
다고?"

  "엄연한 사실입니다. 그건…… 큰 위협이 될 마물입니다."

  "그렇겠지……. 사실이라면 무서운 일이군. 하지만……."

  "믿고 싶지 않으실지도 모릅니다. 하지만 언제까지고 외면할 수

는 없습니다."

레드 그리드 배틀 울프라고 하면 여간한 용병으로는 상대조차 할 수 없는 흉악한 마물이었다.

이 성가신 마물은 동종의 마물과 무리를 지어 조직적으로 사냥하며 설령 기사단이 나서도 적잖은 희생을 각오해야 했다.

사람이든 야생 동물이든 조직적으로 활동하는 생물은 위험했다. 압도적인 힘을 가진 보스는 단독으로도 귀찮은 민첩함과 사나운 이빨을 가진 하위종을 거느리고서 집단으로 사냥감을 몰아넣는다.

비슷한 습성을 가진 고블린이나 오크가 그러하듯 머릿수가 모이면 이만큼 위험한 상대가 없었다.

"……이, 이건 농담이 아니란 말이군? 만약 이 녀석이 변경 마을에 나타난다면……."

피해를 생각하면 마커스도 냉정하게 있을 수 없었다.

"아뇨, 상위종이 무리 지어 나타난다면 위협이 되겠으나, 한 마리뿐이라면 어떻게든 물리칠 수 있습니다. 문제는 레드 그리드 배틀 울프가 더 있을 가능성 아니겠습니까?"

"그건, 그렇지……. 지금까지 희생된 자들도 있지 않겠나? 마물 생태 조사를 하고 싶어도 학자들은 그 숲 근처에도 가고 싶어 하지 않으니, 원……. 조사한다고 해도 2차 피해로 이어질 위험도 있어."

"예상 이상으로 피해가 크리라 생각합니다. 상위종이 그렇게 간단히 이 부근에 나타나진 않겠지만, 다른 원인이 있다면 이야기가 달라집니다. ……예를 들어 더 강력한 마물에게 쫓겨 나온다거나……."

매년 마을에서 갑자기 사라지는 사람이나 수색 요청이 들어오는 행방불명자가 많았다. 이런 행방불명 사건은 변경 마을에서 끊이지 않고 발생했다. 심지어 무리로 숲을 이동하는 마물은 거점을 항상 바꾸기 때문에 붙잡기 어려웠고 그 힘도 경이적이었다. 어지간한 용병은 상대가 되지 않아 가엾은 희생자가 될 것이 틀림없었다.

"생각하기 싫은 이야기군……. 용병 길드에 주의 권고를 내리겠다. 더는 희생자가 나오면 안 되니까. 다만, 소재를 얻으려는 용병들은 구미가 당길 테지……."

"타당한 판단이라 사료됩니다. 가령 놈들의 먹이가 된다고 해도 그건 본인 책임이죠."

"그리고 또 하나의 문제가 이건가? 크레이지 에이프……. 【흰 원숭이 모피】는 워낙 고가에 팔리니까 용병들이 혈안이 되어 노릴 거야. 하지만 고블린이나 오크만으로도 성가신데 또 이런 종이 나타나다니……. 일손이 부족해."

앞으로 다른 방면의 방어 때문에 골머리를 앓게 생겼다. 어이가 없지만 귀찮은 마물이었다.

인간이나 다른 종족을 번식 도구로 삼는 마물은 정해져 있으며, 이런 마물은 자주 숲에서 나와 촌락을 덮치는 유해 동물이었다. 용병도 백성인 이상 이렇게 얻은 정보를 공개하지 않으면 희생자는 계속해서 늘어나리라. 이 정보가 공개되고도 도전해 희생된다면 그것은 그들의 역량 부족으로 인식될 것이다. 용병 업계는 엄격한 능력주의 세계였다.

"……피곤할 텐데 수고가 많았다. 돌아가서 마누라를 기쁘게 해줘……."

"아뇨, 이게 제 맡은 역할입니다. 배려해주셔서 감사합니다."

"소재를 판 수입 중 일부는 조만간 너희에게 넘기마. 오늘은 미안했다."

"당분간은 쉬고 싶네요. 그 숲은 지옥이었습니다……."

"그래……."

알레프가 집무실에서 퇴실하자 마커스는 책상 위에서 머리를 감싸며 몸을 웅크렸다.

"이거…… 진짜 내가 설명해야 돼? 가뜩이나 레드 그리드 배틀 울프가 나타나서 머리 아픈 마당에……. 그 숲이 점점 더 위험해지는 느낌이 들어. 그럼 어디……."

앞으로 맡을 일을 생각하자 솔직히 마음이 무거웠다.

레드 그리드 배틀 울프가 출몰한다면 경계 수준으로 끝날 문제가 아니었다.

보고에 따르면 해치웠다고 하나, 다른 개체가 더 있을 가능성이 있었다.

무리를 만드는 마물이기에 리더 격인 배틀 울프 계통 마물을 상대하려면 기사단도 정예를 투입해야 하며, 만에 하나 무리가 사람이 사는 곳으로 내려오면 마을에는 뼛조각 하나 남지 않을 것이다. 그만큼 흉악하고 식성이 대단한 마물이었다. 그리고 귀찮은 문제는 하나 더 있었다.

그 후 마커스는 대산림 지대의 정보를 용병 길드에 공개했으나, 그들은 크레이지 에이프에 관한 내용을 비웃어 넘겼다. 그리하여 많은 용병이 의기양양하게 대산림 지대에 들어갔다.

그만큼 고액에 거래되는 【흰 원숭이 모피】는 매력적이었다. 하지만 그 정보를 경시한 용병들은 결국 돌아오지 못했다.

나중이 되어서야 용병 길드 간부가 기사단에게 애걸복걸 머리를 숙이며 사라진 용병을 탐색해 달라고 탄원했지만, 마커스가 그 요청에 응하는 일은 없었다고 한다.

결국 정보를 믿지 않은 것은 용병들의 잘못이니까…….

제로스 일행이 산토르에 돌아오고 3일이 흘렀다.

평소처럼 세레스티나와 츠베이트는 골렘을 상대로 전투 훈련에 매진하고 있었다.

그 골렘도 머드 골렘에서 일부가 스톤 골렘으로 바뀌었다.

두 사람은 스톤 골렘에 고전하면서도 쓰러뜨릴 수 있게 되었고 레벨과 기량도 일주일 전과는 비교가 되지 않게 높아졌다. 동작에서도 전과 같은 위태로움은 찾을 수 없었다.

사선을 빠져나온 경험이 살아 있었다.

"호오, 제법 실력이 좋아졌구먼. 딴 사람처럼 달라졌어."

"역시 실전을 경험하면 변하는군요. 무엇이 중요한지 몸으로 느끼기 때문이겠죠."

"스톤 골렘은 레벨이 어떻게 되나? 머드 골렘도 움직임이 좋아보이네만…….”

"평균 100으로 제한해 놓았습니다. 장기전이 되면 위험한 건 변함없지만, 대신 두 사람에겐 그걸 가르쳤죠."

"그것 말인가……. 크크, 정말로 듬직하게 성장했구먼그래. 이 정도라면 우리 파벌의 영향력도 커지겠지. 티나를 멸시하던 자들이 놀라 자빠질 모습이 눈에 선해."

아무래도 크레스톤은 두 사람을 자신이 조직한 파벌에 끌어들일 생각인 것 같았다.

나라의 미래를 생각하는 공작 가문으로서 그는 마도사단과 기사단의 대립을 해결하고 싶어 했다. 지금은 약소 파벌이라도 마법 문자를 해독할 수 있는 두 사람이 가세하면 영향력은 증대될 것이다.

게다가 왕족의 친척이므로 함부로 대할 수도 없었다.

"타산적이네요. 하지만 영향력을 키우면 달갑지 않게 생각할 사람들도 있지 않나요?"

"그쪽은 암부(暗部)에 부탁해야지. 왕족 직할 조직이니까 국가 개혁에 기꺼이 응해줄 게야. 각 귀족들에 대한 원한도 풀 수 있을 테니까."

"지나친 생각인지는 모르겠지만, 범죄 조직과 이어져 있을 가능성도 있지 않나요? 자객을 보내려고 하면 수단은 얼마든지 있을 텐데요."

"걱정 말게. 준비는 다 해 놓았네. 자네가 고쳐준 교본이 놈들을 몰아넣을 게야. 우선은 주변부터 차근차근 정리할걸세."

"그 마법식은 다른 파벌에서 제작한 교본이었죠? 본래 마법식을 어쭙잖게 건드리지 않는 편이 더 나았을 텐데 왜 괜한 짓을 했는지 모르겠네요."

"진지하게 연구하는 것처럼 보여도 연구 자금 대부분을 뇌물로 빼돌려서 그렇다네. 그 덕분에 성실한 마도사들이 가난해졌어. 그러니 별수 있는가? 최적화는 꿈도 못 꾸고 시키는 대로 불량품으로 바꾸었겠지."

"악순환이잖습니까? 이 나라, 정말로 괜찮은 건가요?"

내정은 제외하더라도 안보가 허술하고 서로의 발목을 잡고 있었다. 타국이 쳐들어오면 바로 무너질지도 몰랐다. 그런 나라에 불안을 느끼지 않는 사람은 없으리라.

"그렇게 되지 않도록 지금 손을 써야 해. 누가 나라를 이 꼴로 만들었는지……."

"제가 묻고 싶어요. 무슨 일이 때문에 이런 사태가 됐죠?"

물론 한 마도사가 권력을 원하며 다른 유력 귀족에게 뇌물을 건네면서부터였다. 한 사람이 잘못을 저지르면 대처법은 두 가지밖에 없다. 부정을 바로잡거나 부정에 가담하는 것이다.

'설마 전쟁이 벌어지진 않겠지? 말려들기 싫으니까 귀찮은 일은 사양하고 싶은데…….'

잘못을 수정하려고 하면 반드시 반발하는 자들이 나온다.

그런 자들은 이권과 보신을 위해서라면 도리에 어긋난 일도 서슴지 않고 자행한다.

"이미 우리는 움직이고 있네. 최적화한 마법은 스크롤로 만들어 시중에 내놓았어. 이미 초기 마법은 판매를 개시했다네."

"싼 가격에 정상적인 마법이 팔리면 다른 파벌의 기반이 무너진단 건가요?"

"그래. 파벌에서 쫓겨난 마도사도 몇 명 이쪽으로 회유했지. 게다가 **그 마법식**은 제법 우수했어. 그런 게 있을 줄은 몰랐구먼."

솔리스테어 공작가 산하에 있는 솔리스테어 상회에서는 제로스가 작성한 토목 작업 마법【가이아 컨트롤】과 최적화한 기존 마법을 이미 판매하고 있었다. 가장 먼저 구입한 사람은 주로 건축업자였고 매출은 호조라고 했다.

마도사의 수입원은 판매하는 마법 스크롤이나 연금술로 만든 마법약이었다. 바꾸어 말하면 그것밖에 없었다. 그 매상 중 60퍼센트를 파벌이 회수해서 조직의 기반을 지탱했다. 현재 영주인 델사시스는 부업으로 운영하는 가게에서 제로스가 최적화한 마법 스크롤을 팔기 시작했다. 그것은 각 파벌에게는 기반이 흔들릴지도 모르는 최악의 사태였다.

솔리스테어 공작가는 이 나라에서 손꼽히는 상인인 동시에 왕족의 친척이었다. 적으로 돌리기에는 귀찮은 가문이었다.

"다 자네 덕분일세. 그 소거 마법식은 정말로 유용하군. 그것 덕에 마법 확산을 막을 수 있겠어."

제로스는 판매용 마법 스크롤에 어떤 수작을 부렸다.

마법을 한 번 이데아 영역에 새기면 스크롤에 적힌 마법식이 모두 소거되도록 한 것이었다. 이로써 마법이 확산되는 사태를 막을 수 있었다.

"마법을 배우면 마법 스크롤은 쓸모가 없으니까요. 마법지 회수도 포함해 팔면 수익이 꽤 짭짤할 겁니다. 귀중한 마법지를 재활용할 수 있죠."

"매상 중 일부는 자네에게도 들어갈 걸세. 계좌는 우리 영지에서 운영하는 금융업자에게 이미 부탁해 뒀네. 생활에 어려움은 없을 게야."

"굶어 죽을 걱정은 없겠네요. 로열티가 얼마나 될지 궁금하지만요."

"지금 땅도 개발 중이라네. 이미 기초 공사는 시작했어. 자네가 준 마법 【가이아 컨트롤】은 정말로 우수하더군."

제로스가 교회에서 쓴 마법을 세레스티나에게 들은 크레스톤은 그 마법을 판매하지 않겠냐고 제안해 왔다. 섣불리 마법을 퍼뜨릴 생각은 없었지만, 사용법을 제한하여 진짜 효과에서 눈을 돌리게 하는 데 성공해 지금은 농민들도 사 갈 정도의 인기 있는 마법이 됐다.

방법은 간단했다. 구멍을 파거나 주위 흙을 다져 배수로를 만드는 등 【토목 작업】에 이용하여 공격성이 없는 것처럼 속인 것이었다. 게다가 마법을 퍼뜨려도 스크롤에 남지 않으므로 외부로 유출될 걱정도 없었다. 마도사가 구입할지도 모르지만, 애초에 땅 속성 마법을 쓰는 마도사가 이 마법을 배울 필요는 없었다. 그래서인지 【가이아 컨트롤】은 일반 대중에게 널리 퍼지기 시작했다. 마력이 적은 일반인이 이 마법을 써도 큰 위협이 되지 않기 때문이었다. 인해 전술이라는 개념을 망각한 마도사나 기사단은 현시점에서 그것을 크게 문제시하지 않았다.

그도 그럴 게 보통 농사일에 쓰는 터라 그들의 눈에는 초보적이고 단순한 마법으로 보이기 때문이었다.

"그보다 훈련을 지켜봅시다. 실전 경험이 있는 크레스톤 씨의 의견도 두 사람에겐 충분히 참고가 될 겁니다. 제 의견뿐이라면 지식이 편향되니까요."

"나 같은 늙은이라도 도움이 된다면 이보다 기쁜 일은 없지. 그것도 귀여운 손주들을 위한 일이야. 장래가 참으로 기대되는구먼."

제로스는 『당신이 귀여워하는 건 손주가 아니라 손녀겠지.』라고 마음속으로 빈정거렸다.

이래저래 생각하는 바는 있었지만, 일단 두 사람의 훈련으로 눈길을 되돌렸다.

"여전히 무자비한 공격 방식이군. 게다가 방어가 단단해."

"스톤 골렘의 방어력 때문에 귀찮네요. 동작이 굼떠서 그나마 다행이지만……."

"그 대신 놈에게는 저게 있어."

스톤 골렘이 방어해 다른 골렘을 지키고 주위에서 머드 골렘이 공격하는 전술이었다. 정석적이지만, 그렇기에 포위망을 뚫기 어려웠다. 머드 골렘보다 방어력이 높은 스톤 골렘은 한 번에 파괴할 수 없었고 무엇보다 간접 공격도 가능했다.

스톤 골렘이 자신의 몸을 구성하는 돌을 무수히 분리해 공중으로 띄웠다.

"공격이에요!"

"쳇! 【마나 실드】!"

부유한 돌이 총알처럼 세레스티나와 츠베이트에게 발사됐다.

두 사람은 마법 장벽을 펼쳐 가까스로 그 공격을 막아 냈다.

"【스톤 샷】. 지근거리에서 당하면 골치 아프네요."

"그러게……. 쏘기 전에 돌이 공중에 떠서 알기 쉽지만, 공격 범위가 넓어."

"말려든 머드 골렘은 원래부터 진흙이라서 타격이 없는 것 같아요. 수가 줄어들지 않네요."

"결국 핵을 파괴할 수밖에 없어. 귀찮던 게 더 귀찮아졌군."

머드 골렘의 종류는 두 가지며 공격 중심인 머드 골렘(뚱뚱이)과 간접 전투가 가능한 머드 골렘(홀쭉이)의 연계, 거기에 방어의 중점인 스톤 골렘이 더해져 철벽 진형이 되어 가고 있었다. 골렘은 핵을 파괴하지 않으면 해치울 수 없지만, 그 방어력 때문에 핵 파괴에 도달하는 과정이 귀찮기 짝이 없었다. 골렘은 재생 능력도 뛰어나 어설프게 파괴해도 핵이 존재하면 몇 번이든 몸을 재생해 버렸다.

파프란 대산림 지대에서 귀환한 두 사람의 레벨은 현격히 높아졌지만, 동시에 훈련 난이도도 상당히 높아졌다. 골렘의 전투 패턴도 전보다 복잡했다.

"여기서 속도가 빠른 골렘이 더해지면 손을 쓸 수가 없어요."

"누가 아니래. 하지만 몇 번이든 실패해도 되니까 경험이 쌓여. 나쁘지만은 않다고 본다만?"

"그건 그렇죠. 그럼 슬슬 시작할게요!"

"그래, 가자!"

""【백은의 신벽】!""

두 사람은 【백은의 신벽】을 전개했다. 이 마법은 마력이 있는 한 장벽을 펼쳐 자신의 의지대로 형태를 바꿀 수 있었다. 세레스티나는 주위 골렘을 섬멸하기 위해 전방으로 무수한 가시를 만드는 돌격형, 츠베이트는 주변 적을 쓸어버릴 거대한 검 형태로 바꿨다.

스톤 골렘이 있는 이상 장기전은 체력만 소모할 뿐이었다. 때로는 대담하게 행동해 통솔하는 지휘관을 치는 것도 유효하다고 판단한 결과였다.

"실드 배시!"

"블레이드 스매시!"

두 사람은 【백은의 신벽】에 기술을 더해 노도의 기세로 적 섬멸을 감행했다.

세레스티나가 방패에 가시 모양 마법 장벽을 전개해 돌격하자 머드 골렘이 공격도 하지 못하고 떨어져 나가 진형이 붕괴했다. 주위를 포위하던 골렘은 츠베이트가 검에 마법 장벽을 둘러 베면서 접근을 허용하지 않았다. 심지어 근접 전투 기술을 더해 그 위력은 배로 증대됐다.

이 전투 훈련은 리더 격인 골렘을 쓰러뜨리면 끝이었지만, 그 골렘은 극단적으로 큰 스톤 골렘이었다. 일격에 해치우긴 어렵겠지만, 핵에 공격을 가할 수 있다면 승리는 확실했다. 두 사람은 단기결전에서 활로를 찾으려고 했다. 그 생각 자체는 틀리지 않았다. 하지만…….

―쿠워어어어어어어어어!

―쿵!

리더인 【스톤 골렘 커맨더】가 울부짖더니 양팔을 들어 올려 힘차게 땅을 때렸다. 동시에 충격으로 발생한 진동파가 지면을 흔들어

두 사람의 자세를 무너뜨렸다.

"앗, 【어스퀘이크】?!"

"그딴 능력 있단 말은 못 들었어!"

자연계에서 발생한 마물인 골렘은 이런 마법 공격을 거의 하지 않았다.

마력을 소비하면 다시 돌로 돌아가 버리기 때문이었다.

하지만 절대로 마법을 쓰지 않는 것은 아니었다. 긴급 상황에서는 이런 공격을 가해 적이 당황한 사이 물리적인 질량 공격으로 분쇄하는 수단을 쓰는 경우도 있었다. 더불어 부하인 머드 골렘은 육체가 부서져 슬라임처럼 기어 다니며 두 사람 주위를 순식간에 둘러쌌다.

승기를 찾으려던 행동이 도리어 카운터를 맞아 버렸다.

그 결과, 두 사람은 진흙 범벅이 되었다.

"음~, 결단을 조금 성급하게 내렸네요. 상대가 모든 수단을 보여줬다고는 장담할 수 없어요."

"하지만 싸움 방식은 좋았어. 점점 장래가 기대되는구먼."

"그래도 분해……. 조금만 더 하면 됐는데!"

"거기서 【어스퀘이크】를 쓰다니……. 골렘도 얕보면 안 되겠어요."

"대산림 지대 골렘은 고작 이 정도가 아닙니다. 어스퀘이크로 대량의 흙먼지가 일어나고 주변 숲이 날아가니까요. 야아, 그리운 추억이네요."

"＂……＂"

두 사람이 삼킨 말은 『당신, 용케 살아 있다?』였다.

보통은 골백번 죽어도 이상하지 않은 환경에서 일주일이나 살아남은 제로스가 경이로울 따름이었다. 자신들도 모르는 강력한 힘을 가진 마물에게 놀라기도 했지만, 그 이상으로 위험한 곳에서 살아남은 제로스가 멀게만 느껴졌다.

두 제자는 알았다. 자신들이 있던 장소는 아직 지옥의 입구에도 미치지 못했었다는 것을…….

마의 숲은 끝없이 깊고 무시무시한 위험 지대였다.

두 사람은 전율을 느끼며 일과가 된 전투 훈련을 마쳤다.

최근 츠베이트의 행동이 어쩐지 수상했다.

때때로 세레스티나를 힐끔힐끔 보고는 깊은 한숨을 토했다.

지금도 숨어서 세레스티나의 뒷모습을 보며 또 한숨짓고 있었다. 보기에 따라서는 상당히 수상했다.

"오늘이야말로……. 하지만……."

제삼자의 눈에는 동생에게 연정을 품은 위험한 오빠로밖에 보이지 않았다. 츠베이트는 그런 줄은 꿈에도 모른 채 세레스티나에게서 숨어 결의와 불안 사이를 방황했다.

메이드들이 그 모습을 보고 있는 줄도 모르고…….

"내가…… 이렇게 한심한 인간이었어?"

"아뇨, 그건 천성이죠."

"그럴 리가 있냐! 나는 언제나 남자로서 자존심을 가지고 살아왔어.”

“자존심이요? 권력을 이용해 루세리스 씨를 억지로 자기 것으로 만들려고 했던 일은요?”

“으…… 그래, 그건 내가 잘못했지. 지금 생각하면 왜 그렇게 멍청한 짓을 했는지 모르겠어……. 아무튼 뉘우치고 있어.”

“뉘우친다면 다행이지만, 사람 중에는 남의 충고를 귓등으로도 듣지 않는 분도 있으니까요…….”

“상대해주지 않는다는 건 나도 알았지만, 왠지 분해서…… 스승님?!”

츠베이트는 어느새 등 뒤에 서 있던 제로스를 보고 펄쩍 뛰었다. 인기척을 전혀 느끼지 못했다.

“대체 언제…….”

“지금이요. 아무래도 그건 관두는 편이 좋지 않을까요?”

“뭘?”

“이복형제라도 피가 이어진 동생인데 그런 연정은…….”

“아, 아니야?! 그런 거 아니라고! 왜 그런 얘기가 나와!”

이제야 그는 주변 사람들이 자기 행동을 오해한다는 것을 깨달았다.

“절반 피가 이어진 동생에게 저도 모르게 『야릇』한 기분이 든 게 아니고요? 다들 그렇게 수군거리던데.”

“아니야…… 맹세코 아니야! 나는 그저 사과하고 싶을 뿐이라고. 어쩌다가 이야기가 그렇게 됐어?”

“사과? 아~, 사과요…….”

아저씨는 자기가 착각했음을 깨달았다. 츠베이트는 옛날부터 세레스티나를 괴롭힌 장본인이었다. 짐작건대 그는 과거를 청산하기 위한 기회를 노리고 있었으리라.

"이미 알고 있겠지만, 저 녀석은 옛날부터 마법을 못 썼어. 그래도 당시 난 마법식 자체에 문제가 있을 거라고는 생각하지 못했지. 지금이니까 하는 말이지만, 우리 집안은 대대로 마도사 가문이야. 그런 일족에 무능아가 있다는 사실을 난 참을 수 없었어. 최근까지는……."

"그렇군요. 충분히 이해했습니다. 네."

츠베이트는 자기 핏줄이나 역사, 그 모든 것에 자긍심을 가졌다. 그는 그런 환경 속에서 아무런 재능도 없는 세레스티나에게 자꾸만 부아가 치밀어 모질게 대했다.

하지만 무능하다고 생각한 세레스티나는 사실 마법식이라는 근본적인 이유 때문에 재능이 묻힌 것이었다. 마법을 쓰지 못한다는 이유만으로 냉대해 온 사람의 죄책감은 이루 말할 수 없으리라. 하물며 스스로 솔선해서 냉대한 츠베이트는 그 죄책감에 더는 견딜 수 없었다. 그래서 책임을 지고자 사과할 기회를 노리고 있었지만, 다른 사람이 보기에 한심한 모습이라는 점은 변함이 없었다.

"……그렇게 생각하신다면 왜 루세리스 씨에게 그렇게 음습한 짓을 하셨죠?"

"그건 이제 됐잖아?! 제발 그 얘기 더는 꺼내지 마. 스스로 생각해도 머리가 어떻게 됐었다고 밖에 생각할 수 없으니까!"

러브 신드롬이라는 이유도 있었지만, 곰곰이 생각해 보면 학교에 있을 때부터 자신답지 않은 행동이 눈에 띄었던 것 같았다. 제로스가 우연히 감정한 상태 이상 【세뇌】가 원인이라고 생각하지만, 난감하게도 감정한 본인이 그 사실을 새까맣게 잊고 있었다.

"이유가 뭐건 과거는 바꿀 수 없습니다."

"으…… 그건 분명히 그렇지만, 나도 잘 모르겠어. 뭔가 꿈결에 저지른 일 같다고 해야 하나……. 지금 생각해 보면 이상한 언동이 유난히 많았어. 어떻게 된 거지?"

"그 변명이 통할 것 같지는 않지만, 아무튼 과거의 자신을 돌아보고 세레스티나 양에게 사과하고 싶다라……. 발전했네요. 하는 김에 루세리스 씨에게도 사과하실래요?"

"처음부터 그렇게 말했잖아……. 내가 왜 친동생한테 욕정을……."

"세상에는 그런 사람도 있어요. 문화 차이로 근친혼이 인정받는 나라도 있죠."

"나한테 그런 이상한 취향은 없어!"

사정을 확인할 생각이던 아저씨는 어느새 츠베이트를 골리고 있었다.

실제로 제로스는 츠베이트가 당황해서 허둥대는 모습을 보는 것이 재미있었다.

"사과하면 되잖아요? 미안하다고 한마디 하는 것뿐이지 않습니까? 뭐가 어렵나요?"

"말은 쉽지. 당사자는 마음이 납덩이같다고."

"그게 당신이 짊어져야 할 죄의 무게죠. 용서한다, 안 한다를 떠나서 책임을 지세요."

"그게 안 되니까 고민하는 거 아냐……."

아무래도 결심이 서지 않는지, 한발을 내디딜 수가 없어서 끙끙거리며 보고 있을 뿐이었다. 마음은 이해하지 못하는 바도 아니나, 지금은 용기 내어 나아가는 게 중요했다.

과거를 청산하려는 마음이 있어 그나마 다행이었지만, 꼴이 영 한심했다.

"미안하게 생각하면 바로 머리를 숙이는 게 중요합니다. 계속 이대로 있으면 결국 사과도 못 하게 될걸요? 사람은 편한 방향으로 움직이려는 경향이 있습니다. 때맞춰 사과하는 성의를 보이지 않으면 언젠가 믿음을 잃을 겁니다."

"그래도 말이야~, 창피하다고 해야 하나, 체면이 안 선다고 해야 하나……."

"그게 지금까지 냉대해 온 사람이 할 말인가요? 지금 잘못을 바로잡지 않으면 이대로 평생 자괴감을 안고 가야 합니다. 이제 와서 체면은 신경 쓸 필요 없잖아요?"

"나도 알지만…… 막상 가려고 하면 그…… 뭐랄까……."

그는 소심한 남자였다. 평소 위용은 어디로 갔는지 모르겠다. 우물쭈물하는 모습을 보고 있자니 솔직히 답답했다. 한창 젊은 사람의 이런 태도는 아저씨를 짜증나게 했다.

"결국 어떻게 하고 싶은 거야? 사과하고 싶다면서 이런 곳에 멀뚱멀뚱 서서 결과를 내지 않고 손가락만 빨고. 시작조차 안 했으면서 뭘 고민해?"

"왜 그래, 스승님……? 갑자기 정색해서……."

아저씨의 태도가 변해 무거운 분위기가 츠베이트를 짓눌렀다.

"우선 확실히 할 점은 네가 지금 어떻게 하고 싶은가, 다. 사과한다, 안 한다, 어느 쪽이야? 각오가 안 돼? 정말 필요한 것은 성의 아닌가?"

"으…… 나는 사과해야 한다고 생각하지만, 그래도……."

"그럼 왜 여기 서 있어? 생각할 필요가 어디 있지?"

"아니, 그래도 말이야……. 어떻게 말을 꺼내야 할지 몰라서……."

"어렵게 생각할 필요가 어딨어? 그냥 『지금까지 미안했다』고 한마디 하면 그만이지. 지금 성의를 보이지 않으면 평생 이대로일 걸?"

하지만 그래도 행동할 수 없었다. 제로스는 결국 츠베이트의 두 어깨를 잡고 더욱 밀어붙였다.

"떠올려 봐. 지금까지 자기가 무슨 짓을 해 왔는지……. 지금 넌 과거의 널 용서할 수 있어? 잘못을 그대로 두고 가슴 펴고 살 수 있어? 어때?"

"으?! 그래…… 나 자신이 용서할 수 없어. 세레스티나에게 한 짓도 지독했지. 설령 용서한다는 말을 들어도 내가 납득 못 해."

"그렇다면 행동해. 그게 각오가 될 거다. 그녀에게 사과한다는 건 과거의 자신과 결별한다는 거야. 애초에 넌 아직 아무것도 안 했어. 우선은 자신이 납득할 수 있는 행동을 하고, 그래도 안 된다면 다음 방법을 생각하면 돼. 속죄란 우선 네 마음을 성의 있게 보여주는 게 시작 아닌가?"

"그래, 난 아직 아무것도 안 했어……. 스승님…… 난 우선 진솔하게 사과해 올게!"

"좋은 마음가짐입니다. 자신의 과거와 마주하세요. 전부 거기서 시작됩니다. 세레스티나 양을 위해서가 아니에요. 다른 누구도 아닌 자신의 과거와 결별하고 미래를 결정하기 위해서……. 설령 용서받지 못하더라도 가슴으로 받아들이고 앞으로 이상에 다가가기 위해 자신을 단련해야 합니다. 전 그렇게 생각해요. 이건…… 올바른 자신으로 다시 태어나기 위한 의식입니다!!"

마치 어딘가의 검은 세일즈맨처럼 아저씨는 손가락으로 츠베이트를 척 가리켰다.

"다시 태어난다……. 그래. 나는 다시 태어나야 해! 스승님, 나다녀올게! 이 가슴속 답답함을 풀고 오겠어!"

본디 열혈한인 츠베이트는 아저씨에게 촉발되어 마음에 스치는 뜨거운 무언가를 느꼈는지, 결의가 담긴 눈으로 세레스티나에게로 갔다.

젊은이는 달린다. 지금까지 어리석었던 자신에게 작별을 고하기 위해…….

"……단순하네요. 차기 공작이 이렇게 귀가 얇아서 괜찮을까? 뭐, 이것도 젊음인가…….

아저씨는 한때 봉급쟁이 시절, 격무에 시달려 집중력이 떨어진 부하를 고무하기 위해 그럴싸한 말을 늘어놓으며 선동했다. 일주일 밤샘 작업의 지옥 속에서 그는 부하들의 의욕과 팀의 일체감을 위해 부하와 직접 소통하면서도 말로 교묘히 구슬리곤 했다.

물론 그것은 일을 빨리 끝내기 위해서였다. 마감이 다가오는 와중에 어떻게 해서든 지옥을 극복해야만 했기 때문이었다. 그는 지적인 말과 사기꾼 같은 교묘한 화술로 부하의 의욕을 이끌어내며 수많은 프로젝트를 성공시켰다.

가혹한 지옥에 맞서는 모습에서 붙은 별명이 【사디스트 주임】이었다. 츠베이트 군이 알 리가 없었다. 자신이 그런 아저씨에게 유도당했다고는…….

세레스티나는 홀로 발코니에서 바람을 쐬고 있었다.

숲에서 불어온 바람이 심녹색 나무의 향을 실어 왔다. 이렇게 자신의 시간을 즐기는 것은 그녀의 취미 중 하나였다. 하지만 그런 소소한 시간에 한 사람이 난입해 왔다.

오빠인 츠베이트였다.

"세레스티나, 잠깐 시간 있어?"

"무슨 일 있나요? 오라버니…….."

"어…… 아니, 이건 내 책임 문제야."

"책임……이요?"

분위기가 조금 이상하다고 느꼈는지, 세레스티나는 살짝 경계하면서 츠베이트의 말을 기다렸다.

"코흘리개 시절 일부터 포함해서, 세레스티나…… 지금까지 미안했다!"

"오라버니?! 대체 왜…….."

뜬금없이 머리를 숙이는 바람에 세레스티나는 당황스러웠다.

"나는 이 공작 가문의 후계자야. 어릴 때부터 그렇게 듣고 자랐어. 그 무렵의 나는 마법을 쓸 수 없는 네가 같은 핏줄이란 사실 자체를 용납하지 못했어. 하지만 그건 마법식 결함 때문이었고 너에겐 아무 잘못도 없다는 게 증명됐지. 나는 너에게 해 온 수많은 행패와 내 잘못을 청산하고 싶다. 그래서 이렇게 머리를 숙일게. 정말로 미안했다! 용서해 달라고는 하지 않으마. 나는 그럴만한 행동을 했으니까."

"오라버니, 그렇게까지……."

세레스티나는 츠베이트가 일족을 얼마나 자랑스럽게 생각하는지 알았다.

그중에서 오직 혼자 마법을 쓸 수 없던 그녀에게 모질게 굴던 것도 어릴 적부터 사명감을 가지고 살아온 츠베이트에게는 어쩔 수 없는 일이었는지도 몰랐다. 하지만 그 잘못을 깨닫고 머리를 숙이는 모습에서 세레스티나는 그의 성실함을 새삼스럽게 알게 됐다.

솔리스테어 공작가는 대대로 이 나라를 지키는 수호자 일족이었다. 유례를 찾기 힘든 마법적 재능과 그 마법의 위력으로 많은 백성을 지켜 왔다. 전쟁이라고 부를 수 있는 큰 싸움은 없었지만, 대신 마물이 날뛰는 일은 가끔씩 있었다. 그럴 때면 언제나 전선에서 목숨을 걸고 지팡이를 휘두르며 싸운 일족이었다.

그중에는 싸움으로 목숨을 잃는 당주도 있었다. 그런 일족에서 태어났기에 마법을 쓸 수 없는 자신에 대한 냉대는 다소나마 이해할 수 있었지만, 동시에 불만이기도 했다.

어떻게든 마법을 쓰려고 발버둥 친 것도 결국은 자신을 위해서였다. 그러나 원인이 마법식이란 사실을 알고 사과하는 츠베이트에게서 세레스티나는 귀족으로서 강한 긍지와 성실함을 느꼈다. 그렇기에 자신도 그 성실함에 진지하게 응해야겠다고 생각했다.

"오라버니, 선생님의 마법을 어떻게 생각하시나요?"

"뭐? 뭐야, 난데없이……. 솔직히 대단하지. 그 위력, 그리고 마법 효율화…… 어느 모로 보나 수준이 달라."

"그렇죠. 하지만 그건 동시에…… 이 나라의 위험이기도 해요. 미량의 마력으로 그 위력. 타국으로 흘러 들어가면 얼마나 많은 피가 흐를까요?"

"틀림없이 전쟁이 확대되겠지. 완전히 다른 세계 마법이야. 압도적인 힘을 가진……."

"게다가 선생님은 광범위 섬멸 마법도 가지셨어요."

"그게 믿어지지 않아. 이야기는 들었지만, 실제로 완성한 마도사는 없었으니까. 광범위 마법을 개량한 정도로 생각했는데……."

광범위 섬멸 마법은 전략급 마법이라고 불리기도 하며 현재 각 파벌에서 연구하고 있었다. 그런 마법이 이미 완성되어 개인이 보유했다면 큰 문제였다. 핵탄두에 팔다리가 달려 걸어 다니는 것이나 마찬가지였다.

"선생님은 말씀하셨어요. 『마법의 위력에 도취하면 때로는 흉악한 마법을 낳을 위험성이 있다』라고……. 저는 선생님의 제자로서 사람을 행복하게 하는 마법을 만들고 싶어요."

"전략급 마법이라……. 분명 이론상의 위력을 낼 수 있다면 이만큼 위험한 것도 없지."

"파괴하기 위해서가 아니에요. 많은 사람에게 공헌하는 마법 사용법을 만드는 게 저희 제자의 사명이 아닐까요?"

"그건 안 될 소리야. 나는…… 이 나라를 지키는 일족의 후계자로 태어났어. 내 사명은 백성을 지키는 거야. 하지만 그것 말고도 다른 길이 있다면, 넌 그 길로 가. 나는 공작가의 역할을 수행해야 해."

"오라버니……."

"분명히 스승님의 마법은 대단해. 하지만 잘못 사용하면 비극밖에 일어나지 않아. 힘에는 그에 따른 책임이 따른다는 것을 여기로 돌아온 뒤 이해했어. 하지만 난 어디까지나 백성을 지키기 위해…… 귀족의 사명을 다하기 위해 이 한 몸 바칠 생각이다."

두 사람의 길이 향하는 곳은 달랐다. 세레스티나는 백성의 삶을 더욱 풍요롭게 하기 위해, 츠베이트는 백성의 목숨과 재산을 지키는 책무를 완수하기 위해 손을 피로 물들이는 길을 각오했다.

어느 쪽이나 필요한 길이며 절대로 교차하는 일 없는 상반된 길을 두 사람은 걸어가게 될 것이다.

"세레스티나…… 너는 스승님의 광범위 섬멸 마법을 봤어?"

"마법식은 봤어요. 엄청난 마력 순환을 느꼈죠. 너무 고도의 마법식이라서 이해할 수 없었어요. 게다가…… 그건 지나치게 위험해요."

"그래서 그런 거겠지. 그래서 스승님은 네가 다른 길로 가주길 바라는 걸지도 몰라."

"오라버니는 정말 끊임없이 싸우는 길을 선택하실 건가요?"

"그게 내 의무니까. 내가 지금까지 살아온 것도 백성의 혈세 덕분이지. 백성이 키워준 내가 도망칠 수는 없어. 설령 죽는 한이 있더라도."

츠베이트는 이미 각오하고 있었다. 세레스티나는 그를 오해했었다. 츠베이트는 영재 교육을 받았기 때문에 행실이 아무리 난폭해도 교양이 있었고, 다른 동년배 젊은이와 달리 귀족의 책무를 교육받고 이해했으며, 또 마음속에 담아두고 있었다.

그렇기 때문에 백성을 지키기 위해 마법을 쓰지 못하는 세레스티나에게 의분을 느낀 것이었다. 혈세로 먹고 살면서도 아무런 도움도 되지 않는 존재였기에.

하지만 그것은 백성을 지키기 위함이며 존경하는 할아버지와 같은 길을 갈 각오가 있기 때문이었다.

"백성을 위해서 마법을 추구하는 건 다름없군요?"

"삶을 풍요롭게 하느냐, 생명과 재산을 지키느냐는 차이야. 미안하다. 나는 이 길밖에 선택할 수 없어."

"아니에요. 오라버니의 의중을 안 것만으로 충분해요. 저는……오라버니를 용서할게요."

"뭐……?"

츠베이트가 품은 귀족의 각오를 안 것만으로도 충분했다.

어릴 적부터 츠베이트는 백성의 목숨이 가진 무게를 알고 짊어졌다.

그에 비해 자신은 노력하는 것처럼 보여도 실상은 속으로 어두운 감정을 품은 채 자신의 입장에서 도망쳤을 뿐이었다.

"이렇게 지낼 수 있는 것도 지금뿐이야. 학교를 졸업하면 나는 군인으로 복무하게 되겠지. 그렇게 되면 나라의 명령에 복종해야 해."

"저는……."

"너는 여기서 너밖에 할 수 없는 일을 찾으면 되지 않겠어? 초조해할 필요 없어. 할아버지가 너한테 정략결혼을 시킬 리는 없으니까."

"저만 그래도, 괜찮을까요? 크로이사스 오라버니도 언젠가는……."

"열 받는 자식이지만, 그 녀석도 그 정도는 각오했을 거야."

츠베이트는 환하게 웃었다. 거기에는 방금까지 보인 각오에 찬 모습은 없고 또래 소년다운 웃음이 떠올라 있었다. 이날 두 사람은 과거의 앙금을 해소했다.

하지만 세레스티나는 그의 표정이 지독히 슬프게 보였다.

정해진 길밖에 선택할 수 없는 츠베이트의 인생이 얼마나 무거운 것인지, 세레스티나는 이날 처음으로 깨달았다.

 ## 제7화 아저씨, 자택 건축 현장에 가다

그 날 제로스는 영주 저택으로 가서 현 공작 델사시스와 대면하고 있었다.

어째선지 두 공작부인의 칼날 같은 시선이 신경 쓰였지만, 일단 모른 척하기로 했다.

괜한 말 한마디에 트집 잡힐 가능성이 크다는 것이 권력이나 재력을 가진 자의 귀찮은 점이었다. 거기에 참견해서 좋을 일은 없었다.

현재 제로스는 전생의 경험을 모두 동원해 영업 모드로 응대 중이었다.

"당신, 이름이 뭐죠?"

"저 말씀입니까? 제로스 멀린입니다. 별 볼 일 없는 마도사지요."

"호호호…… 분수를 아시는 것 같네요. 그나저나 참 수상쩍은 모습이시네요?"

"취향입니다."

왠지 두 부인에게 품평 받고 있었다. 도와 달라고 하고 싶었지만, 델사시스는 미간에 손가락을 대고 두통을 참는 듯했다.

"그런데 델사시스 공작님, 오늘은 어쩐 일로 부르셨는지요?"

"음, 그대에게 땅을 주기로 한 건 기억하는가?"

"언제 이야기가 나오나 목 빠지게 기다렸습니다. 이대로 가면 마루 밑에서 쫓겨날 신세니까요."

"그건 요즘 항간에서 떠들썩한 서적『마루 밑……』, 어이쿠, 이 이상은 안 되지."

"떠들썩? 항간에서? 서적? 왜 그 작품이…… 설마 베스트셀러라도 됐나요? 뭐, 그건 그렇다 치고 땅문서를 증여해주신다고 보면 되겠습니까?"

"이해가 빨라 다행이군. 지금부터 부인들과 거리로 나가야 해. 시간에 여유가 있을 때 빠르게 처리하고 싶다네."

두 부인은 서로 사이가 나쁘다고 들었는데 도저히 그렇게는 보이지 않았다.

어디에 갈지 즐겁게 이야기 나누는 모습이 마치 오랜 친구 사이 같았다.

"능력이 좋으신 듯하군요……."

"그런 말 말게……. 이야기를 계속하지. 여기 권리증이네. 이제 그대 이름을 쓰기만 하면 소유권이 성립해. 뭔가 질문은 있나?"

"교회 뒤쪽 땅이라고 하셨죠? 구시가지에 있는……."

"다소 치안이 나쁜 곳이지만, 그대라면 웬만한 상대는 격퇴할 수 있을 테지?"

"상대를 죽지 않을 정도로 조절하는 게 고생이지만요. 오오…… 집도 건설 중인가요?"

새집의 설계서까지 준비되어 있었다. 제로스는 방 배치 등을 확인했다.

"……잠깐 괜찮을까요?"

"뭔가?"

"집을 2주 뒤에 넘긴다고 되어 있습니다만, 집이란 게 그렇게 빨리 완성되나요? 너무 빠른 거 같은데……."

"목수인 드워프들이 힘내주고 있네. 무서운 속도로 진척되고 있지. 일을 맡긴 곳이 실력 좋은 기술자 집단이라서 상상 이상으로 작업이 빨라 일찍 완공될 예정이라네."

"늦어지면 늦어졌지 공사 일정이 당겨지기도 하나요? 그 드워프 집단은 대체 정체가 뭡니까?"

"그들은 햄버 토목 공사라고 하는 우리나라에서 손꼽히는 건축 전문 회사야."

델사시스의 이야기에 따르면 그들은 장인 기질로 똘똘 뭉친 집단이며 물건을 만들 수 있다면 뭐든지 하는 도시의 명물이라고 했다. 일절의 타협이 없어서 조금이라도 실수하면 가차 없이 주먹이 날아든다는 모양이었다. 그리고 손님에게도 자비가 없어 작업 도중 설계를 변경할 성싶으면 다짜고짜 마운트 포지션으로 구타한다고 했다.

"꼭 있죠. 설계대로 집을 지어도 도중에 마음에 안 든다면서 갑자기 구조를 변경하려고 드는 난감한 사람들이⋯⋯."

"일하는 사람에겐 청천벽력이야. 그런 의뢰인은 피를 보게 되지."

"자기들이 만들고 싶은 것만 만드는 사람들인가요? 거참 자유분방한 사람들이네요⋯⋯."

"그래도 실력은 확실해. 심지어 기한대로 일을 끝내지."

"기한을 지킨다를 넘어서 더 일찍 끝난다고요? 흠⋯⋯ 기술자로서는 믿음이 가네요."

그 외에도 무언가 문제가 있는 느낌이었지만, 제로스는 구태여 말하지 않았다.

때로는 권위에 따르는 것도 현명하게 사는 방법이었다.

"지금 사전 답사를 하고 그대도 의견을 내주면 고맙겠군. 그자들에게만 맡기면 살 사람 생각은 전혀 안 하고 마음대로 설계를 바꿔 대."

"집 자체는 문제없어 보이는데요? 설계를 보면 변경한다고 해도 사소한 부분일 테고요. 욕실, 화장실⋯⋯ 방이 조금 많은 것 같지만, 괜찮을 것 같습니다."

"그래?"

"창고 대신 지하실이 있으면 좋겠지만, 거기까지 하려면 아무래도 예산이……."

"와이번 마석으로 돈은 충분하네. 이제 와서 사양할 것 없어. 하지만 지하실 이야기는 그들에게 직접 전해주게."

"……무슨, 문제라도?"

"내가 직접 말하면, 얻어맞을지도 모르니까."

"저한테 맞으라고요? 그렇게 폭력적입니까……?"

아무래도 쉽게 넘어가지 못할 집단 같았다. 장인이라기보다 직업을 명목으로 하고 싶은 일을 저지르는 변태들 같았다. 솔직히 그런 곳에 가고 싶지 않았다.

"그대가 살 집이잖나? 내가 의견을 말하는 건 조금 아니지 않을까?"

"그건 그렇지만, 이상한 사람들이랑 연관되기 싫어서요."

"마음은 이해하네. 하지만 사전 답사를 가지 않으면 녀석들이 구타하러 찾아올 텐데? 패거리로……."

"얼마나 다혈질이면 그런답니까! 정말로 기술자 맞아요?!"

상대하기 귀찮은 사람들이라고 한숨 쉬고 제로스는 방에서 나가려고 했다.

싫어도 사전 답사에는 가야 하는 모양이었다. 그런 가운데 두 부인이 제로스에게 말을 걸었다.

"당신, 독신이라고 들었는데 결혼은 안 하나요?"

"가정은 꾸리고 싶지만, 지금은 제 앞가림하기도 힘들어서요. 생활이 안정되면 생각해 보겠습니다."

"그럼 우리 집 반편이를 받아주면 안 될까요? 솔직히 같은 공작 가문 사람이라는 생각도 안 들어요."

"반편이? 세레스티나 양 말인가요? 전 그냥 평민인데요?"

"마법도 못 쓰는 애물단지는 정략결혼에도 내놓지 못해요. 하지만 계속 곁에 두기도 싫다구요."

두 부인은 세레스티나가 아직 마법을 쓰지 못하는 낙오자라고 생각했다. 하지만 현재 그녀는 중급 마도사라고 불릴 정도의 실력을 쌓았다.

그 사실을 모르는 부인들은 방해꾼을 없애기 위해 벼르고 있었다.

"전 사양하겠습니다. 크레스톤 씨에게 죽고 싶지 않으니까요. 그럼 부인들의 휴일을 방해하기도 송구하니 전 이만 물러나겠습니다. 좋은 휴일 보내시길."

제로스는 책잡히지 않도록 무난하게 말을 받고 공손히 머리를 숙인 후 그 자리에서 빠져나왔다.

차분한 발걸음으로 퇴실했지만, 내심 부인들의 시선에 심장이 벌렁거렸다. 더는 귀족 가정에 연관되고 싶지 않았다.

"고민하는 척도 안 하고 빠져나갔네요."

"그러게요. 땅을 원한다길래 뭔가 야심이 있는 분이라고 생각했는데……."

"야심가는 아니네요. 그렇다고 썩 믿음이 가지도 않아요."

"저런 수상한 마도사를 끌어들이다니, 아버님은 무슨 생각이신 걸까요?"

두 사람은 제로스의 기량을 몰랐다. 그 탓에 각자의 억측을 늘어놓으며 남편인 델사시스에게 물었다. 그러나 델사시스는 두 부인의 질문에 대답할 생각은 없었다.

그도 대현자를 적으로 돌리고 싶지는 않았다.

"저 사람에 관한 건 됐소. 그보다 준비는 끝났소?"

"네, 오늘은 느긋하게 즐겨 보아요. 서방님."

"그래요. 오늘은 어디로 데려가 주실지 기대되네요."

델사시스의 한마디에 두 사람은 순식간에 제로스를 머릿속에서 지워 버렸다. 그 정도로 이 영주는 부인들에게 사랑받고 있었다.

평소부터 그는 입은 변호사, 마음은 사기꾼, 걷는 모습은 카사노바를 현실로 옮겨 놓은 듯한 사나이였다. 뭇 여인과 관계를 맺은 데는 그만한 이유가 있었다. 쓸데없이 댄디함이 흘러넘치는 델사시스는 불장난의 달인이었다. 능력 있는 남자는 애프터서비스도 잊지 않는다.

제로스는 산토르의 거리를 걸었다. 그가 향하는 곳은 교회 뒤편 자신의 땅이 될 건축 현장이었다.

만드라고라 수확으로부터 2주 남짓했을 때는 건축 작업은 시작도 안 한 상태였다.

하지만 막상 현장에 도착하자 그곳은 공터가 되었고 드워프들이 건설 작업에 구슬땀을 흘리고 있었다.

"반장님! 이 각목은 어디 붙이는 거랍니까?"

"엉~? 번호 다 적혀 있잖아? 눈은 뒀다 어디 써!"

"지워졌는데요? 누가 물이라도 쏟은 거 아닙니까? 비슷한 게 몇 개나 있는뎁쇼."

"어떤 자식이야? 누가 자재 위에서 밥 처먹었어! 마실 거 쏟았지?!"

"이놈입니다!"

"앗, 멍청아, 날 배신해?!"

아무래도 바쁜 것 같았다. 제로스는 끼어들지 않고 멍하니 기다렸다.

"바르…… 너냐? 각오는 되어 있겠지?"

"잠깐만요! 도릴 저 녀석도 먹었어요! 팰 거면 저 녀석도…….."

"이 자식이 나까지 팔아넘겨?!"

"시끄러워, 너도 같이 죽는 거야!"

"둘 다 어금니 악물어라. 벌이다!"

유독 또렷한 구타음과 두 드워프의 신음이 들렸다.

드워프 두 명이 땅바닥에 엎어졌다.

"계속 드러누워 있지 말고 얼른 가서 일해!"

""네, 네~.""

드워프는 튼튼했다. 헤비급 권투 선수도 녹다운 될 주먹을 맞고도 아무 일도 없었다는 양 일어서는 것을 보면 그들의 몸이 무섭도록 강인하다는 것을 알 수 있었다. 그리고 제로스가 처음으로 보는 이종족이었다. 드워프 반장이 멀뚱멀뚱 서 있는 아저씨를 발견했다.

"어이, 거기 당신. 여기 무슨 볼일 있어?"

"네? 아…… 죄송합니다. 전 여기에 살게 될 제로스입니다."

"댁이? 여긴 영주에게 발주 받은 현장인데……."

"복잡한 사정이 있어서요……. 그런데 이 현장 책임자이신가요? 햄버 토목 공사라는……."

"그래. 내가 여기 도편수인 나구리라는 자요."

솔직히 말해서 제로스는 드워프를 구별할 수 없었다. 모두 수염으로 얼굴이 뒤덮였고 술통 같은 체형, 굵은 팔에 짧은 다리, 장인 기질이 강한 전형적인 판타지 종족이었다.

"나구리 씨라고 하시나요? 수고가 많으십니다."

"상관없어. 그나저나 우리가 설계한 집은 어때?"

"좋네요. 방 배치나 밸런스에도 불만은 없습니다만……."

"뭐야? 무슨 문제라도 있어?"

"아뇨. 이건 개인적인 희망 사항이지만, 마도사라서 지하실 같은 창고가 있으면 좋겠다 싶어서요. 하지만 기초 공사가 끝난 뒤라면 늦었겠네요."

그 말이 나온 순간, 나구리의 눈빛이 험악하게 변했다.

"뭐어어~? 지하실…… 창고라고오오~?"

"어디까지나 희망 사항이니까 무리하게 부탁드릴 생각은 없습니다. 이미 기초 공사는 끝났을 테니까요."

"그건 맹점이었군! 그 공작이 주문해서 애인이라도 살게 하려는 줄 알았지. 지하실이라…… 생각이 미치지 못했어."

"그 사람은…… 대체 애인이 몇 명이랍니까?"

"내가 아나? 가끔 보인다 싶으면 항상 다른 여자야. 그것도 과부나 복잡한 처지에 놓인 여자뿐이라고. 정확히 몇 명인지는 아무도 모를걸?"

델사시스는 무슨 까닭인지 복잡한 사정을 가진 여성과 관계를 맺는 일이 많았다.

범죄 조직에 쫓기는 여성과 관계를 맺고 그녀를 돕기 위해 수단과 방법을 가리지 않고 공격해 끝내 그 조직을 쳐부쉈다는 일화도 있었다.

심지어 공작가의 권력은 전혀 사용하지 않고 자신의 부업인 상인 쪽 연줄만 이용해 그것을 실천했다.

그 결과, 그는 이 나라에서 손꼽는 상인으로 이름을 떨쳤다. 참고로 없앤 범죄 조직 인원은 모두 그의 산하로 끌어들여 세력을 확대하는 중이었다. 일단 지금은 청렴한 장사에 힘쓴다는 모양이었다.

"그래서 붙은 별명이 【침묵의 영주】지. 그 인간이 겉은 신사 같아도 상당히 위험한 남자야."

"어렵게 사네요. 뭐가 그 사람을 그렇게 만드는 건지……."

"그늘 있는 여자를 기쁘게 하는 게 인생의 낙이라더군. 책까지 냈어. 『사나이의 댄디즘 ~여자의 기쁨이야말로 남자가 사는 길~』이란 건데, 거기 적혀 있었지."

"그 공작님은 대체 뭘 하는 거예요?! 인세라도 벌려는 겁니까?! 그보다 그걸 읽었어요?!"

"베스트셀러야. 사나이의 바이블이지."

"정말로?! 손을 안 대는 곳이 없네……."

예상을 훨씬 웃도는 영주였다.

"뭐, 영주에 관한 이야기는 됐어. 문제는 지하실인데…… 【가이아 컨트롤】로 어떻게든 안 되려나? 쓸 만한 마법이라서 잘 쓰고는 있는데……."

"할 수는 있겠지만, 섬세한 제어가 필요할걸요?"

"그래? ……그런데 그걸 댁이 어떻게 알아?"

"마도사니까요. 기왕이면 제가 할까요? 그런 작업은 제법 잘합니다. 전문 분야죠."

"초짜한테 맡기기도 좀……. 그래도 우리는 그렇게 마법을 잘 다루지 못하고 마법도 최근부터 사용하기 시작했으니까……."

드워프는 기본적으로 마법을 기피하는 경향이 강했다. 마력이 높아 노력하면 마도사가 될 수 있으련만, 왠지 몸 쓰는 직업을 얻어 땀 흘려 일하려는 종족이었다. 그런 그들이기에 농사나 토목 작업에 쓰는 【가이아 컨트롤】의 이용가치를 높이 평가했다.

특히 기초 공사나 산림 개척에 적합한 이 마법은 그들과 대단히 상성이 좋은 마법이었다. 그래서 솔리스테어 상회에서 줄지어 사 갔다. 문제는 그들이 정밀 조작을 못 한다는 점이었지만, 계속 사용하다 보면 언젠가는 【마력 조작】을 배울 것이다.

그러나 현시점에서 그렇게까지 정밀한 마법 조작이 가능한 자는 없었다.

"뭐, 댁이 살 집이라면 좀 무너져도 상관없겠지. 요금은 영주에게 받겠지만."

"성격 참 고약하시네요. 그나저나…… 문제는 구조상 기본 골조를 뜯어고쳐야 한다는 건데, 그 부분은 어떤가요?"

"그건 우리가 지시하지. 따라와."

나구리를 따라간 제로스는 집의 골조 기초부로 안내받았다.

조금 넓은 장소가 부엌 겸 거실이 될 장소지 싶었다. 그 기초부에는 바닥을 지탱하는 각목이 몇 개나 쌓여 있을 뿐 아직 바닥을 깔지 않았다. 작업은 편할 듯했다.

"여기서 저 기초 기둥 사이로 파야겠는데, 강도는 어떻게 하려고? 그냥 흙 위에 집을 지으면 언젠가 무너질 거야. 땅을 다지는데도 한계가 있고 말야."

"【가이아 컨트롤】로 파면서 【락 포밍】으로 암반으로 만들죠. 하는 김에 기초 터까지 포함해서."

"【락 포밍】? 그런 마법이 있어? 처음 듣는데."

"흙 입자를 압축해서 강제로 굳혀 바위로 만들 뿐입니다. 다만, 아직 조정 단계라서 시중에 팔기에는 문제가 있어요."

주로 화단 따위를 만들기 위해 제작한 마법이었지만, 사용법에 따라서는 단기간에 요새를 세우는 데 공헌할 것 같아 섣불리 퍼뜨릴 수 없었다. 단기간에 요새가 건축되면 이 세계의 군사 균형에 큰 영향을 미친다. 아무것도 없던 장소에 어느 날 갑자기 적국의 요새가 세워지면 전략적으로 큰 혼란을 미칠 것이다. 하룻밤 사이에 축성했다는 스노마타의 일야성(一夜城)처럼 말이다.

일반 시민이 공병으로 전쟁에 차출되고 군사 거점을 만들기 위해 이용된다. 이기면 보상금을 얻겠지만, 지면 목숨을 잃는다. 전쟁에서 싸우는 것은 기사만이 아니다. 마도사와 용병, 그리고 압도적으로 많은 수를 차지하는 건 징병된 민중이다. 그밖에도 범죄자가 감형을 조건으로 병사로 쓰이지만, 대개 최전선으로 보내진다.

그래서 제로스는 마법을 그다지 퍼뜨리고 싶지 않았다.

"조금씩 파겠지만, 우선 계단부터 만들어야 할까요?"

"그렇지. 그 전에 파 내려갈 곳을 남기고 기초 터를 돌도 만드는 편이 좋지 않겠어?"

"그렇군요. 그럼…… 【락 포밍】."

주위 흙을 모아 기초 터를 두께 3미터의 암반으로 바꾸어 고정했다.

그것을 본 나구리가 감탄하여 말했다.

"편리한 마법이구만. 나도 가지고 싶을 정도야."

"아직 조정 중이라서 마력 소모율이 너무 높군요……."

"그래서 일반인은 못 쓴다고? 이것저것 실험하고 있나 보군. ……그보다 댁이 만든 마법이야?!"

"아무쪼록 비밀로 해주십시오……. 게다가 이 마법은 사용하기에 따라서 위험합니다. 어떤 일이든 암묵적인 규칙은 필요하지 않습니까?"

"그건 그래."

편리한 마법에서 유용성을 발견하는 것이 인간이었다. 그때 암묵적 규칙은 붕괴한다.

"이쯤에서 비스듬하게, 계단을 만드는 요령으로 파면 되겠습니까?"

"그래. 입구는 넓게 만들 건가?"

"글쎄요~. 뭐, 창고니까 입구는 좁아도 되겠죠."

"댁이 살 거니까 뭐 그러든가……."

"그럼 시작하죠. 【가이아 컨트롤】."

단단하지 않은 땅을 아치 형태로 만들며 비스듬히 파 내려가다가 지하 5미터 정도에서 【락 포밍】으로 땅을 굳혔다. 거기서부터 수평으로 터널을 팠다.

이어서 그 터널도 단단히 굳혀 차츰 지하실을 만들었다.

"이봐, 당신……."

"뭐죠?"

"우리 쪽에서 일할 생각 없어? 그 실력을 건축업에서 마음껏 펼쳐주면 우리도 고맙겠는데…… 어때?"

"네에에에?!"

스카우트당하고 말았다.

"아뇨, 전 타고난 연구자입니다. 밭일이나 하면서 느긋하게 지내고 싶어요."

"좀 하면 어때서? 임시라도 괜찮다니까? 부러울 정도로 솜씨가 좋잖아! 꼭 우리 현장에서 실력을 발휘해줬으면 좋겠어."

"기본적으로 육체노동은 잘 못 합니다. 지금은 생활할 터전을 확보하는 게 선결 과제기도 하고요."

"보통은 직업부터 구하는 게 먼저 아냐? 집이 있어도 돈이 없으면 어떻게 생활하게?"

맞는 말이었다. 가정교사 노릇을 해도 수입이 얼마나 되는지는 몰랐다. 미래를 생각하면 임시직은 있는 편이 나았다.

하지만 돈은 생계를 꾸릴 만큼만 있으면 된다고 생각하는 제로스는 마법이 팔려 로열티가 들어온다는 사실을 알고 수입에 관해서는 딱히 걱정하지 않았다.

사실 세금이라는 문제도 있었지만, 지금은 머리 한쪽 구석에서 그 두 글자는 잠들어 있었다.

"……한가할 때라면 상관없습니다. 일용직으로 부탁드리죠."

"오, 이야기가 통하는군."

"어차피 앞으로 몇 주 뒤면 백수라서 말이죠~. 돈 벌 수단이 하나쯤은 있었으면 좋겠어요. 시간이 되면 돕겠습니다."

"……팔팔하게 젊은 사람이 은거할 생각이야?"

"젊어 보여도 앞으로 십 년이면 육체노동은 못 할 겁니다. 인간은 빨리 늙으니까요."

"드워프도 비슷하지만, 나이를 먹어도 체력이 있지."

"인간보다 오래 살죠? 저희는 정령의 권속이 아니라서 그렇게 오래 못 살아요."

드워프의 평균 수명은 200살, 엘프는 평균 300살을 살았다. 상위종이기도 한 하이 엘프나 하이 드워프는 그 갑절은 되는 수명을 가졌다.

참고로 가장 수명이 긴 생물이 드래곤이며, 적어도 3000년을 사는 것으로 알려져 있었다.

"오래 살고 싶어?"

"길어도 100년밖에 못 사는 몸이라 장수 종족은 부럽죠."

"그게 또 그렇게 되나? 오래 살다 보면 인간 친구가 한 명씩 죽어. 얼마나 쓸쓸한지 몰라. 젊을 적부터 아는 녀석은 이젠 죄다 노인네야."

"이해는 합니다. 저도 부모님이 일찍 돌아가셨으니까요. 혼자 집에 있는 고독감은 말로 표현하기 어렵죠. 그것도 익숙해졌지만요."

"그럼 알 거 아냐? 남겨진 뒤에도 계속 살아야 하는 사람의 마음을."

"그것도 이해합니다. 하지만 추억을 나누는 이야기에서 제 이름이 나온다면 그것만으로 기쁠 겁니다. 이건 먼저 죽을 인간의 의견이지만요. 어디까지나 개인적인 생각이지만, 적어도 전 그래요. 잊히고 싶지는 않아요."

"그렇군……. 조금 참고가 됐어."

진지한 이야기를 하면서도 지하실 만들기는 진행됐다.

방 개수는 세 개. 십자 모양의 중후한 지하실이 완성됐다.

"방도 천장은 아치형인가……. 건축을 조금 아는 모양이군."

"위쪽 무게를 분산하기에 좋은 형태니까요. 기초 아니겠습니까?"

"그렇지. 다리 건설이나 축성에 자주 쓰이는 기법이야."

"통기구도 뚫는 편이 좋겠네요. 집이 위에 서면 밖에서는 보이지 않을 테니까 기초 터에 구멍을 뚫어도 상관없겠죠."

"점점 더 탐나는 인재구만. 작업이 빠르겠어."

"혹시 모르니까 지하부터 주변 터까지 암반으로 바꿀까요? 불의의 사고가 있을지도 모르니까 기초 부분은 두꺼운 편이 좋겠죠."

통기구 구멍을 뚫은 뒤 지하 주변 지반을 굳혀 일부를 제외하고 하나의 바위로 만들었다. 집의 기초 부분도 하나로 굳혀 어지간해서는 무너지지 않을 견고한 지반을 갖추었다.

"조명은 마도구를 쓸 건가? 마석이라서 돈이 꽤 들 텐데?"

"사냥을 갈 테니까 괜찮아요. 마석은 얼마든지 구할 수 있습니다."

"……실력자인가? 아무것도 아니란 것처럼 말하는군. 실력이 보통이 아닌 모양이지?"

"글쎄요. 남의 평가에 신경 쓰지 않는 성격인지라."

"마도사답군. 연구 말고는 관심이 없다, 이건가?"

지하실 건설은 의외로 일찍 끝났다. 두 사람이 밖으로 나오자 드워프들이 아무런 이상을 느끼지 못하고 작업을 계속하고 있었다. 지하와 기초 토대 주위 흙을 압축해서 이 땅 주변은 약간 낮아졌을 터인데 아무런 이상도 없었나 보다.

"주위 땅도 정리할까요? 비가 와서 침수되면 끔찍하니까요."

"그나저나 댁은…… 차림새가 왜 그렇게 수상해? 어디 가서 의심 사기 딱 좋겠어."

"취향입니다. 이 수상쩍은 느낌이 좋은 거예요. 크크크……."

"조만간 겉모습 때문에 신고당할걸? 괜찮겠어?"

"그러면 오인 체포로 위자료를 뜯어내면 되니까 올 테면 오라죠~ ♪"

"알고서 그러냐?! 성격 한번 고약하구먼그래."

편하게 돈을 벌고 싶은 스타일 같았다. 역시 전직 회사원. 어떤 상황에서도 자기 잇속 챙기기에는 도가 텄다. 그런 실없는 이야기를 나누면서도 주위 땅을 정리해 깔끔하게 평탄화했다. 다른 드워프들도 그 혁신적인 작업 광경에 할 말을 잃고 멍하니 구경했다.

"반장님…… 엄청난뎁쇼? 우리 쪽에 와 달라고 합시다."

"일단 임시 용역으로 부르기로 했어. 뭐, 이 사람 사정에 따라서지만."

"역시 반장님이야! 빈틈이 없으셔!"

"앞으로 작업이 빨라지겠어! 토지 정비가 제일 귀찮았는데 말이야~."

"도로 정비도 그렇지. 범위가 너무 넓어서 못해 먹겠어."

"구시렁대지 말고 얼른 손이나 움직여! 기한이 다 됐다고!"

"""예에~!"""

아저씨, 토목업 관계자에게 대환영 받다.

이 세계에서는 【가이아 컨트롤】 같은 편리한 마법이 존재하지 않아 공사는 모두 수작업으로 이루어졌다. 평탄화 작업도 몇 번씩 측량하고 그때마다 세세하게 수정해야 했다.

도로 공사도 마찬가지여서 빗물이 고여 물웅덩이가 생기지 않도록 하는 것도 여간 힘든 것이 아니었다.

도로가 침수되면 상인들의 마차가 길 한복판에서 오도 가도 못하게 되어 경제에 직접적인 영향을 줬다. 그래서 공사에는 면밀한 토론이 필요하며 토지 상황도 철저히 조사해야 했다.

우기가 되면 며칠이나 그 자리에 발이 묶이므로 산적 따위 범죄자의 표적이 되기 십상이었다. 가장 먼저 토목 작업 마법을 받아들인 드워프들은 【가이아 컨트롤】의 편리함에 감탄했고 누구보다 빠르게 익혔다. 그들은 평소부터 이런 작업의 불편함을 잘 알고 있어서 영주가 【가이아 컨트롤】에 관한 정보를 전했을 때 곧바로 사용하기로 했을 정도였다. 그래도 정밀한 작업은 아직 어려웠다.

예를 들어 울퉁불퉁하거나 경사진 산길을 정비하려면 많은 인력이 필요하며 인건비만 해도 무시할 수 없는 수준이었다. 영주에게 직접 받은 의뢰이기 때문에 불필요한 비용은 피하고 예산 안에서 작업을 끝내기 위해 다른 일도 중단해야만 했다. 심지어 작업 예정 범위를 기한 내에 끝내는 일은 거의 없었다. 하지만【가이아 컨트롤】은 그 예정 기한 안에 일을 끝내게 해줄 뿐 아니라 한정된 인재를 적재적소에 나눠 효율적으로 공사를 진행할 수 있게 해준다. 토지 정비 등 넓은 범위의 작업 효율도 현격히 높아진다.

흡사 토목 공사용 중장비를 사용하는 것 같은 속도며, 심지어 괜한 짐을 가져올 필요도 없으므로 철수 작업도 편했다. 여러 현장을 동시에 돌 수 있으면 그들의 수입 증대로 이어진다. 여기에【락 포밍】마법이 더해지면 빗물에 침수되지 않도록 가도 옆에 배수로를 파고 완만한 경사를 만들어 빗물을 다른 곳으로 흘릴 수도 있을 것이다.

배수로 파기도 구태여 손으로 할 필요가 없으므로 일이 빨리 끝날 것이다. 마력 회복용【마나 포션】을 쓰면 그 작업 효율은 지금까지와 비교도 되지 않게 빨라지고 여러 일을 발주해 달성할 수 있다. 게다가 인부도 줄일 수 있으므로 토목 공사의 혁명이라고 해도 과언이 아니었다.

역사에 이름을 새길 생각은 없었지만, 결과적으로 제로스는 토목업에 혁명을 일으키려고 하고 있었다. 실제로는 솔리스테어 상회가 마법 판매를 전면적으로 맡아 제로스의 영향은 어디까지나 간접적이었지만……

"이 마법을 계속 사용하면 곧 숙달될 겁니다. 그렇게 놀랄 일인가요?"

"댁은 우리보다 마법 범위가 넓어. 게다가 작업이 정확하고 효율도 현저하게 높아. 정말로 부러울 따름이군."

"그런가요? 이 주변은 처음부터 밭으로 쓸 생각이라서 물이 잘 빠지도록 정리했을 뿐인데요."

"우리에겐 그게 힘들어. 마법을 거의 안 쓰니까. 드워프는 기본적으로 육체노동파야. 익숙해지려면 시간이 필요하지."

드워프는 땅 속성 마법과 상성이 좋았지만, 그 마법의 사용법이 전투밖에 없었다.

기본적으로 전투를 하는 사람이 아니면 마법을 배우지 않았고, 다른 드워프는 공업 등에 힘쓰는지라 마력을 쓸 일이 드물었다. 기껏해야 무거운 물건을 옮기기 위해 【신체 강화 마법】을 이용하는 정도였다.

그들은 인간보다 많은 마력을 보유했지만, 그 마력을 그다지 쓰지 않는 별난 종족이었다.

"나구리! 미안한데 거기 기둥 좀 줘."

"그래! 이거 말이지? 기다려."

2층 부분에 고정된 수평 골조 기둥에 앉은 한 드워프가 나구리에게 말을 걸었다. 도평수에게 반말을 하는 것을 보면 이 드워프가 현장 책임자가 아닐까?

나구리가 옆에 있는 기둥을 들더니 그 눈에 위험한 빛이 서렸다.

"죽어라━━━! 윰보━━━!!"

"으아아아아아아?!"

나구리는 신체 강화 마법으로 끌어올린 힘으로 기둥을 창처럼 던져 버렸다. 윰보라고 불린 드워프는 등을 굽혀 피하면서 기둥을 잡았다.

하지만 속도는 줄지 않았고 잡은 기둥째 골조에 매달리는 꼴이 되었다.

"쳇, 피했나……."

"나구리 씨……? 당신…… 지금 저 사람을 죽이려고……."

"저 자식, 내가 기대하며 마지막까지 아껴 놓은 【보로모로 새 매콤 튀김】을 먹어 버렸어."

음식을 뺏어간 원한에서 비롯된 충동적인 범행이었다.

"기간 한정이라서 다음에 먹으려면 1년은 있어야 한다고. 게다가 줄 서서 산 마지막 하나였어. ……내가 아니더라도 죽이고 싶어지지 않겠냐고."

"음…… 동의하기는 어렵지만, 마음은 이해합니다."

제로스도 여신 탓에 기대하던 일본주를 마시지 못하고 이 세계로 왔다.

그 원한은 사무칠 정도로 이해할 수 있었다.

"게다가 놈은 술안주 삼아 털어 먹었어. 내 눈앞에서!"

"아이고~, 화가 나실 만하네요……."

숨어서 먹었다면 또 모를까, 산 본인이 보는 앞에서 먹어 버리면 그 분노도 더할 것이다. 무심코 살의에 몸을 맡겨도 이상하지 않았다.

그런 분노에 몸을 떠는 나구리 곁으로 무시무시하게 인상을 쓴 드워프가 척척 걸어왔다.

"나구리이이이이이~! 이 자식, 무슨 짓거리야?!"

"어엉? 따지고 보면 네 잘못이지. 사과도 안 하고 뻔뻔하게 있는 게 열 받아! 뒈져라, 썩을 자식!"

"그까짓 새고기 하나 가지고 더럽게 쩨쩨하게 구네! 너나 죽어, 멍청아!"

"그까짓?! 그걸 놓치면 1년이나 기다려야 한다고! 그걸 두고 고작이라고? 오냐, 오늘이 네 제삿날이다!"

"고작 새고기잖아? 항상 비슷한 거 먹으면서 난리야!"

"맛의 차이도 모르는 막혀는 닥쳐! 그 전에 남의 걸 멋대로 먹은 네 태도에 문제가 있어! 죽음으로 사죄해라!"

"그래도 그렇지, 사람을 죽이려고 해?!"

"네가 한 짓을 보면 죽어도 싸, 인마. 내 강철 같은 정신으로도 더는 못 참는다."

보로모로 새는 철새며 경계심이 강해 고기를 쉽게 구할 수 없었다. 많은 사냥꾼이 구하려고 하지만 태반이 실패하는, 희소가치 있는 고기였다.

그런 귀중한 고기를 눈앞에서 빼앗긴 나구리는 악귀가 되어 있었다.

"네가 죽어라, 나구리이이이이~!"

"덤벼! 묵사발을 내주마!"

드워프들의 처절한 주먹다짐이 시작됐다. 다른 드워프들은 그런 두 사람을 무시하고 작업을 계속했다. 당황하지 않는 그들을 보고 제로스는 이 풍경이 이곳의 일상이라고 짐작했다.

"……돌아가도 되겠지?"

꿔다 놓은 보릿자루가 된 제로스는 그저 우두커니 서 있을 뿐이었다.

그 후, 이 싸움은 밤을 지나 날이 샐 때까지 계속되었다고 한다. 드워프의 체력은 과연 대단했다.

 제8화 아저씨, 다시 백수로…….

그 날 제로스는 방에서 책상 앞에 앉아 어떤 물건을 제작하고 있었다.

책상 위에 펼쳐진 정밀하고 복잡한 마법진과 옆에 놓인 무더기의 마법식. 그 마법진 위에는 손바닥 크기의 작은 금속 덩어리가 놓였다.

"준비는 끝났어. 그럼 바로 시작해 볼까?"

오랜 세월 이어진 독신 생활로 이제는 버릇이 된 혼잣말을 중얼거리며, 자기 말고는 아무도 없는 방에서 작업에 착수했다. 마법진에 손을 대고 마력을 주입하자 마법진은 희미한 빛을 띠며 정해진 역할을 수행하기 위해 기동했다. 빛의 라인으로 구성된 기판이 떠올랐다. 마법진 위에 놓인 금속이 공중으로 떠올랐고, 스킬을 통해 시각으로 얻는 정보를 처리해 눈앞의 소재를 자유자재로 조작했다. 금속이 제로스가 생각하는 형태로 변하기 시작했다. 제로스가 작업하는 것은 연금술 최고 기밀 기술인 【마도 연성】이었다. 이 기술은 기재를 쓰지 않고 마도사가 생각하는 형태로 금속을 가공하는 기술이었다. 마법진을 구축하는 기술과 같은 방식으로 제작하나, 문제는 공정을 충분히 이해하지 못하면 실패한다는 점이었다. 상당히 어려운 고등 마법 기술이었다. 마법 제어와 마력 제어, 금속 연성 공정에 관한 지식과 약품 정제 지식, 거의 모든 능력을 풀가동해 행하는 마법의 극치 중 하나였다.

마법진 앞에 투영된 키보드 위를 흐르는 손가락은 흡사 피아노라도 연주하는 듯했다. 거기서 내려진 명령에 반응해 중앙에 위치한 금속은 차츰 형태를 바꾸어 갔다.

제로스가 지금 제작하는 물건은 반지 두 개와 팔찌 하나였다. 재료는 금속치고는 마력 상성이 비교적 높은 미스릴이었다. 거기에 한없이 가까운 성질을 가진 마나라이트 광석을 더해 합금으로 만들고 부족한 강도를 보강하여 다소의 충격으로는 망가지지 않을 마법 매체를 완성했다.

미스릴은 확실히 마력과 상성이 좋았지만, 강도가 조금 부족하여 그 강도를 보강 처리해야 했다. 마도사가 지팡이를 주로 사용하는 이유는 그것이 마력을 집중시키는데 유용한 매체이기 때문이지만, 마력 상성이 좋으면 딱히 목제 지팡이를 쓸 필요는 없었다.

특히 나무 등 식물은 마력을 모으기 쉬운 성질을 가졌고, 어떤 목재를 사용하느냐에 따라서 강도도 마력 축적력도 달랐다. 게다가 연대에 따라서 안정성에 차이가 있어서 마법 사용에 시간차 문

제가 생기고 만다. 같은 기량을 가진 마도사라도 개인의 자질에 따라 마법은 안정되지 않고 마법 매체인 지팡이의 재질에 따라 위력에 격차가 생긴다. 이윽고 그 차이들이 마도사의 서열을 낳는다. 실제로 마법학의 최고봉이기도 한 【이스톨 마법 학교】에서는 귀족 출신 마도사가 양질의 지팡이를 가졌다. 평민 출신 마도사와 실력에서는 우열이 없더라도 양질의 지팡이를 가진 귀족이 더 강한 위력을 뿜냈으며, 대우도 이에 따라 귀족이 더 우수한 것으로 취급받았다.

저렴한 지팡이밖에 구할 수 없는 일반 마도사는 결과적으로 실력과 관계없이 가치가 결정되는 셈이었다. 손에 든 지팡이의 우열로 부당한 격차가 발생하며, 동시에 거기서 차별이 생겼다. 하지만 금속제 마법 매체는 항상 안정적이고 목제 지팡이에 비해 위력 격차가 거의 발생하지 않았다. 오히려 목제 지팡이보다 신뢰성이 높다고 할 수 있었다. 무엇보다 목제 지팡이보다 단단하고 오래 가기 때문에 성능 열화가 빠른 불량품을 얻게 되는 경우를 제외한다면 이보다 더 유용한 매개체는 존재하지 않았다. 금속도 목재도 언젠가는 낡아 망가지지만, 수명은 금속이 훨씬 길었다. 그러나 이 세계의 마도사는 지팡이를 가지는 것이 주류고 금속제 마법 매체를 쓰려고 생각하는 사람이 적었다. 금속은 수요도 많았고, 특히 기사들의 무구에 이용하기 때문에 가격이 올라 마도사들이 구하는 일은 적었다.

아직 금속이 마력을 튕겨 낸다는 아무런 근거도 없는 미신이 만연한 탓도 있으리라.

왕족이나 공작 가문은 구시대 금속 마법 매체를 볼 기회가 있으므로 그런 미신은 믿지 않았다. 물론 제로스는 그런 미신이 있다는 사실조차 몰라 신경도 쓰지 않았다.

"이다음엔 마법식을 새길까……. 실제로 하는 건 처음이라서 긴장되네."

마법 매체 장식품 형태가 정해지면 이번에는 마법식을 새길 차례였다. 이 마법식은 마력 운용 효율을 높이는 효과를 부여하며 사용하는 마법의 마법식을 매개로 동조해 안정적으로 마법을 구사하는 데 필요한 과정이었다. 이것은 마도구를 제작하는 과정에서 중요한 부분이며, 얼마나 효율적으로 만드느냐가 직공의 실력을 가늠했다. 이 작업이 성공하느냐 마느냐에 따라 생산직 마도사의 기량이 판가름 난다고 해도 과언이 아니었다. 불안정한 마법을 구사하는 매체로 사용한다면 딱히 필요 없겠지만, 생산직의 고집이란 게 있었다. 제로스는 한번 만들기로 하면 결코 타협하지 않는 생산 마니아였다. 마법지 다발에서 마법식이 해방되어 방금 만든 장식품에 흘러들 듯이 문자가 새겨졌다.

비유하자면 애니메이션에서 음악을 연주할 때 음표가 그려진 악보가 나오는 것 같은 시각 효과였다. 그 마법식은 금속 반지와 팔찌에 선명히 새겨져 복잡한 무늬가 된다. 가령 여기서 작업을 중단해도 새겨지던 마법식은 무늬로 남는다.

얼마나 시간이 흘렀는지 모르겠다. 하지만 그 작업이 무서우리만큼 손이 많이 간다는 것은 확실했다. 실제로 제로스의 이마에는 땀이 맺혔고 피곤한 와중에도 마력으로 구성된 제어판을 두드리며

긴 마법식을 작은 반지와 팔찌에 새겨 나갔다. 하지만 마침내 그 작업도 끝을 고했다. 제로스는 모든 마법식이 새겨졌는지 확인하고는 마도 연성 마법진을 해제해 폐 속에 쌓인 공기를 토해냈다.

"……생각보다 고전했어. 게임 시절과는 너무 달라."

게임에서 수도 없이 반복했던 작업이었지만, 실제로 손을 움직여 마도 연성을 하는 것은 이번이 처음이었다. 아바타의 감각은 기억하나, 그것은 절대로 현실이 아니었다.

작업 공정 자체에는 문제가 없었다. 그러나 마법진이나 새겨 넣을 마법식을 준비하는 데 시간과 수고가 들었다.

마도 연성이 있으면 회복약 등 마법약도 만들 수 있었지만, 이 경우 병 따위의 용기가 필요했다. 마법약을 생성하는 도중 병을 동시에 만들 수는 없어서 제로스는 주위에서 긁어모은 술병을 회복약 용기로 이용했다. 본인은 재활용이랍시고 했어도 다른 사람이 보기에는 모양새가 좋지 않았다.

"……마도 연성을 쓸 수 있는 건 알았지만, 이거…… 어떻게 하지?"

눈앞에 백은색 반지와 팔찌가 놓여 있었다. 마도 연성 실험으로 제작했지만, 제로스에게는 필요 없는 장비였다. 애초에 이미 좋은 장비를 가졌으므로 이제 와서 중급 마도사나 쓸 마법 매체를 가질 이유가 없었다. 잠시 이 아이템을 어떻게 쓸지 생각했지만, 도중부터 아무렴 어떠냐며 침대로 들어가 버렸다. 장시간 실험으로 지친 탓에 한숨 자기로 한 듯했다.

흥미가 쏠리면 솔선해서 행동하지만, 그것이 끝나면 열정도 같이 식어 버리나 보다. 얼마 지나지 않아 아저씨가 규칙적으로 숨을 고르는 소리가 들렸다.

그의 행동에는 의미가 있는 것처럼 보이나, 사실은 전혀 없었
다⋯⋯.

세레스티나와 츠베이트는 앞으로 며칠 후면 여름휴가가 끝나 이
스톨 마법 학교 기숙사 생활로 돌아간다.

현재는 돌아갈 준비를 하고 있었지만, 두 사람은 그 날이 오기를
바라지 않았다. 그들의 휴가는 두 달이었고 다시 이 땅으로 돌아
오는 것은 네 달 후인 겨울 휴가 때였다.

그때까지는 제로스에게 마법 강의를 받을 수 없으며, 다시 우울
한 나날로 돌아간다는 생각에 두 사람의 마음은 무거웠다. 알고
싶은 지식을 가르쳐주는 제로스에게는 신뢰가 쌓였고, 지금은 마
법약 조합에도 손을 대서 기초 지식을 철저하게 배우는 중이었다.

제로스는『언제나 모든 준비가 갖춰져 있을 거라는 생각은 버리
세요. 상황에 따라서는 고립되거나 마법약이 떨어지는 일도 있겠
죠. 그럴 때 간단한 마법약을 만들 수 있으면 전장에서 생존율이
확연하게 올라갑니다.』라고 말했다. 평소 일과인 실전 지향『골렘
구타 축제』가 끝난 뒤, 사용하지 않는 빈방에 앉아 시험관이나 비
커를 바라보는 나날.

그 결과를 기록하고 최선의 효과를 내는 조합법을 조사한 뒤, 훈
련 중에 효과를 확인해서 기록하고 다시 조합한다. 지금은 저급

【포션】이나【마나 포션】등 시중에 내놓아도 적당한 가격에 팔릴 물건을 만들 수 있을 정도로 숙달되었다.

생각하기에 따라서는 두 사람의 2개월은 살벌한 전투 훈련과 약제 연구에 빠진 은둔 생활이었다. 건전한 젊은이가 휴가를 보내는 방식과는 조금 달랐지만, 이 2개월은 실로 알차고 보람 있고 즐거운 시간이었다. 그것도 이제 곧 끝을 맞이해 따분한 나날로 돌아가고 말리라.

"후우……"

"뭐야? 또 한숨이야? 하긴, 학교로 돌아갈 날이 다가오니까 그럴 만도 하지."

"알고는 있지만, 마음이 정리되지 않는다고 할까요……. 우울하네요."

"확실히 돌아가고 싶지 않아. 여기가 훨씬 연구가 잘 되고 발견하는 것도 많아."

"그렇다니까요. 특히 적층 마법진 방식은 스스로 연구하고 싶은 부분이 많아서……."

"모르는 부분도 물어보면 힌트를 알려주고 말이지. 학교 강사는 찾아가서 물어봐도 스스로 조사하라고만 해. 지금 생각해 보면 그냥 자기도 몰라서 그랬던 거야."

"학교 강사들은 졸업생이니까요. 배운 것밖에 모르는 거죠……."

여기서 이 세계의 대략적인 역사를 설명해 두겠다. 일찍이 일어난 사신 전쟁. 그 당시 우수한 마도사는 모두 전장에 나가 사신의 범위 공격을 맞고 전멸했다. 용사라고 불린 전사들도, 그들에게 힘을 빌려준 현자들도 네 여신에게 받은 신구(神具)가 없었다면 사신을 봉인하지 못했을 것이다.

많은 희생을 치르고 싸움은 종식됐지만, 이번에는 인재 부족이 심각한 문제로 대두되어 복구가 어려움에 빠졌다. 남은 마도사는 제구실을 못 해 전력이 되지 않는 자들뿐이었다. 당시 일반적이던 커리큘럼을 소화하는 것만으로도 벅찬 그들은 스승인 마도사에게 마법식을 배울 기회를 잃었다. 아니, 이미 배운 마도사는 있었으나, 그나마도 그 후 기승을 부린 역병으로 모두 사망하고 말았다. 원인은 전쟁터의 시체였다. 유해를 매장하는 자들이 없어 방치된 시체에서 역병이 만연한 것이었다. 그 후 통일 국가가 탄생했지만, 100년을 채우지 못하고 쇠퇴했고 군웅할거의 시대가 막을 열었다. 각 국가는 구시대의 유물을 얻기 위해 싸웠고 그 끝에 많은 귀중한 마도서나 마도구가 흩어지거나 병기로 사용되어 파괴되었다. 긴 싸움도 끝나고 지금처럼 국가가 난립하지만 평화로운 시대가 도래했으나, 이미 마법을 깊이 이해하는 자는 거의 남지 않은 상태였다.

마법 연구를 시작한 것은 지금으로부터 약 400년 전이었다. 이 시대에는 마도사의 수나 질이 떨어져 마법이 어떤 것인지 백지상태에서 연구해야 하는 상황에 빠져 있었다.

그 결과, 현재 많은 마법 학교에서 가르치듯, 마법 문자 56음과 기호를 나타내는 열 개 문자에 개개의 의미가 있다는 상식이 퍼졌다. 그것 자체는 잘못되지 않았지만, 문자는 조합해 말로 만들어야 비로소 의미 있는 마법식이 구축된다는 사실을 아는 사람이 아무도 없었다. 그래서 마법 연구자들 사이에서는 남은 기존의 마법을 분해해 문자를 하나씩 바꿔 가며 효과를 확인하는 방법이 반복되어 왔다.

솔리스테어 공작가에 전해지는 비보 마법【드래그 인페르노 디스트럭션】도 그렇게 전해진 마법 중 하나였다. 다만, 그마저도 결함투성이였다.

"우리 비보 마법도 결함 마법 같더라."

"쓸데없이 마력 소비가 크고 사용자에게 걸리는 부담이 너무 커요. 지금 효율을 높이려고 개량 중이지만, 난항을 겪을 거 같아요. 해독할 수 없는 부분이 너무 많아요."

"소비 마력을 모두 사용자에게 의존하는 것도 문제지. 위력은 크지만, 마력 변질도 균일하지 않고 세 번 쓰면 많이 쓴 편 아냐?"

"보유 마력의 소비 효율을 개선하지 않으면 전장에서 금세 쓰러질 거예요. 적층 마법식이 아닌 단일 마법진 방식으로는 이데아 영역 허용량이……."

광범위 공격 마법은 그 위력에서 마법식 자체가 복잡해져 마력을 대량으로 필요로 한다는 것은 알았다. 문제는 마법을 쓰면 필요 이상으로 마력을 빼앗겨 막상 중요할 때 싸울 수 없다는 것이었다.

두 사람은 해독 작업 중에 실전을 배우고 일족의 비보 마법이 가진 결점을 깨달았다. 그래서 그것을 개량하는 작업에 착수했다. 크레스톤 옹은 그런 두 사람을 흡족하게 바라보고 있었다.

손주들의 성장을 확인한 그는 몹시 기뻐 보였다.

'아아…… 우리 귀여운 티나. 두 달 사이에 이토록 믿음직스러워 지다니……. 이 할아비는 기뻐서 눈물이 나는구나. 그렇지만 이렇게 우수해지면 약혼하려 드는 놈팡이들이 나올 텐데……. 안 된다, 안 돼! 티나는 내 거야! 평생 내 곁에 둘 거야! 이 아이한테 접근하는 짐승들은 내가 이 손으로 지옥으로 보내주마! 짐승에겐 죽음을, 약혼을 신청하는 녀석들과는 전쟁이다아아아!'

……그렇게 생각했으나, 이 노인은 어디까지나 손녀밖에 모르는 정신 나간 노인네였다.

그는 아직 나타나지도 않은 약혼자에게 살의를 불태우고 있었다.

"앗, 그리고 보니 크레스톤 씨. 저번에 부탁하신 물건 완성했습니다."

"뭣이? 벌써? 역시 제로스 공이로구먼. 일 처리가 빨라."

"제법 군더더기가 있는 마법이라서 귀찮았지만, 가능한 한 효율화했으니까 부담도 없을 겁니다. 한번 시험 삼아 써 보시길 추천하죠."

"미안하구먼. 가능하다면 내 손으로 최적화하고 싶었네만, 나이를 먹으니까 이놈의 기억력이 안 좋아서 말일세. 마법식 해독은 어떻게든 되지만, 효율화에는 몇 년이 걸릴지 몰라."

"해독법은 어느새 외우셨어요……? 뭐, 그건 넘어가더라도, 괜찮은 겁니까? 비보 마법 마법식을 외부인에게 보여줘도……. 이거 일단 기밀 취급이죠?"

""뭐?!""

제로스의 말을 들은 두 사람이 놀라서 일제히 돌아봤다.

비보 마법 효율화는 솔리스테어 가문을 포함한 4대 공작가가 연구 과제로 삼았으나, 현재 어느 공작가에서도 난항을 겪는 사안이었다.

그것을 설마 조부인 크레스톤이 제로스에게 의뢰하여 해결할 것이라고는 생각하지 못했다.

제로스도 해독 중에 깨달았지만, 부탁받았으니까 망설이면서도 개량했을 따름이었다.

"이게 있으면 어중이떠중이를…… 크크크크……."

아저씨의 손에서 마법지 다발을 건네받은 할아버지의 눈빛이…… 예사롭지 않았다.

""할아버지?!""

"뭐, 뭐냐?! 놀라게 하지 마. 심장 떨어지는 줄 알았잖느냐."

"왜 비보 마법을 스승님한테 보여줘! 일족이 비밀을 지켜야 하는 마법 아니었어?!"

"게다가 그 마법은 저희가……."

"제로스 공의 마법은 이미 우리가 아는 마법의 영역을 초월했다. 이제 와서 감춘다고 해서 무슨 의미가 있겠니?"

비보 마법은 솔리스테어 왕족을 지키는 4대 공작가에 전해지는 마법이며 절대로 타인에게 보여서는 안 될 기밀이었다. 크레스톤은 그것을 아무 상의도 없이 제로스에게 보여줬다. 두 사람은 할아버지의 상식이 의심될 정도였다.

"서, 선생님…… 이 마법에 관해선 모쪼록……."

"알고 있어요. 저도 모르게 흥이 올라서 위력을 높여 버렸지 뭘니까. 다른 사람에게 가르칠 생각은 없어요. 그러기에는 너무 위험해서…….”

“당신도 무슨 짓을 하는 거야?!”

“위력을 높여……. 이 마법은 나쁜 의미로 절묘한 밸런스로 구성되었는데……. 의미 모를 술식이 근간 부분에서 중요한 역할을 맡고 있던데, 선생님은 어떻게 해결하셨죠?”

“이, 이거라면, 이거라면…… 싹 쓸어버릴 수 있어…… 으흐흐흐흐♪”

““할아버지, 누굴 죽일 생각이야(이세요)?!””

제로스는 위험인물에게 칼을 쥐어주고 말았다. 이미 마법식을 이데아 영역에 인스톨한 할아버지는 광기어린 미소를 흘리고 있었다. 세레스티나에게 약혼을 신청하는 귀족들의 목숨은 풍전등화였다. 아니, 난로에 들어간 땔감이라고 해야 할까?

좌우지간 이 할아버지는 뭔가 사달은 낼 작정이었다.

“그보다 약초 색이 바뀌었어요. 마력 결정의 에테르 액을 넣고 만드라고라 분말을 넣으세요.”

““자연스럽게 무시했어?!””

“이 할아버지가 그 인간들을 전멸시키든 말든 저하고는 딱히 상관없으니까요. 권력욕에 빠져 부패한 인간들은 소각 처분하는 게 낫습니다.”

“흐흐흐, 그래……. 오물은 소독이다아아아아아아아아아아!”

제로스는 무책임했다. 원래부터 마도사는 세상사에 무관심하며 연구에만 관심을 두는 족속이었다. 제로스 또한 같은 기질의 소유자였나 보다. 자기에게 불똥이 튀지 않으면 다른 것은 어찌 되든 알 바 아니라는 생각이었다. 다소 죄책감을 느끼기는 하는 모양이지만…….

지금 크레스톤은 겁화처럼 위험하게 불타고 있었다. 사랑해 마지않는 손녀를 위해서라면 이 노인은 마왕도 사신도 될 자였다.

"어서 불에서 꺼내는 편이 좋을걸요? 더 가열하면 쓴맛이 엄청 강해지니까요."

"……불을 다루는 중이니까 이야기는 나중에 하지."

"할아버지…… 뭐 때문에 그렇게까지…….”

가열하던 비커를 방열 장갑으로 잡아 테이블 위에 놓았다.

투명한 노란 액체가 식어 갈 즈음 녹색으로 변했다.

"여기에 만드라고라 분말을 넣어서…….”

"만드라고라…… 대산림 지대에서 채취한 건가. 떠올리기도 싫군. 그건 정신에 너무 해로워."

"……맞아요.”

두 사람은 회상했다. 만드라고라의 정신 공격을 받던 그날을…….

시간은 과거. 장소는 파프란 대산림 지대.

마물에게 습격받고 식량을 빼앗긴 일행은 살아남고자 식량을 찾아 사냥에 나섰다. 회복약을 비롯한 물자도 모조리 빼앗겨 현지에서 조달할 수밖에 없는 처지였다.

다행히 츠베이트가 실험용 기재를 가져온 덕분에 회복용 마법약은 생성 가능했다. 그 소재를 현지 조달하고자 행동한 것은 당연한 수순이었다.

『약초는 근처에 나 있지만, 【드러크 버섯】이나 【케미컬 리프】도 필요해요. 그리고 만드라고라도 구해야겠군요.』

『선생님, 만드라고라의 비명을 들으면 죽는다는데요?』

『어떻게 보면, 죽긴 죽죠. 그 비명은 정신이 버티지 못해요…….』

『안 죽어? 그럼 별거 없네.』

『그럼 좋겠지만요……. 후, 후후후…….』

『왜, 왜 그렇게 죽은 생선 같은 눈을 하고 그래?』

『선생님, 무서워요…….』

그때는 아직 이해하지 못했다. 만드라고라의 무서움을…….

일행은 사냥을 계속해 식량을 확보하며 숲 속을 산책했다.

『앗, 만드라고라가 군생해 있군요. 바로 채집하죠.』

『그냥 식물이잖아? 뭐가 무서워?』

『저는…… 안 좋은 예감이 들어요.』

세레스티나의 예감은 적중했다. 세 사람이 나뉘어 만드라고라를 뽑자—.

—으갸아아아아아아아아아아아아아아아악!

—하지 마…… 나에겐, 나에겐 가족이, 으아아아악

—살려줘, 아빠…… 커윽!

—앗…… 아…… 악마 자식…… 감히 딸을…….

두 사람은 시작과 동시에 좌절했다. 양심을 후벼 파는 외침에 두 사람의 마음은 견디지 못했다.

『뭐야, 이거……. 마음에 푹푹 박혀.』

『머리가 이상해질 것 같아요. 양심의 가책이…….』

『그런가요? 익숙해지면 아무렇지도 않은데요?』

―아…… 아아…… 이제 봐줘……. 더는, 나를 더럽히지 말아
줘…….

―그만해――! 이 악당아――!

―너무해……. 이러면, 이제 못 살아…….

―아아…… 이 자식…… 네놈들의 피는, 무슨 색이냐――!

『네, 네. 악당 맞습니다. 그래서 어쩌라고요?』

『『왜…… 멀쩡해?』』

『교회에서 재배하다 보니 이젠 익숙해졌어요. 하하하하♪』

『……사람으로서 그래도 괜찮아?』

『죄책감이……. 마음이 아파요.』

제로스는 이미 생각을 고쳐먹었다. 뭐라고 소리친들 어차피 식
물일 뿐이라고.

애초에 사느냐 죽느냐 하는 마당에 그런 걸 따질 여유는 없었다.

그것을 알기에 아저씨는 무덤덤하게 만드라고라를 채집했다.

어쩔 수 없이 두 사람도 작업을 계속했지만…….

―아…… 엄마, 어디야……. 어두워…… 살려줘…….

―저런 어린아이를……. 저주받아라, 짐승들아!

제자 두 명은 자신들을 책망하는 비명에 완전히 녹아웃.

기브 업까지 그리 긴 시간은 걸리지 않았다.

이 양심을 직접 파고드는 공격에 두 사람은 버티지 못했다.

거점으로 돌아왔을 때 두 사람의 눈은 공허했고, 고개를 숙인 채 주절주절 혼잣말을 중얼거리는 정신 분열 말기 증세를 보였다고 한다.

◇ ◇ ◇ ◇ ◇ ◇ ◇

"그건…… 익숙해지고 싶지 않아. 귀를 막아도 직접 귓속까지 울리질 않나……."

"그래도 누가 같은 방식으로 채집하고 있겠죠? 마음은 괜찮은 걸까요? 인격이 삐뚤어지지 않으면 좋겠는데……."

"같은 인간이라면 모를까, 그냥 식물이에요. 약육강식은 세상의 이치 아니겠습니까."

"나는 스승님이 악마로 보여."

교회에서 만드라고라를 수확하던 제로스에게 이미 정신 공격은 통하지 않았다.

사람은 환경에 적응하는 동물이며 끝없이 잔인해질 수 있는 생물이기도 했다.

"식물 상대로 웬 호들갑입니까? 예외가 있을지도 모르지만, 식물이 사람의 감정을 이해할 리 없잖아요? 아마도……. 그냥 재료라고 생각하면 별거 아닌데."

"아니, 거기에 익숙해지는 건 사람으로서 좀……. 무슨 말이 하고 싶은지는 알겠지만."

"마음을 후벼 파다 못해 도려낸다구요. 정신에 이상이 생길 거예요."

"그럼 소나 돼지에는 감정이 없습니까? 그걸 먹고 사는 사람도 똑같은 죄를 짓는 거 아닌지 모르겠군요. 이제 와서 식물 따위로 무슨 엄살인지?"

""윽…….""

얼마나 정신론을 떠들어도 다른 생물을 양식으로 삼아 살아가는 이상 위선이었다.

그저 도살 현장을 보지 않았을 뿐, 아무리 좋은 말로 포장해도 동물의 사체에서 고기를 얻어 살아가는 점에는 변함이 없었다. 이 시점에서 이미 그 정신론은 파탄 난 셈이었다.

"결국 주관을 확실히 가지느냐, 마느냐의 문제죠. 양식이 되는 자에게는 감사를, 적에게는 살의를."

""…….""

만드라고라가 왜 비명을 지르는지는 아직 밝혀지지 않았다.

하지만 연금술을 배우려면 정신 공격에 노출되어 무력화되기보다 받아들이고 채집할 수 있는 편이 유리했다. 필요할 때 스스로 채집할 수 없어서는 마법약을 만들 수 없을 테니까.

소재도 쉽게 손에 들어오는 것이 아니었다.

"잡담은 여기까지 하고 지금은 손을 움직이세요. 오늘 안으로 중급 마법약을 만드는 공정을 외우셔야 합니다. 조합 레시피는 대략 비슷하지만, 다른 연금술사와 비교해 배합이 미묘하게 다르니까 스스로 배합을 조정하며 시험해 보세요."

뭔가 석연치 않은 느낌을 받으면서도 두 사람은 작업에 집중했다.

"중급【마나 포션】은 마도사에게는 빠뜨릴 수 없지. 마력은 금방 떨어지니까."

"마법 운용도 그렇지만, 자기 마력 소비를 관리할 수 없으면 쓰러져서 방해만 되니까요. 마법약을 만들 수 있는 건 강점이 될 거예요."

"마력을 회복할 수단이 있다는 건 크게 작용해. 너무 마시면 힘들지만⋯⋯."

포션은 마시는 약이므로 대부분이 수분이었다. 회복에 필요한 건 약효 성분이지만, 그 성분을 고정, 보존하는 것은 수분의 역할이었다. 그래서 너무 마시면 물배가 차기 십상이었다.

전장에서 복통을 일으키는 원인은 수분 과잉 섭취며 그 큰 원인 중 하나가 회복약이었다. 마시기 쉬운 것은 장점이었지만, 오남용하면 오히려 전투력 상실을 초래한다. 적절한 이용법을 배우려면 경험을 쌓을 수밖에 없었다.

그 후 두 사람이 회복약 성분을 농축하는 방법을 전수받음으로써 오늘의 『제로스 아저씨의 연금술 강좌』는 종료됐다. 두 사람은 내일부터 학교로 돌아갈 준비를 해야만 했다.

보람찬 나날도 앞으로 며칠이면 끝을 맞이한다.

즐거운 시간이란 빠르게 지나가는 법이다.

알차기 때문에 시간도 잊고 작업에 몰두하며 어느덧 해가 기울어 있는 경우도 많다. 어릴 때가 특히 그렇다.

두 제자의 시간도 그랬다. 이스톨 마법 학교로 돌아갈 날도 어느새 내일로 다가왔다.

이른 아침에 출발해야 하므로 두 사람은 일찍 잠자리에 들었다. 내일은 도적이 나타날 것을 우려해 배를 타고 【세잔】으로 가서 마차로 갈아타고, 학교가 있는 왕족 직할지 【스틸라】로 갈 예정이었다.

파프란 가도로 이동하면 거리는 가깝지만, 이동 시간을 고려하면 배를 타는 편이 빨랐다.

마차는 말을 쉬게 해야 하며 마을이나 도시 사이의 거리가 불균등하기 때문에 야영도 해야 했다. 하지만 배라면 길을 우회하지만, 강의 흐름을 타고 이동하므로 선원을 교대하기만 하면 쉬지 않고 세잔까지 갈 수 있었다.

그곳에서 마차를 타고 수 시간 이동하면 학교가 있는 스틸라까지 안전하게 갈 수 있었다.

"어라? 처음 만났을 때는 마차로 이동하는 중이었죠? 왜 가도를 이용했죠? 배가 더 빠를 것 같은데……."

"갈 때는 몰라도 돌아올 때는 강을 거슬러야 한다네. 바람에 의존하니까 날씨에 따라서는 언제 돌아올 수 있을지 알 수 없어."

"아…… 돌아올 때는 자연에 맡겨야 하는군요. 계절에 따라서 풍향이 바뀌니까 시간이 걸리겠네요."

"그래. 그거만 아니라면 나도 배를 타고 빨리 돌아올 수 있겠지만, 자연의 바람은 변덕이 심해. 날씨에 좌우되는 이상 시간을 조정하기 어려워."

갈 때는 흐름에 몸을 맡기면 자연스럽게 목적지에 도착하지만, 돌아올 때는 강을 거슬러야 했다. 배는 범선이라서 바람에 의지해야 하며 좋은 바람이 불지 않으면 오도 가도 못 하게 된다. 그리고 배는 풍향에 맞춰 지그재그로 움직이기 때문에 예상 이상으로 시간이 걸려 예정된 날짜에 돌아올 수 있다는 보장이 없었다.

제로스는 한순간 증기 기관을 쓰면 되겠다고 생각했지만, 연료를 마법으로 보충해 봤자 인력이 부족할 것이 틀림없었다. 증기 기관은 정비하는 사람이 필요하고 동력부인 보일러를 항상 감시해야 했다. 그렇다고 기술 혁명을 일으킬 생각은 없었다. 가급적이면 이 세계에 영향을 끼치고 싶지 않은 제로스는 괜한 말은 하지 않고 마음속에 묻어 두기로 했다.

추구해야 할 것은 평온한 일상이었다.

"그렇군요. 자연의 섭리에는 거스를 수 없으니까요."

"마법 기술이 조금 더 발전하면 가능할지도 모르네만, 아직은 무리일세."

제로스는 마음속으로 『죄송합니다. 실은 지금 당장에라도 기술 혁명은 일으킬 수 있습니다.』라고 생각하면서도 입 밖으로는 내지 않고 그 말을 삼켰다. 허투로 공업 대학을 나온 것은 아니었다. 단순한 증기 기관 구조나 이세계 치트의 감초 지식은 이미 머릿속에 들어 있었다. 하지만 섣부른 기술 혁명은 혼란을 야기하고 반드시 전란을 일으킨다고 해도 과언이 아니었다. 무턱대고 이 세계에 기술 혁명을 일으킬 수 없으므로 제로스는 입에 자물쇠를 채우기로 했다.

"할아버지, 학교를 중퇴하면 안 될까? 여기서 스승님한테 배우는 쪽이 훨씬 효율적이고 좋을 거 같은데……."

"기분은 이해한다만, 그러면 우리 가문에 오점이 남는다. 그런 학교라도 일단은 명문이야."

"솔직히 배울 것이 없어 보여요. 돌아갈 필요가 있을까요? 마법약에 마도구 지식, 마법식 구축과 운용. 하나같이 학교에서 가르치는 내용보다 훨씬 고도의 지식이에요. 학교에 돌아가서 좋은 점이 보이지 않아요."

"그건 그렇다만, 그런 이유만으로 퇴학은 하지 못할 게다. 제로스 공에 관한 일은 비밀에 부쳐야 하고, 귀족이라면 무릇 장래를 내다보며 학교에서 부하가 될 인재도 찾아야 해. 인맥 만들기와 인재 확보밖에 할 일이 없지만, 없는 것보다는 나아. 그런 곳이라도 도움은 된단다."

지나치게 직설적인 표현이었지만, 아무리 제로스보다 떨어져도 이스톨 마법 학교는 여러 업적을 남긴 명문 학교였다. 정당한 이유도 없이 중퇴하면 일족의 이름에 먹칠을 하게 될 정도의 영향력은 가졌다. 크레스톤은 말없이 제로스를 바라보며 어떻게든 해 달라고 호소했다.

"츠베이트 군, 세레스티나 양. 두 사람에게 이걸 드리죠."

"서, 선생님…… 이건?"

"반지와 팔찌인가? 새겨진 건…… 마법식이다!"

"이건 제가 지팡이를 대신해 만든 마법 매체입니다. 학교에 있을 동안 이걸 쓰면서 테스트해주세요. 감상을 리포트로 보내주시면 고맙겠네요."

""매체?!""

마법 매체— 다시 말해 지팡이를 스승에게 하사받는 것은 한 사람의 마도사로 인정받은 증거이기도 했다. 그것은 배운 마법을 『자유롭게 써도 좋다』는 하나의 증표였다. 제자 두 명에게는 명예임과 동시에 책임이 따름을 의미했다.

이 행위 자체가 세레스티나와 츠베이트를 한 사람의 마도사로 인정하는 의식이었지만, 제로스가 그런 사실을 알 리 만무했다.

이 마법 매체는 특수 효과가 전혀 없어 단순한 마법 지팡이보다 조금 나은 수준의 성능에 지나지 않아 크게 신경도 쓰고 있지 않았다. 하지만 팔면 나름대로 값이 나갈 것은 틀림없었다. 금속 마법 매체는 볼 기회가 거의 없는 물건이기 때문이었다.

마법 문자가 장식처럼 새겨진 은팔찌를 세레스티나에게, 정밀한 세공을 연상하게 하는 기하학무늬가 새겨진 반지 두 개를 츠베이트에게 건넸다.

어느 쪽이나 훌륭한 완성도를 자랑해 장식품으로서도 일급품이었다.

"팔찌는 세레스티나 양이, 반지는 츠베이트 군이 쓰세요."

"스승님, 반지는 왜 두 개야? 예비품은 아닐 거 아냐?"

"하나는 동생분에게 줘 보세요. 가능하다면 똑같이 리포트를 제출해주면 고맙겠네요."

만들긴 했으나, 쓸 곳이 없었다. 서랍에서, 아니, 인벤토리에서

썩힐 바에야 다른 사람이 써서 감상을 확인해줬으면 했다. 그리고 스스로 이 장비를 써도 그다지 의미가 없기 때문에 레벨이 낮은 사람에게 사용하게 하는 편이 더 효과를 알기 쉬웠다. 요컨대 시작품을 사용한 실험이었다.

"크로이사스한테? 그 녀석이 받을 것 같지는 않은데~."

"그때는 그때죠. 그리고 숙제도 내겠습니다."

""숙제?!""

두 사람이 얼굴을 마주 봤다. 이 비상식적인 대현자가 어떤 난제를 꺼낼지, 어떤 혹독한 시련을 내릴지 짐작조차 되지 않았다.

"두 분은 학교에 있는 동안 비보 마법 효율화와 위력 강화를 해주십시오. 물론 공동으로 진행해도 상관없고 개인으로 연구해도 좋습니다. 다른 마법도 개량할 수 있다면 더욱 좋죠. 만약 성공한다면 제가 최고의 마법 매체를 마련하겠습니다."

""최, 최고의 마법 매체…….""

대현자가 만든 마법 매체가 얼마나 대단할지는 모르겠지만, 틀림없이 국보급 마도구라고 봐도 무방할 것이었다. 그런 물건을 자신들에게 준다는 말은 현자의 후계자로 인정받았다고 봐도 이상하지 않았다. 두 사람은 없던 의욕까지 샘솟았다.

하지만 제로스는 이 숙제가 실패할 것을 알고 있었다. 크레스톤의 의뢰로 비보 마법을 개량했기 때문에 알 수 있었다. 그것은 기초를 어렴풋이 배운 제자가 개량할 수 있을 만큼 간단한 마법이 아니었다.

숙제는 사실 스스로 연구하도록 하기 위한 동기 부여에 불과했다.

"좋았어! 성공하고야 만다!"

"이 숙제는 반드시 성공시키겠어요!"

'응? 왜 이렇게 의욕적이래? 뭔가 이상한데?'

그러나 아저씨는 상황을 안일하게 보고 있었다. 실패할 걸 알지만, 만에 하나 성공해도 대수로울 건 없었기 때문이었다.

아저씨 입장에서 『장비를 만들어준다』는 말은 그저 의욕을 고취하기 위해 낚싯대에 매단 당근 정도의 의미를 가졌다. 하지만 두 사람에게는 대현자가 만드는 마법 매체였다. 심지어 최고라는 수식어가 붙었다면 마도사에게는 국왕의 표창보다 더 큰 명예였다. 아니, 명예를 넘어서 신의 축복과 동의어였다. 아저씨는 두 사람의 의욕을 엉뚱하게 자극하고 만 듯했다. 여기에 이세계인의 상식과 현대인의 인식에 차이가 있으리라고는 누구도 깨닫지 못했다.

그저 크레스톤만이 흡족한 듯이 고개를 끄덕일 따름이었다.

다음 날 아침, 아침 안개가 낀 산토르에서 두 사람의 마도사가 마차에 올랐다. 대현자에게 받은 과제에 도전하고 그것을 달성했다는 증거인 마도구를 얻기 위해서.

마차는 조용히 움직이기 시작했다. 목적지는 스틸라. 다음 세대를 짊어질 젊은 마도사 두 명은 의기양양하게 학교로 돌아가는 여행길에 올랐다. 그것은 동시에 이날 제로스가 다시 백수가 되었음을 의미했다.

일자리를 잃은 아저씨는 이날 홀로 머리를 싸매고 고민했다고 한다. 이렇게 되리란 것은 알고 있었으나, 막상 당일이 되자 착잡

함을 이루 말할 수 없었다.

아저씨의 백수(?) 생활이 지금부터 시작된다.

 ## 제9화 아저씨, 쌀을 간단히 발견하다

세레스티나와 츠베이트가 이스톨 마법 학교로 돌아가고 3일 후, 제로스는 솔리스테어 공작가로부터 받은 집이 완성되어 이사를 마쳤다.

희미한 흙냄새가 코를 간지럽혔다. 밭을 갈면 나오는 지렁이는 이 땅이 얼마나 비옥한지 알려줬다. 비옥한 토지에는 이런 생물이 살며 밭의 불순물을 식량으로 삼는 대신 대지를 윤택하게 바꾸어준다. 식량으로도 쓸 수 있지만, 흙을 빼는 수고가 귀찮으므로 무시하고 지금은 밭이랑을 만드는 데 집중했다. 이제 막 평평하게 고른 밭을 괭이로 파고 이 밭에 무엇을 심을지 상상하는 것만으로 제로스의 표정에는 절로 웃음이 떠올랐다.

"오늘부터 이곳에서 생활하게 됐는데, 이제부터 뭘 한다?"

3일 전만 해도 공작가 자제들에게 마법 강의를 하던 가정교사였건만, 지금 제로스는 백수 신세였다.

"돈은 있지만, 직업이 없으면 사회적인 체면이……. 마도서 판권, 가정교사 급료…… 다 쓰기도 힘든 돈인데~. 농사만 하는 것도 심심하니까 나구리 씨에게 가서 아르바이트라도 할까? 끙…….."

제로스의 농사는 여러 취미 중 하나일 뿐 직업으로조차 생각하지 않았다. 이 세계에도 농민은 있었지만 다들 제로스와 비슷한 생활을 보내며 농사 외에 부업을 하며 생계를 유지했다.

그러나 안타깝게도 제로스의 감성은 남들과는 조금 어긋나 있었다. 농사를 취미라고 생각하는 그는 농업인을 자처하길 꺼렸다. 마도사의 힘은 극에 달했지만, 결국은 남에게 얻은 힘에 불과하므로 자랑스럽다는 생각도 들지 않았다. 공과 대학을 나왔지만, 지식 치트를 벌일 생각은 추호도 없었다.

불과 두 달 사이에 떼돈을 벌었으면서도 그 돈을 쓸 생각은 없었다. 제로스의 머리에는 자력으로 소소한 돈을 벌어 생활해야겠다는 생각뿐이었다.

여과 없이 말하자면 이해가 안 될 정도로 편집증적 고집을 가진 극단적인 청개구리. 귀찮기 짝이 없는 성격이었다. 그런 주제에 성격은 소심해서 사람 위에 설 재능을 가졌으면서도 솔선해서 행동하기를 극도로 꺼리는 경향이 강했다.

가정교사 일을 하던 때는 상황에 떠밀려 봉급자 시절 경험한 비장의 처세술과 게임 내 설정을 현실로 치환한 고찰, 또 지옥 같은 연일 밤샘 프로젝트 경험으로 키운 임기응변 능력으로 교육 현장을 극복했다.

솔직히 말해 제자 두 명에게 어떤 영향을 미쳤을지 생각하면 내심 심하게 불안했다.

그런 제로스는 밭에 심을 씨를 보며 조금 난감해하고 있었다.

"받은 씨는【섹시 무】,【배불뚝이 순무】같은 뿌리채소에……【맥시멈 시금치】와【버스터 양상추】……. 뭐가 맴시멈이고 버스터란 거야? 그보다 이 채소에 이름 붙인 사람은 누구야? 미스터리 군……. 흥미로워."

제로스는 이상한 곳에 흥미를 느끼고 머리를 굴렸다. 오랜 은둔 생활은 그의 인격을 괴상하게 바꾸어 버렸다. 그래도 본인은 눈치 채지 못했으니까 문제없……지 않을까?

"이렇게 넓으니 닭도 키우고 싶어. 어디서 파는지 근처에서 찾아보는 것도 괜찮겠군. 신선한 계란은 꼭 구하고 싶어."

새로운 집에서 보낼 슬로 라이프 예정을 세우며 앞으로 무엇을 해야 할지 생각했다.

제로스는 계란밥을 좋아했다. 그러기 위해서는 닭이 필수였지만, 그 외에도 넘어야 할 크나큰 벽이 있었다.

'쌀…… 이 세계에 있을까? 밀을 파는 모습은 자주 보이던데…….'

간장이 없다는 것도 문제였다.

'【잭 빈즈】…… 이건 콩 같은데 대두인가? 아니면 녹두? 팥일 가능성도 있나? 모르는 건 일단 키워 보자.'

갈색 콩 씨앗은 품종을 판별할 수 없었다. 감정도 써 보았으나 『이 세계에서 식용으로 널리 사용되는 평범한 콩』이라고밖에 설명되지 않았다.

이 감정 능력은 지독하게 변덕이 심했다. 그래도 필요한 정보를 주니까 다행이었지만, 이따금 한마디로 덜렁 끝내지는 말아줬으면 싶었다.

감정(感情)의 유무는 불확실했지만, 드물게 『접시』, 『돌』, 『마석』 등 설명을 한마디로 끝내 버리는 일이 있었다. 누가 관리하면서 그날 기분에 따라 대충 정보를 보낸다고밖에 생각할 수 없었다.

'감정 능력에만 매달리지 말라는 뜻인가? 까탈스러운 것도 정도가 있지.'

괭이자루에 턱을 얹고 담배를 피우며 생각하던 중에 제로스의 새집에서 드워프 몇 명이 나왔다. 그들은 제로스의 집 건축을 맡은 【햄버 토목 공사】의 기술자들이었다.

그들은 다재다능해 일반 주택부터 성 건설, 나아가 도로 정비에서 내장 가구 제작에 이르기까지 폭넓은 일을 다루었다. 큰 공사는 대부분 그들이 발주했고 확실한 일 처리 덕분에 호평을 얻었다.

그들을 구성하는 인원 대부분은 드워프 기술자며, 직공 길드에서도 참견하지 못할 정도로 실력을 인정받고 있었다. 심지어는 **타협을 일절 용납하지 않는** 정확한 기술로 민중에게 신뢰가 두터웠다.

그도 그럴 것이 그들은 대부분의 일을 자기들이 해결했고 직공 길드에 등록된 직공은 모두 그들의 제자였다. 어떻게 보면 직공 길드조차 장악한 이들이었지만, 세세한 사무는 신경 쓰지 않는 호쾌한 사람들이었기에 사업 절차 등 사무 관련 일은 모두 남에게 맡겼다.

그 덕분에 직공 길드는 어떻게든 체면을 유지할 수 있었다.

다른 의미로 적으로 돌리고 싶지 않은 집단이었다.

"여, 제로스 형씨. 이쪽 일은 끝났어."

"아, 나구리 씨, 수고 많으셨습니다. 신세졌네요."

"별말을. 돈 받고 하는 일이야. 마음대로 하게 돼서 속편한 일이었어."

그들은 자신의 일에 긍지를 가지고 어떤 타협도 절대 용납하지 않았다. 초기 설계에 따라 완벽하게 일했는데 나중에 설계를 바꾸는 인간을 때려눕힐 정도로.

건축 전 단계에서 진지하게 주문을 듣고, 거기에 맞춰 설계 후 상의하고, 더욱 공들여 마지막 확인을 거친 후 작업을 시작하기 때문에 나중에 변덕으로 설계를 바꾸는 행위를 참지 못한다고 한다. 당연하지만 그들에게 몰매를 맞는 귀족은 끊이지 않았다.

클레임을 걸거나 참견하는 사람은 태반이 귀족이며, 그다음으로 상인이 많았다.

그들은 권력이나 돈을 가진 탓인지 남을 내려다보며 명령하기 때문에 햄버 토목 공사 직공들도 자기 마음대로 움직일 수 있다고 생각하는 경향이 있었다. 하지만 그들은 마음에 들지 않으면 국왕에게라도 주먹을 날리는 장인 기질을 가졌다. 오만 방자하던 자들은 얻어터지고 난 뒤에야 그 사실을 뼈저리게 깨달았다.

인격이나 조금 거시기한 신념은 둘째 치더라도 그들은 확실한 실적을 남겼다. 왕족이 아무 말도 안 하는 이유도 그 철저한 일 처리 덕분이었다.

"그나저나 다음 현장이 귀찮은데…… 도와줄 수 있어?"

"언제부터 시작하는지 몰라도 내용 나름이겠군요. 저도 할 수 있는 일과 할 수 없는 일이 있으니까요."

"실은 어떤 곳에 다리를 만들 예정인데, 그곳이 난관이야. 물살이 너무 빨라서 기초 공사를 할 수 없어."

"그렇게 격류가 흐르나요? 그런데 왜 하필 저를……?"

"댁 마법이 가장 확실하니까 그렇지. 우리는 아직 마력 조작을 못 배웠어. 길은 냈지만 다리를 못 짓는 상황이야."

최근 판매된 토목 마법 【가이아 컨트롤】은 농가와 건축업자에게 순식간에 전파됐다. 그리고 그 마법을 한발 앞서 받아들인 곳이 햄버 토목 공사였다. 하지만 드워프 기술자가 대부분인 그들은 마법 조작에 익숙하지 않았다.

기초 공사라면 모를까, 격류 속에서 다리 토대를 세우기는 어려웠다. 애초에 중장비가 존재하지 않는 이 세계에서 사람이 손으로 작업하면 적잖은 희생자가 나오게 마련이었다.

가령 격류 속에 떨어지기라도 하면 그대로 죽을 가능성이 컸고, 최악의 경우 시체조차 찾지 못한다.

그래서 이를 해결하기 위해 물망에 오른 것이 범용 인간형 결전 중장비, 대현자 제로스였다.

'슬프다. 나는 버킷 휠이나 불도저랑 같은 취급인가……..'

"형씨, 왜 울어?"

"아뇨……. 눈에 먼지가 들어간 것뿐입니다……."

건축 관련으로 제로스가 기대받는 것은 중장비 같은 성능이었다. 살짝 울고 싶은 때도 있었다.

기업에서 우수한 인재를 채용하는 것은 당연하지만, 드워프들은 모를 것이다. 그들은 결과적으로 제로스를 인간이 아닌 중장비로 보고 있다는 사실을……..

그들의 의뢰는 파격적인 성능을 가진 중장비를 빌리고 싶다는 것이었다. 사실 아저씨의 피해망상일지도 모르지만……..

자각이 있건 없건, 어차피 제로스가 할 일은 중장비와 다를 바 없었다.

"그래서 작업은 언제부터 시작이죠?"

"다음 주부터야. 다리 기초 부분을 고정해주면 나머지는 우리가 어떻게든 하지."

　지금 그들의 실력으로 할 수 있는 공사는 토대를 이어 다리 형태를 유지하는 정도였다. 흐르는 강에 다리 바닥을 만들기에는 마법 숙련도가 부족했다.

　만약 제로스를 빼고 공사를 진행하려면 몇 번이나 마법을 사용해야 했다. 제로스가 일을 받아주지 않을 것도 염두에 놓고 그들은 공사에 들어가기 전에 훈련까지 했다는 모양이었다.

　공사 자체가 위험한 일인 만큼 진지하게 본인들의 능력을 끌어올리겠다는 심산이었다.

"알겠습니다. 다음 주 예정에 넣어 두죠."

"밭일 말고 이쪽 일을 할 생각은 없어?"

"그러면 제가 여러분 일을 다 빼앗을지도 모르는데요? 기초 작업만으로도 많은 일을 빼앗을 겁니다."

"아…… 그렇군. 임시 도우미로 보는 편이 나을까? 본보기를 보여준다는 식으로."

"조금 난해한 일이라도 해야죠. 안 그러면 저 사람들 마법 실력이 안 오를 테니까요……."

　나구리는 그 대답에 충분히 수긍할 수 있었다. 제로스를 끌어들이면 분명히 작업 효율은 오르겠지만, 그들 자신의 기량이 오르지 않았다. 그러면 제로스가 없을 때 고전할 것은 자명하며 중요한 순간 무슨 실수를 저지를 가능성이 컸다. 기술자로서는 용서할 수 없는 일이었다.

하물며 건축업은 사람의 생활에서 빠뜨릴 수 없는 요소였다. 그렇기 때문에 지금까지 일말의 타협 없이 진지하게 일해 왔다. 많은 사람이 살아갈 터전이기에 그들은 자신의 일을 자랑스럽게 생각했다. 제로스에게 전적으로 의존한다면 그들 본인의 긍지를 버리게 될지도 몰랐다.

"모여서 마법을 쓰는 훈련도 하고 있지만, 스킬이 안 생겨."

"이건 그냥 쓰러질 때까지 하는 수밖에 없어요. 계속 마력을 바닥내길 반복하면 배울 겁니다. 힘들지도 모르지만, 열심히 해 보세요."

"아차…… 그렇게까지는 안 했어. 마력이 바닥나면 쓰러지니까 말이야. 옮기기 귀찮아서 적당한 수준에서 끊었지."

"적어도 한 번은 마력을 끝까지 소비해야 스킬이 생길걸요?"

"자기 한계를 알아라, 이건가? 여신님도 엄격하군."

'여신…… 후후후…… 여신은 무슨……. 그것들한테 그런 칭호는 가당치도 않아. 쓰레기면 충분해…….'

네 여신에 관한 이야기만 나오면 제로스는 병적으로 반응했다. 그는 원래 세계에 대한 미련이 너무나도 컸다. 사실상 여신들 때문에 모든 것을 빼앗긴 셈이니까 그 원한은 깊을 수밖에 없었다.

"형씨, 낯짝 한번 살벌하군. 신고되도 변명 못 할 수준이야."

"신은 적입니다. 저는 그것들을 절대로 용서하지 않아요. ……

크크크…… 흐하하하하하!"

"무슨 일이 있었는지 모르겠지만, 지금 댁은 위험인물로 오해받아도 할 말 없어. 신자에게 맞아 죽어도 난 모른다?"

"덤비라죠. 누가 이기나 해 봅시다. 흐흐흐……."

신의 신도는 적이었다.

"뭐, 그건 됐고, 밭에 심는 작물은 성장이 빨라. 수확 때까지 돌아올 수 있겠어?"

"네에에?! 설마 그럴 리가……."

"아니, 채소는 정말로 이상하리만큼 빨리 자라. 약초도 그렇지. 수확 날짜를 정해 놓지 않으면 밭에서 대량 증식할걸?"

이세계 채소는 지구보다 생명력이 강했다.

씨를 뿌리고 하룻밤 만에 싹이 트고 2주 후에는 수확할 수 있었다.

이것은 마력의 영향이 크며, 식물의 세포 조직에 마력이 순환하여 성장을 촉진하기 때문이었다.

생물은 마력만으로 성장 속도가 빨라지지 않고 식사나 운동으로 환경에 맞춰 조금씩 변화하지만, 식물은 언제나 대지에 뿌리를 내리고 영양을 흡수하고 광합성도 하는 터라 성장 속도에 큰 차이가 있었다. 더불어 마력도 대지에서 흡수하므로 성장이 이상하게 빠를 뿐 아니라 주위에 씨를 뿌리고 발아하는 속도도 지구의 두 배 이상이었다. 그 결과 밭이 식물로 뒤덮이는 것이었다.

"이거 곤란하게 됐네요. 노예라도 고용해야 할까요?"

"아니, 고용할 바에야 그냥 사. 노예를 빌리는 것도 돈이 꽤 든다고. 노예상에서 빌리는 것보다 사는 게 싸게 먹혀."

"노예를 사면 식비 같은 유지비가……."

"그딴 건 우리랑 일하면 금방 벌잖아?"

"……은근슬쩍 그쪽 직장에 끌어들이려고 하고 있지 않습니까? 편리한 기초 공사 요원으로……."

"…………(쳇, 들켰나)."

우수한 중장비— 아니, 인재는 어느 회사나 가만두지 않았다.

드워프들이 몇 세대 전 중고 중장비로 비유된다면, 제로스는 최신형 범용 만능 중장비였다. 건축업자인 그들이 놓아줄 리가 없었다.

"저는 밀이나 키우면서 살고 싶어요. 공사 현장에서 육체노동을 계속하기에는 조금……."

"밀? 논이라도 만들게? 물은 어디서 끌어오려고?"

"……네?"

"아니, 밀을 키운다면서? 논은 필요할 거 아냐?"

이 세계에서 밀은 논에서 키우는 작물이었다.

이세계 아니랄까 봐 아는 작물이라도 생태가 전혀 다른 모양이었다.

"이 땅에서 논은 못 만들죠. 적어도 라이스가 있으면……."

"그 잡초를 먹어? 주변에 군생해 있잖아?"

"……What?"

"【라이스 위드】말하는 거 아냐? 근처에 수도 없이 자라 있잖아? 댁 발밑에 있는 게 그거야."

제로스의 발치에 자란 한 포기 잡초. 자세히 보니 수는 적지만 끄트머리에 낱알이 열려 있었고 제로스의 기억에 있는 쌀과 흡사

했다. 곧바로 감정을 시도했다.

========================

【라이스 위드】
　어디에나 군생하는 평범한 잡초. 번식력이 강하고 성장도 경이
적으로 빠르다.
　씨는 먹을 수 있지만, 이 세계에서는 일반적인 먹거리가 아니다.
희미하게 달콤한 향과 익히면 나는 은은한 단맛이 일품. 다른 작물
의 성장을 저해한다는 이유로 솎아 내어 버려지는 불쌍한 풀이다.
　불과 반년 사이 일곱 번 수확이 가능하다.

========================

　'바로 찾았어?! 게다가 쌀의 지위가 너무 낮잖아―――!'
　그뿐 아니라 생명력도 경이적이었다. 감정에서는 맛이 일품이라
고 했지만, 번식력이 너무 강해 아무도 먹으려고 하지 않았다. 다
른 작물의 성장을 저해하므로 가장 먼저 솎아 내어질 운명이었다.
　'일본인으로서 쌀이 이런 취급을 받고 방치되는 건 간과할 수 없
어. 그나저나 번식력이 위협적인데. 주위를 벽으로 둘러싸서 퍼지
는 걸 막아? 밭도 분할해서 잡초만 뽑으면 되고, 만드라고라와 같
은 요령으로……. 그렇지만 씨가 바닥에 떨어지면 어쩌지? 풀 한
포기에서 대량 번식할 거야. 한 달 정도면 속수무책으로 번지는
거 아냐? 그만큼 집을 비우지 않으리란 보장도 없으니까, 계획적
으로 구분하고 확실하게 쌀을 확보해야 해……. 앗, 이만큼 생명
력이 강하면 발아 속도도 빠를 것 같은데……. 건조기를 만드는
편이 나으려나? 금속을 어디서 채굴한 뒤에 마도 연성으로 부품을

만들고 동력은 마석으로? 아니야. 마력이 부족해. 마법식을 써서 주변에서 마력을 공급하는 편이 빨라…….'

쌀의 발견은 제로스의 두뇌 회전을 가속시켰다. 쌀이 있으면 누룩을 만들 수 있고, 거기서 된장이나 간장을 생산할 수 있다. 게다가 술도. 원래 세계에 미련을 남긴 제로스는 기대하지 않을 수 없었다.

그는 그만큼 일본주를 마시고 싶었다.

"이건 무슨 일이 있어도 재배해야 합니다. 이 땅에서 쌀 문화를 부활시키겠노라! 밀죽은 이제 질렸어요."

"아니, 그러니까 그 풀은 먹을 수 있냐고 묻잖아."

"풀이 아니라 사실 곡물입니다. 밀과 마찬가지죠."

"허어, 그럼 먹어 보고 싶군."

"많이 모이지 않으면 의미가 없습니다. 어쨌든 재배를 시작해야 수도 늘어나겠죠."

쌀은 쉽게 구했다. 설마 길바닥에 잡초로 굴러다닐 줄을 생각도 하지 못했지만, 알게 됐다면 다음 행동은 빨랐다.

"바로 밭을 나누죠. 쌀을 되찾기 위하여!"

"의욕이 넘치는군? 성공하면 맛이나 보게 해줘."

"언제라고 약속은 못 드리지만, 가능한 한 빨리 결과를 내고 싶군요. 성공하면 대접하겠습니다."

"그래. 기대할게."

"너무 부담 주지 마세요. 그렇게 대단한 건 아니니까요."

"그냥 어떤 건지 궁금할 뿐이야. 그럼 다음 현장으로 가 볼까?

다음 주에 보자고."

나구리는 손을 흔들며 다음 현장으로 떠났다. 제로스는 그런 그의 뒷모습을 바라보았다.

다음 주 공사를 돕기로 결정했지만, 그 전에 해야 할 일이 생기고 말았다.

일본인의 소울, 쌀을 손에 거머쥐기 위한 숙원사업이었다. 안타깝게도 이 세계 식사는 밀이 중심이었다.

나중에 『어라? 매실장아찌는 어떻게 구하지……?』라는 생각도 들었지만, 그건 또 별개의 문제였다. 지금은 쌀을 늘리고자 제로스는 밭 구획 정리에 힘썼다.

◇ ◇ ◇ ◇ ◇ ◇ ◇

"네? 계란……이요? 그런 고급 식품은 거의 먹은 적이 없어요."

다음 날 제로스는 계란밥을 목표로 정보를 수집하기 위해 움직였다.

처음으로 이야기를 듣기 위해 찾은 사람은 교회 운영을 맡은 루세리스였다.

4신교의 수습 신관인 그녀는 흰색 바탕의 신관복을 입었지만, 자꾸만 그녀의 가슴에 신경이 쏠렸다. 긴 실버 블론드 머리와 온화하고 부드러운 분위기가 제로스의 취향을 저격했다. 스무 살만 더 젊었어도 교제를 신청했을 것이다.

제로스는 거유를 좋아했다. 좋은 의미로 일본인 여성과 다른, 그녀의 볼륨감 있는 몸매는 자극이 강했다. 4신교는 적이었지만, 거유는 진리였다.

때때로 고동이 빨라지는 느낌이 들었지만, 태도에 드러나지 않도록 어떻게든 마음을 추스르며 잡담을 꺼내 현재에 이르렀다. 그 와중에 들은 이야기에 따르면 계란은 고급 식품 같았다.

"그렇게 고급인가요? 계란인데요?"

"신선한 계란은 영양가도 많고 서민이 손을 대기 어려울 정도로 비싸요. 신전에서 수행할 때 가끔 식사로 나왔지만…… 그것도 두 달에 한 번 있는 호화 식단이었죠."

"그 정도인가요? 어떻게든 닭을 사고 싶었는데 말이죠."

"하지만 그 새는……."

"무슨, 문제라도 있나요?"

루세리스가 말을 머뭇거리자 조금 의아해하며 그렇게 물었다.

"계란을 낳는 새…… 【와일드 꼬꼬】는 사나워서 함부로 손을 댈 수 없다고 들었어요. 양계장을 운영하는 분도 매일 계란을 모으느라 상처 아물 날이 없다고 해요."

"쌈닭 같은 건가요? 얼마나 사나운지에 따라서 다르겠지만……."

"고기는 맛이 없어서 계란을 중요하게 여긴대요. 확인된 최종 진화가 【코카트리스】라서 아무도 집에서 키우려고 하지 않아요."

"……그거 몬스터죠? 누가 좋아서 몬스터를 키우는 거죠?"

이 세계는 마물과 동물의 경계는 모호했다. 일반적으로 체내에 마석을 보유한 생물을 마물이라고 불렀지만, 평범한 동물로 분류되어도 마석이 존재하는 경우가 있었다.

그런 까닭인지 사람에게 해를 끼치면 마물, 그렇지 않으면 동물이라는 견해도 있었다.

애당초 생물인 이상 모두 동물이겠지만, 사람은 뭐든 이유를 붙여서 구별하려는 버릇이 있으므로 지금도 학자들 사이에서는 의견이 분분했다. 게다가 마물이나 동물에게는 진화라는 변이 능력이 있어서 개체가 변화하기 때문에 종족 판별이 더 어려웠다. 그런 부분에서도 견해차가 크게 갈리는 듯했다.

"계란은 그만큼 수요가 있어요. 하지만 그 새만은 건드리지 않는 편이 나을걸요? 양계 농가분이 매일 같이 실려 오셨다니까요."

"얼마나 사나운지 판단하기 어렵네요……. 닭 맞죠?"

"닭이에요."

아무래도 지구의 닭이 먼저 떠올라 이 세계의 닭을 상상하기 어려웠다.

사납다고 해도 뒤에서 접근해 부리로 쪼아 대는 모습밖에 떠오르지 않았다.

그 정도라면 사람들이 무서워할 이유가 없거니와 부상자도 속출할 리 없었다.

"상상이 안 되네요. 루세리스 씨는 닭을 본 적 있으신가요?"

"없어요. 양팔로 안을 수 있는 크기라고 들었지만, 실제로 본 적은……. 죄송해요."

"아뇨. 정보를 얻은 것만으로도 충분합니다. 그나저나 이 근처에 금속을 채굴할 수 있는 곳은 없나요?"

"금속이요……? 산토르에서 북쪽으로 한나절 정도 간 곳에 폐광이 있었을 거예요. 어릴 때부터 친한 친구가 용병을 하는데, 다른 용병들이 장비를 보강하기 위해 금속을 캐러 자주 간다고 들었어요."

"북쪽으로 한나절…… 지금부터 가 볼까."

"지금부터요? 날이 저물 거예요."

제로스는 곡물 건조기를 만들어야 했다. 기껏 수확한 쌀에 바로 싹이 트면 다 물거품이었다.

"괜찮습니다. 저한테 해를 끼칠 수 있는 사람은 거의 없으니까요."

"하지만 마물도 출몰하는데……."

"파프란 대산림 지대에서 일주일이나 살아남은 제가 이 부근 마물에게 질 거 같습니까? 오히려 후회하게 해줘야죠."

'게다가 **그걸** 만들려면 금속이 부족해. 뭐, 우선순위는 건조기가 앞서지만.'

쌀 문화권에서 자란 제로스는 따끈따끈한 밥이 그리웠다. 된장도 간장도, 모든 것이 다 그리웠다.

"지금부터 가 보겠습니다. 아마 2, 3일 정도면 돌아올 테니까 너무 걱정하진 마세요."

"그렇지만 폐광에는 마물도 많이 나온다고 들었어요. 어떻게 걱정을 안 해요?"

"저를 죽이고 싶으면 마룡왕 클래스가 아니면 상대도 안 돼요. 쇠뿔도 단김에 빼라고 하니까 이만 가 보겠습니다."

"앗……."

루세리스의 걱정을 뒤로한 채 제로스는 의기양양하게 떠났다.

그의 힘이 어느 정도인지 모르는 루세리스는 가슴 깊은 곳이 아련하게 아파 왔다.

"……뭐지, 이 가슴을 찌르는 느낌은……."

"수녀님, 그건 사랑이야."

"노처녀가 되진 않겠네. 다행이야, 수녀님."

"하필 아찌라서 조금 걱정이지만."

"고기이이이…… 고기 먹고 싶어!"

돌아보니 발랑 까진 꼬맹이들이 훈훈하게 웃으며 엄지를 들고 있었다.

고아들은 주변 환경 탓인지 쓸데없이 되바라졌다.

"무, 무슨 소리를……."

"그래그래, 첫사랑이구나? 수녀님."

"사랑은 좋은 거야. 수녀님."

"불처럼 타올라라, 수녀님의 사랑."

"덤으로 고기도, 알맞게 타올라라…… 츄릅……."

이상한 게 하나 있긴 하지만, 아이들은 일단 축복하는 분위기였다.

"구, 구롤 리가…… 냐는…… 아얏!"

"아, 혀 깨물었다. 당황했구나? 수녀님."

"나도 모르게 사랑에…… 버닝!"

"야한 짓 하는 거지~? 수녀님."

"고기는 좋은 거야~. 고기이이이~!"

루세리스를 몰아세우는 아이들. 그야말로 꼬마 악마였다.

"그, 그만두지 못 해————!!"

"부끄러워서 그래? 수녀님."

"부끄럽구나? 수녀님."

"홋…… 사랑이 있는데 나이 차가 대수인가?"

"선글라스는 어디서 주웠어? 그보다 고기, 육욕은 주체할 수 없어……."

정말로 아이들은 어디서 이런 말을 배워 오는 것일까? 생활환경 이전에 어른들의 대화가 영향을 줬다고 생각하지만, 이 구시가지에 말투가 정중한 인물이 오히려 적었다.

태반이 불량한 말을 쓰는 사람들이었다. 구시가지는 아이들의 정서 교육에 두드러진 악영향을 주는 것 같았다. 루세리스는 도망치는 아이들을 쫓았다.

이러니저러니 해도 즐거워 보이는 훈훈한(?) 광경이었다.

 ## 제10화 아저씨, 폐광으로 향하다

폐광에 가려면 당연히 길 안내와 정보가 필요했다.

세상 무서울 것 없는 제로스는 길 안내보다도 정보를 원했다.

문제는 그 정보가 모이는 장소인데, 아무래도 그런 곳은 한정될 수밖에 없었다. 후미진 곳에 위치한 수상쩍은 술집이나 용병 길드가 그것이었다. 용병도 아니면서 길드에 가 봤자 의미가 없다는 생각에 근처 술집으로 갔는데— 외관은 수상한 낡은 술집인데도 오가는 손님이 끊이지 않았다.

이 세계의 술집은 낮에는 밥집 역할을 하며 술집으로 운영하는 것은 날이 저물 무렵부터였다. 지금은 오후이므로 많은 상인과 일꾼이 모여 저마다 식사를 주문해 끼리끼리 이야기를 나누고 있었다. 개중에는 상담(商談)을 나누는 상인이나 아이템을 거래하는 용병들도 보였다.

건달 같은 이들이 모이는 술집이라고 생각했지만, 의외로 일반인이 사용하는 사교장 같았다. 손님층도 용병이나 상인뿐만이 아니었다. 가족 단위 손님도 보였다.

'흠…… 술집에 대한 인식을 고쳐야겠어. 라이트 노벨 지식을 곧이곧대로 받아들이는 것도 정도껏 해야지. 브롱스의 술집 같은 곳을 연상했는데 평범한 손님도 있군.'

솔직히 술집에 오는 것 자체에 겁먹고 있었다. 이 아저씨는 태연자약하게 보여도 속은 지독히 겁쟁이였다. 집에 틀어박혀 있으면 사고에 휘말릴 일은 적겠지만, 그래서는 세상의 상식이나 지식을 얻을 수 없었다. 이 세계에서 살아가야만 하는 이상 그건 안 될 소리였다.

세계가 다르면 그만큼 원래 세계와 상식에 차이가 생기며, 그 상식을 아느냐 모르느냐에 따라서 사람의 대응도 달라진다. 거래나 정보 수집에서는 이런 일반 상식이 필요하다. 언제까지고 은둔 마도사 행세를 할 수는 없었다.

마석 등 물건을 거래하기 위해서도 주위에 녹아들 필요가 있었다.

하지만 지금 제로스의 모습은 보통 사람들이 보기에는 상당히 수상했다.

'빤히 쳐다보는데…… 뭐지? 혹시 그 통과의례 같은 이벤트가

발생하려고 그러나?'

이 수상한 복장에 익숙해진 제로스는 자신이 얼마나 이상하게 보이는지 잊고 있었다. 사람은 환경에 적응하는 동물이었지만, 제로스의 경우 자기 자신에게 관심이 없을 뿐이었다.

낯선 마도사가 나타나 사람들이 경계하는 눈치였지만, 그 외에도 이유가 있었다. 이 술집은 단골 용병이 자주 모이는 장소였다. 때로는 전혀 모르는 사람과 일하는 경우도 많아 실력을 판단하려면 장비를 확인하는 것이 가장 빨랐다.

쉽게 말해 실력자와 친해지기 위한 탐색이었다. 강한 사람이 동료로 있으면 그만큼 생명을 잃을 위험이 낮아지는 건 자명한 이치였다.

그래서 낯선 상대가 나타나면 가장 먼저 복장 점검부터 들어가는 것이 용병들의 상식이었다.

'정보를 얻으려고 해도 서 있기만 해선 소용없겠지. 자리에 앉아서 주문이라도 할까? 어디에 앉아야 하나……'

빈자리를 찾으나 어딜 돌아봐도 만원. 앉을 곳이 없었다. 앉지 못하고 가게 안을 두리번거리던 제로스는 어떤 인물을 발견했다.

검은색을 바탕으로 하고 가슴이 유난히 드러난 귀여운 의상을 입은 트윈 테일 소녀였다.

마도사보다는 꼬마 마녀로밖에 보이지 않아 어딘지 모르게 훈훈함과 기발함을 느끼게 하는 그녀는 일전에 도적에게서 구해 낸 동향 사람이기도 했다.

그밖에도 동석자가 두 명 더 있었지만, 일단 지금은 그녀에게 정보를 얻어 보기로 했다.

"어? 아저씨, 오랜만♪ 우물우물……."

"입에 음식을 넣고 인사하면 버릇없어 보여요. 오랜만이네요,
이리스 양과…… 으음, 누구셨더라? 분명히 동료인……."

"레나예요. 그때는 구해주셔서 고마웠어요~."

"아, 맞아. 레나 씨였죠. 기억났어요."

레나라고 이름을 밝힌 여성은 움직이기 편한 복장과 가죽조끼를
입어 근접 전투를 위주로 하는 용병 같았다.

옆에 있는 방패와 쇼트 소드로 추측하건대 기동력을 중시한 스
타일이지 싶었다.

그런 두 사람 곁에는 예리한 눈매로 제로스를 노려보는 붉은 머
리, 갈색 피부 여성이 있었다.

브레스트 플레이트 메일을 장비하고 탁상 옆에 기대어 놓은 대
검으로 미루어 전방 타격 담당으로 보였다. 일반 여성보다 키가
컸고, 무엇보다 가슴이 큰 점을 제로스는 놓치지 않았다. 성격 드
센 모델 체형 여성도 제로스의 취향이었다. 문제가 있다면 본인의
나이였다.

"야, 이 아저씨는 누구야? 너희 아는 사이야?"

"응? 응. 저번에 도적에게 붙잡혔을 때 구해준 사람."

"어째 믿음이 안 가게 생겼는데……? 가슴에 시선이 쏠린 것 같
기도 하고."

"뭐, 언제는 안 그랬어? 쟈네는 몸매가 좋으니까 남자들이 눈을
못 떼더라."

"레나 너도 마찬가지잖아? 지금까지 찬 남자가 몇 명이야?"

"글쎄~? 난 연하 남자밖에 관심이 없어서."

언뜻 멀쩡해 보여도 사실 레나는 쇼타콤이었다.

"동석해도 될까요? 사람이 워낙 많아서 앉을 곳이 없어 난처하던 참이거든요."

"응? 아저씨라면 괜찮지만, 오늘은 웬일이야? 은둔해서 농사짓고 살겠다고 하지 않았어?"

"그러기 위해서 정보를 모아 북쪽 폐광에 가려고요. 하지만 그 전에 배부터 채워야겠네요."

"폐광? 아저씨, 관둬. 거기는 회색 로브가 가긴 힘들어."

"회색 로브가 왜? 이 아저씨 엄청 강한데?"

이리스는 이 세계, 특히 이 나라의 마도사 계급을 아직 모르는 것 같았다.

이 나라에서는 로브 색으로 실력을 구분했다. 회색이 가장 낮고 다음으로 검정, 심홍, 흰색 순서였다.

하지만 이리스나 제로스는 이 나라 마도사가 아니므로 그 상식에 해당하지 않았다.

제로스는 그 사실을 이리스에게 대강 설명했다. 그 김에 식사도 주문했다.

"흐음. 그래도 아저씨라면 식은 죽 먹기지?"

"글쎄요? 가 보지 않으면 모르죠. 그렇게 위험한 곳인가요?"

"광부들이 의뢰해서 자주 경호하는데 고블린은 말할 것도 없고 코볼트, 웜, 골렘까지 튀어나와. 웜이 제일 성가시지."

"흠…… 채굴은 할 수 있는 거군요? 그럼 됐습니다."

"내 이야기 안 들었어? 그 안은 미궁이라고. 단독으로 가면 위험해."

쟈네의 충고를 들으면서도 제로스는 주문한 튀긴 새고기 같은 것을 빵에 끼워 입에 넣었다. 미리 허브 등으로 맛을 냈는지, 씹었을 때 입안으로 퍼지는 새고기의 기름진 단맛과 향초의 풍미가 혼연일체를 이뤄 딱딱한 빵 특유의 향긋함과 어우러지며 최고의 맛을 냈다.

"위험한 건 알지만, 금속이 필요해서요. 지금부터 캐러 갈 생각입니다."

"자신감이 넘치는 건지, 아니면 목숨 아까운 줄 모르는 바보인지 모르겠어. 뭐, 죽건 말건 나 하고는 상관없지만."

"어차피 우리도 갈 거잖아? 전력은 많은 편이 나아. 그리고 이 아저씨 엄청 강하다니까?"

"맞아. 쟈네도 검을 새로 구해야 하지? 광산에서 금속을 캘 수 있으면 싸게 먹힌다고 했었잖아?"

"으윽…… 이 아저씨를 데리고 가자고?"

제로스는 쟈네의 소극적인 태도가 신기했다.

그리고 가슴 안쪽에서 묘한 감각이 치밀어 올랐다.

이 감각은 루세리스와 만날 때도 들었고 원래 세계에서는 느낀 적이 없었다. 굳이 비유하자면 이성의 누드 사진이 실린 잡지를 봤을 때의 느낌에 가까웠다.

'이 느낌은 뭐지……?'

제로스는 이 세계에 와서 느끼게 된 그 감각을 전혀 이해할 수 없었다.

"안내만 해주면 그 후에는 알아서 행동하겠습니다. 금속이 필요하신가요?"

"맞아. 쟈네의 검이 슬슬 망가질 것 같아서 강화하기 위해 금속…… 철이나 흑철을 구하고 싶대."

"【적광철(赤光鐵)】은 어떤가요? 그게 더 단단할 것 같은데."

"그건 안쪽까지 들어가지 않으면 못 구해. 웜이 득실득실해서 까딱 잘못하면 죽어."

"아저씨가 있으면 걱정 없을 걸~. ……같이 캐러 안 갈래?"

제로스는 잠깐 생각해 봤다. 금속은 필요하지만, 젊은 여자 파티에 동행하자니 쑥스러웠다. 그래도 금속을 구하려면 동행하는 편이 분명히 나았다.

광산까지 가면 따로 행동해도 될 테고, 무엇보다 익숙하지 않은 길을 간다는 불안함도 있었다.

도적 정도라면 문제없겠지만, 파프란 대산림 지대에서 마물에게 쫓겼던 경험으로 미루어 동료는 많아서 나쁠 것이 없다고 판단했다.

"그쪽이 괜찮다면 상관없지만, 도착하면 밤이 될걸요? 야영이라도 할 건가요?"

"아니. 광산 옆에 마을이 있으니까 괜찮아. 아한이라는 마을인데……."

"맞아, 『아항~♡』이야. 가끔 레벨을 올리려는 젊은 아이들을 경호할 겸 같이 가서, 그 후에…… 우후후후♡"

"너한테는 그렇겠지만, 아한이야!"

아무래도 다른 의미로 이 마을을 이용하는 사람이 한 명 있는 듯했다.

입만 열지 않으면 미인 축에 들건만, 레나는 무엇을 떠올렸는지 얼굴이 주접스러운 웃음으로 일그러졌다.

이미지가 확 깨졌다.

'설마…… 신출내기 소년 용병을 꾀고 다니는 건가? 만약 그렇다면 범죄 아닌가? 그렇지만 이세계니까 원래 세계와는 상식이 다른지도 몰라. 으음…….'

원래 세계의 범죄와 비교해서 무심코 생각에 빠졌다.

멀쩡해 보여도 실은 호색 여걸이었다. 어디 사는 영주와는 방향성이 다른 선수였다.

범죄가 되지 않는 이유가 뭘까?

"어느 쪽이든 상관없지만, 숙소가 있다면 문제없군요. 저도 남자라 눈앞에 매력적인 여성이 있으면 늑대가 될지도 모르니까요. 묵을 곳이 있다면 안심하고 갈 수 있겠네요."

"매력적…… 내가?"

"저는 꼬꼬마한테는 관심이 없답니다. 그렇게 생각하게 되면 범죄죠."

"어머? 그럼 설마 나?"

"방금처럼 이상하게 웃지 않으면 제 취향이겠지만, 아쉽게도……."

그렇다면 남은 사람은 한 명밖에 없었다. 쟈네는 왠지 딱딱하게 굳어 멍하게 있었다.

그런 그녀에게 두 사람의 시선이 집중됐다.

"매, 매력적이라니? 나?!"

"소거법으로 생각하면 결과적으로 그렇게 되겠군요. 자각이 없으신가요? 충분히 아름답습니다."

"뭐, 뭐어어어어어어어어어어어어어?!"

얼굴을 새빨갛게 물들이고 어쩔 줄 몰라 허둥대는 그녀의 모습은 솔직히 말해 귀여웠다.

하지만 제로스는 그런 내색은 눈곱만큼도 하지 않고 시침을 뚝 뗀 표정으로 점심을 먹었다.

이런 점은 봉급자 시절의 영향일 것이다.

"이, 이 아저씨, 헌팅꾼이잖아?!"

"에이, 뭐 어때서? 쟈네 씨 보고 예쁘다고 하잖아? 매력 있어서 좋겠다~."

"그러게~. 나는 그냥 남자애들에게 침 좀 발랐다고 경멸받았는데……."

"……이리스는 몰라도 네가 하는 일은 범죄라고 보는데?"

'앗, 역시 범죄구나. 순간 내 상식을 의심했어…….'

이 여성 파티도 제법 개성이 강한 멤버였다.

다만, 괜한 풍파는 일으키기 싫은 제로스는 묵묵히 식사만 계속했다.

가만히 있으면 농담으로 넘어갈 가능성이 크기 때문이었다.

"나, 난 싫어. 이 아저씨랑 같이 가고 싶지 않아……."

"전력은 많은 편이 좋으니까 포기해."

"맞아. 아저씨만큼 강한 사람은 없으니까 하루 정도는 참아."

"으아아~! 싫어어어어~!"

아무래도 남자가 껄끄러운가 보다. 이렇게까지 노골적으로 거부 당하면 그건 그거대로 슬펐다.

결국 이리스와 레나에게 설득당한 쟈네는 마지못해 승낙했다. 하지만 제로스에게 경계심 어린 눈길을 떼려고 하지 않았다.

예쁘다고 칭찬했을 뿐이건만 왠지 수작을 걸었다고 생각하는 모양이었다.

식사를 마친 일행은 바로 광산을 향해 출발했지만, 쟈네만은 마지막까지 싫다고 투덜거렸다.

길동무가 좋으면 먼 길도 가깝다고 하지만, 세 시간이나 쉬지 않고 걸으면 더 할 얘기도 없었다.

처음에는 시끄러울 정도로 와자지껄하던 여성들이 지금은 입을 꾹 다물고 걷고 있었다.

시야에 들어오는 것은 어딜 가나 변함없는 숲과 아무렇게나 길을 내 정비한 가도뿐이었다.

아한까지는 한나절 거리라지만, 걸어서 가기에는 상당히 먼 길이었다.

시간으로 따지면 대략 여섯 시간 거리. 마물이 나타나지도 않아 안전한 여행길이 이어지고 있었다.

예정대로 순조로웠지만, 이토록 아무 일도 없으면 따분해서 참을 수 없었다. 침묵을 견디지 못하겠는지, 이리스가 말을 걸었다.

"있잖아, 아저씨. 아저씨는 금속을 캐서 뭐할 거야? 새 장비라도 만들게?"

"쌀을 보관할 소형 저장고와 건조기를 만들려고요. 물론 자작이지만요."

"쌀?! 이 세계에 쌀이 있어?"

"있더라고요. 거기 이리스 양 아래에도 자라 있네요. 그게 쌀이에요."

이리스는 볏모이기도 한 잡초를 뽑고는 미심쩍게 얼굴을 찌푸렸다.

"……이게 정말 쌀이야? 감정해도 잡초라고 나오는데…….."

"쌀이에요. 이 세계에서 쌀의 위상은 잡초 수준으로 낮다고 합니다. 아깝게시리."

이리스의 감정 레벨은 낮았다. 조사해도 잡초라고밖에 나오지 않는 모양이었다.

"홀태가 없으면 모두 수작업으로 해야 하니까 차라리 족답식 탈곡기를 만들까 생각하기도 했죠. 괭이나 가래 같은 도구는 있던데, 밀은 어떻게 탈곡하는 걸까요?"

"홀태가 뭐야?"

홀태는 옛날에 쌀을 탈곡할 때 사용하던 도구로, 빗살 사이에 알곡을 걸리게 해서 훑어 내는 탈곡기의 원형이었다. 족답식 탈곡기는 완만하게 구부린 철사가 촘촘히 박힌 원통이 있고, 벨트에 이어진 페달을 밟아 그것을 회전시키며 볏단을 대서 탈곡하는 도구였다.

홀태보다 효율이 좋아 불과 5, 60년 전까지 사용되었다. 지금은 콤바인이 주류며 수확부터 탈곡까지 일괄적으로 처리했다. 콤바인은 처음에 수작업으로 캐터필러가 이동하는 곳의 벼를 베고 어느 정도 간격을 둬야만 하는 수고가 필요했다. 그래도 벼를 모두 낫으로 수확하지 않아도 되니까 옛날에 비하면 훨씬 편해졌다고 할 수 있었다. 시대의 흐름에 따른 기술 발달은 대단한 것이었다.

"아저씨…… 차라리 콤바인을 만들면 안 돼?"

"그것도 생각해 봤지만, 악용하면 전차가 만들어질걸요? 크게 만들어서 대형 발리스타라도 달면 드래곤까지는 아니더라도 와이번 정도라면 상대할 수 있을 것 같네요."

"좋은 일이잖아? 그걸로 많은 사람을 지킬 수 있으면."

"잊으셨나요? 인간의 역사는 전쟁의 역사입니다. 편리한 도구가 전쟁에서 사람에게 향하지 않으리라고 어떻게 장담하죠? 대규모 전쟁의 기여자가 된다니, 전 사양하고 싶네요."

"우…… 그것도 그런가……. TV 안테나도 원래 전함 레이더였다는 이야기도 있고……."

"잘 아시네요~. 참고로 그거 만든 사람 일본인입니다."

함부로 기술을 파급하면 이 세계 군사력 균형에 결정적인 영향을 끼친다.

마음만 먹으면 마법만으로 레일건 제조가 가능했다. 실제로 제로스는 그 마법을 쓸 수 있었다. 그것을 간략하게 바꿔 일반 병사에게 지급한다면 전쟁을 넘어서 대량 학살로 이어질지도 몰랐다.

그런 이유에서 제로스는 지나친 지식 치트는 하지 않기로 정했다.

물론 단순히 학살자라는 오명이나 살육 병기를 만든 위인으로 이름을 남기고 싶지 않다는 이유는 아니었다.

이 아저씨는 어떤 책임에도 속박되지 않고 나날이 평온하게 살아가고 싶을 뿐이었다. 뭐, 납세의 의무도 책임이라면 책임이지만, 그 부분은 현대 사회와 다르지 않으리라.

"그러고 보니 가정교사를 한다고 하지 않았어? 아저씨, 지금 백수야?"

"윽, 하필 물어도 그걸⋯⋯. 예, 백수입니다. 지금쯤 세레스티나 양은 뭘 하고 있으려나~."

앞으로 세 시간 후면 날도 저물 것이다. 아저씨는 머리 위로 끝없이 펼쳐진 푸른 하늘을 올려다봤다.

이 넓은 하늘 아래에 엿새 전까지 마법을 가르치던 제자가 있었다.

쓸모없는 인간이라는 말을 듣던 소녀가 지금 무엇을 하고 있을지 조금 궁금했다.

◇ ◇ ◇ ◇ ◇ ◇ ◇

델사시스 반 솔리스테어. 솔리스테어 공작령의 현 영주이자 공사(公私) 모두로 바쁜 남자.

다른 귀족 가문에서 두 처를 얻었고 부부 관계는 원만했다. 게다가 스스로 장사를 시작해 얻은 수익이 다른 귀족들의 재력을 크게 웃돌았다. 세금은 백성의 삶을 개선하기 위한 다양한 사업에 투자했고, 그것을 모두 성공시켜 백성에게 환원함으로써 영지는 급속한 발전을 이뤘다. 또한, 그 영지 개혁에 의한 발전은 자신의 취미로 벌인 장사에 큰 이익을 가져왔다. 요컨대 델사시스가 자유롭게 쓸 수 있는 돈은 스스로 상회를 설립해 번 것이었고 세금은 단 1골드도 쓰지 않았다. 그 견실한 수완은 델사시스의【솔리스테어 상회】와 함께 다른 상인들에게 강한 신용을 사고 있었다.

또한, 델사시스는 독자적 파벌인【솔리스테어파】에 속해 마도사단과 기사단의 융합을 제창하고 있었다. 표면적으로는 약소 파벌이었지만, 자본력으로는 손을 댈 수 없을 정도로 막대한 부를 쌓았다. 나라의 미래를 걱정하는 크레스톤 전 공작의 선언으로 태어난 이 파벌의 행보는 다른 파벌의 마법 귀족들이 보면 권력을 위협하는 악행일 뿐이었다.

하지만 그런 그들도 섣불리 해코지할 수 없는 곳이 솔리스테어 공작가였다.

전 국왕과 크레스톤은 형제지간이었고 델사시스도 왕위 계승권을 가졌다.

만에 하나라도 다른 귀족들이 그를 모략으로 살해하려고 든다면 가장 먼저 다른 마법 귀족이 소속한 적대 파벌이 의심받으리라. 그도 그럴 것이 솔리스테어파는 정식적인 정치 파벌인 왕족파에 가담했고 현 국왕에게도 신뢰가 두터웠다. 모략으로 왕좌를 노린다는 소문이 돌았던 적도 한두 번이 아니었다. 그것을 귀찮게 여겼는지, 델사시스는 빠르게 계승권을 포기했다. 한발 물러나서 왕족을 보조하는 자세를 취한 것이었다. 그는 원래부터 왕위에 아무런 관심도 없었다.

　적대자에게는 이만큼 성가신 인물이 없었다. 그런 델사시스는 자신이 다스리는 영지와 회장을 맡은【솔리스테어 상회】를 지키기 위해 의욕과 열의를 불태웠고 오늘도 집무실에서 산더미 같은 서류를 정리하고 있었다.

　"흠, 마법 스크롤 판매가 호조를 보이는군요. 저렴하고 신뢰성이 있어서 호평인 듯합니다. 용병들도 다른 파벌 마법 스크롤에는 눈길도 주지 않는다고 합니다."

　"잘 풀리고 있나 보구먼. 놈들 자금원은 마법 스크롤과 마법약이야. 하지만 그중에서 마법 스크롤 매출은 저조했다지?"

　"한번 마법 스크롤을 사면 몇 번이든 마법을 배울 수 있으니까요. 굳이 같은 마법을 살 필요가 없습니다. 잘 팔릴 리가 없죠."

　"허나 우리가 파는 마법 스크롤은 달라."

　"네. 역시 현자군요. 그런 마법식을 넣을 줄은 몰랐습니다."

　현재 솔리스테어 상회는 새 마법 스크롤을 팔며 그 판매 실적은 호조였다.

　그 이유는 마법 스크롤의 특성에 있었다. 지금까지 일반적으로 널리 사용되던 스크롤은 델사시스가 말했다시피 한 번 사면 다른 이에게 양도할 수 있었다. 이는 마도사 파벌 진영이 스크롤 판매를 주저할 정도로 난감한 문제였다.

　구입자가 스크롤을 다른 이에게 넘기면 모두 같은 마법을 배워 버렸다. 이래서는 장사가 성립되지 않았다. 같은 이유로 파벌 진영은 함부로 마법을 팔 수 없었다. 무엇보다 마법을 기재하는 【마법지】 가격도 무시할 수 없어 만년 적자를 기록했다. 하지만 솔리스테어 상회가 파는 마법은 달랐다.

제로스가 개량한 마법을 복사하고, 거기에 마법 소거 마법식을 넣어서 한 번 마법을 배우면 스크롤에서 마법식이 완전히 소멸해 버렸다. 그것도 소거 마법식과 함께 통째로.

고가 마법지는 즉석에서 회수해 재활용했고, 새로운 마법식을 넣어 다시 한 번 상품으로 팔 수 있게 됐다. 파는 것은 어디까지나 마법이므로 고가 마법지를 회수할 수 있기 때문에 적자가 해소되고 수요와 공급이 창출되어 효율 좋은 마법을 사려는 손님이 몰려들었다. 마법은 가게에서 바로 배운다는 원칙을 철저하게 지켜 마법지의 반출을 막으며 재활용에 힘을 싣는 것이 비결이었다.

현재는 스크롤 양산이 수요를 따라잡지 못할 정도로 매출이 올랐고 마법의 성능도 호평을 얻는 추세였다. 그 덕분에 마법을 파는 이 장사가 솔리스테어 상회의 새로운 중심 사업이 되어 가고 있어 마도사를 모으느라 분주할 정도였다. 이 사실이 마도사 파벌 진영에 큰 타격으로 이어질 것은 틀림없었고 솔리스테어파 마도사는 돈을 벌어 싱글벙글. 꿩 먹고 알 먹기였다.

지금까지 스크롤은 생산해도 판매가 저조했지만, 앞으로는 마법 위력에 맞게 랭크가 설정되고 그 랭크에 따라서 가격을 매겨 장사가 이루어질 것이다. 게다가 돌려쓰기를 막아서 직접 구매하는 손님이 늘어나 지금까지와는 시장이 완전히 달라질 전망이었다.

강력한 마법은 그에 걸맞은 레벨도 필요하기 때문에 용병들은 하나같이 실력 향상에 전념할 것이다. 그것은 동시에 마물의 위협을 방지하는 것으로 이어지고, 강력한 마법을 배우면 더 강해지고자 노력하기 때문에 치안 강화에도 도움을 준다.

장사와 치안, 두 방면의 선순환을 낳으므로 그야말로 일거양득이었다.

게다가 다른 파벌의 불평도 치안 향상을 명목으로 묵살할 수 있다면 금상첨화였다. 아울러 적대 파벌 진영에 경제적 압력도 가할 수 있었다.

"놈들이 눈치 채기 전에 우리 파벌의 권위를 드높여야 해. 가능하다면 놈들의 재정에 타격을 주고 싶군. 마법약을 양산하고 싶은데……."

"흠, 마법약이요? 우리 영지에도 연금술사는 있지만, 인원이 부족합니다."

"효능에 개인차가 있는 게 문제야. 실력에 따라서 동급의 마법약이라도 효능에 차이가 생겨. 그렇다고 삼류 연금술사는 필요 없고……."

"아뇨. 삼류도 모읍시다. 연금술사를 대거 고용해서 같은 5등급과 4등급 회복약을 생산시키는 겁니다. 실력 있는 연금술사에게는 3등급 이상 회복약을 만들게 하고요."

델사시스의 생각은 실력에 우열이 있는 삼류 연금술사라도 기량에 맞는 등급의 회복약을 생산하게 하고, 그것을 하나의 용기에 모아 품질 안정을 꾀한다는 것이었다.

회복약에는 등급이 존재하며 5등급부터 위로 올라갈수록 소재가 늘어났다. 각각의 연금술사가 만든 회복약을 등급에 맞춰 하나로 모으면 등급에 따른 개개 제품의 품질을 균등하게 맞출 수 있었다. 더불어 가격도 균일화할 수 있었다. 회복약 소재는 등급별로 모두 같으므로 같은 등급 간의 약효 성분이라면 섞어도 무방했다. 다소 난폭한 수단이었지만, 개인이 개량한 마법약을 구입해서 파는 것보다는 훨씬 수요가 높았다.

무엇보다 개인이 개량한 마법약은 효과가 큰 반면 생산 수가 적어 공급이 따라가지 못할뿐더러 재료비도 비싸져 일반적으로는 구하기 어려웠다.

효과는 좋지만 좀처럼 얻기 힘든 상급 회복약보다는 대량 생산을 목적으로 한 품질 안정형 회복약을 만들어 파는 편이 장사가 됐다.

"2류 이상은 어떻게 할 거냐? 똑같이 하급 물약을 만들게 할 테냐?"

"그들에겐 실력에 맞게 우량품만 만들게 할 겁니다. 학교에서 졸업한 마도사나 연금술사는 지금도 마땅한 직업을 구하지 못해 생활이 어려울 테니까 알아서 이쪽에 붙겠죠."

"그것들이 첩자를 보내진 않을까? 내부 정보를 빼돌리려고 말이야."

"그것도 대책을 세워 놨습니다. 암부 녀석들이 도와준다고 하더 군요. 그것들 때문에 이만저만 고생한 게 아닌 모양입니다. 아마 복수도 겸한 협력이겠죠."

마도사 파벌, 특히 위슬러파와 생제르망파는 눈엣가시였다.

생제르망파는 연구를 주축으로 한 파벌이라서 도의적 명분을 제시하면 찬동해줄 가능성이 높았다.

하지만 최근 수십 년 사이 위슬러파가 폭주하는 경향이 있었다. 소문으로는 어떤 범죄 조직과도 연루되었다고 하며, 이 파벌 주변에서는 의문스러운 죽음이 끊이지 않았다.

게다가 백성을 대하는 태도도 거만했고 자신들은 뛰어나다며 큰소리칠 만큼 콧대가 높아졌다.

"하지만 그 거만함도 여기서 끝이군요. 마법약 시장을 생제르망파가 쥐고 있는 상황에서 다른 귀족에게 협박에 가까운 융자는 받을 수 없겠죠."

"이래저래 저지른 일이 있으니까 말이야. 조만간 반격당할 게야."

"그 공작은 우리가 하겠지만요. 자금원을 철저하게 차단할 건데, 괜찮겠습니까? 아버지."

"상관없어. 한번 거하게 터뜨려 버려라. 제멋대로 날뛰는 가신은 이 나라에서 사라져줘야겠어."

위슬러파는 현재 기사단까지 끌어들이기 위해 발언권이 강한 귀족에게 뇌물을 보내며 힘을 키우고 있었다. 다른 파벌도 비슷한 짓을 했지만, 그들만큼 적극적으로 행동하지는 않았다.

생제르망파는 연구 자금을 변통하기 위함이었고, 다른 파벌은 이 양대 파벌에 휘말려서 기본적으로 심부름꾼 취급받는 현실이었다.

당연히 불만도 품었고 유력 파벌이 생기면 가장 먼저 돌아설 게 뻔했다.

"츠베이트에게도 수를 써 뒀지만, 남은 문제는……."

"제로스 공에게 협력을 요청하는 게로군? 마법 문자 해독을 가르치려는 건가?"

"아버지 파벌이 힘을 키우려면 그것 말고는 방법이 없을 겁니다."

"받아줄까?"

"사생활의 안전을 보장해준다면 그럴지도요."

"그의 이름이 절대로 새어나가지 않게 해. 자칫 잘못하면 나라가 멸망할지도 몰라."

마법 문자 해독은 세레스티나와 츠베이트를 빼면 제로스밖에 할 수 없었다.

그 해독 방법을 책으로 엮어 크레스톤 파벌에서 쓰면 마법학 향상으로 이어진다. 게다가 우수한 마도사를 육성하면 지금처럼 부정이 횡행하는 파벌은 사라질 것이다.

나라를 생각하기에 강경 수단으로 나갈 수밖에 없는 상황이었다. 지금 힘을 약화시키지 않으면 쿠데타를 일으킬지도 모를 만큼 그들의 오만은 하늘을 찔렀다.

동시에 백성도 증오심을 품은 터라 이제는 나라의 발전을 저해하지 않도록 제거하는 수밖에 달리 방법이 없었다.

"티나와 츠베이트가 흐름을 뒤집는 씨앗이 되어줄까……."

"지금 츠베이트라면 괜찮겠죠. 전에는 정신머리가 썩어 있었지만."

"알고 있었으면 왜 조치를 취하지 않았어? 내 생각에 고 녀석은 정신계 마법이 걸려 있었을 거다."

"실패에서 배우지 못하면 사람은 성장할 수 없으니까요. 제로스 공과의 만남은 츠베이트를 크게 바꿔 놓은 것 같습니다."

"문제는 크로이사스야. 과연 어떻게 될지……."

크레스톤은 손주들의 미래를 생각하자 머리가 아팠다.

관자놀이에 손을 대고 고통을 참는 노인이 그곳에 있었다.

"시간이 됐으니 전 이만 가 보겠습니다."

"뭐야? 또 어디 나갈 곳이 있어?"

"근사한 여인이 절 기다리거든요. 지금부터 그녀에게 가려고 합니다."

"……델, 너도 참 부지런하구나. 언젠가 여자들에게 죽을 거야."

"바라는 바입니다. 멋진 여성 손에 죽을 수 있다면 남자로서 성공한 삶 아니겠습니까, 아버지."

능력 있는 남자는 일의 시간 관리도 초 단위였다.

일을 끝낸 델사시스는 지금부터 불륜 상대에게 가고자 준비했다.

"……내 손주는 대체 몇 명일까."

코트를 펄럭이며 나가는 아들의 뒷모습을 바라보며 크레스톤은 혼자 중얼거렸다.

친아들의 행동에는 비밀이 너무 많았다. 능력 있는 남자는 친아버지의 속을 태우는 듯했다.

홀로 남은 크레스톤은 자식 교육을 그르친 것은 아닐까 진지하게 고민했다.

자식은 부모 속을 모른다지만, 실제로는 반대인가 보다.

자식 속을 이해하지 못하는 부모가 여기 있었다.

제11화 아저씨, 참견하다

제로스 일행은 광산에 가기 위해 아한 마을에 도착했다. 그 무렵에는 이미 해가 기울어 적당한 숙소를 잡아 하루를 묵었다. 그리고 다음 날, 아침 식사를 먹고 난 이리스의 무심한 한마디에서 그것은 시작됐다.

그녀가 『아저씨, 파프란 대산림 지대가 어떤 곳이야? 용병 길드에서 얻은 정보로는 끔찍한 곳이라는 것밖에 모르겠던데, 어때?』라고 물은 것이었다.

제로스는 그다지 말하고 싶지 않았다. 하지만 막 알게 된 소녀가 호기심으로 들어갔다가 영영 돌아오지 못하는 사태는 피하고 싶었다. 위험한 땅이라고 미리 일러두면 허튼 행동은 하지 않으리라 생각한 제로스는 한숨을 쉬며 테이블 위로 팔짱을 끼고 말했다.

그 대산림 지대가 얼마나 위험한 땅인지를.

떠올리기도 싫은 섬뜩한 체험을.

이세계에 전생한 지 닷새째. 제로스는 거칠게 숨을 헐떡이며 심야의 숲을 달리고 있었다.

주변에는 자신을 잡아먹으려는 마물뿐이었고 그들에게 자신은 먹잇감에 지나지 않았다.

기척을 없애고 숨을 죽여 주위를 경계해야만 하는 날이 이어졌다.

"큭…… 이딴 짓을 언제까지 해야 해! 어떻게 해야 이 숲을 빠져나갈 수 있냐고……."

평소 말투가 젊을 때로 돌아갔고 그 표정은 심하게 초췌했지만, 눈만은 흡사 짐승처럼 살벌하게 빛났다. 지금 그의 마음에는 여유가 없었다.

주변에는 틈만 있으면 공격해 오는 마물이 득실거렸다. 먹을 때도 잘 때도 쉬지 않고 경계해야 했기에 정신적 피로는 자꾸만 축적되어 갔다. 이곳은 쉴 틈도 없이 싸우고 적을 무찌르는 아수라도였다.

마물 자체는 강하지 않았지만, 쓰러뜨릴 때마다 피 냄새를 맡은 다른 마물이 달려들었다. 대형 마물은 혼자, 소형 마물은 떼를 지어 계속해서 몰려드는 터라 힘이 남아나지 않았다.

전투가 끊어진 사이에 호흡을 가다듬고, 하지만 경계는 늦추지 않으며 주위로 신경을 곤두세웠다. 잠깐의 방심이 죽음으로 이어지기 때문이었다.

"……?!"

불시에 등 뒤에서 기척을 느끼고 제로스가 펄쩍 뛰어올랐다.

—촤악!

그 순간, 지면에 한 줄기 상처가 생겼다. 누군가의 공격에 의한 것이었지만, 모습이 보이지 않았다.

모든 감각을 총동원해 주위 기척과 움직임을 살폈다.

'있어……. 분명히 날 보고 있어……. 어디지?'

적은 보이지 않았다. 하지만 자신을 노리는 포식자가 있는 것은 확실했다.

짐승은 강한 상대에게 덤비지 않지만, 상대가 약해졌을 때는 이야기가 달랐다. 약육강식은 원시적인 자연의 섭리였다. 상대를 쓰러뜨리고 잡아먹지 않으면 살아갈 수 없는 것이 자연 본연의 모습이었다.

상대가 어떤 마물인지는 모르겠지만, 모습을 숨기는 능력이 있는 것만은 틀림없었다.

"문제는 어떤 타입이냐, 인데……. 광학 위장이냐, 아니면 정신 교란이냐……."

광학 위장은 공기 중의 수분을 마력으로 조종해 빛을 굴절시켜 자신의 모습을 감추는 능력. 정신 교란은 특수한 파장을 퍼뜨려 상대의 오감을 속여 사냥감이 자신을 인지하지 못하게 하는 타입이었다.

공격의 기척을 느낀 이상 후자는 아니었다. 그렇다면 광학 위장일 가능성이 높았다.

다시 기척이 느껴진 순간 제로스는 본능에 몸을 맡겨 높이 뛰어올라 몇백 년이나 묵었는지 모를 거목의 나뭇가지에 와이어를 걸었다. 제로스가 있던 곳에 다시 몇 갈래 상처가 새겨졌다.

분명히 무언가로 벤 공격이었다. 그러나 이번에는 흐릿하게 상대의 모습을 확인했다.

정확히 말하자면 공간이 울렁거려 보였다. 아마 대형 마물 같았다. 다른 마물이 가세하지 않는 이유는 이 마물을 두려워하기 때문이리라.

"꿰뚫어라, 【사냥신의 화살】."

주위에 떠도는 먼지가 순식간에 응축해 쇠마저 꿰뚫는 화살이 되어 울렁거리는 공간으로 날아갔다.

―키샤아아아아아아아아아아!

마물은 고통을 느꼈는지 괴성을 질렀다. 아마도 등을 관통한 것 같지만, 모습이 보이지 않으니 얼마나 피해를 줬는지 확인할 수 없었다. 그리고 공간이 흔들렸다. 광학 위장을 풀고 나타난 것은 거대 사마귀였다.

그 모습이 소름 끼칠 만큼 기괴했다. 검은 외골격과 낫을 닮은 이상하리만치 긴 팔, 거구를 지탱하는 다리는 길고 두꺼웠다. 날카로운 발톱은 땅거죽을 도려냈고 겹눈은 심홍색으로 형형히 빛났다.

"데스 맨티스……."

게임에서는 비교적 쉽게 잡을 수 있는 마물이었지만, 지금 마주한 존재에겐 훨씬 강한 기운이 느껴졌다. 레벨이 다르기도 하겠지만, 그 모습은 그가 아는 데스 맨티스와 크게 달랐다.

외골격에서 몸을 보호하듯 날카로운 돌기가 빼곡하게 자라 있었다.

"진화형, 아니면 아종. 귀찮네……. 하지만 곤충은 통증을 못 느끼지 않던가?"

소박한 의문을 느꼈지만, 이곳은 이세계. 자신이 모르는 상식이 있는 세계였다. 그가 아는 지식이 꼭 옳다고는 할 수 없었다. 좌우지간 이 마물을 쓰러뜨려야 했지만, 외골격으로 덮인 곤충형 마물처럼 장갑을 가진 마물은 상대하기 까다로웠다. 단단한 갑각에 마력을 불어넣어 방어력을 끌어올리기 때문에 무기에 마력을 씌워 그 방어력을 상쇄하고 싸워야 했다.

편하게 쓰러뜨릴 수 있는 상대는 아니었지만, 이 숲이 얼마나 넓은지 모르는 이상 마력 소비는 피하고 싶었다. 마력을 얼마나 가졌건 언젠가 한계를 맞이할 테니까 말이다.

혹독한 환경하에서 마력— 마법은 목숨을 잇는 생명줄이었다. 불필요하게 소비할 수는 없었다.

제로스는 데스 맨티스를 향해 가속했다. 제로스의 움직임을 포착한 데스 맨티스는 팔에 달린 낫을 무서운 속도로 내리쳤다. 하지만 그것이 제로스의 노림수였다.

거구이기에 동작이 컸다. 속도는 빠르나 간파하지 못할 정도는 아니었다.

"여기다!"

쇼트 소드가 낫 팔을 이은 관절에 빨려 들어갔다. 적의 전투력을 빼앗는 것은 싸움의 정석이었다.

노리는 것은 거대한 낫. 제로스의 참격으로 데스 맨티스의 낫이 하늘을 붕 날아 땅에 박혔다.

확인하는 것보다 빠르게 제로스는 달려 나갔다. 가장 약한 관절부를 노리고 순식간에 양팔에 든 칼을 휘둘렀다.

같은 곳을 두 번 동시에 공격하고 긴 다리를 절단했다.

즉석에서 같은 행동을 반복해 사지를 날려 버렸다. 데스 맨티스가 바닥에 풀썩 내려앉자, 제로스는 끝장을 내고자 머리를 쳐서 날렸다. 그야말로 자전일섬.

시체가 된 데스 맨티스를 빠르게 해체하고 서둘러 인벤토리에 넣은 후, 제로스는 다시 숲을 빠져나가기 위해 달렸다. 1분 1초라도 빨리 이곳을 벗어나지 않으면 다음 마물이 덮쳐 올 것이었다.

마물은 피 냄새에 민감했다. 그리고 이곳은 강력한 마물이 우글대는 마물의 숲이었다.

마물을 쓰러뜨려도 지체 없이 다른 마물이 달려드는 지옥이 이곳이었다.

─부우우우우우우우웅…….

중저음의 날갯소리가 귓가를 맴돌았다. 제로스가 그 날갯소리가 들린 방향을 돌아보자, 그곳에서 놈이 나타났다.

검은 외골격이 반질반질하게 빛을 반사하는 최강의 생물. 지구에서는 원시 시대부터 모습을 바꾸지 않은 채 살아왔다는 생명력 넘치는 곤충. 심지어 거대하다.

"그, 【그레이트 기브리온】……."

흰 원숭이보다도 만나기 싫은 녀석이 고속으로 날아왔다.

그레이트 기브리온은 커다란 소리를 내며 땅에 착지했다. 데스 맨티스보다 훨씬 거대한 최강의 곤충형 몬스터였다.

긴 더듬이를 움직이고, 먹이를 찾아 겹눈으로 주변을 돌아보고, 그리고 제로스를 확인하자마자…….

─사사사사사사사사사사사사사사사삭!

놈이 초고속으로 달려왔다. 과장 없이 말해 모골이 송연해지는 기분이었다. 심지어 모래먼지를 일으키고 나무들을 무너뜨리며 육박해 왔다. 이중적인 의미로 제로스의 얼굴이 새파랗게 질렸다.

"No———! Oh—, My, God! Help! Help, Me—!!"

본능적 혐오감과 동요로 인해 그는 일본인이길 포기했다. 대현자는 게이 원숭이도 싫었지만, 바퀴벌레도 싫어했다.

오히려 좋아하는 사람이 있다면 생물학 관련 직종을 알아보길 추천한다.

"왜…… 왜 바퀴벌레 모습만 원래 세계와 똑같은 거야——!"

그 말대로 사마귀도 흉악한 돌기처럼 눈에 띄는 변화가 있었는데 바퀴벌레의 생김새만은 원래 세계와 무엇 하나 다르지 않았다. 게다가 태곳적부터 모습을 바꾸지 않고 지금까지 살아온 그 생물은 이세계에서 공룡 수준으로 거대해져 있었다. 지구처럼 작으면 슬리퍼로 밟으면 끝이겠으나, 크기가 10미터를 넘어서야 그럴 수도 없는 노릇이었다. 심지어 쓸데없이 힘이 좋았다.

더 나쁜 점은 왠지 감정 스킬이 작동하지 않아 스테이터스도 볼 수 없다는 것이었다. 누가 자신을 괴롭힌다고밖에 생각할 수 없는 상황이 연이어지고 있었다.

이 체험을 계기로 제로스는 이 세계에 자신을 불러들인 여신에게 치를 떨게 됐다.

도망치는 제로스와 뒤를 쫓는 그레이트 기브리온. 처절하고 끔찍한 공포의 술래잡기는 이른 아침까지 계속됐다. 아저씨의 비통한 외침이 광대한 숲에 끝없이 울려 퍼졌다.

아이러니하게도 이 술래잡기 덕분에 제로스는 가도에 가까워질 수 있었지만, 그는 그 사실을 몰랐다. 공공의 적 바퀴벌레는 정말로 좋은 일을 해줬다.

◇ ◇ ◇ ◇ ◇ ◇ ◇

"―그런 일이 있었죠. 음? 왜 그러시나요?"

제로스의 모험담을 듣던 세 여성 파티 멤버, 이리스, 레나, 쟈네가 모두 테이블에 얼굴을 묻고 있었다.

『바퀴벌레…… 무서워…….』라느니, 『거대한 바퀴벌레 마물…… 만나기 싫어…….』라느니, 말없이 부들부들 떠는 등 반응도 삼인 삼색이었다. 아침 식사 자리에서 대산림 지대에 발을 들인 숙련자의 경험담을 듣던 그녀들은 거대한 바퀴벌레를 상상했는지 일제히 멘탈 붕괴를 일으켰다.

"아저씨…… 정말로, 대모험이었구나…….."

"제로스 씨, 용케 살아서 돌아왔네요……. 파프란 대산림 지대에 사는 마물은 너무 흉악해서 아무도 다가가지 않는데……."

"그런 마굴의 마물을 해치웠다는 것도 놀랍지만…… 거대한 바퀴벌레, 히익!"

현재 확인된 그레이트 기브리온의 최대 크기는 5미터였다.

그러나 거목을 쓰러뜨릴 만큼 거구를 자랑하는 개체는 아직 확인된 바 없으며, 이야기를 듣는 것만으로도 상상을 초월하도록 흉악했다. 겉모습도 그렇지만, 고속으로 이동하며 외골격도 상당히 단단했다.

크기에 따라 장갑도 두꺼워지므로 공성 병기라도 쓰지 않는 한 타격을 주지 못할 것이다.

그런 어처구니없는 마물에게 습격당하면 도망도 어려웠다.

그러나 그녀들은 다른 이유로 떨고 있었다. 제로스도 같은 심정이었다.

"그보다 빨리 아침을 먹는 편이 낫지 않을까요? 어서 광산에 가야죠."

"그치만……."

"거대한 바퀴벌레…… 식욕이……."

"……(부들부들)."

한 번이라도 상상하면 그녀들은 생각을 멈출 수 없었다.

그 웅장한 모습이 뇌리에 어른거려 식욕을 앗아 갔다.

"이 정도로 식욕을 잃으면 용병을 어떻게 합니까? 때로는 사람을 죽이는 일도 있지 않아요? 산적이나 도적, 가끔은 같은 용병도……."

"아저씨, 그런 소리 하지 말아줄래? 우린 마물 전문이거든?"

"맞아요. 인간 하고는 못 싸운다구요. 설령 악당이라도……."

"그래서 두 사람이 붙잡힌 거 아닙니까? 자신에게 해를 끼치려는 상대를 죽일 수 없어서야 어떻게 살아남겠습니까? 용병이라면 모든 책임은 자기 몫 아닌가요? 그런 이유로 죽으면 어이가 없어서 말도 안 나올 겁니다."

이리스와 레나는 사람을 죽인 적이 없는지, 그 탓에 싸움을 주저해 도적들에게 붙잡혔다.

목숨의 가치가 가벼운 이 세계에서 살아남기에는 안일한 생각이었다.

"웃으면서 사람을 죽이는 사람보다야 훨씬 호감은 가지만, 죽일 각오는 하는 편이 낫지 않나 싶네요."

"난 죽인 적 있지만, 그다지 기분 좋은 일은 아니었지."

"기분 좋게 사람을 죽인다면 그 사람은 정신에 병이 있는 거죠. 격리하는 게 낫습니다."

쟈네는 도적을 죽인 경험이 있는지, 살인에 대해 좋게 생각하지 않는 듯했다.

용병인 이상 때로는 범죄자와 대치하게 되며 몸을 지키기 위해서는 살인 행위도 용인됐다. 그래도 죽으면 본인 책임이었다. 제로스는 참 못 해 먹을 직업이라고 생각했다.

"정 못 먹겠으면 도시락으로 싸 달라고 하면 되지 않나요?"

"앗, 그 방법이 있구나!"

"도시락? 그게 뭐야?"

"처음 듣는 말인데. 이리스는 아는 것 같지만."

이 세계에는 도시락이 존재하지 않았다. 일하는 사람이 대부분 도시나 마을 안에서 생활했고 자택을 작업장으로 쓰는 직공이 많았다. 가령 집에서 식사를 만들 수 없어도 마을로 나가면 식당은 얼마든지 있었다.

또 노점도 있으므로 도시락을 만들 필요도 없었다.

"빵에 가볍게 맛을 낸 훈제육과 채소를 끼우고 종이에 싸서 들고 가는 겁니다. 어지간히 더울 때가 아니라면 상할 걱정은 없죠."

"아하, 짐은 이리스가 옮겨줄 테고……."

"좋은 생각이야! 이리스, 부탁해도 될까?"

"오케이~ ♪ 그럼 여관 아저씨한테 말하고 올게."

이리스는 가벼운 걸음걸이로 주방으로 갔다. 아한에 있는 여관 주인은 요리장을 겸임했는지, 요청하는 음식을 즉석에서 만들어줬다.

"그나저나 데스 맨티스 소재는 어떤 거죠? 장비에 쓸 수 있어요?"

"무기나 방어구에 쓰기에는 적합해요. 가볍고 튼튼하지만, 불 계열 마법에는 약하죠."

"그야 곤충이니까 불에는 약하겠지."

"갑각 안쪽 고기는 맛있었죠. 새우 같은 맛이 나더라고요."

그 한마디에 시간이 정지했다. 레나와 쟈네의 표정이 얼어붙었다.

"머, 먹었어요? 데스 맨티스를……."

"그거 마물이라고. 제정신이야?!"

"그리 말씀하셔도 오크 고기 같은 건 일반적으로 먹잖아요? 뭐가 이상한지 모르겠네요. 무엇보다 식량 확보가 우선인 서바이벌 생활에서는 독이 없으면 먹는 게 정상 아닌가요?"

"그건…… 그렇지만, 거대 곤충인데요?"

"보통 먹겠다는 생각은 안 하지……. 적어도 난 못 먹어!"

"그런 마음가짐으로는 위험할 때 굶어 죽습니다. 산다는 건 투쟁이에요. ……전쟁이라고 바꿔 말해도 돼……."

'눈이…… 눈이 무서워…….'

'무시무시한 경험을 했다지만 이건 조금 위험하지 않아? 정했어. 나 절대로 그 숲에는 안 갈 거야…….'

원래 세계에서는 메뚜기 조림도 아무렇지 않게 먹던 제로스였다. 그 때문인지 곤충을 먹는다는 행위에 그리 거부감이 없었다. 하지만 바퀴벌레만은 본능적으로 받아들일 수 없었다.

아무튼 두 사람은 먹는다는 점에서는 같을 텐데 곤충과 동물의 차이가 뭔지 비교하며 생각의 미로를 헤매고 있었다.

"도시락 만들어준대~. ……왜 그래?"

"우리가 잘못된 거야……? 그래도 곤충인데…….."

"벌레는 안 돼……. 벌레는 못 먹어. 그렇지만 오크도 마물이잖아. 뭐가 다른 거지?"

돌아온 이리스는 의아하게 고개를 갸웃거렸다.

그런 두 사람 옆에서 제로스는 담배에 불을 붙여 식후 흡연을 즐기고 있었다. 고민에 빠진 두 사람 머리 위로 아저씨가 만든 연기 고리가 조용히 흘러갔다.

아한 뒤편에는 세 봉우리의 산이 솟아 있었다.

그중 하나에 광산이 있으며 한때는 풍부한 금광을 찾는 광부들로 성황을 이루었다.

하지만 어느 시점을 경계로 마물이 대량 출몰하여 광부들은 직장에서 쫓겨나게 됐다. 그 후로 200년이 넘는 시간이 흘렀다. 지금 이 광산을 찾는 것은 레벨 업과 장비 강화를 위해 채굴하려는 용병들이 대부분이었고, 그들이 쓰고 가는 숙박비나 식비가 마을의 주된 수입원이 되었다.

그래도 생활이 풍족하지는 않았다. 사람 중에는 행패를 부리는 용병 때문에 뼈아픈 지출이 생기는 이도 있었다. 아한은 어떻게 보면 풍전등화처럼 위태로운 마을이었다.

"사람이 제법 있네요? 다 용병인가요?"

"마물을 잡으면 레벨이 오르지만, 우리는 목숨 걸고 하는 일이야. 온 김에 장비도 충실히 갖추고 싶은 거지. 이 광산이라면 금속을 얻을 수 있고 광부들도 호위 없이는 들어가지 못하니까."

"흠…… 그렇지만 척 봐도 행실이 안 좋은 사람들이 있네요. 저기 보세요."

눈을 돌린 곳에는 아직 젊은 소년 같은 신참 용병과 그를 둘러싼 중년 용병들이 있었다. 겉모습에서는 잔챙이 같은 느낌이 물씬 났지만, 적어도 소년보다는 강하리라.

"뭐 어때? 어차피 제대로 쓰지도 못하잖아? 내가 써줄게."

"이건 아버지 유품이에요. 아무에게도 넘길 생각 없어요!"

"너희 아버지도 너 같은 풋내기보다 나 같은 베테랑이 써주길 바랄걸?"

"저희 아버지를 알지도 못하면서 되는 대로 말하지 마세요!"

"알아. 나는 숙련자니까. 그 검을 쓰던 사람이 얼마나 실력이 뛰어났는지 딱 감이 온다고. 너 같은 애송이한테는 아까워."

명백히 시비를 걸어서 소년의 검을 빼앗으려는 심산이었다. 주변에서 한 패거리들이 비열한 웃음을 지으며 소년을 비웃었다. 그 밖에도 용병들은 보였지만, 아무도 소년을 도우려고 하지 않았다.

"저런 판에 박은 바보들은 어딜 가나 있네요……."

"아저씨, 어떻게 못 해?"

"왜 저한테 떠넘겨요? 신경 쓰이면 직접 중재하세요."

"제로스 씨…… 다 큰 어른이 그래도 돼요?"

"저는 무사태평이 신조입니다. 남의 싸움에 자발적으로 끼어들진 않아요."

"……쓸모없는 어른이군."

냉랭한 시선이 제로스에게 집중됐다. 본인은 괜한 원한을 사고 싶지 않았지만, 주변에서는 그것을 바라고 있었다. 그런 생각을 하는 도중 상황은 일변했다.

"잔말 말고 내놓으라면 내놔!"

"앗, 돌려줘! 돌려주세요!"

빈틈을 노린 사내는 소년의 검을 칼집에서 뽑아 빼앗았다.

그때, 원하지도 않은 제로스의 스킬【감정】이 발동했다.

========================

【미스릴 검(열화)】

원래는 고명한 드워프가 벼린 최고의 검이었지만, 칼날에 금이 갔다. 약한 마물이라면 당분간은 괜찮으나, 이미 검으로서 의미가 없을 정도로 낡았다.

다시 만드는 편이 낫겠지만, 소재가 대량으로 필요하기 때문에 적자를 각오해야 한다. 대형 마물에게 일격이라도 맞으면 부서질 정도로 내구력이 떨어져 있다.

========================

"왜 필요 없을 때는 발동하지? 화나네……."

용무도 없는데 발동하는 스킬이 밉살스러웠다. 한숨과 함께 혼잣말이 입에서 나왔다.

"헤헤헤…… 좋은 칼을 건졌군."

"도, 돌려줘……. 그건 우리 아버지가……."

"시끄러워! 꼬맹이한테는 아까운 물건이잖아. 내가 감사히 써주지."

깡패나 다를 바 없는 용병은 소년을 밀치고 만족스레 웃었다.

"저기요~, 남의 칼 빼앗고 기뻐하시는 와중에 죄송합니다만, 그 칼 망가지기 일보 직전인데요?"

"너, 넌 또 뭐야……?"

"남의 일이니까 제 알 바는 아니지만, 그 칼은 이미 수명이 다해서 계속 쓰다 보면 조만간 당신이 죽을 겁니다. 전 그러든 말든 딱히 상관없지만요."

인상 나쁜 용병은 동료와 얼굴을 마주 봤다.

"그, 그딴 거짓부렁에 속을 줄 알아?!"

"물이 있으면 증명할 수 있는데, 그렇게까지 해줄 필요는 없겠죠. 그저 저는【감정】스킬로 무심코 봐 버려서 충고했을 따름입니다."

【감정】스킬은 레벨에 따라 사물의 상세한 내용을 알 수 있었다. 그것은 인간도 마찬가지여서 상대의 레벨까지 알아낼 수 있었지만, 사실 타인의 스테이터스를 훔쳐보는 것은 위법 행위였다.

"믿을지 말지는 그쪽 마음입니다. 뭐, 죽는 건 당신이고, 남이 죽건 말건 저랑은 상관없으니까요."

"뭐?! ……그거 정말이야?"

"그건 당신이 알아서 판단하세요. 말했을 텐데요? 믿을지 말지는 그쪽 마음이라고. 제가 할 말은 여기까지입니다."

눈앞에 있는 마도사는 너무 수상해서 거짓말을 하고 있을 가능성이 농후했다. 하지만 만약 이 마도사의 말이 사실이라면 이 검 때문에 죽을지도 몰랐다. 사내가 두 가지 선택 사이에서 흔들리는 사이, 제로스가 허리춤에 찬 검을 발견했다. 제3의 선택지가 생겼다.

보아하니 키도 체격도 그저 그런 동년배 마도사가 아닌가. 검을 다룰 수 있을 것처럼 보이지 않았고 무엇보다 회색 로브였다. 사내는 야비한 웃음을 지으며 제안했다.

"그럼 네 검과 교환하는 건 어때?"

"필요 없네요. 제 걸로 충분하니까요."

"아니, 이건 미스릴 검이라고. 네 검보다 좋잖아, 안 그래?"

"거 되게 끈질기시네. 그런 수명 다 된 검은 필요 없습니다. 다른 사람한테 알아보세요."

교섭할 생각이었는데 단박에 거절당했다. 심지어 불량품이라고 말하며 거절당했다. 이 미스릴 검이 정말로 못 써먹을 무기일 가능성이 커졌다. 하지만 상대는 마도사였다. 그의 칼을 힘으로 빼앗는다는 수단도 남아 있었다. 용병 사내는 징그럽게 입맛을 다셨다.

"당신, 마도사지? 그럼 검 같은 거 가져서 뭐 해? 내가 써줄……?!"

사내는 마지막까지 말을 꺼내지 못했다. 왜냐면 어느샌가 그의 목에 칼끝이 닿아 있었기 때문이었다. 칼끝이 살짝 파고든 목에서 붉은 핏줄기가 흘렀다.

"저 칼 잘 씁니다. 오히려 이쪽이 특기죠……. 그런데 뭐죠? 당신, 죽고 싶어요? 시비 건 용병을 퇴치했다고 문제가 되진 않을 테니까 봐줄 필요는 없겠네요. 어떻게 할래요? 해보겠다면 상대해드리겠지만, 100퍼센트 죽을 줄 아십시오."

"허억?!"

"뭐야? 언제…… 칼을……?"

"속았어……. 이 자식, 마도사가 아냐!"

언제 칼을 뽑았는지도 모를 정도로 제로스의 발검 속도는 빨랐다. 동료 용병들은 눈앞에 있는 상대가 상당한 실력자며 자신들이 이길 수 있는 존재가 아니라고 깨달았다.

지금 용병 사내는 제로스에게 심장을 붙잡힌 것이나 진배없는 상황이었다.

"변변한 실력도 없으면서 좋은 무기를 탐내지 마시죠. 어린앱니까? 무기에 의존하면 아무리 시간이 지나도 삼류 아닐까요? 딱히 댁이 죽건 말건 알 바 아니지만, 이 시점에서 상대방의 실력을 알지 못한다면 어차피 오래 살진 못할걸요? 삼류보다 못하네요. 뭣하면 그냥 여기서 죽어 보실래요?"

수상쩍은 마도사가 순식간에 괴물 같은 실력자로 변모했다.

낮게 깐 목소리가 사내의 마음을 조용히 공포로 옭아맸다. 살의는 없지만 기분에 따라서는 죽는다.

그 현실이 사내를 말로 표현할 수 없는 공포 속으로 떨어뜨렸다.

"저는 말이죠, 솔직히 지금 기분이 안 좋거든요? 채굴하러 왔는데 당신네 같은 쓰레기를 상대해서……. 알아들어요?"

신출내기 용병에게 손을 대는 이런 족속은 대개 실력은 별 볼 일 없었다.

강한 상대에게는 거스르지 않으리라 판단하고 조금 위협해 봤는데, 정답이었나 보다. 가끔 보면 실력 차를 생각하지 않고 무작정

나이프를 꺼내는 자도 있었다. 이런 유형이 가장 악질이었다.

그래서 만에 하나 주위에 피해가 가지 않도록 방심은 풀지 않았다.

"어…… 알았어…… 미안해. 내가 너무 설쳤어……."

"알면 됐습니다. 당장 그 칼을 돌려주고 제 앞에서 꺼지세요. 우리 앞에서 더 어슬렁거렸다간, 그때는……."

"그, 그때는……?"

"즐거운 여행을 선물해드리죠. 두 번 다시 돌아올 수 없겠지만요…… 크크크."

용병들은 검을 버리고 냉혹한 웃음을 지은 마도사에게서 부리나케 도망쳤다.

상대방의 실력을 헤아리지 못하고 그저 타성에 빠져 용병 일을 해 온 그들은 자기보다 뛰어난 인간을 상대할 수 없었다.

도망치는 능력만은 일류인지 사라지는 속도는 대단했다.

제로스는 너무 뻔한 전개에 어이없어하면서도 담배에 불을 붙여 연기를 뿜었다.

"후우…… 양아치는 다 저런가~?"

조금 전 박력은 어디로 갔는지, 아저씨는 금세 칠칠하지 못하게 변했다.

그런 아저씨 옆으로 소년이 다가왔다.

"저, 저기…… 고맙습니다."

"음~, 고맙긴요. 시켜서 억지로 중재했을 뿐인데요, 뭘……."

"아뇨. 이건 아버지의 유품이라서요……. 정말 감사합니다!"

"됐어요, 됐어. 오늘은 『운이 좋았다』, 그뿐입니다. 내일은 어떻게 될지 모르는 게 용병이니까요."

어쩐지 소녀 같은 외모를 가진 소년은 고등 교육을 받았다는 인상을 줬다. 도저히 용병을 할 만한 삶을 살았다고는 생각할 수 없었다.

장비도 겉모양은 일반적인 기성품으로 보였지만, 고급 소재를 사용했다. 동시에 소년의 눈에서는 각오를 품은 강한 빛이 보인 듯했다.

'오…… 상당히 강한 결의를 품은 것 같은데. 여기서 헤어졌다가 칼 때문에 죽으면 괜히 찜찜하려나……. 어쩔 수 없지. 좀 참견할까?'

왠지 모르게 소년이 신경 쓰였다. 제로스는 인벤토리에서 종이 한 장을 꺼내 바닥에 펼쳤다. 연금술의 고등 기술인 【연성 마법진】이었다.

"그 검을 빌려주세요. 조금 수복해 보겠습니다."

"네? 하지만 이 검은 수명이 다 돼서……."

"그래서 이 광산에 온 거죠? 새 검을 만들 재료를 모으려고. 하지만 그 검으로는 그마저도 버틸지 의심스럽네요. 조금 수복하겠지만, 수명이 살짝 늘어나는 정도라고 생각하세요."

"괘, 괜찮나요? 하지만 어떻게……."

"보면 압니다. 철과 미스릴을 섞은 복합 소재라서 얼핏 봐도 판별하긴 어렵지만요……. 뭐, 아무튼 그냥 노파심이니까 오늘은 정말로 운이 좋았다고 생각하세요. 이건 변덕입니다? 평소 같았으면 돈을 받을 거예요."

"……알겠습니다. 부탁드릴게요!"

미스릴 검을 받고 마법진 중앙에 놓았다. 마력을 불어넣자 마법진의 마법식이 전개되어 검이 공중으로 떠올랐다. 주위로 반투명한 창이 생기며 검의 세부 정보가 【감정】 스킬을 통해 뇌리에 표시됐다.

"음, 배합은 철이 45, 다마스쿠스가 23, 미스릴이 32. 이건⋯⋯ 파손되지 않은 상태에서 보고 싶었는걸."

제로스는 정보를 확인하면서도 눈으로 보이는 균열에 대고 마법식 콘솔 창을 두드리며 수복 공정을 구축했다. 그리고 즉석에서 수선 마법식을 완성하고는 『연성』이라고 한마디 중얼거렸다.

전직 프로그래머는 이런 일 처리가 빨랐다. 펼쳐진 마법진 내부에 고밀도 마법식이 순환해 빛을 발하며 주어진 사명을 실행해 옮겼다. 얼핏 봐선 완전 수리가 가능해 보였지만, 이것은 어디까지나 응급 처치나 단순 작업일 뿐이었다. 한 번이라도 파손된 부분은 완전히 원래대로 돌아오지 않는다.

빠르게 일을 마친 제로스는 담배를 한 모금 빨고 연기를 뱉었다.

"다 됐습니다. 다만, 어디까지나 새로운 검을 만들 때까지 버틸 정도예요. 과신하고 쓰다 보면 죽습니다? 아무쪼록 주의하세요."

"고, 고맙습니다. 저도 이 검을 계속 쓸 마음은 없어요. 제 검은 스스로 얻을 생각이니까요."

"그럼 괜찮겠죠. 뭐, 어쭙잖은 철검보다는 낫다고 생각하세요. 당분간은 부러지지 않을 테니까⋯⋯. 아~, 상대방에 따라서 다르려나?"

"충분해요. 이거면 철을 캐러 갈 수 있겠어요. 정말로 감사합니다."

기쁨에 고무되어 달려 나가는 소년의 등을 바라보면서 제로스는 중얼거렸다.

"젊다는 건 좋구나~."

마법진을 정리해 인벤토리에 넣는데, 여성 일행 세 명이 어째선지 차갑게 식은 눈으로 자신을 바라보는 것을 깨달았다. 묘하게 가시 돋친 눈초리였다.

"왜 그런 쓰레기를 보는 듯한 눈으로 절 보시죠?"

"아저씨…… 어린애한테는 관심 없다고 하지 않았어?"

"그렇게 안 봤는데 선수시네……. 그렇게 친절하게 대해주고……."

"역시 헌팅꾼이었어……. 나도 노리고 있는 거야……."

영문을 모르겠다. 제로스는 소년을 조금 도와줬을 뿐이었다.

이토록 비난당할 행동은 하지 않았다.

"아저씨, 저런 남자 같은 애를 좋아해?"

"쟤네도 여장부 기질이 있잖아. 취향이세요?"

"……(덜덜덜)."

"……What?"

그리고 제로스는 겨우 결론에 도달했다. 소년이라고 생각한 아이가 사실 소녀였다는 사실에.

"여, 여자였어요?!"

"아저씨, 몰랐어?"

"저렇게 귀여운 남자애가 있을 리…… 아니, 가끔 있긴 하더라…… 우헤헤……. 헉, 저 애가 어딜 봐서 남자예요?"

"이 아저씨, 진짜 해도 해도 너무하네. 그보다 레나, 너 지금 얼굴이……. 뭘 떠올린 거야?"

사소한 친절을 베풀었을 뿐인데 왠지 더 경멸 어린 시선이 돌아왔다.

세상에 이런 법이 어디 있는가.

"……잠깐만요. 레나 씨, 당신은 가끔 있었다는 미소년한테 무슨 짓을 한 겁니까?!"

"뭐긴요, 그거야…… 헤헤헤헤헤헤♡"

뭘 떠올렸는지 미인의 얼굴이 주접스럽게 일그러졌다.

인간으로서 글러먹은 냄새가 풀풀 풍겼고, 무엇보다 무서웠다.

"소녀를 소년으로 착각한 저랑 소년에게 손을 댄 그녀 중 누가 더 너무한 거죠?"

""둘 다 똑같아!""

이리스와 쟈네의 목소리가 이구동성으로 외쳤다. 다시 생각해도 부당한 대우였다.

같은 선상에 놓는다는 것 자체가 슬펐다. 하지만 그 이상으로 납득할 수 없었다.

"조금 억울하긴 하지만, 얼른 채굴이나 하러 갑시다. 뭐, 전 저혼자서도 상관없지만요."

"앗, 말 돌렸다. 아저씨, 추해."

"내 말이. 여기서 헤어지는 편이 낫지 않아? 어둠 속에서 무슨 짓을 당할지 알고?"

폭언, 망언을 무시하고 제로스는 광산 입구로 향했다.

이런 이야기에는 무슨 말을 해도 소용없다는 것을 알았다. 마음을 정리한 제로스는 바로 마물이 산다는 광산에 발을 들였다. 그 뒤에서 레나가 여전히 헬렐레한 얼굴로 몸을 배배 꼬며 걷고 있었지만, 모두 무시하기로 마음먹었다.

그녀는 아직 추억 속에 잠겨 있었다. 솔직히 말해 보는 것만으로 기분 나빴다.

평소에는 상식적인 사람인데 성적 기호에 너무 큰 문제가 있었다. 같은 동료라고 생각되지 않도록 일행은 그녀와 일정한 거리를 두고 갱도로 들어갔다. 각자의 목적을 위해서……

 ## 제12화 아저씨, 폐광에 들어가다.

빛을 뿜는 광석이 함유됐는지 폐갱 내부는 결코 어둡다고 할 수 없었다.

어렴풋하게 푸른색을 띤 빛이 주변을 비췄고 갱도 안쪽까지 쭉 이어져 있었다.

가끔 누가 싸우는지 안쪽에서 쇠와 쇠가 부딪치는 소리가 들렸지만, 그것도 금방 잠잠해졌다.

좁은 갱도에서는 동료끼리 공격이 엉켜 충돌하지 않도록 전열과 후열로 나뉘어 전진했다. 하지만 제로스는 무슨 이유에선지 전열에 위치했다. 딱히 문제는 없었지만, 쟈네가 『뒤에서 성희롱당하긴 싫다』며 고집을 피워 진형은 제로스와 쟈네가 전열, 레나와 이리스가 후열을 맡았다.

레나의 역할은 이리스의 보호였고 방패를 장비한 그녀가 적임이었다.

다만, 아직도 헬렐레하게 웃으며 추억 속에 잠기지 않았다면…….

"……저 사람 괜찮아요?"

"아, 괜찮아. 항상 저러니까."

"하, 항상 저래요? 자칫 잘못하면 신고당할 얼굴인데요……."

"실제로 신고당한 적도 있어. 솔직히 앞으로의 관계를 진지하게 검토해 봐야겠다고 생각 중이야."

'추억이 아니라 위험한 망상에 빠진 건 아니고? 무서우니까 말은 걸지 말자…….'

황홀하고 괴상한 웃음을 띤 채 몸을 배배 꼬며 뭔가 이상야릇한 말을 주절거렸다. 도저히 말을 걸 분위기가 아니었다. 들으려고 하면 내용 정도는 알아들을 수 있겠으나, 범죄의 냄새가 풍겨 관두기로 했다. 세상에는 모르는 게 약인 것도 있었다.

"몬스터가 나오면 제정신으로 돌아오니까 신경 안 쓰는 게 나아."

"어떻게 신경이 안 쓰입니까? 특히 저게……."

"당장 마물이 나와 주면 고맙겠는데……."

다시 말해 상황이 변하지 않는 한 쭉 이대로라는 말이었다.

"……."

제로스는 문득 걸음을 멈췄다. 【색적】 스킬에 반응이 와서 갱도 앞을 주시하자 전방에서 무언가의 기척 같은 것이 느껴졌다. 이런 종류의 스킬은 직감에 가까우며 머릿속에 영상이 나오거나 하지는 않았다. 제로스는 감각에 따라서 숨을 죽이고 주변 상황을 살폈다.

"아저씨, 왜 그래?"

"있네요. 몇 마리인지는 모르겠지만, 여러 마리예요. 코볼트인가?"

"레나, 정신 차려! 적이 나왔어."

"헉, 내 스위트 보이는 어디 갔어?! 밧줄로 침대에 묶어 놨는데……
어머?"

'마, 망상 속에서 대체 무슨 짓을 한 거야? 범죄의 냄새가 나는
데, 설마…… 실제로?! 지금 묶어 놨다고 지껄였어!'

머릿속에서 대단히 심상찮은 일을 벌이고 있는 듯했다. 묻고 싶
은 말은 있었지만, 왠지 물어서는 안 될 것 같았다. 최악의 경우
공범자로 몰리는 일은 없었으면 했다.

다시 마음을 가다듬고 전방으로 정신을 집중했다. 앞쪽에서 다
가오는 그림자는 머리가 짐승을 닮았다. 아마도 코볼트일 것이다.
머리가 개라서 그만큼 후각이 발달한 마물이었다. 이미 저쪽도 일
행의 존재를 알아차리고 임전 태세를 취한 것이 틀림없었다. 앞에
서 오는 적은 정찰병이며 후방에 여러 무리가 있을 가능성도 컸다.

"……선수를 치는 게 나을까요?"

"후방에서 놈들의 기척은 느껴져? 만약 아니라면 내가 돌입할게."

"여기서 레벨이 낮은 사람은 누구죠?"

"음~, 레나 씨랑 쟈네겠지. 둘 다 레벨 50이니까."

"이리스, 남의 레벨을 알려주는 건 범죄야."

이리스의 레벨은 237, 전생자는 대체로 레벨이 높을 수밖에 없었
다. 그렇다면 필연적으로 전체적인 전력을 강화할 필요가 있었다.

"행동을 막을 테니까 두 분이 잡으세요. 레벨을 올립시다."

"마석은? 코볼트 마석은 받아도 돼? 마석은 해치운 사람 몫이란 게 용병의 상식인데."

"상관없습니다. 저는 썩어 넘치니까요."

대산림 지대의 서바이벌 생활로 대량의 마석을 보유한 제로스는 이제 와서 마석을 필요로 하지 않았다. 오히려 마석을 생각 없이 팔아넘기면 시세가 순식간에 폭락할 우려가 있을 정도였다.

경제적 가치를 망가뜨릴지도 모르므로 지금은 팔 생각이 없었다.

"좋아. 그럼 해볼까? 쟈네가 돌진해. 난 뒤로 따라갈게."

"알았어. 내가 사냥감을 채가도 뭐라고 하진 마."

"안 하네요. 그보다 나까지 휘말리지 않게 조심해."

"안 해!"

공격 진형은 정해졌다. 그리고 단숨에 행동을 개시했다.

"【존 패럴라이즈】."

제로스의 왼팔에서 나간 빛의 구슬이 갱도 안쪽으로 날아갔다. 얼마 후 『깽!』이라는 비명이 남과 동시에 두 사람은 달려 나갔다. 머잖아 코볼트들의 단말마 비명이 들려 왔다.

제로스와 이리스가 경계하며 걸어 들어가자 수많은 코볼트가 사체가 되어 있었다.

레나와 쟈네는 코볼트의 가슴을 칼로 갈라 심장에서 마석을 끄집어냈다. 일반적으로 마석 회수라고 불리는 작업이었다.

"언제 봐도 끔찍한 광경이야."

"그런가요? 저는 이미 아무렇지 않은데요."

담배를 피며 걷는 제로스를 보고 이리스는 머리를 감쌌다.

"왜 그렇게 적응력이 좋아? 아저씨, 이상해."

"원래 세계에서 멧돼지를 잡아 손질한 적도 있으니까요. 그 차이 아닐까요?"

"대체 어떤 생활을 한 거야? 아저씨, 너무 억척스럽다……."

"그거 압니까? 곰 발바닥은 젤라틴이라서 제법 맛있어요. 콜라겐도 있으니까 미용에 좋을 거 같네요."

"족발처럼 말하지 마……. 형태가 남아 있으면 못 먹어. 징그럽게."

제로스는 족발이라는 말을 듣고 치라가[#1]를 떠올렸다.

'치라가 먹고 싶다. 쫄깃한 식감이 좋지. 맥주 안주로 최고야. 미미가[#2]만 있어도 좋겠는데……. 이 세계는 술이라고 하면 와인이 기본이고 에일 맥주는 과일 향이 너무 강해서 뭔가 아니란 말이지~. 그게 맥주의 원형이라고 했던가? 하다못해 차갑게 식혀서 주면 좋으련만.'

아저씨는 일본의 술집이 그리웠다. 이 세계에 있는 맥주의 원형인 에일 맥주는 식히지 않아 여름에 마셔도 맛있다는 느낌이 들지 않았다. 현대 사회에서 파는 맥주의 맛을 아는 그는 미적지근한 에일 맥주를 마셔도 만족하지 못했다. 짜릿할 정도로 차가운 맥주가 그리운 계절이었다.

"냉장고도 만들까? 에일 맥주를 작은 통에 담아 파느냐가 문제인데……. 적어도 병으로 팔았으면……."

"냉장고? 아저씨, 기술 혁명이라도 일으키려고?"

#1 **치라가** 일본 오키나와의 음식인 돼지 머리 껍질.
#2 **미미가** 일본 오키나와의 음식인 돼지 귀 슬라이스.

"설마요. 당연히 제가 쓰려고 만드는 거죠. 욕심에 눈먼 족속들과 어울릴 생각은 없답니다, 세뇨리따."

"치사해. 혼자만 편하려고!"

"당연한 말씀. 저는 이 세계에 그리 간섭할 생각 없다고요."

마법으로 일대 혁명을 일으켰으면서 새삼스러운 이야기였다.

그는 평범한 생활을 바랐지만, 그 평범함은 보통 사람과 조금 어긋나 있었다. 사람은 자신의 가치관대로 사는 일이 많으며, 관심이 없는 분야에서는 아무런 가치를 찾지 못한다. 본인이 당연하다고 생각하는 가치관이 타인에게는 비상식적 경우도 있다. 실제로 제로스는 자신을 농사꾼이라고 말하지 않고 백수라고 생각했다. 이 시점에서 이미 가치관이 이상했다.

"그럼 색적이라도 할까요? 주위에 적은 없는 것 같네요. 방금 죽인 코볼트가 척후병이라면 안쪽에 아직 더 있을 것 같은데 말이죠."

"나…… 심심해. 아저씨가 다 하니까 내가 나설 일이 없어."

"레벨 차이 때문이죠. 스킬 레벨도 높으니까 혼자 돌아다녀도 무사할 자신이 있어요. 그 숲에 비교하면 적도 약해 빠져서 한 방에 정리되니까 누워서 떡 먹기겠네요."

"으으…… 이건 그냥 사기캐잖아. 아저씨 너무한 거 아냐?"

그건 충분히 이해했다. 그렇기에 평화롭게 살기를 바랐다. 이리스와 대화하는 사이에 레나와 쟈네는 마석 회수를 마쳤다. 그렇지만 그녀들의 표정이 밝지 않았다.

"마석이 너무 작아. 검을 만들려면 이걸로는 부족해. 좀 더 모아야겠어."

"생활비에는 보탬이 되겠지만, 품질이 썩 좋지는 않아 보여."

"코볼트 사체는 어쩌죠? 제가 소각할까요?"

"아, 사체는 그대로 둬도 괜찮을 거야. 돌아올 때쯤엔 이미 사라져 있을 테니까."

"……네?"

쟈네의 말이 마음에 걸렸다.

"잠깐만요. 사체가 사라져? 왜요?"

"나는 몰라. 다른 마물이 처리하는 거 아냐?"

"그럴 리가 없잖아요. 이 부근에 웜이 출몰하나요?"

"정보에 따르면 웜은 더 아래층에서만 나와. 지상 부근은 코볼트뿐이고. 아래로 가면 자이언트 앤트는 나오지만."

"그렇다면 사체를 처리하는 마물이 없다는 뜻이네요. 생태계가 성립되지 않아요."

마물은 생물이다. 생물인 이상은 식량 확보를 우선해 강자가 약자를 잡아먹고 약자가 강자가 떨어뜨린 콩고물을 받아먹는 등 먹이사슬이 생긴다. 하지만 이 갱도에서는 그 먹이사슬이 성립하지 않는다.

쟈네와 레나의 이야기를 믿는다면 층마다 마물이 살며 용병들과 계속 싸우고 있을 것이다.

하지만 먹이사슬이 성립하지 않는다면 마물은 모두 사멸해야 마땅했다. 이건 말도 안 되는 이야기였다.

"하나 물어봅시다. 층마다 마물 종류가 다른가요?"

"응? 그래, 맞아. 3층부터 자이언트 앤트, 5층부터 빅 스파이더와 마운트 스콜피온이 나오지."

"어느 쪽이나 포식 관계가 성립하지 않는 마물이네요. ……설마!"

"앗, 알았다! 이 광산, 던전화했지?"

"아마도 그렇겠죠. 던전에게는 마물도 용병도 먹이에 지나지 않습니다. 어느 쪽이 살아남든 식량을 확보할 수 있죠."

던전. 그것은 마력이 일정 단계로 응축했을 때 태어나는 필드 타입 마물이다.

지맥의 마력이 응축하여 핵이 생성되면 던전이 만들어지고 주위 토지를 자신의 몸으로 변질시켜 마물을 소환한다. 그리고 적대자를 불러들여 식량을 확보한다. 예컨대 광석이나 귀금속, 보석 등도 정체되어 인간을 불러들여 마물과 싸우게 하는 식으로…….

그리고 던전은 생물이 죽었을 때 발생하는 혼백이나 육체를 흡수해 마력으로 변환하고, 규모를 넓혀 더 많은 마물을 소환한다. 그 과정에서 어째선지 마석만은 흡수되지 않고 남는다.

그 현상에 의지는 없으며, 던전이라는 몸을 유지하기 위한 싸움터를 구축한다. 광산 자체가 거대한 마물의 배 속이라고 해도 될 것이다.

하지만 광물 자원은 품질도 좋아 높은 가격에 거래되었다. 인간에게는 충분히 매력적이었다.

또한 던전에서 쓰러진 용병의 무기나 방어구는 흡수되지 않고 남아 던전 내부의 마력으로 변질되어 강력한 무기가 되기도 했다. 많은 용병들이 이 무기를 노리고 던전 공략에 도전했다. 하지만 이런 무기는 강력한 마물이 소지하는 경우가 많았고, 그중에는 지혜를 가진 마물도 있었다.

마물은 던전에서 마력을 공급받아 배가 고프지 않으며 끝없이 번식할 수 있었다.

만약 마물이 너무 불어나도 그 마물을 밖으로 방출하여 일정한 균형을 유지했다.

이 현상은 스탬피드라고 불리며, 이 때문에 던전 부근 도시나 마을은 항상 경계 태세였다.

던전 핵은 언제나 이동하며 위치를 알아내기 어려웠다. 인간에게는 장점이 있는 장소지만, 동시에 죽음과 맞닿은 위험 지대이기도 했다. 용병 길드가 상황을 항시 감시해 다른 장사 관련 길드가 주변 운영을 도와 거대한 도시가 형성된 일도 있었다.

현재 확인된 던전은 세 곳이지만, 어느 곳이나 비교적 약한 마물이 출현하는 저레벨 던전이었다. 만약 이 광산이 던전이라면 아한이 마을에서 도시로 발전할 가능성도 있으리라. 그리고 많은 골칫거리를 떠안게 될 것이다. 자기 책임의 원칙을 철저히 지키는 용병 길드는 던전을 감시는 하나, 용병들의 행동에는 관여하지 않았다. 문제는 이 광산의 현재 상황이었다.

"책에서 봤는데 던전은 쉽게 발견되지 않습니다. 이점은 있지만, 그것 이상으로 귀찮은 점도 많은 곳이죠."

"예를 들어 어떤? 아저씨는 알지?"

"공략되지 않았다면 최하층에 마물이 얼마나 불어났을지 몰라요. 잘못하면 마물이 아래에서 올라와 바깥으로 나올지도 모르죠."

"응? 잠깐만요, 제로스 씨. 이 광산이 던전이에요? 스탬피드가 일어나요?"

"아직 가능성이 있다 정도입니다. 이거, 최하층까지 가 봐야 할 지도 모르겠군요……."

분위기가 얼어붙었다. 그녀들은 제로스가 무슨 말을 하는지 이해할 수 없었다.

아니, 이해는 하나 믿을 수 없었다.

"물론 저 혼자 갈 거지만요. 에효…… 귀찮아."

"아저씨, 제정신이야?! 던전이라면 최하층은 고레벨 마물이 득실거린다고!"

"어떻게 그렇게 대수롭지 않게 말할 수 있어요?!"

"네~? 금속을 캐러 왔을 뿐인데 던전일지도 모른다고 하잖아요? 필요한 물건은 하층에 가야 채굴할 수 있을 테고, 그사이에는 마물이 우글우글……. 숲에서 헤맬 때와 똑같은데요? 몬스터 파티…… 아, 우울해."

"채굴할 겸 조사할 생각이야?! 아저씨, 당신 미쳤어? 정말로 던전이면 어떡하려고 그래!"

"위험해지면 도망칠 겁니다. 목숨은 아까우니까."

""목숨 아까운 줄 아는 사람은 그런 위험한 짓 안 해!""

말이 좀 심했다.

"광석을 확보하면 하층에 내려가 보든가 하죠. 만약 마물 천지라면……."

"마물 천지면, 어쩌게요?"

"물론 싹 쓸어야죠."

【그 무렵의 제로스】의 재림이었다. 그의 목표는 평온한 생활이었고 그것을 위협하는 존재가 당장에라도 나올 것 같다면 제로스는 【섬멸자】로 돌아갈 것도 불사할 각오였다.

중2병 같은 별명은 좋아하지 않았지만, 평화로운 삶을 방해하는 원인은 【섬멸자】가 되어 적극적으로 제거할 생각이었다. 숲에서 겪은 서바이벌 생활이 그에게 마물에 대한 적개심을 심어 버린 것일까? 대산림 지대든 던전이든 그는 다시 버서크할 것이다.

"아저씨, 적당히 해야 해? 여기가 무너지면 골치 아파."

"노력은 하겠습니다. 그것도 상대방 나름이지만요."

"제로스 씨, 마물은 말이 안 통해요."

"이리스, 넌 왜 안 말려?"

"인간 최강인 아저씨를 쓰러뜨릴 수 있는 게 있으면 난 한번 보고 싶은데?"

【소드 앤 소서리스】의 아바타가 그대로 현재 몸의 스펙이 되었다면 제로스의 힘은 이 세계에서 대적할 이가 없었다. 게임일 때는 고작 다섯 명으로 레이드급 몬스터를 잡거나, 덤벼드는 PK 플레이어를 수도 없이 쓰러뜨려서 심각한 트라우마를 심기도 했고, 얼토당토않은 위력을 가진 장비를 개발하는 비상식적인 파티였다.

그 존재는 고참 유저에게는 공포의 대상, 신규 유저에게 우상이 될 정도의 인기를 자랑했다.

그 주된 이유가 그들은 초보자에게 친절하며 처음 버추얼 리얼리티 세계에 발을 들인 유저에게 일정 레벨까지 기초 지식을 정성스럽게 알려줬기 때문이었다. 이는 소위 봉사 활동이었다. 신규 유저들을 PK에서 지켜주기 위해서였고, 튜토리얼에서는 알 수 없는 현실 세계 같은 게임 속 환경에 익숙해지도록 하는 목적도 있었다.

실은 그 이면에는 다른 목적이 있었다. 【섬멸자】들은 다른 고참 유저도 불러 장난으로 시작한 【PK 사냥】이 진짜 목적이었다. 요컨대 초보들을 미끼로 PK 유저를 유인해 냅다 몰매를 놓는 장난스러운 목적이었지만, 어느샌가 이 봉사활동이 【섬멸자】들의 손을 벗어나 다른 길드까지 말려들게 한 대규모 활동이 되었다.

이 봉사활동을 처음 시작한 입장이기에 도중에 포기할 수도 없어서 조금이나마 활동을 계속해야 하는 상황이 되었다.

그런 이유에서 진실을 모르는 신규 유저의 인기가 치솟았다.

이리스도 처음 게임에 참가했을 때 그 봉사 활동의 도움을 받은 경험이 있었다.

안타깝게도 도와준 사람은 제로스가 아니었지만, 그녀에게 【섬멸자】는 동경의 대상이었다. 그중 한 사람인 제로스가 가벼운 걸음걸이로 일행을 앞장섰다. 레나와 쟈네는 우두커니 서서 그 뒷모습을 바라보았다. 위기감이 전혀 없었다.

"자, 빨리 채굴이나 하러 가자! 아저씨는 걱정해도 소용없으니까."

"이리스…… 제로스 씨가 그렇게 강해?"

"강하지. 그래서 조용히 지내는 거라고 생각해. 유명해지면 귀찮잖아?"

"그게 뭐가 나빠? 나도 용병으로서 실력을 쌓아서 유명해지고 싶다고. 큰 의뢰를 받을 수 있게 되니까."

"누군가 말하더라. 『너무 강한 힘에는 두 가지 길밖에 없다. 숭배받거나 두려움을 사거나』. 아저씨는 후자라고 봐."

두 사람은 얼굴을 마주 봤다. 눈앞에서 태평하게 담배를 피우며 동네 산책하러 나가듯 갱도로 들어가는 제로스가 말처럼 강한 인물로는 보이지 않았다. 하지만 이리스 말대로 대단한 인물이겠거니, 하고 받아들이기로 했다.

두 사람은 아직 【섬멸자】에 대해 아무것도 몰랐다.

갱도 앞에는 넓은 공간이 펼쳐졌다.

【아르카나】를 사용해 사역마를 만들어 적을 찾아봤다. 바위 위에도 갱도가 있고 활을 장비한 코볼트가 그곳을 배회하고 있었다. 코볼트가 몇 마리인지는 모르겠지만, 위쪽에서 날아든 화살에 잘못 맞으면 즉사였다. 하지만 갱도보다는 넓으므로 코볼트를 단검으로 상대하던 쟈네는 대검을 준비했다. 그녀는 단검을 칼집에 넣고 이리스에게 맡겼다.

"용병이 빈번하게 들락날락해서 수는 적은가 봐."

"그렇지만 궁수가 있어서 귀찮아. 노려지면 위험해."

"【에어 프로텍션】을 걸까? 일정 시간이라면 화살을 막을 수 있는데."

"다행히 궁수가 있는 곳은 한쪽뿐입니다. 보조 마법은 필요 없어요. 제가 정리하고 오죠."

""""뭐?""""

매복 따위 있거나 말거나 걸음걸이도 가볍게 갱도를 걸었다.

코볼트들은 제로스를 확인하자 하울링으로 적의 존재를 알리는 신호를 보냈다.

그것을 기다린 것처럼 제로스의 몸은 공중으로 떠올랐다. 비행 마법【어둠 까마귀의 날개】를 사용한 것이었다.

활을 준비하던 코볼트들은 혼란에 빠졌다. 그 틈을 노리고 머리를 향해 대거를 투척했다.

코볼트는 즉사했다. 대거에 이어진 와이어를 감아 칼이 다시 손으로 돌아오자 그는 다른 코볼트에게 고속으로 접근했다.

이미 시위를 매긴 코볼트가 화살을 쐈지만, 대거에 맞고 튕겨 나갔다. 허둥대며 화살을 장전하려던 그 틈에 목이 찢어졌다. 활이 안 통한다고 판단한 코볼트가 일제히 달려들어 근접전을 감행했다. 코볼트는 신체 능력이 뛰어나고 순발력도 인간의 배 이상이었다.

높이 뛰어올라 공중에서 달려드는 코볼트와 달리면서 접근해 행동을 봉쇄하려는 코볼트로 역할이 나뉜 듯했다. 하지만 제로스는 공중에서 달려든 코볼트를 무시하고 달려온 코볼트에게로 마주 다가가 대거를 쑤셔 박았다.

"그버……."

코볼트가 탁한 소리를 냈다. 한 마리를 해치우는 사이 무수한 코볼트들이 제로스에게 쇄도했다.

"【흑뇌(黑雷)】."

제로스 주위로 칠흑빛 번개가 방출됐다. 포위하려던 코볼트들은 그 번개를 맞고 순식간에 감전사했다.

"……아저씨, 마도사지? 왜 저렇게 근접전도 능숙해?"

"너무 강해. 마도사라기보다 오히려 암살자?"

"요란한 암살자지? 숨기는커녕 날뛰질 않나……. 만화에 나오는 닌자야?"

"주먹이 작렬했군. 마법은 그다지 쓰지 않는걸."

"격투 능력이 너무 뛰어나서 무슨 짓을 한 건지 모르겠어. 정말로 마도사 맞아?"

"마도사의 정의가 뭘까? 아저씨를 보고 있으면 내가 엄청 초라해 보여."

제로스는 코볼트를 유린하고 가차 없이 살해를 반복했다. 그 모습을 보던 세 사람은 어처구니가 없었다.

"멍청하게 있다가는 사냥감을 모조리 뺏기겠어. 두 사람 다 가자."

"네~."

"제로스 씨가 전멸시키는 편이 빠를 텐데……."

제로스에게 정신이 팔린 코볼트들은 새로운 적의 등장에 어쩔 줄 몰랐다.

"아저씨만 활약하게 두진 않아. 【존 패럴라이즈】!"

"가자, 레나!"

"알았어, 알았어. 어째 할 맛 안 나네."

이리스가 범위 마비 공격을 날리자 레나와 쟈네가 무기를 겨누며 돌격했다.

쟈네가 대검을 휘둘러 코볼트를 쓸어버리자 레나는 놓친 코볼트를 마무리 짓고, 아직 무사한 코볼트에게는 이리스가 마법을 썼다.

일을 대충 끝낸 제로스는 그런 그녀들을 바라보고 있었다. 레벨업을 방해할 생각은 없으므로 만에 하나 있을 복병에 대비해 경계 중이었다.

이 구역의 코볼트가 그녀들에게 소탕당할 때까지 그리 많은 시간은 걸리지 않았다.

코볼트의 사체가 바닥을 뒤덮은 한복판에서 제로스는 주위를 관찰했다. 그리고 이 광산이 던전이라는 확실한 증거를 목격했다.

코볼트의 사체가 차츰 먼지처럼 변하기 시작하더니 이윽고 마석을 남긴 채 사라진 것이었다.

"이, 이건…… 던전이 코볼트를 먹는 거야?"

"그렇겠죠. 저도 처음 봤지만, 참 괴식가 같군요. 마석은 왜 남는 걸까요?"

"생각해 보면 코볼트를 해체할 필요 없지 않아? 어차피 마석만 남잖아."

"지금까지 우리가 한 고생은 뭐였지? 코볼트는 마석 말고 쓸 만한 부분이 없으니까 굳이 해체할 필요는 없었나 봐."

"왜 아무도 던전이라고 눈치채지 못했을까요? 거참, 이상한 노릇이네."

그 이유는 이 땅이 광산이기 때문이었다.

광산은 많은 광부나 용병이 찾는 장소지만, 그곳에 마물이 대량으로 둥지를 트면 채굴을 할 수 없다. 하물며 던전이라면 마물이 끝도 없이 나타난다. 처음에는 어떻게든 토벌했지만, 마물은 계속 늘어나기 때문에 언제부터인가 전력이 역전되어 대처할 수 없게 변했다.

그 결과, 무기 제작이나 강화를 목적으로 한 용병들밖에 모이지 않게 됐다.

예를 들어 용병은 한번 검이나 방어구를 만들기 위해 채굴하러 들르면 그 후에는 당분간 이 땅을 찾을 일이 없었다.

2, 3일이라는 짧은 기간 체재만으로는 자세한 정보를 얻을 수 없었고 다른 용병에게도 말하지 않았다. 대장장이들도 용병에 채굴 의뢰를 하는 일이 있지만, 매일 이런 곳에 오는 사람은 거의 없었다. 그래서 정보는 세분화되었고, 머잖아 정보 자체가 누구에게도 전해지는 일 없이 사라졌다.

즉, 이 폐광의 자세한 정보를 아는 사람이 거의 없었다. 설령 마물 사체를 방치해서 사라진다고 해도 다른 마물이 포식했다고 생각하고 넘어가기 때문이었다.

"채굴 장소는 아직 멀었나요?"

"멀었어. 그런데 구조가 상당히 많이 변한 것 같은데…….."

"그래요? 그럼 던전이 성장하고 있다는 말이군요."

"내 기억에 이곳은 좁은 갱도였는데 왠지 넓은 방처럼 변했어…….. 설마 단기간에 구조가 변화했나?"

쟈네의 정보를 믿는다면 이 던전은 구조를 바꿨다. 그만큼 힘을 축적했다는 뜻이고 던전 코어를 발견할 수 없다면 광산은 언제까지고 던전으로 남는다.

하지만 제로스는 던전을 공략할 생각이 없었다. 마물이 스탬피

드를 일으킬 정도로 번식했다면 그 마물을 줄이면 된다는 생각이
었다.

저 좋자고 던전을 공략하면 그로 인해 곤란해질 사람들도 생각
해야 했다.

특히 아한 마을이 그랬다. 제로스가 아한을 방문하고 느낀 점은
쇠락하지는 않았지만, 사람이 적어 쓸쓸한 마을이란 것이었다. 마
을을 걸어 다니는 주민은 그다지 보이지 않았고 거리를 활보하는
것은 불량해 보이는 용병들이었다. 싸움도 빈번히 일어났고 마을
에 주둔한 기사는 단속에도 미온적이었다.

마을 사람들이 이 땅에서 살아갈 수 있는 것은 폐광 덕분이며 던
전을 공략한 시점에서 그들의 생활이 성립하지 못할지도 몰랐다.
현재 아한의 경제 상황은 입에 풀칠이나 하는 정도였다. 섣부른
행동을 하면 마을 사람들이 길거리에 나앉게 될 것이다. 던전은
재앙을 부르지만, 혜택도 컸다.

"마석 회수 끝났어."

"그럼 앞으로 가요. 금속을 많이 확보하면 쟈네의 검도 새로 조
달할 수 있을 거예요."

"그렇지. 나는 검을 위해 여기에 왔어. 던전이건 뭐건 아무래도
상관없어."

네 사람은 더 안쪽으로 들어갔다. 이리스와 레나는 생활비를 위
해 마석을, 쟈네는 검을 위해 광석을, 제로스는 자신의 생활을 위
해 건조기 등 농기구나 냉장고 재료 확보를, 저마다 목적을 위해
서 길을 서둘렀다. 제로스는 만들 것이 늘어나 있었다.

◇ ◇ ◇ ◇ ◇ ◇ ◇ ◇

크리스틴 드 엘웰.

엘웰 자작가의 삼녀며, 원래대로라면 이스톨 마법 학교에 다니고 있어야 할 소녀였다.

하지만 그녀는 현재 기사를 목표로 수련 중이었다.

과거 엘웰 자작가에는 후계로 삼을 아들이 없어 다른 가문에서 데릴사위를 들인 바 있었다.

그것이 그녀의 아버지였다. 그녀의 아버지, 에두아르드는 근위 기사단의 부단장을 맡았으며 용감하지만 온화한 인물로 알려졌었다. 그러나 그는 도적 토벌 임무 중에 독화살을 맞고 돌아오지 못하는 사람이 되었다.

엘웰 자작가는 후계자가 될 남자가 없었고 이미 시집간 두 언니 대신 그녀가 집안을 잇게 됐다. 어떻게 된 영문인지 여자가 태어날 확률이 높은 가문이었다.

그런 이유로 크리스틴은 이스톨 마법 학교에 갈 예정이었지만, 그녀는 마법을 쓸 수 없었다. 정확히 말하면 이데아 영역에 마법식을 각인할 수는 있지만 마법이 발동하지 않았다. 학력은 둘째 치고 자질에 문제가 있는 것이다. 그러나 엘웰 가문은 본디 기사 가문이었기에 마법 자체에 그다지 집착은 없었다. 그래서 그녀는 수행과 검 소재를 확보하기 위해 이 폐광으로 왔다.

크리스틴은 아버지 에두아르드에게 젊을 적 용병으로 일할 때

광산에서 광석을 모으고 자신이 모은 돈만으로 검을 만들었다는 이야기를 들었다.

아버지의 등을 좇는 그녀는 그 일화를 따르듯 실행했다. 자신만의 검을 제작하기로 마음먹은 것이었다.

아무리 그래도 용병이 되는 것은 무리였지만, 그녀는 성별을 속이고 길었던 머리를 잘라 소년 행색으로 이곳까지 왔다. 그리고 그녀는 지금 채굴 중이었다.

가느다란 손가락으로 곡괭이를 쥐고 열심히 광석을 캐는 데 도전했지만 작업은 난항을 겪고 있었다.

결국은 힘없는 몸. 작업은 전혀 진전되지 않았다.

"윽…… 채광이 이렇게 힘들구나. 내가 쉽게 생각했어."

"보통 남자가 하는 일이니까. 광석을 캐는 것도 보통 힘든 일이 아니죠."

"……다들 미안. 내 사정일 뿐인데 귀찮게 해서."

"괜찮아요. 크리스틴 님은 엘웰 가문을 짊어질 분입니다. 저희가 지키는 게 당연하죠."

크리스틴 주위에는 네 명의 기사가 용병으로 변장해 광석 채굴 작업을 계속하고 있었다.

그들은 모두 아버지 에두아르드에게 훈련받은 이들이자 거리에서 태어난 고아들이었다.

그리고 모두 그녀의 아버지에게 은혜를 입어 엘웰 가문에 충성을 맹세한 이들이기도 했다.

"다만, 그때…… 크리스틴 님을 홀로 남긴 건 실수였군요."

"그래. 설마 그런 무뢰배가 행패를 부렸을 줄이야……."

"다음에 만나면 죽여 버리겠어!"

전원 일제히 동의했다. 정보를 수집하던 그들이 크리스틴 곁으로 돌아온 것은 그녀를 공갈하던 용병의 목에 마도사의 검이 닿은 순간이었다.

"그건 대단했지. 언제 검을 뽑았는지 나는 전혀 안 보였어."

"엄청난 기량이었습니다. 어쩌면 에두아르드 님보다 강할지도 몰라요."

"하지만 마도사잖아. 이상하지 않아?"

"외국 마도사겠지. 몇 번이나 사선을 넘어왔을 거야."

그들은 수상한 차림새를 한 마도사가 무서웠지만, 동시에 흥미가 동했다.

눈 깜짝할 사이에 검을 뽑은 기량도 기량이었지만, 기재도 없이 마법만으로 검을 수복하는 기술은 정체를 알 수 없는 미지의 능력이었다. 그 사실로 미루어 검이든 마법이든 그 실력이 보통은 아님은 명백했다. 재야에 묻어 둘 수는 없는 인물이었다.

"광석은 이 정도면 될까요?"

"이제는 이곳을 나가 영지로 돌아갈 준비만 하면 돼. 어떤 검이 완성될지 기대 돼."

이미 목적은 달성했다. 일행은 귀환 준비에 착수했다.

하지만 그들은 몰랐다. 이 광산이 던전이란 사실을—.

던전에는 많은 함정이 설치된 경우가 있었다. 오래된 던전일수록 그런 경향은 강했고 때로는 마른하늘에 날벼락처럼 들이닥친다.

이것은 던전을 유지하기 위한 먹잇감이 적을 때 마물을 사냥하는 시스템이었지만, 드물게 인간이 걸리는 경우도 있었다.

"꺅?!———."

기사들과 걸음을 내디뎠을 때, 느닷없이 크리스틴은 바닥으로 빨려 들어갔다. 일반적으로 【피트 슈터】라고 불리는 트랩이었다.

"""""크리스틴 님!!"""""

당황하며 개구부를 열려고 하나 한번 닫히면 일정 시간 열리지 않는 것이 이 트랩의 특징이었다. 애타는 기사들을 비웃듯이 개구부는 입을 굳게 다문 채 꿈쩍도 하지 않았다.

 ## 제13화 아저씨, 사고 치다

제로스 일행은 풍경이 변하지 않는 갱도를 나아가며 출현하는 마물을 소탕했다.

그나저나 채굴 장소까지 가려면 시간이 꽤 걸렸다.

하층으로 내려갈수록 마물의 수도 늘어나며 힘도 강해지고 있었다. 던전에서 마력을 공급받는 마물은 굶주리는 일은 없으나, 식욕이라는 감각이 마비된 것일지도 몰랐다.

그 탓에 마물들은 번식을 위한 성욕이나 투쟁 본능에 몸을 맡긴 채 남은 시간은 기본적으로 잠을 잤다. 생물로서 뭔가 결여된 것이지만, 위협적이라는 사실에는 변함이 없었다.

그래도 용병에게 강한 마물은 경험치를 벌 좋은 기회를 제공하며 소재나 마석 따위를 팔면 부수입이 된다. 경우에 따라서 다르지만 이 사냥이 더 큰 벌이가 되는 일도 많았다.

하층으로 내려감에 따라서 함정이 하나둘 보였다. 피해서 가려니 귀찮았지만, 함정 발견은 제로스가 맡아 안전하게 길을 가고 있었다.

"저기 함정이 있군요. 폭발 계통이 아니라서 다행이지만…… 조금 아쉽네요."

"아저씨, 이상한 소리 하지 마. 누가 함정에 걸리고 싶대?"

"좋아서 함정에 걸리는 사람이 있다면 분명 엄청난 변태일 거야. 그건 그거대로 보고 싶긴 해."

"레나, 가끔 네가 이해가 안 돼……."

지금까지는 구멍 함정밖에 보이지 않았지만, 함정 중에는 독가스나 전기 충격, 최악의 경우 폭발하는 것까지 있었다. 게임에서는 함정에 걸려도 신체 결손은 없는 것이나 마찬가지였다. 그러나 이 세계에서는 실제로 이런 함정에 걸려 팔다리를 잃은 사람도 있었다.

회복 마법으로 자기 몸의 일부를 깔끔하게 재생하는 행위는 이론적으로 가능했지만, 실제로 하려면 팔다리를 재구축할 만큼 영양분을 보급할 필요가 있었다. 아무리 재생 능력이 있는 생물이라도 결손 부위를 고치기 위해서는 재생에 필요한 영양분을 외부에서 섭취할 수밖에 없었다. 그런 부분에 게임과 현실의 차이가 있었다.

이 세계에서 사람의 결손 부위 재생은 현재 시점에서 현실적으로 불가능한 이야기였다.

제로스가 걱정하는 것은 이리스가 게임이나 라이트 노벨 지식을 참고가 아닌 이세계의 상식으로 인식하고 있을 가능성이었다. 이 세계에 【부활】이나 【불사】는 존재하지 않았다. 게임처럼 전투를 하다가는 죽을 가능성이 컸다. 현실은 게임과 다르며 적이 일정 패턴으로 공격해 올 리 없었다. 사느냐 죽느냐의 현장에서는 무슨 일이 일어날지 알 수 없는 법이었다.

동향 사람, 하물며 미성년인 소녀가 죽는 모습 따위 보고 싶지 않았다.

"음…… 전방에 적, 빅 스파이더군요. 해치울까요?"

"수는? 몇 마리나 있어?"

"세 마리. 세 명이면 간단하겠죠. 어떻게 할래요?"

세 사람은 얼굴을 마주 봤다.

"거미 마석은 구미가 당기지?"

"그렇지만 그 녀석은 단단해. 칼이 망가질 것 같은데."

"그래도 경험치도 필요하고…… 해볼까?"

"구미가 당긴다고 하니 떠올랐는데, 기름에 튀긴 거미는 새우 같은 맛이 나더군요. 저것도 먹을 수 있으려나? 크니까 배는 찰 것 같은데 별맛은 없을 것 같기도 하고~."

"""거미를 먹어? 아니, 먹었어?!"""

원래 세계에서 해외 출장을 갔을 때, 호화 요리라는 말을 듣고 간 레스토랑에서 나온 타란튤라 튀김을 먹은 적이 있었다. 심지어 지네도 먹었다. 그는 어디서든 살아갈 수 있을 만한 서바이벌 스킬을 발휘한 전적이 이미 있었다. 현지 거래처 회사원도 그냥 놀라게 하려고 장난삼아 낸 요리였건만, 설마 정말로 먹을 줄은 몰랐을 것이다.

제로스는 환경 적응력이 이상하리만치 뛰어난 인물인지도 모르겠다.

"술이랑 먹으면 딱이겠던데~."

"""진짜 먹었어!"""

"아무리 그래도 식은 원숭이 뇌는 비위 상했죠……. 식판 위에 원숭이 머리가 올라간 접시가 나오더라니까요? 원망스러운 표정을 지은 채로……."

"""…………."""

입으로 뱉은 담배 연기가 허공을 떠돌았다. 왠지 슬픈 남자의 애수 같은 바람이 불고 지나갔다.

남들과는 다른 의미로 힘든 회사원 시절이었다는 사실이 엿보였다. 어떻게 보면 연속 밤샘 근무가 천국이었는지도 모르겠다.

"앗, 송아지 뇌는 맛있었어요. 소머리라서 보기에는 좀 그렇지만, 불로 조리도 했고 혀 위에서 살살 녹는 게……."

"제발 그마————안!!"

"꺄아아아아아아아아아아아! 상상되잖아아아아아아아!"

"……(뿌글뿌글)."

쟈네, 멘탈 다운 돌입. 거품을 뿜으며 선 채로 기절했다.

엽기 요리의 대향연이었다. 그리고 세 사람은 상상력이 대단히 풍부했다. 그 징그러운 요리를 생생하고 선명하게 상상해 버렸다.

"그나저나 빅 스파이더는 어떻게 하죠?"

"이 상태에서 싸우라고요? 아저씨, 사디스트죠? 사디스트 맞죠?!"

"우우…… 원숭이 머리가 머릿속에서 떨어지지 않아아아아!"

"……(아…… 꽃밭이 보인다)."

언어 공격 크리티컬 히트를 정통으로 받은 한 사람이 열반에 들려고 하고 있었다.

평소 여장부 기질이 있는 쟈네는 정신적으로 약했다.

제로스는 다시 담배를 빨고 연기를 뿜었다.

"여자도 강하지 않으면 살아갈 수 없다. 부드럽지 않으면 여자가 아니다."

"아저씨, 시니컬한 척해 봤자 안 어울려. 그 수상쩍은 복장부터 그만두지?"

"싫어요. 이건 제 철칙입니다."

"거짓말이지? 아저씨 성격에 철칙은 무슨……."

"……이건, 울어야 하나?"

말은 심하나 사실이었고 단순히 수상쩍은 복장을 좋아할 뿐이었다. 평범한 농민과 다를 바 없었다. 그런 잡담을 주고받는 사이 빅 스파이더 세 마리는 어디론가 사라져 버렸다. 그리고 세 여성은 한탕 벌 기회를 놓쳤다.

결국 제로스는 돈 벌 기회를 놓친 세 사람에게 원망받게 됐다. 아저씨는 고독했다.

◇ ◇ ◇ ◇ ◇ ◇ ◇

생계가 걸린 세 사람의 얼음장 같은 시선이 등에 꽂히는 것을 느끼며 걷다 보니 길이 T자로 갈라졌다.

귀를 기울이자 안쪽 채굴장 같은 곳에서 희미하게 격한 금속음이 들렸다. 전투치고는 이상했다. 계속해서 때리는 듯한 소리는 어쩐지 조바심 같은 것을 느끼게 했다.

"······전투가 아닌데요? 마구잡이로 금속질인 물건을 때리는 것 같은 소리 같군요. 뭐지?"

"몰라. 아저씨 착각 아냐?"

"여기서 전투가 아닌 소리라면 채굴이겠지. 흔한 일이야."

"제로스 씨, 저희는 아직 용서 안 했어요."

여성진은 한번 토라지면 기분을 풀어주기가 어려웠다. 비난의 눈총이 따가웠다.

그러나 이토록 집요하게 굴면 아저씨도 조금은 화가 나게 마련이었다. 그는 무심결에 중얼거렸다.

"그러고 보니 식은 원숭이 뇌가 어떤 맛이었냐면······."

그 말을 들은 세 사람이 일제히 귀를 막았다.

"왜 지금 그런 소리를 해? 또 상상해 버렸잖아!"

"······(부들부들)."

"역시 사디스트야······. 으으······ 기껏 머리에서 떨어질 것 같았는데."

"아뇨, 딱히 큰 뜻은 없습니다. 그냥 이상한 기운이 드는데 관심을 두지 않으면 던전에서는 죽음으로 이어지지 않을까 생각해서요."

시침을 뚝 떼고 그런 소리를 나불거리며 그는 몹시 통쾌하게 웃고 있었다. 의외로 뒤끝 있는 성격이었다.

그리고 끝내주는 성격이었다.

"이런 시시껄렁한 소리는 넘어가고…… 오, 빅 스파이더군요. 소리가 나는 방향으로 가는데 열 마리는 되겠네요. 어떻게 할 거죠?"

"가능하면 스파이더의 【방적 돌기】는 가지고 싶어요. 그건 스파이더 실크의 원료니까요."

"비싸게 팔릴 건 알지만, 열 마리라…… 힘들지 않을까?"

"그래도 비싸다며? 그럼 도전해도 괜찮겠는데?"

세 사람은 사냥하기로 마음먹은 모양이었다.

용병 생활은 생각 이상으로 돈이 되지 않았다. 무기나 방어구가 소모되는 데 더해 회복약 등 상비약과 식량. 그리고 일이 없을 때 당면한 생활비 등으로 의뢰비 대부분이 날아갔다. 부수입을 확보하지 않으면 그녀들은 생활이 어려웠다. 돈 걱정으로 속마음은 타들어 가고 있었다.

네 사람은 빅 스파이더 뒤를 쫓아 T자형 길을 오른쪽으로 꺾어 쉿소리가 나는 방향으로 조용히 다가갔다. 그러자 그곳에서 쉿소리는 방금까지 들리던 것과 성질을 달리하여 격렬한 전투음으로 변했다.

『젠장할, 거미들이 몰려왔다!』

『우리가 막겠다! 넌 빨리 크리스틴 님에게 가!』

『알아! 하지만 안 열려!』

『빨리해! 이 녀석들 수가 많아!』

아무래도 문제가 생긴 모양이었다. 용병으로 생각되는 네 사람이 빅 스파이더와 교전에 들어갔다. 본래는 여기서 손을 대지 않는 것이 규칙이지만, 고민하기 전에 네 사람의 몸이 움직였다.

"에에에에에에에에에에에에에잇!"

쟈네가 대검을 대각선으로 내리치고, 멈춘 적을 레나가 쇼트 소드로 꿰뚫었다.

"이리스!"

"알아. 【락 블래스트】!"

이리스가 날린 바윗덩이들이 빅 스파이더 옆구리에 꽂혀 세 마리를 해치우는 데 성공했다.

거기로 제로스가 질풍처럼 달려가 양팔에 든 검으로 휘몰아쳐 한쪽 다리 네 개를 절단했다.

그리고 순식간에 측면으로 돌아 거미 세 마리를 토막 냈다.

"네 마리 남았어!"

"도와줘서 고맙소! 우리는……."

"이야기는 나중에 하죠. 지금은 이 거미를 빨리 처리하는 게 우선입니다!"

"그랬지! 미안하오."

그들은 제로스 일행의 가세에 힘입어 빅 스파이더를 간신히 무찔렀고 궁지를 면했다. 레나와 쟈네는 땡잡았다는 양 곧바로 해체 작업에 들어갔고 이리스는 그 광경을 보지 않으려고 했다. 비위가 상해 못 보는 것 같았다.

"도와줘서 살았소. 감사하오."

"아뇨, 별말씀을. 이런 상황에서는 서로 도와야죠. 그런데 기사 여러분은 무슨 일이죠? 뭔가 문제라도 있습니까?"

"……?! 왜…… 우리를 기사라고?"

"다 똑같은 모양의 검과 가문 문장이 있으니까요. 어느 귀족의 종자(從者)겠지요? 한때 귀족의 가정교사를 해서 특징적인 양산형 검은 본 적이 있거든요."

용병 같은 풍모라도 기사는 검을 바꾸지 않았다. 기사 갑옷을 입지 않고 행동하는 임무에서 검은 신분증을 대신하는 중요한 아이템이기도 했다. 양산되기 때문에 형태는 모두 통일되었고 자루에는 이 나라의 기사임을 나타내는 각인이 새겨졌다. 그와 별개로 칼자루에 가문 문양이 조각된 것은 그 귀족 가문에서 신뢰받는다는 증거이며, 그런 이들을 측근이라고 불렀다. 이것을 보여주면 어느 귀족을 섬기는 자인지 신분을 밝히고 다른 가문 기사와 구별할 수 있었다.

"놀랍군요. 그렇게 뛰어난 마도사셨습니까! 그렇다면 귀공에게 지혜를 빌리고 싶습니다."

"귀공이라고 불릴 신분은 아닙니다만…… 뭔가 문제라도 있나요?"

"방금 저희가 모시는 크리스틴 님께서 【피트 슈터】에 떨어졌습니다. 어떻게든 구하려고 해 보았으나 개구부가 열리질 않습니다."

"네?! 그거 큰일이네요……."

"누가 이런 악질적인 함정을…… 큭……!"

【피트 슈터】. 던전에는 흔한 함정이었다. 쉽게 말해 구멍 함정이

며 던전 계층에 따라서 떨어지는 장소가 달랐다. 극단적인 예를 들자면 던전 상층에 있다가 이 함정에 빠져 최심부로 내동댕이쳐지는 일도 있었다. 당연히 마물의 힘은 차원이 다르므로 신출내기 용병이 이 함정에 빠지면 거의 살아남기 어려웠다. 떨어진 곳에 따라서 다르겠지만, 강력한 마물과 만날 수 있기 때문에 실력이 없으면 던전의 먹이가 될지도 몰랐다.

"던전이라고 눈치 채는 게 너무 늦으시네요. 이 아래가 어디로 이어졌느냐가 문제인데……."

"던전이라고요? 이 폐광이 말입니까?!"

"아저씨. 그 사람들, 아저씨가 검을 수리해준 애 동료야. 아마 떨어진 건……."

"더 말하지 않아도 압니다. 그나저나 한번 열렸으면 다시 열릴 법도 한데 말이죠."

제로스는 별생각 없이 【피트 슈터】의 닫힌 문 위에 올라가 봤다.

단단하게 닫힌 문은 어른의 체중으로도 꼼짝도 하지 않았다.

"안 열리네요. 우회하면 시간이 너무 걸리니까 차라리—."

—벌컥!

생각에 빠져 『차라리 마법으로 날릴까요?』라고 말하기 직전에 문이 안쪽으로 열리고 제로스는 구멍 속으로 사라졌다. 흡사 유치한 콩트였다.

"아저씨————?!"

"마도사 님?!"

"야…… 이거 2차 조난 아니야?"

"이, 일부러 그런 건 아니지……?"

"그렇지만 크리스틴 님 곁으로 갔을 거야. 저런 실력자라면 괜찮겠지. 우리는 구출하러 우회하자."

기사들은 분주하게 움직였다. 이리스는 아직 해체 작업을 하는 두 사람을 기다리기로 했다.

그녀는 제로스를 조금도 걱정하지 않았다. 왜냐면 그녀는 【섬멸자】의 일화를 아니까. 오히려 걱정되는 것은 이 던전이었다.

◇ ◇ ◇ ◇ ◇ ◇ ◇

다행히도 이 【피트 슈터】는 미끄럼틀처럼 되어 있었다.

다만, 약 3미터 높이에서 떨어져 엉덩이를 강타하고, 그곳에서 울퉁불퉁하고 매끄러운 터널을 타고 꽤 오래 떨어진 탓인지 엉덩이가 너무 아팠다.

게다가 등도 세게 부딪쳐서 감각이 조금 마비됐다.

"아야야…… 엉덩이가 벗겨지지 않았어야 하는데. ……우연이지만 같은 곳에 떨어졌으니까 공주님이 어디 있는지 찾아볼까? …… 나한테 공주님은 안 어울리나."

혼자 북 치고 장구 치듯 중얼거린 제로스는 등을 문지르며 걸어 나갔다. 크리스틴이 떨어진 곳은 천장에서 3미터쯤 되는 좁은 공간이었다. 길은 한 방향으로 쭉 이어진 것처럼 보였지만, 무슨 위험이 있을지 몰라 경계를 강화했다.

이 갱도도 벽이 어렴풋이 푸르게 빛나며 주위를 비추고 있었다.

제로스는 문득 걸음을 멈추고 험악한 얼굴로 생각에 빠졌다.

'이 빛, 방사성 물질은 아니겠지? 물리 법칙이 같다면 그런 물질이 존재해도 이상하지 않아. 걷는 도중에 머리가 빠지거나 하면 어쩌지…….'

빛의 정체는 어둠 속에서 빛나는 【휘광석(輝光石)】이란 돌이므로 방사능 같은 위험한 것을 방출하지는 않았다.

그러나 감정하지 않은 제로스는 위험한 물건이 아닐까 싶어 지레 겁내며 공포에 몸을 떨었다.

이것이 혹시 방사성 물질이라면 이 광산에 들어온 시점에서 이미 늦었다.

하지만 제로스가 그 사실을 깨달을 때까지는 조금 시간이 걸렸다.

—크와아아아아아아아아아아아아아아아아아아!

마물 같은 포효가 들려 제로스는 번쩍 정신을 차렸다.

"생각해도 소용없지. 어서 찾기나 할까? 조난자가 먹잇감이 되어 있으면 큰일이니까."

구출을 최우선으로 생각한 제로스는 달렸고, 그 광경에 말을 잃었다. 통로 앞은 20미터는 되는 낭떠러지와 발 디딜 곳이라고는 사람이 간신히 지나갈 수 있는 폭 30센티미터의 좁은 길이 전부였다.

이곳을 통과하려면 벽에 몸을 밀착해서 벽을 붙잡고 갈 수밖에 없을 듯했다. 그 이전에 성인인 제로스에게는 길이 너무 좁아 지나갈 수도 없었다.

"여기가 무슨 인적미답의 땅인가……. 암벽 등반은 해 본 적 없다고."

크리스틴이 이곳을 지나간 것은 틀림없었다. 그러나 제로스는 그 장소를 지나갈 수 없었다. 똥배가 신경 쓰이는 나이였고 발판이 좁아 아저씨가 지나기에는 조금 무리가 있었다.

아래에는 굉장히 광대한 모랫바닥이 있었다. 드문드문 바위기둥이 우뚝 솟아 있었고 그 주위 바닥에는 샌드 웜이 수도 없이 꿈틀거렸다. 보기만 해도 속이 울렁거리는 광경이었다.

'맞은편 절벽이 안 보여. 게다가 얼마나 깊이 떨어진 거야? 옛날 영화에 나오는 지하 세계가 따로 없군.'

웜들은 일정한 방향으로 움직여 뭔가에 유도되는 것처럼 보였다.

'동물을 참고로 생각하면 땅속 마물은 일부를 제외한 눈과 귀가 퇴화했을 거야. 그렇다면 놈들은 피부나 다른 기관으로 진동을 감지해 먹이를 찾아내고 있을 가능성이 높아. 여기서 진동을 내는 존재는 다른 마물인가? 보아하니 샌드 웜. 바위를 팔 수 없다면 그 바위에서 나는 희미한 진동에 반응한다는 소리지. 저 거구로? 그건 말도 안 돼.'

몸이 거대하면 감각도 사이즈에 맞춰 둔해져야 마땅했다. 바위에서 전해지는 진동은 너무 미세해서 주위 소리나 웜들의 움직임에 묻히고 말 것이다.

문득 위를 올려다보자 공중에 무수하게 날아다니는 검은 박쥐 무리가 눈에 들어왔다. 사고가 가속되고 순식간에 상황을 고찰해 아저씨는 어떤 가정을 세웠다.

던전 내에는 일정 계층에 한 종족의 마물밖에 존재하지 않는 경우가 많았다. 드물게 여러 종류가 혼재한 던전도 있었지만, 그런 것은 영역을 확대한 오래된 대규모 던전밖에 없었다. 적어도 이 폐광은 아직 오래되지 않았다. 어디까지나 『책에서 본 지식을 참조하면』 그렇다는 말이지만, 한 구역에는 많아도 세 종류 마물밖에 없었다. 현시점에서 보이는 것은 웜과 박쥐【하울링 배트】. 아마도 최하층이라고 생각됐다. 하울링 배트는 소형이지만, 식사가 흡혈 행위이므로 작은 생물은 노리지 않고 대형 마물과 공생했다.

이 마물의 최대 특징은 대형 마물을 음파로 유도하는 것이었다. 정신을 조종할 수는 없지만, 무리 전체가 음파를 공명시켜 일정한 고유 진동을 만들어 대형 마물을 포식해야 할 먹이가 있는 곳으로 유도한다.

마물을 먹는 중인 웜의 피를 빨지만, 식사할 필요 없이 살 수 있는 던전에서 그 행위에 의미는 없었다. 가령 인간이 바위 지대를 걸어도 그 진동은 웜이 너무 커서 감지할 수 없는 수준일 것이다. 웜이 위협을 느낄 리 없었다.

하지만 소형 마물인 하울링 배트의 입장에서 보면 어떨까? 이 마물은 기본적으로 포식당하는 처지였고 크기는 손바닥만 했다. 소형 마물이 겁내는 것은 자기보다 큰 포식자며 하울링 배트는 다른 대형 마물을 유도해 외적을 제거하는 습성이 있었다.

"즉, 저 무리 앞에 있다는 말인가? 일단 생각보다 가까울 것 같으니까 다행이지만…… 저 박쥐가 거슬려."

제로스는 박쥐 무리를 없애지 않으면 크리스틴이 잡아먹힐 가능성이 크다고 판단했다.

하울링 배트는 집단으로 고유 진동을 일정한 장소로 집중하면 공명 효과로 열을 낼 수 있었다. 크리스틴이 언제 박쥐들에게 공격받아 바위에서 떨어질지 몰랐다. 우선 안전을 확보해야겠다고 결론 내렸다.

제로스는 오른팔을 내밀고 방대한 마력을 집중시켜 이데아 내에 있는 마법식을 가동했다. 그리고 손바닥 앞에 고밀도 마법식을 전개했다.

"【연옥염】."

발동된 마법이 천장 부근으로 퍼지고 불꽃 해일이 되어 하울링 배트를 휩쓸었다.

원래 약한 마물이며 불 내성도 없는 하울링 배트는 수천 도에 달하는 열량에 바싹 타 버렸다. 살아남은 박쥐들은 새로운 적을 알아차리고 혼비백산 도망쳤다.

그런 뒤에야 제로스는 비행 마법 【어둠 까마귀의 날개】를 사용해 낭떠러지에서 날아올랐다.

목표는 하울링 배트가 무리 지어 있던 장소였다. 아마 그곳에 구조해야 할 대상이 있으리라 확신했다.

◇ ◇ ◇ ◇ ◇ ◇ ◇

크리스틴은 시간을 들여 좁은 발판을 옆걸음질로 나아갔다.

그녀의 고운 손에는 바위에 베인 상처가 셀 수 없이 많았다. 그럼에도 통증을 참으며 조금이라도 튀어나온 암벽을 붙잡으려고 애썼다.

위에선 떼 지은 박쥐가 날아다녔고, 아래에선 어째선지 웜들이 그녀를 뒤쫓고 있었다.

다행히 웜은 바위를 오를 수 없었지만, 떨어지면 무사할 수는 없으리라.

그리고 현재 그녀는 최대의 난관에 봉착해 있었다.

위에서 떨어지고 처음에는 망연자실해 있었다.

주위는 바위 동굴 같았지만, 안전한지 아닌지 판단하지 못하는 그녀는 같은 장소에 머무는 것은 위험하다고 생각해 이동하기로 결심했다. 좁은 갱도를 따라간 그녀가 본 것은 바위와 모래로 이루어진 광대한 공간이었다.

아래에는 웜 떼가 무수히 꿈틀댔다. 떨어지면 뼈도 못 추릴 것은 누가 보나 자명했다. 그리고 자신이 있는 곳은 높이 20미터는 될 것 같은 절벽 위였다.

주위에는 울퉁불퉁한 암벽뿐이었고 이동하려고 해도 길이 없는 상태. 고립무원이라는 말이 머릿속을 스쳤다.

"어, 어쩌지……."

그녀는 어쩔 줄 모르고 잠시 그 자리에 힘없이 주저앉았다. 얼마나 그렇게 있었는지는 기억나지 않았다. 하지만 우연히 눈을 돌린 곳에 좁지만 발판이 있는 것을 보았다.

'여기서 언제까지고 이러고 있을 수는 없어. 어떻게 해서든 위로 올라가야 해…….'

그녀는 다짐하고 좁다란 발판에 발을 걸치고 벽에서 튀어나온 바위를 붙잡으며 전진했다.

얼마나 시간이 지났을까? 1분 1초가 무섭도록 길게 느껴졌고 한 발 앞으로 나갈 때마다 온 정신을 집중해야 했다.

정신을 차리고 보니 어느새 손은 피와 흙으로 얼룩졌고 차츰 감각이 무뎌져 갔다. 아래를 보자 웜이 무리 지은 모습에 저절로 눈이 갔다. 떨어지면 잡아먹힌다고 생각하자 그녀의 마음에 공포가 피어올랐다.

죽고 싶지 않다는 일념으로 전진할 수밖에 없었지만, 동시에 피로와 초조함도 밀려들었다. 머리 위를 날아다니는 박쥐 떼는 항상 시끄러웠고, 기분 탓인지 발판이 살며시 흔들리는 진동도 느꼈다.

"앞으로…… 조금만 더 가면 딛고 설 공간이 있어. 아버지, 저를 지켜주세요……."

가까스로 기력을 쥐어짜서 조금 넓은 발판이 있는 곳 앞까지 왔지만, 그녀는 그곳에서 최대의 난관에 직면했다.

발판 옆으로 급경사를 이루며 튀어나온 암벽이 길을 가로막고 있었다. 그곳을 지나가려면 상당히 숙련된 기술이 필요할 듯했다. 이곳까지 올 수 있었던 것은 암벽에 기댈 수 있을 만큼 경사가 완만해 지쳐도 쉴 수 있었기 때문이었다. 그러나 눈앞의 암벽은 경사면이 발판 쪽으로 기울어 있었다.

초보자가 로프나 카라비너, 하네스 같은 장비 없이 맨손으로만 지나기란 무리였다. 하물며 10대 소녀에게는 공략 불가능한 벽이었다.

"어, 어떡해……. 여기까지 와서……."

크리스틴의 마음에 절망이 스쳤다. 발아래에만 정신이 팔려 벽을 확인하지 못했다.

그러나 극한 상황에 빠진 그녀에게 그 점을 지적하는 것도 가혹한 처사리라. 필사적으로 살아서 돌아가야겠다고 생각했기에 발생한 실수니까 말이다.

그렇다고 계속 그 자리에 있을 수도 없는 노릇이었다. 크리스틴은 절망에 사로잡히면서도 앞으로 나아가길 우선했다.

—쿠우우우우우우우우우우우우우우우우우우우우우우우웅!

"뭐, 뭐야?! 무슨 일이……."

갑자기 폭발 소리가 일었다. 돌아볼 수 없는 상황이건만 가능한 한 상황을 파악하려고 했다.

그러자 위에서 불타 죽은 박쥐가 떨어졌다. 아마 지금 폭발로 날아든 박쥐일 것이다.

"그렇다면 이런 짓을 할 수 있는 마물이 있다는 뜻……?"

초조함에 사로잡히면서도 크리스틴은 가급적 넓은 발판으로 다가가길 우선했다.

이미 힘은 들어가지 않았다. 그래도 포기할 수 없었다. 역경사가 그녀의 체력을 차츰 앗아 갔고 손끝에서 힘이 빠졌다. 시간이 지남에 따라 한계점에 내몰렸다.

그리고—.

"앗—."

—몸이 붕 뜨는 감각. 점차 멀어지는 암벽과 발판.

자신이 낙하한다는 것을 이해했다.

'아버지, 죄송해요⋯⋯. 저는 여기서 죽을지도 모르겠어요.'

뜻을 이루기는커녕 아직 출발선에도 서지 못한 채 죽는다. 크리스틴은 죽은 아버지에게 마음속으로 사과했다. 남은 어머니도 마음에 걸렸지만, 지금 자신이 할 수 있는 일은 아무것도 없었다.

분하기보다 아무것도 못 했다는 사실에 슬픔이 치밀었고 자연스럽게 눈물이 되어 흘렀다.

아래는 모랫바닥이라서 살 수 있을지도 모르지만, 무수히 꿈틀거리는 웜에게서 도망칠 자신도 체력도 없었다. 크리스틴은 죽음을 각오하고 눈을 감았지만⋯⋯.

"어이쿠, 나이스 캐치!"

몹시 힘 빠지는 남성의 목소리가 들려 그녀는 눈을 떴다. 자신의 등을 받치며 안아 든 남성의 팔과 어디서 본 적 있는 회색 로브가 눈에 들어왔다.

"야아~, 위험할 뻔했네. 조금만 늦었어도 큰일 났겠어요."

그 능글맞은 말투는 그녀의 기억에도 남아 있었다. 오늘 아침에 검을 수리해준 마도사였다.

살았다고 안도한 크리스틴의 눈에 믿어지지 않는 광경이 비쳤다. 마도사와 자신이 공중에 떠 있는 것이었다.

"응?! 에―――엥?! 나, 날고 있어?!"

"앗, 흔들지 말아 주실래요? 비행 마법은 효과 시간과는 별개로 마력을 계속 소비하니까 한 사람 끌어안는 것만으로도 부담이 크다고요⋯⋯."

"죄, 죄송합니다⋯⋯."

"아셨다면 됐습니다. 그럼 우선은……."

두 사람은 천천히 상승해 넓은 발판 위에 내려섰다.

"다친 곳은 없나요? 위에서 일행분들이 걱정하시던데."

"괜찮아요. 저, 저기…… 두 번이나 구해주셔서 가, 감사합니다!"

"에이, 됐어요, 됐어. 던전은 서로 돕는 게 중요하니까 이 정도 일은 상관없어요."

"네? 던전?"

크리스틴은 신경 쓰이는 말에 의문을 품었지만, 자신을 안아 든 마도사― 제로스는 아래를 바라보며 한숨을 쉬었다. 그곳에는 갈 곳을 잃은 웜들이 서로 얽히고설키며 꿈틀대고 있었다. 그것들을 어떻게 하지 않는 한 탈출은 불가능하다. 크리스틴은 그렇게 생각했지만, 제로스는 달랐다.

"이만한 수가 밖으로 나가 날뛰면 위험하겠어……. 싹 다 죽여야 하나?"

위험한 말을 중얼거렸다.

"저기…… 마도사 님? 지금…… 뭔가 살벌한 말을 하지 않으셨나요?"

"아, 저는 제로스라는 이름을 쓰니까 그렇게 불러주세요. 크리스틴 씨."

"아, 네……. 그보다 다 죽인다고 하지 않으셨나요? 이 많은 걸 어떻게……."

"마음만 먹으면 쉽지만, 학살은 제 취향이 아니라서요."

말을 곧이곧대로 받아들인다면 눈앞에 선 마도사는 이 많은 웜을 없앨 수 있다는 뜻이었다.

심지어 본인은 웜을 보며 혼잣말을 중얼거리고 있었다.

"학살은 하기 싫지만, 수가 워낙 많아야 말이지~. 솔직히 이 나이 먹고 『이세계 깽판』을 부리자니 부끄러워서 못 해 먹겠고, 그렇다고 그냥 두자니 여기서 나와 피해가 늘어날 거 같고…… 귀찮네. 나는 채굴하러 왔을 뿐인데……. 어쩔 수 없지. 불태울까? 웜에게는 미안하지만 죽어줘야겠다. 용암이 조금 생기겠지……. 후, 지렁이는 밭에 필요한 동물인데…….."

"네? 용암? 피해? 무슨 말씀이세요? 그리고 웜은 잡식성이고 지렁이랑은 다르거든요?! 게다가 닥치는 대로 먹어치운다고요!"

제로스는 그녀의 말을 듣지 않았다.

주머니에서 담배를 꺼내 불을 붙이고 나른하게 연기를 뿜더니 왼팔을 들어 올렸다.

"【연옥염 초멸진(焦滅陣)】."

돌연 제로스에게서 방대한 마력이 방출됐다. 손바닥에서 방대한 마력을 담은 정육면체 물체가 만들어지고 넓은 공간 중앙으로 발사됐다. 그것은 팽창하며 고밀도 마법식을 펼쳤다.

주위 마력을 급속하게 빨아들인 마법식은 정해진 명령을 실행하고자 마력을 물리법칙으로 전환해 파괴의 힘으로 발동했다. 이 광대한 플로어를 초토화하는 위험한 마법이었다.

집중된 마력은 초고온을 띤 불길이 되어 웜들을 휩쌌다. 그 열량은 순간적으로 1만 도에 달했고 주변을 날려 버리는 충격파가 되어 연옥의 불길을 토해 냈다.

"아차, 【적층 절대 빙결벽】 50장 전개."

휘말리지 않도록 절대영도의 벽 쉰 장을 펼쳐 발판을 감싸자 다음 순간 고온의 폭풍이 불길과 함께 들이닥쳤다. 넓다고 해도 밀폐된 공간에서 사용할 마법이 아니었다.

——쿠구구구구구구구구구구구구구구궁.

광산 내부에 격진이 퍼졌다. 이 여파는 지하 핵 실험에 가까울지도 몰랐다.

열은 천정부지로 올라가지만, 절대영도에는 더 내려갈 곳이 없었다. 고열량에 삼켜진 장벽에 금이 갔다. 오래는 버티지 못할 것이다.

"위험하네. 【가이아 컨트롤】."

장벽이 버티지 못한다고 판단한 제로스가 대지 조작 마법으로 자신과 크리스틴 주변을 두꺼운 바위벽으로 감쌌다.

입에 문 담배가 바닥으로 떨어졌다.

만약을 위해 장벽을 겹겹이 전개하고 이 격진이 잠잠해질 때까지 얌전히 기다리기로 했다.

마법은 마력을 물리적인 파괴의 힘으로 변화시키지만, 변화한 힘은 바로 마력으로 돌아가는 성질이 있었다.

파괴력이 담긴 불은 채 수 분을 가지 않아 사라질 운명이었다. 진동이 멈춰 바위벽을 조종해 밖으로 나오자 대번에 끈적한 땀이 흘러내렸다. 그곳은 바위 겉면이 용해한 작열하는 불의 세계였다.

천장도 붕괴하여 다른 층이 보일 정도였다. 그리고 마법 효과는 사라졌어도 물리적으로 용해한 바위의 열은 사라지지 않았다.

"앗, 뜨거!"

겹겹이 펼쳐진 장벽을 통해 열이 급속하게 전해졌다. 마법 장벽 밖은 상당한 고온이라 도저히 사람이 있을 수 없는 상태였다. 심지어 열이 얼음 장벽을 녹이기 시작해 바깥 공기를 안으로 들였다.

"망했다, 표준 마법【코퀴토스】다중 전개 연속 발동! 동시에 범위 마법【캘러미티 사이클론】긴급 발동! 이어서 섬멸 마법【포학한 서풍신의 진격】!!"

고열이 전해지는 속도에 안 좋은 예감이 들었던 것일까? 제로스는 표준 빙결계 광범위 마법을 연속으로 사용해 주위를 냉각했다. 잠시 있자 바깥 기온은 급속히 내려가고 상황을 지켜보며 장벽을 해제했다. 식히지 않으면 용광로 속에 있는 것이나 다름없는 상태였다.

더불어 연소로 인해 주위 공기가 적을 가능성이 있어 강제로 기류를 만들어 산소결핍이 될 게 불 보듯 뻔한 필드에 공기를 순환시켜 보충했다. 천장 암반을 더욱 깨부수면서…….

용암 세계는 급속히 냉각해 굳었고 억지로 공기를 되돌렸다.

그러나 주변에서는 여전히 열이 발생하고 있었고 바위를 벌겋게 녹이는 부분도 보였다. 지옥이 따로 없었다. 게다가 천장에는 몇 층을 관통하는 커다란 구멍이 뚫렸다. 제로스는 섬멸 마법의 위력이 상상 이상이란 걸 다시금 이해했다.

"……과했나? 평범하게 광범위 마법을 써도 되지 않았을까? 위층에 피해자가 없으면 좋겠는데……. 이건 이제 금기 마법 확정이군. 으, 무서워……."

디지털 세계와 현실의 차이를 뼈저리게 깨닫는 순간이었다.

얼마나 어처구니없는 위력을 가진 마법이라도 게임 안에서 발생한 피해는 어디까지나 데이터상 수치로 판정될 뿐이었다. 현실 세계에는 전혀 피해가 발생하지 않았다. 그러나 현실에서 섬멸 마법을— 하물며 밀폐 공간에서 쓰면 상황은 전혀 달랐다.

아무리 불길이 변질되어 마력으로 돌아가도 거기서 발생한 방대한 열량으로 용해한 바위에는 열이 남았다. 밀폐 공간에는 열이 계속해서 쌓이며 내부 온도도 끊임없이 상승했다.

대량으로 소비된 공기를 보충하기 위해 섬멸 마법을 사용했지만, 이번에는 천장 암반을 모래알 크기로 분쇄하고 널찍한 구멍을 뚫고 말았다. 그의 등에서 식은땀이 폭포처럼 흘렀다.

위험하다고 말한 자신의 마법을 자신이 가장 과소평가했다는 사실을 깨달았다.

무엇보다 대산림 지대에서 광범위 섬멸 마법을 썼을 때의 결과를 잊고 있었다.

"과, 광범위 섬멸 마법…… . 제로스 씨, 당신은 누구인가요! 마법 왕국이기도 한 이 나라에서조차 개발하지 못한 마법이라구요?!"

"……그, 그냥 변변찮은 백수 아저씨입니다!"

구차하기 짝이 없는 변명이었지만, 사실이기도 했다.

두 사람 사이로 거북한 찬바람이 흘러 지나갔다.

"……섬, 멸자."

크리스틴이 떨리는 목소리로 중얼거린 한마디가 그의 가슴을 후벼 팠다. 실제로 눈앞에서 섬멸했으니까 틀린 말은 아니거니와 만든 마법 자체가 중2병 감성으로 충만한지라 별명 정도로 동요하는 것은 이상했다.

마법이 이 모양인 이유는 제로스 본인이 당초 게임 속이 비현실 공간이라는 이유로 정신을 놓고 온갖 객기를 부리며 놀았기 때문 이었다. 동료에게서는 실제로 중학생으로 여겨지기까지 했다.

그런 안쓰러운 가상 세계의 일상이 설마 진짜 현실이 될 줄 누가 예상이나 했으랴.

우연이긴 하나 이날 제로스는 이세계에서 처음으로 현지인에게 【섬멸자】라는 별명으로 불렸다.

그는 얼버무리듯 담배를 꺼내 불을 붙였다.

이때 핀 담배에서는 쓴맛밖에 나지 않았다고 한다.

 제14화 아저씨, 신나다

광대한 지하 공간에 귀를 찢는 일정한 쇳소리가 울려 퍼졌다.

벽에 곡괭이질을 하고 부서진 곳에서 떨어진 금속을 주운 제로 스는 만족스럽게 미소 지었다. 완전한 사기 능력은 부탁하지도 않 았는데 금속이 있는 곳을 감지했고, 어쩔 수 없이 그곳을 파면 어 이없을 정도로 광석이 굴러 떨어지니 기분이 좋을 수 밖에 없었다.

광범위 섬멸 마법 【연옥염 초멸진】의 열량으로 금속이 융해하고 광석에 함유된 비중이 높은 금속이 동종 금속끼리 결합해 희귀한 금속을 포함한 대량의 광석을 확보했다.

제로스는 그것을 연성해 주괴로 만들어 모조리 인벤토리에 챙겼다.

"오? 이 무지개색으로 빛나는 광석은 히히이로카네[#3]잖아. 이런 곳에서도 채굴할 수 있구나. 좋은 광산인데. 크흐흐흐."

"왜 저까지 채굴을…… 앗, 이상한 점토질 덩어리가……."

"그건 오리하르콘이네요. 정말로 운이 좋군요, 하하하하!"

"네에?!"

팔면 몇십 년은 놀고먹을 수 있다는 광석을 손에 든 크리스틴은 경직했다.

제로스는 기분 좋게 채굴 작업에 땀을 흘렸다. 때때로 마법으로 벽을 무너뜨려 질 좋은 금속을 고르고 있었다. 목적은 건조기가 달린 저장고와 냉장고, 그리고 족답식 탈곡기였지만, 필요 이상으로 채굴한 탓인지 이대로 가면 욕조도 만들 수 있겠다고 야망을 불태웠다.

"야아~, 많이도 나오는군요. 웃음이 멈추지 않네요, Ha—hahahaha!"

"인종이 변하지 않았나요? 그보다 이게 오리하르콘? 제 말 듣고 계세요?! 오리하르콘이란 건 분명히……."

"쌀을…… 나는 이 손에 쌀을 되찾겠다. 기다려라. 술, 간장, 된장, 미림, 그리고 술. 이 손에 문화를 되찾겠노라~! 우햐하하하하하하하하하!"

"내 얘기를 안 들어……. 왜 그렇게 흥분하셨어요?! 그리고 술은

<hr>

#3 히히이로카네 일본의 위서 「다케우치 문서」에 등장하는 전설의 금속.

두 번이나 말했어요. 그렇게 중요해요?"

일본주를 좋아하는 아저씨에게는 중요했다.

곡괭이는 규칙적으로 시원한 소리를 내며 굳은 용암을 부수고 주변으로 파편을 튀기면서 암반을 파냈다. 그 채굴 속도는 무시무시하게 빠르고 정확했다. 제로스는 일류 광부로도 먹고살 수 있으리라. 심지어 가장 부자가 될 것은 틀림없었다.

염원하던 금속을 얻어 한 발자국이라도 일본에 다가섰다는 사실이 제로스의 머리를 유쾌하게 바꿔 놓았다. 외국에서 고향 음식이 그리워지듯, 원래 세계로 돌아가지 못하는 제로스는 고향의 맛을 추구했다.

흥분해서 머리가 이상해질 정도로.

이렇게 정신 상태가 의심스러운 흥분은 당분간 이어졌고, 그가 만족할 때까지 채굴장에는 괴상한 웃음소리가 울려 퍼졌다. 지금 그에게는 누구의 목소리도 들리지 않았다.

그리고 그는 많은 광석을 대량으로 손에 넣었다. 다 쓰지도 못할 양을…….

◇ ◇ ◇ ◇ ◇ ◇ ◇

"이거 부끄럽네요. 나잇값도 못 하고 들떠서 그만."

"아뇨. 그건 괜찮지만…… 어서 이곳에서 이동하지 않을래요? 또 마물이 나오면……."

"제 마법에 휘말릴지도 모른다고요?"

"네. ……가 아니고, 전 레벨이 낮아서 마물과 싸울 수 있을 만큼 강하지 않아서 그래요!"

"지금 깜빡 본심이 나왔죠? 뭐, 상관은 없지만……."

원래 크리스틴을 구조하러 온 것이었다. 보아하니 지금 있는 곳은 최하층 같았다.

상층부에서 단숨에 최하층으로 떨어진 셈이었다. 어지간히 운이 나쁘지 않은 한 일어나지 않을 사건이었다. 하지만 어린 던전은 환경 유지를 위해 마력을 모아야 해 재물을 구하고자 이런 함정을 만들었다.

던전에 의지는 없지만, 이런 함정을 펼치는 등 변화가 일어나는 것을 보면 무슨 시스템이 구축되어 있는 듯했다. 원인은 여전히 밝혀지지 않은 채 수수께끼에 쌓여 있었다.

그렇지만 이 세계에서는 당연하게 받아들여지는 상식이었다. 일반인은 아무도 이상하게 생각하지 않으며, 왜 이런 현상이 일어나는지 의문시하며 원인을 규명하려는 사람은 머리가 굳은 학자들뿐이었다.

"그나저나 저 광대한 모랫바닥이 지금은 화산 같네요."

"생각 이상으로 위력이 강했군요. 전에는 좀 더 규모가 작았는데……."

디지털 세계의 이펙트 그래픽과 현실 세계의 차이였다.

그리고 이곳에 둥지를 튼 웜은 제로스보다 훨씬 약했다. 그런 상대를 과잉 화력으로 소각해 버렸다. 【섬멸자】라는 별명은 괜히 붙은 것이 아니었다.

게임 시절의 버릇일까? 주위에 다수의 적을 발견하면 즉각 고위력 마법을 날리고 마는 듯했다. 심지어 무영창이므로 필요한 것은 마력뿐이었다.

"제가 본 바로는 마법식 자체를 발사한 것 같았는데 어떤 원리인 가요? 보통 마법과는 확연히 달랐어요!"

"그렇겠죠……. 그래서 위험한 마법이지만, 설마 이렇게 위력이 강할 줄은……."

【연옥염 초멸진】은 고밀도 마법식으로 구축된 마법이었다. 원래는 머릿속에서 마법식을 처리해 현상을 일으키는 마법진을 전개한다. 하지만 제로스의 마법은 마법식을 모두 복사해 포탄처럼 쏘는 것이었다. 0과 1로 구성된 고밀도 마법식은 일반적으로 사람의 머리로는 감당할 수 없는 고속 처리를 요하지만, 인간의 뇌로 CPU에 버금가는 고속 처리는 불가능했다. 그렇다면 처리 프로그램 자체를 담아 포탄으로 쓰면 된다고 생각한 것이 이 악질적인 파괴 마법이 탄생한 계기였다.

마법식을 압축한 마법식탄(彈)에 기폭제로 필요한 마력을 담아서 쏘아 목적 지점에 그 마법식을 전개. 고속 처리 프로그램이 정해진 마법식을 전개함과 동시에 주위에서 마력을 흡수. 그 마력이 막대한 파괴력으로 변환해 물리 현상으로 발현한다.

【포학한 서풍신의 진격】도 마찬가지였다. 이것은 회오리로 주위의 미세한 물질을 고속으로 회전시키는 분쇄 마법이었다. 형태를 가진 물체를 산산이 부수며 빨아들여 위력을 높이는 흉악한 바람의 금술이었다. 마법식 안에서 고밀도 정보 고속 처리가 가능하다

면 뇌로 마법식 해독 처리를 할 필요가 없었다. 이스톨 마법 학교에서 연구하는 광범위 섬멸 마법은 방대한 마법식을 인간 한 명이 처리할 것을 전제로 만들고 있었지만, 애초에 고속으로 순환하는 마법식을 읽어 들여 물리 현상으로 전환하는 것은 인간의 뇌로는 불가능에 가까웠다. 그 부하는 인간이 견딜 만한 수준이 아니었다.

가령 완성해도 위력을 확인하기 위한 실증 실험 단계에서 마법사의 뇌 조직이 파괴되어 사망하게 되리라.

원래 세계 게임 속에서 제작 중이던 이 마법을 썼을 때 심한 두통이 엄습해 게임기의 안전장치가 작동해 강제로 중지되었을 정도였다.

잘못하면 폐인이 됐을지도 모를 위험한 행위였다.

'게임 속 마법이 현실이 되면 이렇게나 위험한 물건이 될 줄이야……. 위력이 너무 강하고 무엇보다 용도가 한정돼. 섬멸전이라면 모를까, 평소에는 보통 표준 마법을 쓰는 편이 나으려나? 이상한 소문이 나도 문제고, 나라가 눈독을 들이는 것만은 피하고 싶어. 그나저나 이런 프로그램이 용케 게임 속에서 작동했어. 아무리 생각해도 버그잖아……? 역시 그 세계도 이세계였던 걸까?'

이 세계에 와서 온라인 게임 【소드 앤 소서리스】의 이상함을 생각한 것이 벌써 몇 번째일까.

마스터 시스템의 중추인 고속 처리 컴퓨터, 통칭 【BABEL】은 원래 미 국방부가 만든 국가 방위를 위한 정보 관제 시스템이었다. 악질적으로 발전하는 네트워크 범죄와 외부의 부정 액세스에 대항해 개인이나 국가의 기밀 정보를 지키기 위해 만들어졌지만, 도중에 예산 문제가 제기되며 계획은 좌초됐다. 그리고 이 시스템은 유지되지 못한 채 한 민영 기업에 매수되었다.

그 후 이 회사가 대대적으로 발표한 것이 온라인 게임 【소드 앤 소서리스】였다.

안이한 이름이었지만, 시판되는 전용 기기로 접속하면 광대한 디지털 공간에서 자유로운 모험을 즐길 수 있는 게임이었다. 유저 수를 생각하면 상당한 경제 효과가 있었을 터였다.

하지만 그런 대기업의 이름이 이 세계에 온 후 떠오르지 않았다.

'애초에 왜 지금이 되어서야 이런 생각을 하지? 이세계 전생으로 어떤 제한이 풀렸다고밖에 생각할 수 없어. 게다가 그 게임을 제작한 회사 이름…… 역시 기억이 안 나. 아니, 어쩌면 처음부터 존재하지 않았다고 봐야 할까? 어디 라이트 노벨에나 나올 것 같은 전개일세.'

몇 번이고 생각하게 되는 원래 세계의 기묘한 현실. 현재 상황과 대조해도 어느 세계나 공통점이 많았고, 그리고 어느 쪽도 달랐다. 법칙성에 미묘한 차이가 있었다.

생각은 차츰 사고의 늪으로 빠져들었다.

"……씨. ……제로스 씨!"

"헉! 뭐야, 무슨 일 있어요?"

"그건 제가 할 말이에요. 슬슬 이곳에서 벗어나지 않겠냐고 말했는데 엄청 무서운 표정으로 생각에 잠기시잖아요. 대체 왜 그러세요?"

정신을 차리자 그곳은 용암 세계였다. 그제야 자신이 처한 상황을 떠올렸다.

"어이쿠, 그랬죠. 채굴도 끝났으니까 이만 위로 돌아가죠."

"그건 좋지만, 제가 방해되진 않을까요?"

"방해? 왜요?"

"저는…… 약하니까요."

고개 숙인 크리스틴을 보고 제로스는 난감한 듯 덥수룩한 머리를 긁었다.

현재 있는 곳은 최하층이었다. 올라가면 반드시 마물과 만나고 전투가 벌어질 가능성이 컸다.

그녀의 실력으로는 이 계층을 나아가기 위험했다.

잠깐 고민하며 무심히 올려다본 천장으로 붕괴하여 드러난 다른 계층이 보였다.

"조금은 편하게 갈 수 있어요. 저기를 통과하면 말이죠."

"네? 그렇지만 저런 높은 곳까지 어떻게……."

제로스가 손가락으로 가리킨 천장에는 다른 계층 통로가 보였다. 그 말인즉…….

"서, 설마 하늘을 날아서……."

"그거 말고 방법이 있나요?"

"저, 저는 방금 낭떠러지에서 떨어졌는데요……?"

"꽉 붙잡고 있으면 괜찮아요. 걱정하지 말아요. 천장에 있는 얼룩을 세고 있으면 금방 끝날 겁니다. 아주 금방……."

"뭔가 표현이 수상하지 않아요?!"

벼랑에서 떨어진 그녀는 약한 고소 공포증이 생기고 말았다.

살짝 굳은 얼굴로 비행 마법에 난색을 보였다.

"일행분이 이곳까지 올 수 있다고 생각하시나요? 이곳이라면 몰라도 다른 층에는 마물이 있는데요?"

"그, 그래도 저 높이는……."

"가만히 있으면 빨리 갈 수 있어요. 가만히 있으면, 말이죠."

비행 마법은 물리 법칙에 어긋났다. 자신의 마력으로 척력장을 만들어 자연계 마력으로 추진력을 보충하기 때문에 마력 소비가 상당히 빨랐다. 게다가 사람 한 명의 체중을 지탱하는 것이 한계며, 거기서 더 무게가 실리면 그만큼 마력 소비가 가속되었다.

"마, 만약 위에 도착해도 저는 싸움에 도움이 안 돼요!"

"그때는 비장의 무기를 빌려드리죠. 이 일대 마물이라면 한 방입니다. 후후후……."

제로스가 동료와 함께 만든 마개조 무기. 웬만한 조무래기는 한 방에 정리해 버리는, 지나치다 싶은 파괴력을 가졌다.

제로스가 쓰면 그야말로 병기가 되지만, 크리스틴이라면 그렇게 위력이 강하지는 않을 것이었다.

"제게 선택권은……."

"없어요. 이러고 있는 동안에도 일행인 기사분이 무리하고 있겠죠~. 죽지나 않았으면 다행이겠는데."

"으으……."

아직 결단이 서지 않는 크리스틴은 천장을 올려다보고 주눅 들었다. 이러다간 끝이 없겠다 싶어 제로스는 강제로 그녀를 끌어안았다. 의외로 부드러운 감촉이었다.

"【어둠 까마귀의 날개】."

"흐아아아아아아아악?!"

비명을 지르는 크리스틴을 무시하고 높이 날아올랐다. 그것도 고속으로…….

비명은 최하층의 광대한 영역에 울려 퍼졌고, 아저씨는 소녀를 안고 빠르게 공중으로 올라갔다.

그는 단지 어서 돌아가서 도구를 제작하고 싶을 뿐이었지만, 말리던 크리스틴이 너무나도 불쌍했다. 훗날 그녀는 『하늘은 무서워……. 이제 하늘은 못 날아…….』라고 토로했다.

아저씨는 고소 공포증을 가진 그녀의 마음속 상처에 소금을 발랐을 뿐이었다.

심지어 본인은 그 사실을 깨닫지도 못했다.

비행 마법으로 위층에 도착한 두 사람은 지상을 향해 걸어 나갔다.

마물 태반은 제로스가 처치했고 크리스틴은 뒤를 따라갈 뿐이었다.

싸움을 못 한다고 한 그녀는 확실히 약했다. 그런 두 사람은 현재 바위 지대의 좁은 그림자 뒤에서 쉬고 있었다.

다행히 제로스가 장작을 인벤토리에 보관해 둬서 모닥불을 만들 수 있었다.

조금 늦은 점심을 위한 준비였다.

"흠. 그런데 크리스틴 씨는 마법을 쓰지 않나요?"

이렇게 말을 꺼낸 제로스에게 그녀는 고개를 푹 숙이며 대답했다.

"저는 마법을 못 써요. 적성이 없다나 봐요. 마법식은 기억할 수 있지만, 발동이 안 되더라고요. 마력을 소비했을 때 권태감은 드는데 적성 탓에⋯⋯."

어디서 많이 듣던 이야기였다. 그렇다면 마법식이 불완전한 탓에 마법을 쓸 수 없을 가능성이 컸다.

"그렇군요. 만약 마법을 쓸 수 있다면 배우고 싶으신지?"

"가능하다면 배우고 싶지만, 어차피 못해요. 마도사분들이 모두 그렇게 말씀하셨으니까요."

제로스는 담배 연기를 뱉으며 인벤토리에서 마법지를 꺼냈다.

어느 것이나 마법 학교에서 사용하는 교본을 개량해 세레스티나와 츠베이트에게 가르친 스크롤이었다. 판매 이야기가 나와 시험적으로 만든 마법 스크롤이었지만, 이것은 마법 소거 술식을 넣지 않아 누구든 몇 번이나 쓸 수 있었다.

"이게 뭐죠?"

"아마 이거라면 당신도 쓸 수 있을 겁니다."

"하지만 전 적성이⋯⋯."

"사활이 걸린 마당에 밑져야 본전 아닙니까? 해 보기라도 해야죠."

"으⋯⋯ 맞는 말이네요. 그럼 시도나 해 볼게요."

제로스가 시키는 대로 스크롤에 마력을 불어넣어 마법식을 전개해 뇌 속에 각인했다.

작업이 완료되자 크리스틴은 중얼거리는 목소리로 주문을 외웠다.

"『불타라, 횃불, 내가 갈 길을 비추어라』【토치】."

그러자 그녀는 손바닥에 작게 타오르는 불꽃이 생기는 것을 보았다. 크리스틴은 눈을 크게 뜨며 경악했다.

"제, 제로스 씨! 이 마법은 전에 배운 마법식처럼 몸이 나른해지지 않아요!"

"그거 다행이네요. 앗, 스크롤은 돌려주세요. 그건 지금 퍼지면 위험한 물건인지라."

"마법을 썼어……. 내가……."

"제자 중에 당신과 같이 마법을 쓰지 못하는 애가 있었죠. 그 마법은 구시대 마법에 한없이 가깝다고 생각해주세요."

요컨대 마법식이 불완전해서 마법이 발동하지 않은 것이었다.

가령 발동하지 않아도 마법식은 가동하므로 마력 소비로 인한 권태감을 느끼게 된다. 아니, 발동하지 않기 때문에 부담이 커진다. 엎친 데 덮친 격으로 마력 소비량도 많다.

원인이 제자인 세레스티나와 같아서 대처는 간단했다.

기사 가문인 크리스틴은 마법 자체에 그다지 집착이 없었다. 하지만 마법을 쓸 수 있다면 선택의 폭이 넓어진다.

지금은 아직 그 사실을 깨닫지 못했지만…….

"그런데 괜찮나요? 이건 제로스 씨 오리지널 마법이죠?"

"아뇨, 마법 학교 교과서를 대충 개량한 거니까 마음대로 쓰세요. 만약 당신에게 무슨 일이 있으면 일행인 기사들에게 미안하니까요."

기사들은 크리스틴을 찾기 위해 아래층으로 내려올 것이 뻔했다. 그들과 합류했을 때 크리스틴이 다치기라도 했으면 곤란했다.

귀찮은 일은 될 수 있는 한 적은 편이 좋았다.

크리스틴은 여러 마법을 외우기 위해 서둘렀다.

"아까부터 신경은 쓰였지만, 그건 대체 무슨 고기인가요?"

크리스틴은 꼬챙이에 꿴 고기를 불에 굽던 제로스를 보며 의문을 입에 담았다.

제로스는 어느샌가 꼬치구이들을 불에 구우며 주위로 향긋한 냄새를 퍼뜨리고 있었다.

"글쎄요? 고기가 너무 많아서 무슨 고기였는지 모르겠네요. 걱정하지 마세요. 먹어도 안 죽으니까."

불에 자글자글 구워진 고기에서는 먹음직스러운 기름이 뚝뚝 떨어졌다. 거기에 소금과 약간의 향신료를 뿌려 다시 구웠다. 제로스는 다 익은 꼬치구이를 크리스틴에게 건넸다. 먹음직스러운 향이 식욕을 자극했다.

버릇없다고 생각하면서도 크리스틴은 입에 고인 침을 무심결에 꿀꺽 삼켰다.

그리고 천천히 그 고기를 입으로 물었다. 뜨거운 고기에서 단맛이 감도는 육즙이 나오고 부드러운 고기는 입안에서 녹아 진한 풍미를 퍼뜨렸다.

"마, 맛있어……."

그 한마디밖에 나오지 않았다. 최하층으로 떨어지고서 아무것도 먹지 못했다. 굶주린 배를 채워주는 이 꼬치구이가 이 세상 최고의 진미처럼 느껴졌다.

"아, 만티코어와 와이번…… 데스 맨티스 고기였네."

"부흡! 콜록콜록!"

입에 넣은 고기 맛을 보고 제로스는 그게 무슨 마물이었는지 떠올렸다.

만티코어와 와이번 고기는 최고급 식품이라서 귀족이라도 쉽게 먹을 수 없는 환상의 고기였다. 하지만 데스 맨티스는 미지의 고기였다. 심지어 곤충이라서 이 세계에서도 누구도 먹으려고 생각하지 않았을뿐더러 어느 마물이나 흉악한 힘을 가진 위험한 생물로 유명했다.

쉽게 얻을 수 있는 물건이 아닌 것은 자명했다. 그리고 데스 맨티스 고기는 아무도 먹은 적 없다는 것도 분명했다. 눈앞에 있는 아저씨를 제외하면…….

"뭐, 뭘 먹이시는 거예요!"

"무슨 문제라도?"

"둘 다 고급 식품이잖아요! 그리고 뭐요? 데스 맨티스?!"

"이 하얀 고기예요. 단맛이 나서 맛있죠?"

분명히 맛있었다. 크리스틴도 고기의 정체를 몰랐다면 이 고기가 진미라도 생각했을 것이다.

하지만 데스 맨티스는 그녀에게 엽기 음식에 지나지 않았다.

"그, 그야 맛있긴 한데……."

"이걸 보면 빅 스파이더도 맛있을지 모르겠네요. 한번 시도해 볼까."

"그걸 드시겠다고요? 제정신 같진 않네요."

"다른 마물은 먹는데 특별히 이상할 게 있나요? 사체를 먹는다는 점에는 변함없는데."

"윽, 그건 그렇지만……."

"맛있으면 장땡이죠. 이 상황에서 먹을 게 있다는 사실만으로 행운 아닌가요?"

제로스는 서바이벌 생활로 강인하게 성장했다. 주로 야생적인 방향으로. 세상이 멸망해도 혼자 살아남을 기세였다. 그에 반해 크리스틴은 손에 든 꼬치구이가 기괴한 물건으로 보이고 있었다. 그 후 그녀는 잠시 고민하면서도 공복에 이기지 못해 결국 이 꼬 치구이를 먹었다.

마지막에는 더 먹겠다고 할 정도였다. 맛있으면 장땡이란 말은 정말인 것 같았다.

점심을 먹은 후 두 사람은 다시 지상을 향해 걸어 나갔다. 그 도 중 마물과 마주쳤다.

"【워 앤트】네요. 한 마리밖에 없으니까 해치워 볼래요?"

"그렇지만 저건 레벨이……."

"레벨은 103이군요. 그 무기라면 괜찮을 겁니다."

제로스가 그녀에게 빌려준 청룡도를 가리켰다.

======================

마개조 청룡도【38식 청룡도 개(改)】

절단력을 강화한 흉악한 무기. 여러 초대형 마물의 소재를 절묘 한 밸런스로 더해 제련한 비상식적인 물건. 닿기만 해도 강철을 잘라 버릴 만큼 예리하므로 맨손으로 만지는 것은 위험하다.

특수 효과

신체 강화, 절단 강화, 참격 강화, 일격 필살, 일도양단, 공방 일체

========================

'이번에는 공격력이 안 나오네. 담당이 다른가?'

변덕쟁이처럼 감정 내용이 매번 다른 이 능력에 이상한 의문이 들었다.

이 세계의 섭리에는 조금 이상한 경향이 있는 듯했다. 또한 스킬을 얻는다는 현상 자체가 자연의 섭리에서 동떨어졌다는 느낌이 들었다. 누군가가 관리하고 있다고밖에 생각할 수 없는 부분이었다.

"일단 행동을 막을 테니까 그때 공격하세요."

"……아, 알겠습니다. 힘껏 해 볼게요."

크리스틴은 조금 부정적인 사고에 빠져 있었다. 위험한 상황이 연이어 일어났으니 그럴 만도 했지만, 최대의 원인은 비행 마법과 꼬치구이 때문임을 제로스는 알아차리지 못했다.

그녀는 청룡도를 집에서 꺼내 워 앤트를 향해 내달렸다.

"【플라즈마 바인드】."

맥 빠지게 사용한 단일 개체 포박 마법으로 워 앤트는 몸에 띤 전기에 마비되어 움직임이 멈췄다.

그곳으로 크리스틴이 일기가성으로 무기를 휘둘렀다. 훈련을 제대로 받았는지, 무기를 다루는 솜씨는 깔끔했다.

"에이야아아아아아아아아아아아앗!"

—서걱!

워 앤트는 가슴 중간쯤을 베여 머리가 통째로 떨어져 일격에 즉

사했다.

마개조 무기의 위력이 너무 강했나 보다.

"엥, 에엥———?! 뭔가요, 이 위력?!"

나중에 붙인 스킬 【일격 필살】과 【일도양단】이 낳은 결과였다. 이로써 마개조 무기는 저레벨 초보자가 사용해도 위험하다고 증명되었다. 제로스가 쓰면 어떻게 될지는 생각하고 싶지도 않은 위력이었다.

"……이 무기는 너무 위험하네요. 탈출하면 봉인하죠. 무서워라……."

"이 무기를 가지고 있는 제가 더 무서운데요……. 이거, 제가 한 거죠?"

"앞으로는 무기도 신중하게 만들어야겠어요. 재미 삼아 만들어다가는 어떤 위험물을 생산할지 모르겠군요. 으~, 무서워, 무서워."

"재미 삼아 이런 비상식적인 무기를 만드신 거예요?!"

"지금은 반성하고 있습니다. 솔직히 도가 지나쳤어요. 하지만 후회는 안 합니다."

게임이었다고는 하나 자신이 얼마나 흉악한 무기를 만들어 냈는지 새삼스럽게 이해했다.

저레벨이라도 레벨이 다섯 배 이상 높은 마물을 일격에 절단했다. 이런 무기를 휘두르면 세계의 군사 균형이 무너질 것이다. 그리고 강한 마물을 해치우면 당연히 레벨이 오른다.

"흐냐아아아아아아아아아?!"

급속한 레벨 업은 몸에 부담을 주고 한 번에 많은 레벨이 오르면 적응 과정의 통증에서 의식을 지키기 위해 몸은 강제로 잠든다. 권태감으로 끝난다면 그나마 나은 편이며 잘못하면 며칠 동안 눈을 뜨지 못하는 경우도 있다. 크리스틴은 후자였다. 통증을 견디지 못한 몸은 최적화가 시작됨과 동시에 의식을 차단했고 그녀는 천천히 쓰러졌다. 제로스는 부랴부랴 그녀를 받쳤다.

크리스틴은 결국 이 갱도 던전에서 의식을 잃었다.

"레벨 차이가 얼마나 났던 거지?"

그녀의 레벨은 20이었다. 그랬던 것이 지금은 81로 올랐다.

집단 전투와 개인 전투는 경험치 배분이 다른지, 집단으로 싸울 경우 경험치가 분배되어 최적화 증상은 한없이 억제되지만, 크리스틴의 경우 단번에 변화가 시작됐다.

실제로 파프란 대산림 지대에서 제자 둘과 기사들은 레벨이 조금씩 올랐고 증상은 권태감을 일으키는 정도로 그쳤었다. 그러나 그녀의 경우 지금도 격통에 시달리고 있었다.

이렇게 된 이상 그녀를 옮기는 것은 제로스의 역할이지만—.

"이러면 내가 유괴범으로 보이는 거 아니야?"

겉모습이 수상쩍은 제로스가 아니던가. 남들이 보기에 좋지 않으니 영락없이 소녀를 납치하는 범죄자로 비칠 것이다. 게다가 크리스틴은 소년처럼 변장한 상태였다.

이로써 도출되는 결과는 대단히 악평을 살 것 같은, 일부 여성에게는 인기를 끌 것 같은 광경이었다.

미소년을 납치하는 수상한 풍모의 아저씨. 사회적으로 매장될 일이었다.

그런 소문이 퍼지기라도 하면 내 인생은 끝장이다. 아저씨는 얼굴이 새파랗게 질렸다.

"이걸 어쩌지……."

선택지는 두 개밖에 남지 않았다. 앞으로 가거나, 아니면 이곳에 머무르거나.

그래도 결국은 크리스틴을 안고 이동하기로 했다. 사회적 체면보다 인명을 우선하기로 한 것이었다.

여담이지만, 크리스틴의 가슴은 의외로 컸다. 우연히 알게 된 사실에 제로스는 이런저런 당혹감을 숨기며 길을 나아갔다. 불명예스러운 오명을 각오하고…….

"젠장, 이 개미 자식들이!"

"초조해하지 마라. 그 마도사 님이 크리스틴 님에게로 갔다! 무사할 가능성이 높아."

"말은 그렇게 해도 그가 떨어진 뒤로 시간이 많이 지났어! 그새 무슨 일이 있었다면 우리는……."

기사들은 자이언트 앤트 무리에게 앞길을 가로막혔다.

개미들은 집을 지키기 위해 기사들을 향해 날카로운 턱을 비벼 위협음을 냈다. 식량을 얻을 필요가 없는 던전에서는 번식이 최고 중요 목적인 그것들은 자기 영역에 침입한 외적을 없애려고 공격적이었다. 한쪽은 종족을 지키기 위해, 한쪽은 섬기는 주인을 되찾기 위해 싸우고 있었다.

광산 밖에서는 이미 해가 저물었을 시간이었다. 하지만 그들은 이곳을 벗어날 수 없었다.

"사일! 좌측 개미를 막고 있어!"

"알았어! 그래도 오래는 못 버텨! 이자드 쪽은 괜찮아?"

"코르사, 나와 함께 우측 개미를 정리하자! 보조 부탁한다."

"알겠어."

"나는 사일을 엄호하지. 속트, 신속히 처리해줘!"

그들은 둘로 나뉘어 좁은 지형을 이용해 자이언트 앤트를 해치우고자 검을 휘둘렀다.

자이언트 앤트는 그 거구 때문에 좁은 통로에 걸렸고 그때를 노려 기사 네 명이 반격했다.

그들은 이미 기진맥진했으나, 그래도 크리스틴을 구해야만 했다. 죽은 영주 에두아르드에게 부탁받고, 그들이 반드시 지키겠다고 맹세한 엘웰 가문의 후계자였으니까.

그들은 모두 고아였다. 죽은 에두아라드가 거두어주지 않았다면 지금쯤 변변찮은 인간이 되었으리라는 자각이 있었다. 빈곤에 허덕이는 슬럼에서 살던 그들은 자신들을 거두어 키워준 은혜를 크게 느끼고 있었다.

그렇기에 죽은 주군이 남기고 간 크리스틴을 위해 목숨을 걸었다.

"아앗, 찾았다! 개미들에게 둘러싸여 있어. 아저씨들, 엄호할게. 【아쿠아 제트】."

뒤이어 쫓아온 이리스 일행이 합류하자 전황이 호전됐다.

"나 참, 조금 침착하게 행동해줬으면 좋겠어!"

"제로스 씨가 있으니까 괜찮겠지! 그보다 앞쪽에 집중하지 않으면 위험하다?"

쟈네가 대검으로 자이언트 앤트를 동강 내고 레나가 재빠른 움직임으로 관절을 집중 공격했다.

"조력해주는가? 고맙소!"

"이럴 땐 돕고 사는 거 아니겠어? 용병의 상식이야."

그 상식이 통하지 않는 자도 있었다. 하지만 이리스 일행은 상식적인 용병이었다.

"입보다 먼저 팔을 움직여! 안쪽에서 더 와.【아이스 블리자드】."

마이너스 30도의 냉기 폭풍은 몰려드는 거대 개미 떼를 점점 얼려 버렸다. 기사와 쟈네는 돌진해 그것들을 깨부쉈다.

"수가 많아. 얼마나 더 늘어나는 거야?"

"정말로 여기가 던전이라면 마물은 무한히 증식할 거야."

"믿고 싶지 않군. 하지만 우리는 이 앞으로 가야만 해."

기사들은 조바심이 났다. 전방에 무리 지은 개미 집단을 뚫고 가지 않으면 크리스틴을 구할 수 없었다. 그러나 현실은 갖은 장애로 그들을 가로막았다.

"기사 여러분도 진정해요. 봐요, 이 소리 들리죠?"

"이게…… 무슨 소리지?"

"잠깐, 개미들의 상태가 이상해!"

자이언트 앤트가 허둥지둥 주위를 경계하며 더듬이를 정신없이 움직였다. 턱을 올리며 서로의 의사를 확인했다.

그 광경은 어떻게 봐도 초조해하는 모습이었다. 예상하지 못한 사태가 일어났다는 것을 알 수 있었다.

—콰과아아아아아아아아아아아아아앙!

광산을 뒤흔드는 굉음이 갱도에 울려 퍼졌다.

동시에 좁은 통로에서 가속된 회오리가 그들을 날려 버리듯 불어 닥쳤다.

자이언트 앤트는 일제히 다른 갱도로 도망쳐 기사들 앞에서 모습을 감췄다.

"무, 무슨 일이 벌어진 거지……?"

"방금 일어난 격진도 원인을 알 수 없어. 설마 무너지는 건 아니겠지?"

"불길한 소리 하지 마. 우리가 도망칠 수 없잖아!"

"이봐, 안쪽에서 누가…… 그 마도사다!"

먼지 속으로 천천히 걸어 나오는 자는 회색 로브를 걸친 수상쩍은 중년 아저씨였다.

그 등에는 그들이 구해야 했던 소녀가 업혀 있었다.

"크리스틴 님!"

"어? 여러분, 이런 곳에 모여 계셨군요. 그런데 출구는 이쪽 방향이 맞나요? 대충 위쪽으로 올라왔는데."

"그보다 크리스틴 님은 무사하십니까!"

"괜찮습니다. 조금 레벨이 올라 기절했을 뿐이죠."

제로스는 크리스틴을 기사들에게 맡기고 겨우 한숨 돌렸다.

그런 그의 주변에서는 레나와 쟈네가 자이언트 앤트를 해체했고, 이리스가 던전에 흡수되어 남은 자이언트 앤트 마석을 회수하고 있었다.

소재는 던전에 흡수되기 전에 챙겨야 하므로 해체 작업이 시간 싸움인 것은 이해하지만, 제로스의 안부를 묻는 사람이 한 사람도 없었다. 걱정은 고사하고 작업에 몰두해 없는 사람 취급이었다.

조금 슬퍼진 중년 아저씨는 소외감을 느꼈다. 치트 아저씨는 고독했다.

마음에 부는 찬바람을 느끼며 아저씨는 광산을 빠져나왔다.

뒤쪽에서 즐겁게 재잘거리는 세 여성의 수다를 들으며…….

 ## 제15화 아저씨, 후딱 귀가하다

크리스틴이 눈을 뜨자 그곳은 간소한 목제 방이었다.

주위를 돌아보니 침대 옆에는 탁자가 있었고 벽에 있는 낡은 화장대에는 꽃이 없는 꽃병이 성의 없이 놓여 있었다.

멍하게 천장을 바라보던 그녀는 시간이 지남에 따라 차츰 자신의 상황을 떠올렸다.

워 앤트를 해치운 후부터 기억이 없었다. 그리고 지금 자신이 있는 곳은 아침까지 머물렀던 여관방이었다.

"내가 어떻게 여기에…… 맞아, 제로스 씨는?!"

수상쩍은 모습을 한 마도사가 이곳까지 데리고 왔다고밖에 생각할 수 없었다.

감사해야 한다는 생각해 몸을 벌떡 일으켰지만, 순간 현기증이 몰려왔다.

급속한 레벨 업으로 몸 상태가 좋지 않았고 최적화가 끝나지 않은 상태에서 급하게 움직인 탓에 생긴 현기증이었다. 그 결과, 그녀는 다시 침대에 풀썩 쓰러졌다.

"아으으으……."

희한한 신음을 내며 베개에 얼굴을 파묻었다.

일어서려고 힘을 넣어도 권태감이 먼저 몰려와서 생각대로 움직일 수도 없었다.

'감사 인사는, 내일 해도 되겠지?'

무리해서 인사를 하러 가 봤자 되레 부담스럽게 생각할지도 몰랐다.

무엇보다 주변은 이미 어두웠고 창문으로 달빛이 들어왔다. 지금쯤 그 마도사도 쉬고 있을 시간이겠지. 그렇다면 지금은 조금이라도 더 쉬어서 컨디션 회복을 우선해야 했다.

모포를 고쳐 덮고 눈을 감자 1층 식당에서 떠드는 사람들의 시끌벅적한 웃음소리가 들렸다.

얼마나 피곤했는지, 얼마 가지 않아 조용한 숨소리가 변두리 여관방에 낮게 깔렸다.

크리스틴은 다시 잠속으로 빠져들었다.

◇ ◇ ◇ ◇ ◇ ◇ ◇

다음 날 아침, 크리스틴은 눈을 뜨자마자 옷을 갈아입고 서둘러 방을 나왔다.

계단을 내려와 아래층 식당으로 가자 용병 몇 명이 아침을 먹고 있었다. 그곳에서 아는 사람을 확인한 그녀는 자신이 살았음을 새삼 이해하며 안도했다.

"크리스틴 님, 눈을 뜨셨습니까? 몸은 괜찮으신지요?"

"눈앞에서 갑자기 사라졌을 때는 가슴이 철렁했습니다그려."

"나는 괜찮아, 이자드, 사일. 코르사와 속트도 무사했구나."

"아가씨를 구하기 위해서라면 저희는 어디든 갈 겁니다."

"그렇고말고요. 뭐, 솔직히 애간장이 탔지만요."

측근인 기사들이 무사하여 안도했지만, 이곳에 온 목적은 따로 있었다.

"이자드, 날 구해준 사람은?"

"그 마도사 님 말입니까? 크리스틴 님을 맡긴 후부터 보이지 않는군요. 동료 여성들에게 물어보죠."

기사들의 리더이기도 한 청년은 프런트 테이블에 앉아 아침을 먹는 세 여성에게 말을 걸었다.

"자네들. 미안하지만, 그 마도사 님이 어디 있는지 아는가? 크리스틴 님께서 꼭 감사하고 싶다고 하시는군."

"엉~? 그 아저씨? ……그러고 보니 안 보이네?"

"그러게. 아직 방에서 쉬고 있나?"

"아~, 아저씨라면 돌아갔는데? 어젯밤에."

""""뭐?!""""

이리스가 어젯밤 제로스가 아한을 떠났다고 밝히자 그 사실을 몰랐던 세 사람은 놀라 되물었다.

"잠깐만, 이리스! 제로스 씨, 언제 간 거야?"

"어제 봤을 때는 여기서 밥 먹고 있었다고."

"그 후에 여기서 담배 한 대 피우고 돌아갔어. 두 사람이 방에서 쉬겠다며 2층으로 돌아간 뒤에."

"산토르까지 한나절은 걸리는데? 미쳤나 봐. 산적에게 잡아달라고 하는 꼴……은 아니구나. 오히려 박살 낼 것 같아."

"그렇지. 산적이 그 아저씨를 어떻게 이겨? 광산 최하층에서 상처 하나 없이 돌아온 인간이야. 웬만한 인간은 상대도 안 돼."

제로스는 심야에 마을을 나갔지만, 역시 걱정하는 이는 아무도 없었다. 괜히 힘이 강한 탓에 도리어 『죽일 수 있는 상대가 있으면 보고 싶다』는 심경이 강한 모양이었다.

아저씨에 대한 취급은 본인이 없는 자리에서도 지독했다.

"제로스 씨가 무슨 말씀 안 했나요?"

"음…… 『귀족과 연관되면 귀찮으니까 나는 빨리 사라지겠다』고 했지, 아마?"

"감사하다는 인사조차 할 수 없다니……. 저기, 어디 사시는지는 모르나요?"

"몰라~. 아저씨도 떠돌이 배거본드 아닐까?"

낙심하는 크리스틴에게 기사들은 뭐라고 말을 걸어야 할지 몰랐다.

마도사 중에는 남의 사정에 개의치 않는 자기중심적인 이들이 많다지만, 제로스는 소녀의 감사조차 듣지 않고 홀연히 사라져 상쾌한 아침 분위기를 무겁게 만들었다.

"마도사는 자기 생각밖에 안 하는 것들이 많으니까 신경 쓰지 마."

아무도 중년 마도사의 소재를 몰랐다. 쟈네는 한숨 쉬며 어쩔 수 없이 상황을 수습했다.

"하지만 제 목숨을 구해주셨는걸요. 감사 정도는 해야 한다고 생각해요. 사람으로서도, 귀족으로서도……."

"그래도 제로스 씨니까 마음에 두지도 않을걸요?"

"아저씨는 얽매이지 않고 편하게 살고 싶어 하니까 그렇게까지 심각하게 생각할 필요는 없다고 봐~."

크리스틴은 감사를 전하고 싶을 뿐이었지만, 본인이 없으면 그 소원은 이룰 수 없었다.

아무리 달래고 구슬려 봐도 그녀는 그저 낙심할 뿐이었다.

중년 마도사는 기분이 안 내킨다는 이유만으로 이 마을에서 냉큼 사라지고 말았다.

유종의 미를 박살 낸 아저씨는 이때 이미 산토르 문 앞까지 와 있었다.

콧노래와 함께 담배를 피우며…….

여담이지만, 이후 아한에 있는 폐광이 정식 던전으로 인정받을 때까지는 조금 시간이 걸린다.

조사를 위해 숙련자 용병들이 탐사하고 몇 가지 절차를 밟아 던전이라고 인정받을 때까지는 약 3개월이란 시간이 필요하다. 그리고 아한이 이것을 계기로 다시 활기를 되찾으려면 몇 년의 시간이 더 필요하다. 그 무렵에는 폐광 내부는 더욱 넓어지고 많은 마물이 출몰하게 변한다.

그 원인이 아저씨가 행한 대량 학살이란 이름의 섬멸 마법 공격 때문이라고는, 제로스 본인조차 알지 못한다. 한순간에 잿더미가 된 마물들이 효율 좋게 던전에 흡수되어 새로운 힘을 얻는 거름이 된 것이었다. 이 던전은 앞으로도 확대를 거듭해 많은 마물과 사람들을 싸우게 하며 인간의 생활에서 떼어놓을 수 없는 밥벌이 장소로 변해 갈 것이다. 던전 코어가 파괴되는 그날까지…….

훗날 이 던전이 【아한 대미궁】이라고 불리게 되는 것은 조금 더 미래의 이야기다.

시간을 조금 거슬러 오른다. 장소는 산토르의 술집.

그곳은 척 보기에도 인상이 좋지 않은 사내들이 모여 저마다 술을 시켜 떠들거나, 때로는 싸움을 일으키는 곳이었다. 경비병에게 신세 지는 일이 잦은 이 술집에서 몇몇 용병이 술을 마시며 오늘 아침의 울분을 풀고 있었다. 크리스틴에게 시비를 건 용병과 그 동료들이었다.

제로스에게 협박받고 도망친 그들은 한나절이나 걸려 산토르에 도착했다.

그들 중 한 사람만은 아침의 사건을 아직까지 속에 담아 두고 홧술을 들이켜고 있었다.

"제기랄, 그 마도사…… 지금 생각해도 열 받아!"

"너 아직 그 소리냐? 이제 포기할 때도 됐잖아?"

"미스릴 검도 망가지기 직전이었다면서? 그딴 거 뺏어 봤자 쓰지도 못하잖아. 미련하긴…… 하하하하."

"그것도 모를 일이지. 지금 생각해 보면 그 자식 허풍일지도 모르잖아?"

이 남자가 거짓말이라고 생각하는 근거는 두 가지였다. 하나는 제로스가 감정 스킬을 가졌다고 증명할 방법이 없다는 것과 다른 하나는 목에 칼을 들이댔을 때 『검을 돌려주고 꺼져라』라고 말했다는 것이었다.

감정 능력은 자신이 신고해도 남은 알 수 없었다. 실제로 그 능력이 있느냐 없느냐는 감정 스킬을 가진 사람에게 몇 가지 감정을 시켜 보지 않으면 증명할 수 없기 때문이었다.

또한, 칼을 들이댄 이유가 자신들의 공포심을 유발하기 위해서였다면 모든 것이 연기였을 가능성이 부상한다. 그렇다면 감정 스킬 이야기도 거짓말일 가능성이 컸다.

무엇보다 척 보기에도 수상쩍은 풍모가 그에 대한 편견을 낳고 있었다.

"만약 그렇다고 해도 그건 보통내기가 아니었어. 절대로 마도사는 아닐 거다."

"그래……. 언제 칼을 뽑았는지 보이지도 않았어."

"그건 싸우면 안 되는 인간이야. 난 목숨이 아까워…….."

"그딴 건 나도 알아!"

용병들은 모두 랭크가 낮았다. 성실하게 레벨을 올리지 않고 남의 것을 낚아채는 방식으로 지금까지 살아왔다. 상인 경호도 강해 보이는 용병들 꽁무니를 따라다니는 식, 속된 표현으로 기생이라고 불리는 수법을 쓰며 몸을 사렸고, 마물 토벌도 다른 용병이 힘을 뺀 사냥감을 노리고 가로챘다.

그들은 자신이 영리하다고 생각했지만, 그 행위가 악평을 불러 신용을 얻지 못한 채 랭크를 올리지 못하고 있었다. 그런데도 그들은 적반하장으로 용병 길드를 원망하고 자포자기해 버렸다. 그리고 어디 당해 보라는 식으로 숨어서 문제를 일으키고 다녔다. 이런 인간들은 어딜 가나 있는 법이었다.

그런 그들 곁으로 카운터에서 술을 마시던 남자가 다가왔다.

검은 로브를 입은 마도사였다.

"제법 재밌는 이야기를 하시는군요. 강한 무기가 있으면 자기도 강해질 수 있다고 생각하시나요? 안타깝지만, 그건 착각입니다."

"뭐라고? 야, 우리한테 싸움 거냐!"

"마도사에게 지는 용병 따위, 제 적수가 못 됩니다. 그래도 덕분에 잘 웃었으니까 저도 재미있는 이야기를 알려드리죠."

"어엉? 너도 마도사잖아? 그리고 뭐? 재미있는 이야기?"

"그 전에 하나 물읍시다. 당신들은 지금보다 강해지고 싶나요? 대답하신다면 강해질 방법을 알려드리죠. 다른 사람들보다 강해질 방법을……. 그게 **재미있는 이야기**입니다."

용병들이 서로 얼굴을 마주 봤다. 오늘 아침 만난 마도사도 수상쩍은 복장이었지만, 이쪽은 차림새가 말쑥한 만큼 다른 의미로 수상했다. 게다가 실내인데도 로브의 후드를 눈까지 뒤집어썼다. 옆에서 이야기를 들었다는 이유만으로 정보를 넘긴다? 수상한 데도 정도가 있었다.

"아 참! 그냥 말해주면 안 되겠군요. 대가를 받아야죠······. 그래 봤자 돈은 없어 보이니까 술 한 잔으로 타협하겠습니다. 방금 들려준 웃긴 이야기도 포함해서 대가는 그걸로 충분합니다."

"너, 그냥 우리한테 술 한 잔 얻어 마시려는 심보 아니냐?"

"모르시는 말씀. 저는 그저 필요 없는 물건이니까 양보해 드리려는 것뿐입니다. 딱히 다른 분에게 드려도 상관없어요. 의외로 비싸게 사줄지도 모르고요."

용병들은 다시 얼굴을 마주 봤다. 이 마도사는 필요 없는 물건을 떠넘기려는 것 같지만, 그것이 무엇인지 알 수 없었다. 그렇지만 지금보다 강해지면 거금을 벌 가능성도 있었다. 그들은 야비했지만, 악질적인 짓을 하는 만큼 경계심은 강했다.

"우선 어떤 물건인지 보여줘야 받든 말든 할 거 아냐?"

······강했을 터인데, 술에 취하기도 하여 깊이 생각하지 않고 이야기에 응했다.

"그렇군요. 우선 실제로 물건을 보여드리죠. 잠깐만요~, 이겁니다."

뜬금없이 허공에 손을 뻗어 어디선가 물건을 꺼내는 마도사를 보고 용병들은 놀라움을 금치 못했다. 그들이 놀라거나 말거나 마도사가 테이블에 올려놓은 물건은 칙칙한 검은 돌이 박힌 애뮬릿이었다.

"자, 물건은 보여드렸습니다. 이번에는 그쪽이 술을 사세요. 아, 미리 말해 두는데 그건 가지고 있는 것만으로는 의미가 없어요. 사용법은 아직 비밀입니다."

"쳇, 야! 이 마도사한테 에일 맥주 가져와!"

남자가 그렇게 외치자 머지않아 풍채 좋은 아줌마가 나무잔에 맥주를 담아 테이블 위에 난폭하게 내려놓았다. 아니, 힘껏 내려찍었다고 하는 편이 맞을지도 몰랐다.

충격으로 테이블이 흔들렸다. 하지만 잔에 든 맥주는 한 방울도 떨어지지 않았다.

"……저런 태도로 용케 장사를 계속하네요."

"우리도 그게 신기해."

"음식이 맛있어서 그래. 태도는 최악이지만……."

"아직까지 독신이라더라."

"저 아줌마, 날 자빠뜨리려고 한 적 있어……. 날 알몸으로……. 무서웠어."

"""""……."""""

동정과 연민이 담긴 눈이 한 남자에게 집중됐다. 그는 당장에라도 울 것처럼 공포에 떨고 있었다. 상당히 풍채가 좋고 실눈을 가진 기네스급 비만 아줌마였다. 걸을 때마다 바닥이 삐걱거리는데 몸무게는 대체 얼마나 나갈까? 솔직히 말해 덮칠까 봐 무서웠다.

"이, 이 녀석 사정은 그냥 넘어가자고. 그래서? 이건 어떻게 쓰지?"

"이야~. 얻어먹는 술은 맛있네요. 아, 그거 쓰는 방법이요? 그냥 착용하고 마력을 불어넣으면 힘을 줍니다."

"시험해 봐도 돼?"

"그러세요. 전 필요 없으니까."

남자는 애뮬릿을 꽉 쥐고 있으나 마나 한 마력을 불어넣었다.

—두근!

그러자 지금까지와는 전혀 다른 고양감과 동시에 몸에 치밀어 오르는 힘을 느꼈다. 몸이 뜨거워지고 힘이 샘솟는 기분이었다.

"하하하, 이거 물건인데? 힘이 넘쳐!"

"정말이었냐……? 나도 가지고 싶어."

"있어요. 세 개 정도 더……."

""" 그거 우리한테 줘!"""

남자들은 득달같이 마도사에게 달려들었다. 시꺼먼 남자들 얼굴이 코앞까지 다가오자 기겁했는지, 마도사는 딱딱하게 미소 지으며 똑같은 애뮬릿을 세 사람에게 건넸다.

"아차, 슬슬 가 봐야겠네요. 저는 일이 있어서 이만 실례하겠습니다."

"야, 벌써 가? 답례를 아직 안 했는데?"

"일이 있어서요. 늦으면 상사가 시끄럽게 굴거든요."

"마도사도 고생이 많군……."

"그러게 말입니다. 인연이 있으면 또 만나죠."

"그때까지 많이 벌어 두지."

마도사는 손을 흔들며 용병들의 테이블을 뒤로했다.

"……그날이 오면 좋겠는데 말이야."

몹시 냉담한 목소리로 중얼거린 그는 그대로 술집을 나갔다.

남은 남자들은 이 술집에서 아침까지 술판을 벌였다.

술집에서 나온 마도사는 가까운 골목으로 들어가 그곳에서 대기하던 남자들과 합류했다. 얼핏 보아도 군사 훈련을 받은 수상하고 위험한 사내들이었다.

"결과는?"

"잘 풀렸지만, 나머진 그쪽 일입니다?"

"저 녀석들도 불쌍하군. 설마 자기들이 인체 실험 피험자가 되었다고는 생각도 못 하겠지."

"쓰레기가 결과를 내줄 테니까 저는 자면서 기다리렵니다. 저걸 쓸 수 있을지 시험해 보지 않으면 위험하니까요. 잘만 풀리면 양산할 수 있겠죠."

"너한테도 할 일이 남아 있을 텐데……."

남자들은 의아한 표정을 지었다.

"당신들 보고 나름이죠. 결과에 따라서는 플랜을 변경해야 할지도 모르니까요."

"알고 있다. 네놈에게도 목적이 있다는 건……. 그렇기에 우리에게 힘을 빌려주는 것 아닌가?"

"지금은 빚만 늘어나고 돌아오는 게 없지만요. 전 이것 말고도 할 일이 많은 사람입니다. 목적은 같으니까 당신들이 힘내주셨으면 좋겠군요."

"……미안하군. 하지만 조금만 더 기다려줘."

"기대하고 기다리겠습니다. 뒷일은 맡길게요~."

마도사는 가벼운 걸음으로 뒷골목을 걸어갔다. 마치 남자들의 존재는 아무래도 상관없다는 태도였다.

남자들은 서로 말없이 고개를 끄덕이더니 흡사 존재를 지우듯 어둠 속으로 모습을 감췄다.

"딴에는 나를 이용한다고 생각하겠지. 뭐, 그건 나도 마찬가지야. 어떻게 되든 목적에 가까워질 수 있으면 상관없지……. 그렇지만 잠깐 상태를 보러 가는 게 좋을까?"

마도사는 냉혹한 웃음을 머금으며 조용히 그렇게 중얼거리고 어둠 속으로 사라졌다.

그 후에는 그저 정적만이 뒷골목을 감쌌다.

제로스가 산토르로 돌아왔을 무렵에는 이미 동이 틀 시간대였다.

상쾌한 아침일 텐데 그는 어떤 이유로 이상하리만큼 흥분해 있었다.

'우선 만들 건 건조기지. 그 후에는 탈곡기, 이어서 냉장고, 아…… 그것도 있었지. 변마 씨앗은 있으니까 남은 건 형태를 설정할 정령 인자 정보야. 인공 난자를 만들려면 다른 종족이 좋을까? 드워프…… 술통 체형에 로리, 윤리적으로 안 돼. 수인(獸人)은…… 성격이 거칠 것 같으니까 이것도 안 돼. 그렇다면 하이 엘프 정령 인자 정보가 있으면 좋겠군. 여성이라면 좋겠지만, 이것만은 만들어 보지 않는 한 알 수 없지……. 밭 관리를 도와줄 인력이 필요하니까 말이야~. 뭐, 호문쿨루스는 장기적으로 만든다고 치고, 우선 쌀이 열리려면 얼마나 걸리느냐가 문제군. 원래 잡초니까 이틀 동안 꽤 성장했겠지? 1년 동안 일곱 번이나 수확할 수 있다고 하니까 생각해 보면 굶어 죽을 일은 없지 않나? 이 나라…… 쌀을 주식으로 하면 좋을 텐데. 그보다 술이야. 누룩을 만들지 않으면 술을 만들 수 없고 된장도 간장도 만들 수 없어. 일본주를, 나에게 일본주를 내려주소서. 일본 팔백만 신이시여! 나는 가겠노라, 향기로운 술의 나라로!'

그리고 머릿속에서는 유쾌한 상황이 벌어지고 있었다.

제로스는 머리에서 일본주가 떨어지지 않는 듯했다.

"아무튼 기재를 갖추는 게 최우선이야. 그렇지 않으면 술이……."

제로스의 우선도는 일본주에 있었다. 아무래도 밤새 가도를 달려온 탓인지, 조금 정신 상태가 이상했다. 도시 정문에 대기하던 젊은 경비병이 그런 제로스를 의심스러운 얼굴로 바라보고 있었다.

겉모습부터 수상쩍은 아저씨가 도시 문 앞에서 혼잣말을 중얼대니까 의심을 사도 어쩔 수 없었다. 문을 지나지 않고 앞에서 어슬렁거리면 당연히 의심을 살 수밖에.

머잖아 경비병들이 제로스를 향해 걸어왔다.

"거기 마도사, 잠깐 대기소까지 와서 이야기를 들려주실까?"

"네? 저요……?"

"당신 말고 누가 있어? 도시 앞에서 이상한 행동을 보이다니, 수상해."

"수상하다고 하셔도…… 외모부터 이 모양이니까 가만히 있어도 수상하잖아요?"

남에게는 상당히 수상하게 보이는 모양이었다. 그건 본인도 자각하고 있었다.

"생긴 것도 그렇지만 거동이 수상하다고! 잔말 말고 따라와!"

"자, 잠깐, 말로 하면 알아요!"

"그 말을 하러 가자는 거야. 됐으니까 똑바로 걸어!"

"앗, 아침밥은 나오나요? 아한에서 밤새 달려와서 엄청 배가 고프거든요. 빵과 계란…… 스크램블 에그로 부탁합니다."

"이 아저씨, 의외로 뻔뻔하네!"

이리하여 제로스는 경비병에게 질질 끌려갔다. 석방되는 것은 이로부터 세 시간 후의 일이었다.

누명을 씌웠다는 이유로 아침 식사를 얻어먹은 것은 두말할 필요도 없었다.

집으로 돌아가는 도중, 제로스는 마석을 팔기 위해 마도구 가게로 걸음을 옮겼다.

마석을 팔러 한 번 들렀을 뿐이었지만, 못 보는 사이 가게 외관이 유난히 깜찍하게 변해 있었다. 솔직히 들어가기 주저됐다. 어떻게 봐도 남성이 들어갈 가게가 아니었다.

"저번에는 호러 색채가 강한 무시무시한 외관이었는데……. 무슨 일이 있었지?"

한때는 마녀의 집 같던 외관이 180도 바뀌어 꼭 어디에 있는 카페 같았다. 조금 더 정확히 말하면 메이드 카페 같은 분위기로 변모했다.

수상한 풍모인 제로스가 주저하면서도 안으로 들어가려고 하자 문에서 유별나게 프릴을 많이 단 메이드복 점원이 얼굴을 내밀었다.

둥글고 큰 렌즈가 들어간 특징적인 안경을 쓴 무례한 점원, 쿠티였다.

"앗, 저번에 온…… 누구셨더라?"

"이름을 알려줄 정도로 단골은 아닙니다만? 그보다 이 외관은 대체……."

"점장님 변덕이에요. 『앞으로는 손님의 니즈에 맞춰 가게 분위기를 바꿔야 한다』라고 하셔서~."

"참 빨리도 깨닫네요. 게다가 너무 변했잖아요……. 예전 모습이 하나도 안 남았잖습니까."

"햄버 토목 공사 사람들이 힘써준 결과죠~."

제로스 머릿속에 멋지게 웃으며 엄지를 척 든 드워프 기술자, 나구리의 모습이 떠올랐다.

그들의 일 처리는 빨랐다. 그리고 공사 완료 기일을 정확하게 지켰다.

그러고는 다음 날, 혹은 그날 중으로 더욱 핫한 현장으로 떠났다.

그들은 언제나 현장에 있었다.

"다음 일이 있다고 하더니 여기였나……."

"그나저나 오늘은 무슨 일이신가요? 저희는 훔친 마석은 매입하지 않습니다?"

"아직 그 소리입니까……? 어떻게 해서든 도둑으로 만들고 싶은가 보군요?"

"네! 물론이죠."

환한 미소로 손님에게 어처구니없는 소리를 하는 점원, 쿠티.

계속 상대하면 무슨 누명을 씌울지 모르니 무시하기로 했다.

"점장님은 계신가요?"

"계시지만, 어젯밤 늦게까지 장부랑 씨름하셨거든요. 지금쯤 카운터에서 주무시지 않을까요?"

"……지금 가게에서 나왔죠? 못 보셨어요?"

"봤는데요? 침 흘리고 코~, 자고 계셨어요~."

쿠티는 늘어지는 말투로 말했다. 대화가 성립하는 것 같으면서도 살짝 어긋나 있었다.

"뭐, 마석을 매입해준다면 상관없습니다. 예상 이상으로 많이 얻었거든요."

"또 어디서 훔쳐 오셨죠? 자수하세요!"

"좋습니다, 점장님한테 보고하죠. 이 점원을 자르라고……."

"점장님, 손님 왔어요~!"

아무 일도 없었다는 양 태도를 바꾼 쿠티는 냉큼 가게로 들어가

점장 벨라돈나에게 보고했다.

제로스는 피곤한 표정으로 안으로 들어갔다. 가게 안도 깜찍했다. 아저씨의 머리가 아파지는 인테리어였다. 곳곳에 장식된 인형이나 레이스 커튼. 조화이긴 하지만 꽃도 장식해 소녀 감성이 폭발하고 있었다.

전에는 가게 안은 평범했는데 지금은 가게 외관과 똑같이 핑크색이었다.

"점장님~, 일어나세요~. 손님이에요~. ……캔디 씨~."

"누구야?! 지금 누가 내 본명 불렀어?! 내 이름은 【벨라돈나】야. 영혼의 이름이라고!"

독초가 영혼의 이름이란 것은 넘어가더라도, 점장은 이름에 콤플렉스가 있는지 가명으로 가게를 운영하고 있었다. 고급 창부 같은 옷을 차려입은 마도사면서 이름은 몹시 귀여웠다.

어떻게 보면 지금 가게에 어울린다고 할 수 있겠다. 그녀의 외모를 제외한다면.

"점장님, 손님 왔어요. 저번에 온 도둑이에요."

"아직 그 소리예요? 이 점원, 이제 그만 자르면 안 됩니까?"

"어머, 어서 와. 오랜만이네? 요즘 안 오더니 웬일이야?"

"점장님, 그런 식으로 말하면 【밤 나비#4】 같아요~."

"【밤 나비】라는 표현은 싫어. 바꿔 말하면 그냥 나방이잖아? 인분을 뿌리듯 향수를 뿌리고 다니는 악녀. 나는 그런 짓 안 해."

'아뇨, 당신은 충분히 【밤 나비】입니다.'

#4 밤 나비 일본에서 유흥업에 종사하는 여성을 가리키는 속어.

제로스는 내심 그렇게 생각했지만, 입이 찢어져도 말할 수 없었다.

왜냐하면 점장이 허튼소리를 하면 잡아먹을 것 같은 표정으로 노려보기 때문이었다. 의외로 감이 좋았다.

"또 마석을 팔러 왔어?"

"네. 다만, 이따가 아는 사람도 들고 올 것 같으니까 마석 가격이 떨어지지 않을 정도로만 팔고 싶군요."

"마물을 얼마나 해치운 거야? 솔직히 물어보기 겁나."

"죄송하지만, 수는 그쪽에서 조정해주실래요? 마석은 웜과 거미가 대부분입니다."

"아한 광산에 다녀왔어? 음…… 웜 열다섯 개, 거미 스무 개는 어때?"

의외로 매입 개수가 적었다. 마석만 해도 가볍게 열 배는 들고 있어서 처치하기 곤란한 상황이었다. 스테이터스 표시 일람에 왠지【자동 회수】커맨드가 있어서 해치운 마물 마석을 몽땅 회수한 결과였다. 자신의 스테이터스에 게임 시절 기능이 고스란히 남은 것 같았다. 그것이 스킬이 되어 마음대로 마석을 회수해 버렸다.

그 사실을 깨달은 것은 경비병 대기소에 구치되어 있을 때였다.

"좋습니다. 거래하죠."

"어머? 아직 금액을 말하지 않았는데?"

"그 부분은 믿고 있습니다. 사주는 것만 해도 고마우니까요."

제로스는 돈에 집착하지 않았다. 집착하는 것은 술이었다.

마도구 가게 점장이 부르는 값에 마석을 판 제로스는 약간의 돈을 받고 가게를 나왔다. 노점에서 튀김 빵을 사고 단골 담배 가게에 들어가 지궐련을 산 뒤 귀로에 올랐다.

"아…… 휴대용 재떨이가 필요하겠어. 기본적인 도덕을 잊다니…… 이러면 안 되지."

입에 담배를 물고 돌아다니다가 꽁초를 길바닥에 버렸다는 사실을 이제야 깨달았다.

아저씨는 공중도덕을 잊고 있었다.

에티켓을 지키지 못하는 염치없는 어른이었지만, 그래도 담배는 그만둘 수 없었다.

◇ ◇ ◇ ◇ ◇ ◇ ◇

거리를 어슬렁거리며 구시가로 들어가 교회 앞까지 왔다.

제로스의 집은 교회 옆으로 새로 포장된 좁은 길을 따라가면 나오기에 교회 뒤편 밭을 보게 된다.

—죽는다아아아, 나 죽…… 끄헉!!

그곳에서는 오늘도 아이들이 활기차게 만드라고라를 뽑고 있었다.

만드라고라도 기운 넘치게 절규하고 있었다. 어떤 비상식적인 일에도 사람은 적응하게 마련이었다. 이미 아이들과 루세리아도 수확에 정신적 가책을 받지 않게 되었다.

뭐, 아이들이야 처음부터 아무렇지도 않았지만, 어린 탓에 그것도 질렸는지 이제 재미 삼아 뽑지는 않았다.

사람에게 중요한 무언가를 잃은 기분이 드는 것은 왜일까.

"앗, 아찌다!"

"아찌~, 여기!"

"선물은 없어?"

"고기를 줘어어~, 고기이이~!"

제로스를 발견하고 아이들이 달려왔다. 기본적으로 선물이 목적이었다.

"있죠. 선물인 튀김 빵입니다."

"우와~, 고마워. 아찌."

"땡큐, 아찌. 빨리 먹자."

"당케, 아찌."

"하악하악…… 고기, 고기다아아~. 헤, 헤헤헤…… 이걸로 당분간은 버틸 수 있어."

종이봉투를 건네자 활기차게 교회로 달려갔다. 그나저나 마지막 아이는 어디서 저런 말을 배워 오는지 여전히 의문이었다. 가까운 곳에 위험한 증상을 가진 어른이 있는 것일까?

"이 녀석들, 버릇없잖아! 죄송해요, 제로스 씨. 그리고…… 어서 오세요."

별거 아닌 인사에 제로스는 한순간이지만 말이 나오지 않았다.

"왜 그러세요?"

"아뇨, 뭔가 좋네요. 누가 『어서 오세요』라고 말해주는 게……. 다녀왔습니다, 루세리스 씨. 걱정 끼쳤다면 죄송합니다."

독신 생활이 길었던 아저씨에게는 대수롭지 않은 인사가 무척이나 기뻤다.

"인사는 기본 예의고 아는 분을 걱정하는 건 당연한 일 아닌가요?"

"사람에 따라서 그 당연한 일이 심금을 울리는 경우도 있습니다. 특히 저 같은 독신에게는요."

원래 세계에서도 자택으로 돌아왔을 때 어서 오라고 말해주는 사람은 없었다.

어두운 방에서 스스로 불을 켜고 목욕과 식사를 준비한 뒤 TV를 본다. 그런 나날이었다. 내키지 않을 때는 하루 종일 아무것도 하지 않는 날도 있었다. 누가 옆에 있어 줬다면 그런 고독을 느끼지는 않았으리라. 온라인 게임은 취미였지만, 그것이 일상이 된 이유는 고독이 큰 영향을 끼쳤다.

"이 정도 일이라면 언제든 말을 걸어주세요."

"그렇게 말씀하시면 착각할 것 같은데요? 특히 루세리스 씨 같은 미인이 말을 걸어달라고 하면, 저 혼자서 들뜰지도 모릅니다."

"또 그런 말씀을…… 놀리시는 거예요?"

"아뇨, 나름대로 진지합니다. 오래 붙잡고 있으면 작업에 방해될 테고, 돌아가서 준비할 것도 있으니까 전 이만 가 보겠습니다."

"수고하셨어요. 무슨 일이 있으면 언제든 말씀해주세요. 이웃이니까요."

"일이 있다면 기꺼이 그러겠습니다."

루세리스는 어쩐지 걸음걸이가 가벼운 제로스의 등을 보며 배웅했다.

연장자이긴 하나 제로스가 신경 쓰이는 그녀는 조용히 안도의 한숨을 쉬었다.

"다행이야. 정말로 무사히 돌아오셔서……."

"수녀님, 그건 사랑이야."

"아직 인정 안 했어? 고집 세네~."

"그만 솔직해지고 심장을 잡아 버려."

"심장을 잡아서 뭐하게? 고기로 만들어?"

어느새 곁으로 돌아온 아이들이 루세리스에게 조언(?)했다.

"너희, 그런 말은 어디서 배웠니? ……얼마 전까지는 평범했는데."

"이웃집 아저씨."

"뒷골목 형."

"술집 마스터."

"방에 틀어박힌 음침한 형이랑 가끔 형아한테 뭘 사는 깡마른 아저씨."

구시가지는 교육 환경이 좋지 않은 곳이었다.

이날부터 루세리스는 아이들의 교육에 골머리를 앓게 된다.

환경을 개선하려고 해도 주변 환경이 너무 나빴다. 그 이상으로 아이들의 환경 적응력이 너무 뛰어났다. 아이들의 장래가 어떻게 될지는 그녀의 향후 교육에 달려 있었다.

 ## 단편 루세리스의 하루

루세리스의 아침은 일찍 시작된다. 고아들의 식사를 준비하기 위해 새벽시장에 가서 신선한 채소 등을 사야 해서 일찍 일어나야 했다.

겨울이라면 몰라도 여름은 음식이 금방 상해 아침 일찍 사러 가는 것이 습관이 되고 말았다.

뿌리채소라면 어느 정도는 괜찮지만, 녹황색 채소는 얼마 가지 않아 벌레가 생겨 빨리 먹지 않으면 썩어 버린다. 다행히 교회 뒤편에 밭이 생기면서 그날 중으로 채소를 수확할 수 있게 되었다. 그러나 그것도 약 2주 전까지였고 지금은 수확할 수 있는 채소가 한정됐다.

유일하게 안정적으로 수확할 수 있는 것은 약초 종류였다. 다만, 【만드라고라】는 고가 약초라서 무슨 일이 있어도 요리에 쓸 수 없었다. 이 【만드라고라】 덕분에 양육원 식량 사정이 크게 변했지만, 동시에 매일 같이 이웃에서 도둑이 잡혀 그들의 소소한 용돈 벌이가 되고 있었다. 어째선지 이웃에게 깊은 감사를 받기도 했다.

그건 어찌 됐건 아무리 성장이 빠른 식물이라도 환경에 강한 채소와 약한 채소가 있고, 약한 채소는 다른 채소에 밀려 말라 죽는다. 밭에서 채소를 키우는 것도 쉬운 일이 아니었다.

그런 사정도 있어서 루세리스는 오늘도 장을 보고 교회로 돌아온 참이었다.

―붕! 홍!

바람 가르는 소리를 내며 한 소녀가 목도를 휘두르고 있었다.

녹색 머리를 뒤로 한 데 묶은 포니테일에 긴 귀. 동방의 의상을 입었고, 귀엽다기보다 오히려 늠름하다는 표현이 어울리는 소녀.

그것도 【엘프】였다.

일반적으로 【하이 엘프】라고 불리는 상위종 소녀가 일심불란하게 목도를 휘두르고 있었다.

"카에데, 아침 연습이에요?"

"수녀님인가? 본인은 온종일 집에만 있으니 꾸준히 연습하지 않으면 몸이 굳어."

"미안해요. 마음 같아서는 밖에서 놀게 해주고 싶지만⋯⋯."

"알아. 나의 용모가 이러해 비루한 자들이 본인을 노리고 이곳에 오기 때문이지? 그래서 몸을 지키기 위해 훈련을 계속하는 거야. 몹쓸 것들은 베어 버리는 게 제일이지."

대단히 호전적인 소녀였다. 루세리스가 카에데를 맡게 된 경위는 자신을 키워준 초로의 여성 사제, 멜라사 사제장의 부탁 때문이었다. 무슨 사정이 있는 아이 같았다.

실은 루세리스도 자세한 사정은 몰랐지만, 카에데를 맡는 데는 동의했다.

그 아이가 【하이 엘프】인 줄은 미처 몰랐지만⋯⋯.

엘프는 노리는 자가 많으며, 특히 하이 엘프는 노예 상인도 못 찾아 안달이 난 희귀한 종족이었다. 소문에 의하면 노예 수집가가 혈안이 되어 찾는다고 하지만, 동방 출신인 카에데는 보통 엘프와는 조금 달랐다. 이상하리만큼 다혈질이었다.

엘프 대부분은 마도사나 사냥꾼인 데 반해, 카에데는 검사였다. 게다가 소녀인데도 불구하고 탁월한 기량을 가졌다. 섣불리 납치하려고 한다면 도리어 피를 보게 되리라. 『사람을 습격하는 인면 수심은 써는 맛이 있는 고깃덩이다.』라고 당당히 외칠 정도였다.

"카에데, 아무리 악인이라도 함부로 죽이면 안 돼요. 생명은 존귀하니까요."

"어차피 이 세상은 약육강식. 강해지기 위해서는 남의 목숨을 잡아먹는 것이 세상의 이치야. 수녀님도 조금 각오하는 편이 나을 텐데? 누가 언제 덮칠지 몰라."

"또 그런 소리를……. 저는 덮쳐 봤자 돈이 안 돼요. 가진 게 없으니까요."

"아니, 돈은 되지. 수녀님의 몸이 목적인 금수들도 있을 터인데?"

"카, 카에데, 어디서 그런 말을 배웠어요?!"

"안제에게 배웠다만?"

안제란 루세리스가 돌보는 다섯 아이 중 한 명으로, 카에데를 빼면 유일한 여자아이였다. 붉은 머리에 기운 넘치고 겁이 없는 아이였다.

그런 아이가 이상한 지식을 배워왔다는 사실에 루세리스는 눈물지었다.

자신의 교육이 잘못됐는지, 아니면 주변 환경 때문에 이상한 것을 보고 듣는지 알 수 없었다. 다만, 아이들이 이상한 지식을 배워오는 것만은 틀림없었다.

어디서 이런 일이 벌어지는지 모르겠다. 그저 자신의 무력함을 실감하고 눈물을 흘릴 뿐이었다.

교육이란 이리도 어려운 것이던가.

◇ ◇ ◇ ◇ ◇ ◇ ◇

아이들과 식사를 마친 루세리스는 교회 예배당에서 한 시간 정도 기도를 올리고 거리로 나와 봉사라는 이름의 수행을 시작했다.

쉽게 말해서 마을의 부상자를 발견하고 싼값에 치료하는 것이었다.

약학에도 조금 조예가 있는 그녀는 때때로 병자를 위해 약을 조합해 치료하는 일도 있었다. 하지만 지금까지는 약초를 살 수 없어 단념하고 있었다.

그 사정의 배후에는 살짝 정신이 오락가락한 차기 영주가 있었지만, 지금은 그 위협도 사라졌다.

"제로스 씨에겐 아무리 감사해도 모자라. 우리 생활도 편해졌고 필요한 비품도 살 수 있게 됐어. 이 만남에 감사하지 않으면 천벌을 받을 거야♪"

지금 루세리스는 아주 기분이 좋았다. 그녀에게 마음이 있는 남자들은 그 성녀와 같은 미소 한 방에 나가떨어졌다. 하지만 그녀는 그런 일이 벌어지는 줄은 꿈에도 몰랐다.

어릴 적부터 자신이 자란 양육원에 은혜를 갚고자 마음먹었던 그녀는 열세 살 어린 나이에 【메티스 성법신국】의 수도원에 가서 남의 시선을 신경 쓸 겨를도 없이 신전에서 수행에 매진했고, 누구보다도 우수한 성적을 거두어 이 도시로 돌아왔다.

태어나자마자 버림받은 그녀는 부모의 애정을 몰랐지만, 양육원에서 지금까지 키워준 신관들의 헌신은 알았다.

조금이라도 은혜를 갚고 싶어 수습 신관이 됐지만, 사실 그녀는 신을 맹신할 정도는 아니었다. 4신교의 교의에 적힌 도덕이나 사람이 가진 상냥함과 강함만을 굳게 믿을 따름이었다.

키워준 신관들이 우연히 4신교였을 뿐, 루세리스는 종교적인 신의 개념은 아무래도 좋았다. 겉으로는 신관답게 교의를 입에 담으나, 같은 처우에 놓인 고아들을 조금이라도 많이 돕는 데만 관심이 있었다. 루세리스에게는 사람의 선한 마음만이 유일한 【신】이었다.

그런 그녀도 한창나이의 여인이었다. 연상 아저씨 마도사에게 마음이 끌려 아이들에게 놀림 받았지만, 아직 인정하지는 않았다. 의외로 고집이 센 성격 같았다.

생활은 빈말로도 유복하다고 할 수 없었다. 그래도 그녀는 있는 힘을 다해 고아들을 키웠다.

당연히 거리를 배회하는 갈 곳 없는 아이들도 치료하고 다녔다.

"자, 이제 다 나았어요."

"고마워, 누나."

"조심해요. 다치면 언제든 말하고요."

"응. 알았어."

오늘도 의지할 곳 없는 아이들을 치료하고 부족해진 마력을 포션으로 회복했다.

우선해야 할 것은 자신과 같은 처지의 아이들이었다. 도시 사람들 치료는 그다음에 시작했다. 부모도 없이 필사적으로 사는 아이들은 옛날 자신을 떠올리게 했다.

어릴 때는 무심한 행동에 상처받거나 심하게는 돌을 맞는 일도 있었다. 그런 처지를 알기 때문에 그녀는 고아들을 위해 선행을 베풀었다. 제로스에게 신관이 사용하는 신성 마법이 마도사가 쓰는 마법과 같다는 말을 듣고 루세리스의 행동에서는 거리낌이 없어졌다. 수습 신관이라고 하면서도 그녀는 마도사라는 자각을 가지고 말았다.

이 사실을 4신교에게 들키면 이교도 취급받을 것이 틀림없었다.

"할머니, 오랜만이에요. 요즘 몸은 좀 어떠세요?"

"아이고, 우리 루 왔니? 요즘은 몸이 가볍구나……. 전에 루한테 받은 약 덕분인가?"

"무리는 하지 마세요. 약도 힘들 때만 드시면 되니까요."

"괜찮아. 우리 집 영감탱이가 죽을 때까지 난 갈 생각 없으니까. 깔깔깔."

어릴 적부터 알고 지낸 노파는 그 나이가 믿어지지 않을 만큼 호쾌하게 웃었다.

옛날부터 억척스러운 할머니로 유명했고 옛날에는 루세리스도 양육원을 빠져나와 사탕을 받곤 했다.

"그나저나 그 말괄량이 루가 이렇게 숙녀다워지다니. 좋은 남자는 생겼고? 지금 루라면 남자들이 가만 놔두지 않지?"

"그, 그런 사람 없어요!"

"흠, 그렇지만 신경 쓰이는 남자는 있지 않아? 연상이니?"

노파는 감이 좋았다. 연륜은 얕볼 수 없었다.

끈질기게 묻는 노파의 질문은 어떻게든 얼버무리고 루세리스는 도망치다시피 그곳을 빠져나왔다.

자신의 과거를 아는 사람은 이러니저러니 자신을 챙겨주려고 했다. 때로는 손자를 소개해주는 노인도 있었다. 이 노파에게 올 때까지 나온 맞선 이야기만 해도 세 번이었다.

그런 루세리스는 신시가지 큰길에 위치한 숙소 앞까지 와 있었다. 하도 놀림 받아 아직도 얼굴이 화끈거렸다.

'……확실히 제로스 씨는 왠지 신경 쓰이지만, 딱히 사랑이라고 할 정도는…….'

루세리스는 고집이 셌다.

"앗, 루세리스 씨?! 마침 잘됐다!"

"엄마야?!"

그녀가 갑작스러운 목소리에 놀라며 돌아보자 그곳에는 아마빛 머리의 여성, 레나가 있었다. 그녀는 어릴 때부터 친했던 친구인 쟈네의 동료 용병이었다.

몇 번이나 상처를 치료한 적이 있어서 루세리스와도 안면을 트고 있었다.

"왜, 왜 그러세요? 레나 씨……."

"……루세리스 씨야말로 왜 그래? 얼굴이 빨개. 감기야?"

"갑자기 말을 거니까 놀라서 그래요. 레나 씨는 무슨 일이세요?"

"아 참, 실은 쟈네가 감기에 걸린 거 같아. 개도 안 걸린다는 여름 감기를……."

"레나 씨, 그건 말이 심하시네요. 계절에 상관없이 걸릴 때는 걸려요."

"농담이야. 오늘은 왠지 의사가 모두 쉬는 날이더라고. 약을 잘 아는 사람을 찾고 있는데 마침 루세리스 씨가 보이지 뭐야. 루세리스 씨도 약에 관해 잘 알지?"

친구의 파트너는 조금 문제가 있지만 착한 사람이었다. 지금도 쟈네를 위해 거리를 뛰어다니고 있었으니까 심성은 좋은 사람이지 싶었다.

"조금은요. 쟈네는 증상이 어떤가요?"

"기침, 열, 목 아픔, 구토, 나른함, 몸에 붓기도 좀 있어."

"감기 같네요. ⋯⋯그런데 몸에 붓기? 이런 증상은 들어본 적이 없는걸요⋯⋯."

"어제 술을 먹인 뒤에 숙소에 발가벗겨둬서 그런 걸까?"

"⋯⋯어제 뭘 하신 거예요? 왜 쟈네를 발가벗기죠?"

"으으응⋯⋯ 살짝 장난기가 발동했달까? 잠자는 쟈네는 귀여웠어~."

"⋯⋯지금 침묵은 대체 뭐였죠? 후⋯⋯ 숙소는 항상 머무는 그곳이죠? 지금 가진 약이 부족하니까 사서 갈게요."

"부탁해. 그때까지 쟈네를 간병하고 있을 테니까. 이리스가⋯⋯."

한순간 레나가 정말로 좋은 사람인지 의문이 들었다. 루세리스와 헤어진 뒤 왠지 아주 경쾌한 발걸음으로 근처 여관으로 들어가는 것을 목격했기 때문이었다.

전에 쟈네에게 들은 나쁜 버릇이 나온 것이겠거니 했다. 다만, 그 나쁜 버릇이 무엇인지 루세리스는 몰랐다. 아니, 모르는 게 약일지도 몰랐다.

"아무튼 지금은 약초를 모으는 게 우선이야. 약초 가게가 아직 열었을까?"

약초를 취급하는 가게는 물건이 금방 떨어져 일찍 닫는 곳이 많았다.

의사도 약초를 구하기가 어려워 약을 조합하지 못하는 일도 있었다. 수요가 너무 많아서 공급이 따라가지 못하는 현실이었다.

루세리스는 약초 가게로 서둘러 달려갔다.

친구가 괴로워하고 있었다. 한시라도 빨리 치료해야 한다는 생각에 마음이 급했다.

도중에 넘어진 것은 말할 것도 없었다.

◇ ◇ ◇ ◇ ◇ ◇ ◇

"【시크 풀】, 【쿨 시드】, 구토를 한다니까 【스토마 호두】도 필요하겠지. 붓기는 열 때문인가? 이 계절 감기에서 이런 증상은 드문데."

약초 가게에서 조합 재료를 사다가 소재가 부족하다고 깨달았다.

"저기, 【리버헌헤드 간유(肝油)】는 없나요?"

"없어. 다 팔렸어. 지금 막."

"어쩌지…… 이러면 약을 만들 수가……."

"주인장, 【알미라 풀의 물방울】과 【요정 진주】 있습…… 아니, 이게 누구야? 루세리스 씨잖아요? 이런 곳에서 다 보네요."

"제로스 씨?! 왜 약초 가게에……."

그곳에 있는 것은 회색 로브를 입은 중년 마도사였다. 양육원의

은인이자 아이들이 따르는(혹은 먹을 것으로 길들인) 인물이었다. 손에는 봉투를 몇 개 들고 있었다. 물건을 사던 중인가 보다.

"마법약을 조합하고 싶어서요. 【마나 포션】인데 소재가 부족해서 구하러 왔습니다. 루세리스 씨는 어쩐 일이죠?"

"옛날부터 친한 친구가 감기에 걸려서요. 약을 조합해주려고 하는데 소재가 이미 다 팔려서 어떻게 해야 하나 생각 중이었어요."

"흠, 부족한 소재가 뭐죠? 남는 게 있을지도 몰라요."

"【리버헌헤드 간유】예요. 감기약을 만들 때 필요한 건데, 제로스 씨는 가지고 계신가요?"

"썩어 넘치죠. 너무 많아서 쓸 곳이 없어요~. 하하하하."

"남획…… 한 병만 양보해 주시면 안 될까요? 답례는 꼭 할게요!"

"답례는 됐습니다. 그나저나 감기약? 이 계절에 말인가요? 조금 신경 쓰이는데…… 그 친구분, 증상이 어떻게 됩니까?"

"감기와 같은 증상이지만, 몸에 붓기가 있다나 봐요. 직접 보지 못해서 뭐라고 말은 못 하겠네요……."

"흠…… 같은 증상인가요……. 마물에게서 인간에게 감염되는 병이 있는데, 딱 이 계절에 유행하거든요. 마물에게 공격받으면 발병하죠. 만약 감염증이면 감기약으로는 안 나을걸요?"

"네?!"

난생처음 듣는 병이었다. 특히 감염증은 많은 의사가 『눈에 보이지 않는 생물 따위 없다』고 완강히 주장하며 존재를 부정하는 병이었다. 그런 얼토당토않은 병이 있다고 당당히 단언하는 마도사였지만, 신기하게도 거짓말이라는 생각은 들지 않았다.

"그, 그건 어떤 병이죠?!"

"열, 기침, 구토, 나른함, 목 아픔, 몸 붓기…… 그리고 시간을 두고 발진이 발생하면 말기죠. 차츰 몸이 보라색으로 변하고 몸 안쪽이 괴사해서 결국에는 사망에 이릅니다. 감염되고 3일이면 죽죠. 제가 약을 가지고 있는데, 드릴까요? 어차피 전 쓸 일도 없으니까 만약을 위해……."

"……네. 혹시 모르니까 그 약도 받을 수 있을까요? 능력 닿는 대로 답례는 할게요!"

"됐습니다. 재고 처분도 되고, 있어도 안 쓰는 약이니까요. 알약이지만 한 병 통째로 드리죠. 감기약으로도 쓸 수 있긴 한데 가격을 따지면…… 하하하, 엄청난 적자입니다."

"그, 그렇게 비싼 약인가요?!"

"보통 감기라면 안 써도 되니까 괘념치 마시라♪"

제로스는 그렇게 말하면서 대수롭지 않게 어디선가 약을 꺼냈다. 왼손에는 붉은 알약이 채워진 약병도 들려 있었다. 마법 같은 광경이었다.

"어서 친구분한테 가 보세요. 치료는 빠를수록 좋으니까요."

"앗, 네! 고마워요!"

루세리스는 부랴부랴 여관으로 달려갔다.

그 뒤에서는 『그렇게 소재가 썩어 나면 우리 집에서 살 필요 없겠네..』『아니, 왜 이러십니까~! 모레 대산림 지대에 간다고요?! 상식적으로 회복약은 들고 가야죠?!』라는 목소리가 들렸지만, 지금은 쟈네가 걱정돼서 돌아볼 여유가 없었다.

그리고 루세리스는 쟈네가 묵는 여관【극락정】으로 직행했다.

몇 번이나 행인에게 부딪쳐 가며…….

◇ ◇ ◇ ◇ ◇ ◇ ◇

용병이 애용하는 여관【극락정】.

루세리스는 카운터에서 쟈네가 있는 방을 묻고 서둘러 찾아갔다.

방 앞에서 숨을 고르고 문을 가볍게 노크했다.

"네…… 앗, 루세리스 씨! 다행이다~. 아 참, 쟈네의 용태가!"

"이리스 씨, 진정하세요. 그런데 쟈네는…….".

방으로 들어가 쟈네가 누운 침대 앞으로 간 루세리스는 숨이 멎는 것 같았다.

그녀의 이마와 팔에 발진이 돋아 있었다. 게다가 피부가 어렴풋이 보랏빛으로 변색하기 시작했다.

'이건…… 감염증?! 제로스 씨가 한 말이 현실로…….'

"윽…… 루……?"

"무리해서 움직이지 마요. 지금 약을 줄 테니까…….".

"미안…… 걱정 끼쳐서…….".

설마 제로스에게 받은 약을 바로 쓰게 될 줄은 몰랐다.

병에서 약을 몇 알 꺼내 컵에 따른 물과 함께 쟈네에게 천천히 삼키게 했다.

다행히 약은 크기가 작아 복용하기 쉬웠다. 쟈네는 약을 먹은 뒤 바로 잠들었다.

낮빛을 살펴보니 방금까지 괴로워하던 표정이 많이 나아져 있었다.

'대단해…… 이런 마법약 효과는 지금까지 본 적도 없어. 제로스 씨, 대체 정체가 뭔가요…….'

마법약인지 효과는 놀라울 정도로 뛰어났다. 하지만 이런 강력한 약은 지금까지 듣도 보도 못했다. 신전에서 약학을 배운 루세리스에게조차 그 효과는 경이적인 것이었다.

"우…… 쟈네 씨, 괜찮은 거야~? 훌쩍, 레나 씨는…… 하필 이럴 때 어디로 가 버리질 않나~!"

"이리스 씨…… 쟈네는 언제 마물에게 상처를 입었나요? 이건 감염증이라고 들었어요."

"감염증?! 음…… 이틀 전인가? 그 후에 술집에서 뒤풀이를 하고 레나 씨가 쟈네 씨 옷을 벗겨서……. 그, 그다음은 말 못 해! 쟈네 씨의 명예를 위해서!"

'레나 씨가 무슨 짓을 한 거야?! 쟈네를 벗길 이유가 있었어요?!'

레나의 기행은 넘어가더라도 쟈네가 마물에게 공격받고 감염된 것은 틀림없었다.

지금은 증상을 들은 것만으로 병을 판별하고 약을 무상으로 넘겨준 제로스가 신경 쓰였다.

"효과가 직방이네. 쟈네 씨 용태가 급속도로 안정…… 아니, 오히려 회복됐어. 이 약, 루세리스 씨가 만든 거야?"

"안타깝지만, 이 약은 받은 물건이에요. 아는 마도사와 만났는데 증상만 듣고 이 약을 무상으로 주셨어요. 정말로 대단한 분이에요."

"증상만 듣고 병을 알아맞혀? 대단한 마도사가 있구나~. 꼭【섬멸자】같아."

"뭐죠? 그 위험한 별명은……."

"【섬멸자】는【대현자】로 이루어진 파티야. 온갖 무모한 모험에 도전하고도 모두 승리를 쟁취한 최강의 마도사들. 내가 존경하는 사람들이야."

"【대현자】같은 고위 마도사가 왜 그런 불명예스러운 별명을……."

"방해하는 녀석들을 철두철미하게 제거해 왔으니까. 자유로우면서 고고한, 자신의 길을 가는 최강의 마도사들이었지~. 다 한 번씩 만나보고 싶었는데~."

이리스가 동경하는 마도사가 어처구니없이 비상식적인 인물들이란 것은 이해했다. 그런 민폐 덩어리들이 모두【대현자】라니 어이가 없었다. 루세리스는 이건 뭔가 잘못됐다고 생각했다.

"아무튼 쟈네는 당분간 안정을 취해야겠네요. 미지의 병이니까 조심 또 조심해야죠."

"어…… 내일부터 일이 있지만, 별수 없지. 레나 씨랑 의뢰를 받을 수밖에. 하아…… 내가 레나 씨를 제어할 수 있을까……. 응, 못 하겠지……."

"제, 제어? 그리고 왜 그렇게 땅이 꺼지라 한숨을 쉬어요?"

이리스의 혼잣말은 마음에 걸렸지만, 쟈네의 상태를 알 수 없는 이상 무리하게 움직이게 할 수는 없었다.

환자는 안정을 취해야 한다고 판단했다. 그 후로 루세리스는 쟈네의 간병을 맡아 얼마간 여관과 교회를 왕복하기로 했다.

　이튿날, 이리스와 레나는 상인 마차를 호위하기 위해 며칠간 산토르를 떠났다.

　사흘 후.

　"심심해……. 몸이 뻐근해……. 루, 나 운동하면……."

　"안 돼요. 이제 막 나았는데 무슨 소리예요? 아무리 몸이 회복되고 있다지만, 지금 완전히 낫지 않으면 병이 도질지도 몰라요. 허락 못 해요."

　"이래서는 몸이 둔해지겠어……. 그나저나 옛날에는 루가 말썽을 피우고 다녔지. 그 말괄량이가 지금은 수습 신관이라~. 시간은 사람을 성숙하게 하는구나……."

　"쟈네도 옛날에는 낯가림이 심해서 걸핏하면 울었잖아요. 애들이 괴롭혀서 제가 도와줬죠. 그리워라…… 후후후 ♪"

　"이 얘기 괜히 꺼냈네……. 그래도 서로 참 많이 변했어."

　"변하지 않은 분도 계세요."

　"아…… 멜라사 사제장님 말이야? 그 사람은 왜 그렇게 방탕하지?"

　두 사람을 키워준 양육원 사제는 술과 도박에 빠진, 신관직과는 대척점을 이룬 자유분방한 인물이었다.

　키워준 은혜에는 감사하지만, 자주 다른 신관이 사제의 엉뚱한 행동에 휘말려 뒤에서 울고 있던 기억이 있었다. 심지어 그 상황은 지금도 변하지 않았다.

왠지 마을 사람들에게 큰 인기를 끌었고, 무섭게 생긴 남자들도 머리를 들지 못할 만큼 의협심이 넘쳤다.

솔직히 보이지 않는 곳에서 무슨 짓을 하는지 모를 사람이었다.

"쟈네는 겉모습만은 사제님에게 영향을 받으셨죠. 내면은 토끼 같지만."

"루에겐 반면교사였나 보군. 그렇지만 너…… 신은 믿지도 않잖아?"

"남들만큼은 믿어요. 우리가 무사히 자란 것도 사제님들의 애정과 이 나라 사람들의 선의 덕분이에요. 신이 직접 뭔가 해주진 않았죠. 그래도 일단 기도는 올리고 있어요."

"방금 한 말은 취소다. 루…… 너는 내면이 사제님 영향을 받았어. 그 사람이 할 법한 말을 어떻게 그리 당당하게 하냐? 일단은 신관이잖아? 이단 심문 받으라."

"어디까지나 【일단은】이에요. 수습이니까요 ♪"

"진짜 성격 끝내준다……."

설사 외모는 변해도 내면은 어릴 적 그대로였다.

루세리스는 말괄량이고 쟈네는 낯가림 심한 여린 성격. 두 사람은 자매처럼 자랐고 언제나 서로를 지탱하며 살아온 가족이었다.

루세리스가 신전으로 수행을 떠났을 무렵, 쟈네도 검을 배우기 시작했고 다시 이 도시에 함께 있었다.

그런 두 사람이 설마 같은 인물에게 호의를 가지게 되리라고는 이 당시 그녀들은 상상도 하지 못했다.

그리고 쟈네가 그 인물 덕분에 우연히 목숨을 건졌다는 사실도 지금은 알 도리가 없었다.

본인은 감기로 앓아누웠다고 생각해 그 사실을 알게 되려면 아직 조금 시간이 걸린다.

며칠 후 이리스와 레나가 제로스와 만나게 되지만, 지금 두 사람에게는 무관한 이야기였다.

아라포 현자의 이세계 생활 일기 2

1판 1쇄 발행 2018년 6월 10일
1판 3쇄 발행 2019년 10월 14일

지은이_ Kotobuki Yasukiyo
일러스트_ JohnDee
옮긴이_ 김장준

발행인_ 신현호
편집장_ 김은주
편집진행_ 최은진 · 김기준 · 김승신 · 원현선 · 권세라
편집디자인_ 양우연
국제업무_ 정아라 · 전은지
관리 · 영업_ 김민원 · 조은걸 · 조인희

펴낸곳_ (주)디앤씨미디어
등록_ 2002년 4월 25일 제20-260호
주소_ 서울시 구로구 디지털로 26길 111 JnK디지털타워 503호
전화_ 02-333-2513(대표)
팩시밀리_ 02-333-2514
이메일_ lnovelpiya@naver.com
ㄴ노벨 공식 카페_ http://cafe.naver.com/lnovel11

ARAFO KENJA NO ISEKAI SEIKATSU NIKKI Vol 2
©Kotobuki Yasukiyo 2017
First published in Japan in 2017 by KADOKAWA CORPORATION, Tokyo.
Korean translation rights arranged with KADOKAWA CORPORATION, Tokyo.

ISBN 979-11-278-4531-5 04830
ISBN 979-11-278-4453-0 (세트)

값 9,000원